PICKWICK

SVEVA CASATI MODIGNANI

IL CORSARO E LA ROSA

Sperling & Kupfer

L'autrice ringrazia, per la generosa collaborazione, Mauro Piemonte, già direttore del centro Alta Energia dell'Ospedale Civile di Brescia; Cesare Peruzzi, giornalista; Ezio Martini, mercante di cereali; Bruno Arcurio, cavaliere errante della letteratura; e infine Donatella Barbieri per la sua affettuosa, costante e intelligente presenza durante la stesura del romanzo.

www.pickwicklibri.it
www.sperling.it

Il Corsaro e la rosa
di Sveva Casati Modignani

ISBN 978-88-6836-162-4

I edizione Pickwick giugno 2014

Anno 2017-2018 - Edizione 24 25 26 27 28 29 30 31 32

Dedicato a Tiziano Barbieri

Una sera di maggio, a Venezia

1

L'ANZIANA signora aveva subito catalogato le persone che gremivano la sala al piano nobile dell'antico palazzo veneziano: un branco di sciacalli che si contendeva avidamente il ricco patrimonio di tappeti, arazzi, mobili, argenti, cristalli, quadri e porcellane appartenuti alla famiglia Rangoni. La vendita all'asta era incominciata tre giorni prima e si sarebbe conclusa quella sera. C'erano anche alcuni cronisti che avrebbero documentato l'epilogo di una storia familiare a cui i giornali e le televisioni avevano dedicato ampio spazio: il disfacimento di un colossale patrimonio accumulato da un contadino romagnolo che era entrato nel mito con il soprannome di «Corsaro», perché la sua flotta di navi aveva solcato gli oceani trasportando cereali in ogni parte del mondo.

Una finestra ad arco aperta sulla laguna consentì all'anziana signora di ammirare una piccola stella e una splendente falce di luna. Fu avvolta dal tepore della notte primaverile che le ricordò il brillio delle lucciole e il caldo profumo del fieno della sua terra. Riudì le voci argentine dei bambini, il chiocciolio di una fontana nella corte, rivide un casale assolato tra i campi di grano e la figura allampanata di un prete semplice e severo. Ora le sue giornate erano scandite soltanto da malinconici tramonti, e dal desiderio ossessivo di recuperare una rosa: una piccola spilla che stava per essere battuta all'asta con altri gioielli ben più preziosi e importanti.

Sentì approssimarsi il tremito che la tormentava da anni. Era uno dei sintomi caratteristici del morbo di Parkinson, di cui soffriva da tempo. Non poteva sperare nella guarigione, ma riusciva a contenere il tremore con l'assunzione regolare di farmaci. Aprì la borsetta ed estrasse, da una scatolina d'oro, una pillola. La deglutì aiutandosi con un sorso d'acqua versata da una piccola borraccia da cui non si separava mai. In pochi minuti la medicina avrebbe sortito l'effetto voluto e lei avrebbe smesso di tremare. La stanchezza e l'inquietudine restavano. La malattia la faceva sentire prigioniera in una gabbia di ferro che le si stringeva attorno ogni giorno di più. Il viaggio a Venezia, dalla sua casa in Romagna, era stato faticoso, ma avrebbe sopportato ben altro per riavere la sua rosa. Aveva sempre amato le rose.

Quando era bambina, intorno al casale in cui viveva, aveva interrato talee di rose d'ogni varietà. Al riparo dal freddo, già in aprile erano sbocciate rose muscose, canine, bianche di Damasco, gialle, scarlatte con profumati petali di velluto. Aveva potuto godere di quei profumi e di quei colori soltanto per pochi giorni. Le sue splendide rose erano state tagliate e messe a marcire sopra il letame. Pietro, suo padre, aveva deciso che su quella striscia di terra sarebbero cresciuti pomodori sugosi da vendere al mercato come primizie.

Pietro aveva un cuore di pietra. Non era cattivo. Era soltanto arido e pieno di rancore, inasprito dal troppo lavoro e dai guadagni insufficienti. Lei era un'adolescente scontrosa e selvatica. Non piangeva e non rideva mai. Nascondeva le proprie emozioni dietro boccacce e sberleffi. Parlava poco persino con il prete, in confessione.

«È rimasta indietro di cottura», dicevano di lei, in famiglia.

La sorella più grande e i fratelli si burlavano di lei e, quando capitava l'occasione, non le risparmiavano dispetti e ceffoni.

«Non sai nemmeno leggere le ore al campanile della chiesa», la schernivano. Ed era vero. Per quanto strizzasse i suoi grandi occhi viola fino a ridurli a una fessura, non riusciva a distinguere i numeri. Lo stesso avveniva per ciò che la maestra scriveva sulla lavagna. Poiché imparava poco, i suoi genitori l'avevano tolta dalla scuola e messa a lavorare nei campi e a filare la canapa.

«Sei una mongola», le dicevano le figlie di sua sorella Erminia, tirandole la treccia, invidiose della sua bellezza. Da ragazza, infatti, era bellissima, ma raramente qualcuno, in famiglia, le faceva un complimento. Se capitava, sua madre replicava con ritrosia contadina: «La sua è la bellezza dell'asino».

Era nata quando sua madre aveva quarantotto anni, i capelli graffiati di bianco, il volto segnato dalle rughe, le mammelle rinsecchite, senza una goccia di latte. Sarebbe morta di fame se non l'avesse allattata Erminia, sua sorella, che aveva ventisei anni e aveva da poco partorito la terza figlia. La sua infanzia era stata ravvivata soltanto dall'amore per le rose.

Ricordava ancora quelle che era riuscita a salvare dal letame. Aveva reciso i gambi, le aveva lavate delicatamente, nell'acqua del torrente, e ne aveva fatto tanti piccoli mazzi. Poi, li aveva legati con rametti di salice e li aveva appesi, capovolti, alla trave maestra della stanza sopra il fienile, dove dormiva con le tre nipoti, le figlie di Erminia. In quell'ambiente ventilato e asciutto, le rose si erano essiccate conservando intatto il loro profumo.

Anche quella sera avrebbe cercato di salvare la sua rosa, la più importante della sua vita.

Ed eccola lì. Il banditore la stava mostrando al pubblico e la descriveva come un piccolo capolavoro dell'arte orafa degli anni Venti.

«È una *broche* firmata Tiffany. Una rosa di Damasco realizzata con perle del Mississippi. Il gambo e le foglie sono smeraldi purissimi montati su platino. È uno splendido esempio di *art nouveau*. La base d'asta è di quaranta milioni.»

La rosa era pubblicata sul catalogo con una valutazione di ottanta milioni. Dal pubblico si levò un brusio interessato.

L'anziana signora, in quel momento, ebbe l'impressione che il suo cuore smettesse di battere. Era un'emozione molto forte rivedere finalmente quel gioiello che l'aveva accompagnata nel corso della vita, e a cui aveva attribuito un valore molto più alto di quello dettato da un'arida valutazione di mercato.

Gliel'aveva regalata Spartaco, il Corsaro, quando lei non aveva ancora vent'anni e lui era un contadino con la testa piena di sogni.

«Ti piacciono tanto le rose. Questa non appassirà mai», le aveva detto appuntandola al polsino della sua camicetta.

«Sembra uno di quei fiori che sbocciano in cielo quando fanno i fuochi di San Giovanni», aveva sussurrato lei ammirata. «Dove l'hai presa?» Per tutta risposta lui l'aveva abbracciata e lei si era rifugiata contro il suo petto.

«La terrò sempre cara», aveva promesso. Era convinta che Spartaco l'avesse comperata al mercato di Lugo. Solamente molti anni dopo si era resa conto che era un gioiello di valore. Non seppe mai come Spartaco se la fosse procurata.

Nel salone del palazzo veneziano, le offerte d'acquisto si susseguivano con ritmo serrato. L'ultima toccava i sessanta milioni. Dietro le spesse lenti da vista, l'anziana signora, di tanto in tanto, si guardava intorno nel vano tentativo di individuare chi, con tanto accanimento, voleva contenderle la sua rosa.

«Sessanta milioni per la prima, per la seconda... chi offre di più, signori, per questo straordinario capolavoro di Tiffany? Lo ripeto: il valore commerciale è di ottanta milioni. Siamo di fronte a una piccola meraviglia del periodo *art nouveau*. Qualcuno vuole osservarla da vicino?» Il banditore stava facendo un lavoro egregio. La sua voce, suadente e morbida, scandiva l'incalzare delle offerte.

«Siamo a sessantadue, signori. Sessantaquattro... sessantasei...»

La signora portò l'offerta a sessantotto milioni. Poi pescò dal portapillole un tranquillante e lo inghiottì senz'acqua. Era agitatissima e sentiva che non avrebbe resistito ancora per molto alla stressante prova per riavere quel gioiello che apparteneva soltanto a lei.

«Settanta milioni!» annunciò il banditore di slancio. Quella sequenza ininterrotta di rialzi lo aveva entusiasmato.

La signora alzò una mano tremante per fare una nuova offerta proprio nell'istante in cui il direttore d'asta batteva sul tavolo il martello di legno per dichiarare che la spilla era stata aggiudicata.

«Offro settantadue», tentò lei, agitata, disperata, sul punto di piangere.

«Mi dispiace, signora. Il gioiello è venduto», replicò l'uomo con aria sbrigativa. Era pronto a battere un altro lotto.

«Mio Dio!» sussurrò lei portandosi una mano tremante alle labbra.

Non riusciva a credere che la bianca rosa di Damasco le fosse stata sottratta.

Si alzò a fatica dalla poltroncina e si guardò intorno, cercando aiuto.

Una giovane assistente le si accostò premurosa.

«Posso esserle utile, signora?» domandò sottovoce.

«Mi accompagni nel vostro ufficio», ordinò, sforzandosi di contenere il tremito che l'aveva ripresa.

C'erano alcuni impiegati nel salottino attrezzato con scrivanie e computer. Uno di loro seguiva, su un monitor, ciò che accadeva nel salone.

«La signora desidera?» chiese, con voce neutra, uno degli inservienti.

«Mi dica chi ha comperato la mia rosa», disse la signora in un soffio mentre si appoggiava a una scrivania.

L'uomo la guardò senza capire.

«Sto parlando della broche firmata Tiffany», spiegò lei, chiamando a raccolta le sue forze. «La volevo. Qualcuno me l'ha portata via per una frazione di secondo.»

L'uomo esaminò alcuni fogli che aveva davanti a sé.

«Per settanta milioni. Ecco qui il verbale di aggiudicazione provvisoria», precisò.

«Provvisoria? Ha detto provvisoria? Mi sta dicendo che esiste ancora una possibilità che la spilla non venga acquistata?» incalzò lei.

«Temo di no, signora. L'acquirente ha già pagato. Naturalmente, se l'assegno risultasse scoperto...»

«Chi è? Come si chiama l'acquirente?» implorò.

«Questa è un'informazione che non posso darle. Mi dispiace», rispose l'uomo, vagamente turbato dal tremore e dalla disperazione della donna. La fissò per un attimo. Il viso di lei conserva va, nonostante gli anni, la delicata bellezza di un tempo. «È un gioielliere. Ha effettuato l'acquisto su commissione. E questo, signora, è davvero tutto quello che posso dirle.»

«Ciò significa che qualcun altro, oltre me, voleva la mia rosa. Perché?» Ragionava ad alta voce mentre scendeva lo scalone di marmo che portava al piano terreno del palazzo. Aveva incominciato a piangere e il pianto si era trasformato quasi in un lamento. Qualcuno le aveva sottratto i ricordi più belli della sua vita. Quel gioiello li racchiudeva tutti. Non le importava nulla che la fortuna dei Rangoni fosse andata all'asta. La straziava la perdita di quella rosa che era sacra come la memoria di suo marito Spartaco Rangoni, il Corsaro

2

Un motoscafo la stava aspettando per riportarla sulla terraferma. Durante il tragitto, lungo canali illuminati dai lampioni color ametista, l'anziana signora si chiedeva quali strade percorrere per rintracciare il suo gioiello. Rimpiangeva il giorno in cui, con uno slancio di generosità, lo aveva offerto a Giuliano Serandrei, suo genero. Lo amava come un figlio e lo stimava moltissimo. Si era convinta che fosse in pericolo e gli aveva dato quella rosa, certa che lo avrebbe difeso dalla cattiva sorte. Non era stato così. Giuliano era morto e la rosa, trovata in un cassetto della sua scrivania, era finita all'asta con gli altri gioielli di famiglia.

Quanto a lei, sentiva che la sua fine non era lontana. L'avrebbe accolta come una benedizione, perché la vita le aveva già dato tanto, nel bene come nel male. Tuttavia temeva il momento del distacco. Le sembrava che se avesse potuto stringere nella mano la sua rosa, sarebbe stato come stringere la mano di Spartaco. Così il suo ingresso nel mondo delle ombre sarebbe stato meno spaventoso.

«Siamo arrivati, signora», annunciò l'uomo che aveva pilotato la Lancia fino all'approdo del piazzale.

L'aiutò a salire sul marciapiedi di cemento. Lei individuò subito il giovane che l'aspettava per riportarla a casa.

«Grazie al cielo sei arrivata», disse lui andandole incontro.

Lasciò che la sorreggesse, appoggiandosi al suo braccio sicuro

«Non farmi più di questi scherzi, nonna», la rimproverò bonariamente

Era il nipote prediletto. Si chiamava Spartaco, come il nonno, ma era fisicamente molto diverso da lui. Il nonno era stato un uomo robusto con un corpo solido e armonioso, mentre il giovane aveva il fisico sottile e slanciato delle ultime generazioni allevate tra collegi e palestre. Era l'unico figlio di Giuliano Serandrei e di Miranda, la sua primogenita, a cui, per fortuna, non assomigliava affatto.

«Non farmi la predica, come se fossi una vecchia stupida», gli ingiunse mentre lui l'aiutava a prendere posto sul sedile posteriore della Mercedes blu.

«Ero preoccupato per te», si giustificò. «Se ti fosse accaduto qualcosa, chi mi avrebbe salvato dalle urla di mia madre?» brontolò mentre sistemava alcuni cuscini in modo che la nonna potesse sdraiarsi. Lei sorrise con aria divertita e non replicò. Il giovane sedette al volante, girò la chiavetta dell'accensione, innestò la marcia e la macchina partì frusciando.

«È quasi mezzanotte. Te ne rendi conto? Ti ho aspettata più di quattro ore senza sapere dove fossi», continuò imperterrito nei suoi rimbrotti per scaricare l'ansia accumulata nella lunga attesa.

«Smettila, Spartaco. Adesso sono qui. Per una volta che ti ho chiesto un favore, non mi sembra il caso di farla tanto lunga», disse con aria seccata.

«Adesso mi dici che cosa hai fatto?» incalzò.

L'anziana signora non rispose.

«Anche se fai tanto la misteriosa, so benissimo dove sei stata», la sfidò.

«Be', non ci vuole un grande acume.»

«Sei andata a Palazzo Monforte, all'asta dei nostri beni», replicò.

«Sissignore, sono andata all'asta. Ma la cosa non ti riguarda e guai a te se lo racconti a qualcuno», lo minacciò.

«Avrei potuto accompagnarti, non credi? Non sei più in grado di fare tutto da sola», insistette con tono risentito.

«Non potevi accompagnarmi. C'erano giornalisti e fotografi che ti avrebbero riconosciuto e ti sarebbero saltati addosso come avvoltoi. Abbiamo già avuto anche troppa pubblicità negativa, e ne stiamo avendo ancora. Io, invece, passo inosservata perché nessuno mi conosce. Inoltre, era una faccenda che riguardava me sola. Ci sono cose, Spartaco, che tu non sai e non puoi capire.»

I rimproveri affettuosi del nipote le facevano compagnia. Era piacevole lasciarsi portare nella notte dalla guida sicura del giovane, comodamente distesa sui cuscini.

«Come posso capire se non mi dici niente?» l'interrogò.

«Volevo recuperare una spilla a forma di rosa», confessò.

«Vuoi dire quella che portavi sempre al polsino della camicetta?»

«Proprio quella.»

«Ricordo che a un certo punto non te la vidi più addosso. Ricomparve fra le mani di mio padre. Di solito la portava in tasca, insieme al suo accendisigari. Una volta, ti parlo di un paio di anni fa, stavamo andando all'aeroporto di Forlì e lui si accorse di averla dimenticata. Dovevamo andare a Londra e volle ritornare a Ravenna per prenderla. Il comandante dovette rifare il piano di volo. Che cos'ha di speciale quella rosa?»

La signora esitò un attimo prima di rispondere. «Tuo padre, in seguito, deve averla dimenticata troppo spesso, altrimenti le cose non sarebbero andate tanto male. Quella spilla è una specie di talismano. Almeno, io le ho sempre attribuito questo potere»

«Così l'hai ricomprata», concluse il giovane

«Non ho potuto. Qualcuno me l'ha soffiata sotto il naso. Ne provo un grande dolore», ammise amareggiata.

«Perché? Le cose vanno e vengono, nella vita. Avrai un'altra occasione.»

«Alla mia età? Ho ottantasei anni. Quando scende la sera non so mai se vedrò l'alba del giorno dopo.»

La Mercedes correva silenziosa lungo la strada Romea, in un'assenza di traffico quasi totale.

«Era davvero tanto importante, per te, quel gioiello?»

«È una lunga storia, Spartaco. Lunga quanto la mia vita», rispose

«Perché non me la racconti, nonna?»

«Ti annoieresti.»

«Tu prova. Le nonne raccontano sempre le storie ai loro nipoti. Me ne hai raccontate tante, quando ero bambino. Cominciavi sempre dicendo: 'C'era una volta...' Perché non lo fai anche adesso?»

«Perché questa è una storia vera», obiettò.

«Meglio così. Mi piacerebbe ascoltarla», insistette.

L'anziana signora estrasse dalla borsetta la borraccia dell acqua e bevve alcuni sorsi. Poi incominciò: «C'era una volta una bella ragazza che si credeva brutta. Tutti dicevano che era matta e ignorante. Invece, era soltanto infelice e miope come una talpa. Si chiamava Maddalena, la chiamavano Lena. Era povera e sognava un grande amore».

C'era una volta...

«Pazienza se ho l'aria infantile,
ma che ci volete fare?
La mia frase prediletta è:
C'era una volta...»

GEORGES BRASSENS

1

LENA aveva avuto le prime mestruazioni a sedici anni. C'erano ragazze, nel paese, che a quell'età avevano già partorito. Lei, invece, era sbocciata in ritardo.

Da tempo, le donne della famiglia la trattavano con sufficienza e, quasi, con disprezzo.

«Questa non matura più. È indietro di testa e di ventre. Chi mai se la prenderà una così?» commentava acida Erminia, la sorella maggiore, che navigava verso i quarant'anni ed era incattivita con il mondo per aver partorito soltanto femmine.

La madre, qualche volta, interveniva in difesa di Lena, accusando la figlia grande che l'aveva allattata.

«Le hai dato soltanto latte acido. La piccola ne ha risentito.»

«Non era figlia mia. Perché non glielo avete dato voi, il latte?» si difendeva Erminia, punta sul vivo. Era inasprita anche a causa dei tradimenti del marito che aveva avuto un maschio dalla Marilù, la moglie del mugnaio, presso cui lavorava. E di questo figlio bastardo andava fiero.

A questo punto, madre e figlia prendevano ad accapigliarsi e la lite si concludeva, inevitabilmente, con un ceffone sonoro, portato a segno dalla madre, che poneva fine a ogni discussione. Erminia si allontanava furibonda. Elvira, la madre, si pentiva di aver allungato le mani sulla figlia quarantenne.

Lena ci pativa per queste zuffe, consapevole d'esserne la causa involontaria. Si sentiva colpevole e si rinchiudeva ancora di più in se stessa. Tuttavia sapeva che, alla prima occasione, Erminia le avrebbe restituito il ceffone preso dalla madre.

Lena era un'adolescente infelice. Nella sua vita non aveva mai provato la sensazione piena ed esaltante della felicità. Provava soltanto rabbia. Era una costante della sua esistenza, un sentimento devastante che la rodeva e che sfogava lavorando accanitamente. Sarchiava la terra, accudiva il cavallo, mungeva la vacca e cantava a squarciagola le romanze d'opera di cui storpiava le parole. Così scaricava la sua aggressività. «Guardate il fiocco rosso che porta sul cappello e di velluto rosso il ricchissimo mantel», strillava nei campi fino a diventare paonazza.

A volte, Pietro ed Elvira, i suoi genitori, pensavano che fosse davvero matta, oltre che tonta. Quando s'insinuava in loro questo dubbio, la guardavano quasi con soggezione. I contadini rispettavano la follia.

Intanto Lena continuava ad allungarsi, assottigliandosi come un giunco. I suoi abiti, due solamente, quello della festa e quello da lavoro, richiedevano continue messe a punto e, comunque, le andavano sempre corti. Lei non ci badava, né avrebbe mai osato chiedere alla madre un vestito nuovo. D'altra parte, le sue coetanee non erano in condizioni migliori. Accadeva raramente che la domenica, per la messa nella chiesa di Santo Stefano, qualche ragazza sfoggiasse un vestito nuovo. Lena vedeva poco e non se ne accorgeva nemmeno. Se, però, qualcuna l'avvicinava apposta per farglielo notare e per vantarsene, strizzava gli occhi per vedere meglio e poi esclamava: «Son contenta per te». In realtà non gliene importava nulla e pensava che, anche se avesse indossato un abito da regina, sarebbe rimasta sempre brutta e secca.

Durante la messa, quando sedeva sulla panca accanto alle altre ragazze o s'inginocchiava, Lena s'inebriava del profumo dei fiori che addobbavano l'altare, a cui si univa l'odore della cera sciolta delle candele e quello dell'incenso che bruciava nel turibolo. Intanto recitava preghiere in latino di cui non afferrava il significato. Parole che ripeteva meccanicamente, come fossero delle formule magiche, per non incorrere nell'ira di un Signore distante e minaccioso che non le piaceva e che, tuttavia, doveva onorare.

Si divertiva ad ascoltare i pettegolezzi, inframmezzati alle preghiere recitate ad alta voce, che le sue coetanee si sussurravano mentre, con le mani giunte, assumevano un'espressione estatica e distaccata. Tra un «*Ave Maria, mater Dei*» e un «*Ora pro nobis peccatoribus*» le giovani contadine riuscivano a divulgare segreti e a distruggere reputazioni come le più smaliziate frequentatrici di salotti mondani.

«La Ceschina ha un nuovo moroso», diceva una ragazza.

«Chi sarebbe?» incalzava una seconda.

«Marietto, il figlio del fabbro.»

«Ma è sposato! Te l'ha detto lei?»

«Figuriamoci. Li ha visti la Casimira. Facevano l'amore nell'erba, dietro il campo dei Bedeschi.»

«La metterà incinta.»

«E sfornerà il secondo bastardo.»

L'«amen» corale, pronunciato con lo sguardo chino e l'aria contrita, concludeva la messa e la storia di Ceschina.

Lena ascoltava senza mai intervenire né commentare, ma rifletteva sul suo stato di sedicenne acerba, piatta come un'asse, la pelle scurita dal sole, il carattere rabbioso. Era consapevole di non essere come le altre ragazze e viveva la sua diversità con sentimenti opposti: ne era fiera, perché con quelle pettegole non voleva aver nulla da spartire, ma nello stesso tempo si rendeva conto che le mancava qualcosa di molto importante, anche se non sapeva bene che cosa fosse. Comunque, era molto probabile che lei non avrebbe mai avuto uno spasimante che la portasse nei prati, non foss'altro per scoprire se era bello o no fare l'amore. Allora s'infuriava a tal punto con se stessa, più che con il mondo, da cercare nella fuga un momento di pace.

Anche quella domenica, nel bel mezzo della messa, si alzò di scatto e, dopo una veloce genuflessione e un rapido segno di croce, attraversò correndo la navata della chiesa, fendette lo schieramento degli uomini che si assiepavano in piedi, dietro l'ultima fila dei banchi, e uscì sul sagrato tra il compatimento dei presenti e la rassegnazione della famiglia. Lena era fatta così: agiva d'impulso, incurante del giudizio degli altri, e neppure le botte del padre e dei fratelli erano riuscite a domarla.

Alzò lo sguardo verso l'antico campanile che, da secoli, con i suoi rintocchi scandiva la vita della comunità. In quel momento avrebbe voluto attaccarsi ai canapi e far suonare le campane a distesa, perché facessero un gran chiasso e gridassero la sua rabbia al paese, alla campagna che si stendeva piatta e silenziosa tutt'intorno, al cielo azzurrino che si perdeva nell'infinito di un orizzonte lontano. Lo avrebbe fatto, se la porta del campanile non fosse stata chiusa a chiave. Invece, imboccò di corsa la strada principale del paese tra lo svolazzare della sottana e il ticchettio dei suoi zoccoletti. Si fermò soltanto per raccogliere un fascio di rose, sottraendole qua e là ai giardini di gente fortunata che poteva coltivare fiori senza che un padre autoritario, come il suo, li sradicasse per far posto ai pomodori. Intanto cantava a squarciagola, con malagrazia: «Ahi vendetta, tremenda vendetta...» gonfiando le vene del collo lungo e sottile. Si addentrò nei prati dove il grano, ormai alto, confinava con i filari delle viti. Raggiunse la riva del torrente e lì, finalmente, si fermò ansando.

Sedette sull'erba, si tolse gli zoccoli e immerse i piedi nell'acqua gelida e trasparente del Senio.

Contava i ciottoli del fondo e spiava i piccoli pesci scuri che guizzavano tra i sassi. Poi si chinò in avanti a osservare la propria immagine che l'acqua rifletteva. Paragonò il suo viso imbronciato alla delicata bellezza delle rose che teneva in grembo. Chiuse gli occhi e respirò profondamente. Quando li riaprì si sentì meglio. La quiete di quel luogo tanto bello l'aveva rasserenata.

Incominciò a cantare, piano, un'antica ninna nanna mentre arruffava delicatamente il pelo dell'acqua con la punta dei piedi.

Fu allora che vide riflessa un'ombra immensa, cupa e incombente. Si alzò in piedi di scatto, soffocando un grido di paura. I suoi fiori caddero nel Senio e vennero trascinati via dalla corrente.

Si girò e si trovò di fronte un bel giovane che la guardava sorridendo con ironia.

Lena arretrò di un passo. Lo sconosciuto aveva i capelli biondi e un fisico solido, da contadino. Era poco più alto di lei.

Indossava pantaloni di fustagno un po' sformati dall'uso, una camicia immacolata di percalle e una giacchetta d'alpaca che sembrava nuova. Il gilet scuro era attraversato dalla catenella d'argento di un orologio da taschino. Teneva in mano un cappello di paglia alla moda, la «capléna» dei giovani eleganti.

«Ti sei spaventata?» le chiese dolcemente.

Lena sentiva il cuore esploderle nel petto. Rimase immobile per qualche istante; poi, di scatto, si mise a correre a perdifiato verso il casale.

Quello fu il suo primo incontro con Spartaco.

I cani, nella corte, abbaiarono. Le galline e i tacchini, che razzolavano nella terra, si dispersero starnazzando per lasciar passare quel ciclone che rischiava di travolgerli. Lei spalancò l'uscio di casa ed entrò nella quieta penombra della grande cucina deserta. Richiuse subito la porta con il chiavistello e vi si appoggiò contro, ansando. L'odore familiare del focolare spento, che si mescolava a quello dei cibi conservati nella credenza, la rassicurò. Trasse un lungo respiro di sollievo. In quel momento sentì qualcosa di umido scorrere lungo l'interno delle cosce.

«Oh, Madonna, che cosa mi sta succedendo?» si chiese costernata.

Sapeva di essere sola, perché la famiglia era ancora in paese, alla messa, e così poteva agire liberamente. Prese da sotto l'acquaio un catino di zinco. Con il mestolo pescò acqua dal secchio di rame e la travasò nel catino. Da un cassetto prese una pezza di canapa che serviva da asciugamano. Quindi, si rialzò la gonna e la sottoveste e si tolse i ruvidi mutandoni di lino.

Stupita e incredula mormorò: «Le mie regole».

Alla fine, nonostante le previsioni di Erminia, Lena era diventata donna.

2

Lena spiò dalla finestrella della stanza da letto il ritorno della famiglia. Chiamò a gran voce sua madre che salì, ansimando, al piano superiore, tallonata da Erminia che metteva il naso dappertutto.

Lena stava ritta, accanto al suo letto, e l'accolse con aria grave.

«Be', cos'è successo, stavolta?» chiese Elvira, con tono aspro, ancora irritata per il modo in cui Lena era fuggita dalla chiesa nel bel mezzo della messa.

«Ho le regole», rispose.

«Dio sia lodato», commentò la madre, portandosi una mano al petto e lasciandosi andare di peso sul letto di una nipote. «Credevo ti fosse successo qualcosa di brutto. Con te non si sta mai tranquilli.»

Erminia stava ferma sull'uscio, ascoltava e taceva.

Elvira si passò una mano stanca sul capo per ravviarsi i capelli.

«Sai come devi fare?» domandò.

Lena annuì, arrossendo.

«Mi sono lavata. Ho cambiato le mutande e ho messo un pannicello, come mi avevate detto voi», rispose con un filo di voce.

«Ti sarai lavata con l'acqua fredda. E questo è pericoloso. Hai i piedi scalzi. Anche questo è pericoloso. Dove sono gli zoccoli?»

«Li ho perduti da qualche parte. Andrò a cercarli» rispose sapendo benissimo di averli dimenticati sulla proda dei torrente quando era fuggita dallo sconosciuto

Mosse alcuni passi verso la porta, ma Erminia le impedì di uscire, sospingendola al centro della stanza.

«Adesso dovrà essere ben sorvegliata, prima che si rotoli nell'erba con qualche disgraziato», commentò acida, rivolta alla madre

«Tu occupati delle tue figlie», le ingiunse Elvira. «Scorrazzano per i campi, la sera, e il paese mormora. A mia figlia ci penso io.»

«Proprio come avete fatto con me», la sferzò rivelando un livore accumulato negli anni. Erminia non era contenta del suo matrimonio con Gerolamo, celebrato per forza quando era già nata la loro prima bambina. Il marito la tradiva con Marilù, la moglie del mugnaio. «Mi aveste sorvegliata più da vicino, avrei potuto trovare un marito migliore», l'accusò.

Elvira tacque per pietà. Erminia era nata con il diavolo in corpo e fuggiva di casa la notte per incontrarsi con i suoi spasimanti. Gerolamo non era stato il primo dei suoi amanti, ma fu l'ultimo. Si acquietò quando rimase incinta. Anzi, da allora diventò una moralista accanita. Non era comunque il moralismo a renderla tanto severa nei confronti di Lena. Erminia detestava la sorella che considerava come un'intrusa perché era nata quando, in famiglia, nessuno più l'aspettava.

Lei dovette allattarla quando la sua terzogenita aveva già quattro mesi. Lo fece per dovere, perché non potevano permettersi una balia, ma senza amore.

Lena fece un nuovo tentativo per allontanarsi. Detestava le liti continue tra Erminia e sua madre, anche perché alla fine era lei ad andarci di mezzo. Ma Elvira l'agguantò per un braccio.

«Resta qui», ordinò. Poi si rivolse alla figlia grande: «Tu scendi in cucina e prepara la minestra».

La donna obbedì. Elvira si sdraiò sul letto. Era così stanca che le sembrava di non potersi più muovere, ma voleva assolutamente parlare con Lena.

«Da oggi comincerai a preparare la tua dote. C'è la canapa da filare e da tessere», annunciò.

«Volete darmi marito?» si allarmò la ragazza.

«Prima ti accasi e meglio sarà», disse la madre.

«Io non voglio sposarmi», protestò Lena, guardandola con l'espressione corrucciata dei suoi momenti peggiori

«Ma non vuoi nemmeno farti monaca. Una donna ha bisogno di protezione. Un convento o un marito», l'ammonì Elvira.

«Sono brutta. Nessuno mi vorrà», tagliò corto la ragazza per essere lasciata in pace, mentre il suo pensiero volava al bel giovane sconosciuto con i capelli biondi.

«Non è vero che sei brutta, Maddalena», finì per confessare la madre. «Te lo giuro su Dio, ti sto dicendo la verità. Sei diversa, questo sì. Assomigli molto alla mamma buonanima del mio Pietro, che era una donna bellissima.»

«Avete sempre detto che la mia è la bellezza dell'asino», ribatté Lena.

«Perché non sta bene che una ragazza si monti la testa», replicò, considerando tuttavia con occhi apprensivi quella figlia strana, così lunga e secca, eternamente spettinata e priva di qualsiasi civetteria.

«Voi mi avete già trovato un marito. Non è così?» la interrogò.

«No e sì. Vedremo e, al momento opportuno, ne parleremo», rispose Elvira evasiva.

«Posso almeno sapere chi è?» indagò la ragazza.

«No», rispose decisa la madre.

«Al diavolo!» s'impermalì Lena, attraversando la stanza a lunghi passi.

Era furibonda. Spalancò la porta, scese a precipizio la scala di legno, corse fuori e attraversò di furia la corte. Si diresse verso il frutteto dove le pesche cominciavano a prendere colore, aggirò il campo di grano e si addentrò in un sentiero stretto e polveroso che delimitava la proprietà della famiglia.

Un pettirosso si levò da un cespuglio e con un morbido frullare d'ali andò a posarsi sul ramo di un ciliegio selvatico. Lena si fermò. Si sedette per terra, sul terreno asciutto e tiepido, badando d'evitare una piccola macchia d'ortiche.

Sentiva il bisogno di riflettere in solitudine, di capire se, ora che finalmente erano arrivate le tanto temute e desiderate «regole», qualcosa in lei sarebbe cambiato. Certamente sarebbero cambiate alcune cose intorno a lei. Sarebbe stata messa a filare e a tessere. Per la durata del mestruo, non era consentito alle donne di lavorare nell'orto, perché le verdure, trattate da una donna mestruata, si rinsecchivano. Non potevano neppure mungere la vacca, perché il latte sarebbe diventato acido. Non ci si doveva lavare con acqua fredda, perché il flusso sarebbe cessato, né con acqua calda, perché poteva verificarsi un'emorragia. Per la stessa ragione si doveva aspettare che la minestra calda s'intiepidisse, prima di mangiarla. In quei giorni si poteva soltanto tessere e filare, per preparare una dote in vista delle nozze. Se, mentre filava, le veniva male alla schiena, poteva sedere all'ombra, sulla soglia di casa, aspettando che il dolore passasse.

Insomma, quando una donna aveva le «regole», immediatamente scattavano altre regole da rispettare. Lena sapeva tutto questo, perché così facevano le donne di casa, che accoglievano il mestruo come una benedizione per due motivi: perché significava che non erano gravide e perché le teneva lontane dalla fatica dei campi.

Dal fitto d'un rovo di more, strettamente intrecciato con una pianta d'agrifoglio, la osservavano gli occhietti sospettosi di un riccio. Lena allungò una mano verso di lui e l'animale si chiuse a palla, sbocciando come un fiore, con la sua bruna scaturigine di aculei. Per stuzzicare quella pallina, Lena spezzò un rametto di nocciolo e due farfalle rosse e nere volteggiarono lontano, spaventate dai suoi movimenti. Un'ape abbandonò il calice violetto di un vilucchio odoroso e un paio di lucertole fuggirono sfiorando i suoi piedi scalzi.

Quella festa di vita, nella quiete intatta della campagna, le riempì il cuore di un sentimento nuovo, cui non sapeva dare un nome, che si tradusse in un singhiozzo fievole, dolce, consolante. Sentì il tepore delle lacrime che, rigandole le guance, scendevano verso il labbro. Sapevano di sale. Piangeva senza conoscerne il motivo. Si asciugò il viso con le mani. Poi colse fiori gialli da un cespo di tarassaco e li intrecciò a formare una coroncina che si appoggiò sui capelli corvini. Ricordò che doveva recuperare gli zoccoli abbandonati sul greto del Senio. Si alzò da terra e prese la strada del torrente, timorosa di imbattersi nel giovane sconosciuto e, nello stesso tempo, sperando di ritrovarlo. Questa volta non sarebbe fuggita. Gli zoccoli erano ancora lì, dove li aveva lasciati. In ognuno di essi qualcuno aveva infilato una rosa canina. Si guardò intorno. Non vide nessuno. Allora raccolse le roselline e si incamminò, lentamente, verso casa.

Nessun giovanotto le aveva mai dedicato un gesto galante

Per la prima volta nella sua vita, Lena si sentì felice.

3

Lena entrò in cucina. La famiglia era riunita intorno alla tavola per il pranzo domenicale. C'erano i genitori, i fratelli con le cognate, Erminia e il marito, le nipoti, il fidanzato di una di queste e i nipotini, uno dei quali era così piccolo che succhiava ancora il latte dal seno della madre.

Tutti gli sguardi si appuntarono su di lei, perché quella che vedevano non era la ragazzina selvaggia di sempre. Aveva fiori tra i capelli e un'espressione nuova, indecifrabile.

Lena non si rese conto della perplessità suscitata e notò, invece, il fumo lieve che si levava dalle ciotole colme di minestra di grano e fagioli, dov'erano stati cotti i maltagliati. Aveva un profumo invitante e lei era affamata. Andò a sedere accanto alla madre, in prossimità del focolare.

«Dove sei stata?» domandò Pietro, spezzando il silenzio sospeso nella grande cucina.

«A cercare i miei zoccoli», rispose Lena.

Nessuno fece commenti. Era chiaro che anche gli uomini della famiglia erano stati informati del fatto che Lena era finalmente diventata donna.

Lei avvertì senza vederle, perché teneva lo sguardo abbassato sulla scodella, le occhiate che i commensali si scambiavano. Si sentiva il ronzio dei mosconi che sbattevano le ali, imprigionati dalla lunga striscia di carta moschicida che pendeva dalla trave del soffitto, accanto al lume a petrolio.

Pietro si schiarì la voce e disse: «In nomine Patris, et Filii, et Spiritus Sancti».

Tutti si fecero il segno della croce, mormorando un frettoloso amen. Dopo di che, affondarono i cucchiai di stagno nel brodo denso e sapido della minestra.

Gli uomini bevvero vino rosso schietto, le donne e i bambini lo annacquarono e lo insaporirono con l'aggiunta di uno spicchio di limone. Finita la minestra, le ragazze ritirarono le scodelle ed Erminia portò in tavola la torta. Era un lusso che i Baldini si concedevano la domenica. Il dolce, per altro, era fatto con ingredienti semplici che non comportavano dispendio di denaro. Bastava un po' di frutta di stagione, il pangrattato, qualche manciata di farina di granturco e la marmellata di succo d'uva. I bambini si contesero la fetta più grossa, tra un vociare festoso. I grandi inzupparono nel vino la loro porzione. Sembrava non ci fossero argomenti da discutere, né ragioni per cui litigare, quella domenica. Persino Erminia, solitamente combattiva, non aveva osato fiatare.

A pranzo finito, si alzarono da tavola e la cucina si spopolò velocemente.

Le ragazze, con la scusa di andare in parrocchia, avrebbero incontrato i loro spasimanti lungo la strada. Gli uomini si avviarono all'osteria. I bambini sciamarono verso le corti dei casali vicini per giocare con i coetanei. Erminia e le cognate salirono nelle loro stanze. Elvira si mise a lavare le stoviglie sgrassandole con la cenere del focolare. Lena sedette all'arcolaio e cominciò a filare la canapa. Il cigolio monotono della ruota di legno che girava mossa dal pedale, cui la ragazza imprimeva un ritmo regolare, rinnovava il suono antico di un'arte secolare. Quando ebbe terminato di rigovernare, Elvira accostò alla finestra una piccola poltroncina imbottita di crine e ricoperta di velluto rosso. Vi mise accanto la cesta piena di indumenti da rammendare. Quindi si sedette con un sospiro di sollievo. Quello era un lavoro che le donne facevano la domenica, per riposare. Munita di ago, filo e uovo di legno, la donna cominciò a rattoppare calzini. Infilava l'uovo nella calza per meglio individuare il buco e agevolare il rammendo. Di tanto in tanto sbirciava la figlia che sembrava immersa in un universo impenetrabile e misterioso. Avrebbe voluto scambiare qualche parola, ma non sapeva da che parte cominciare.

Elvira, seppure in modo problematico, amava questa figlia non desiderata e arrivata quando lei era ormai prossima alla cinquantina. Si sentiva in colpa per non averla voluta. Quando si era accorta della gravidanza, aveva fatto il diavolo a quattro per liberarsene: corse forsennate su e giù per le scale, bagni bollenti nella tinozza di legno, ingestione di intrugli micidiali a base di aceto e di prezzemolo. Non era riuscita ad abortire. Quel piccolo germoglio di vita stava abbarbicato al suo utero come l'edera ai muri di casa. Dopo la nascita, e per molti mesi, sembrò sempre che Lena fosse sul punto di morire. Era scarna, non piangeva mai, succhiava di malavoglia il latte della sorella. Elvira osava farle qualche tenerezza solamente quando erano sole, altrimenti fingeva d'ignorarla. Gli altri la consideravano un'intrusa che non aveva niente da spartire con il resto della famiglia. Invece, a dispetto di tutti, la piccola Maddalena crebbe e si attaccò alla vita così come si era abbarbicata al grembo della madre. Cercava il calore dell'affetto dove riusciva a trovarlo. Quando cominciò a gattonare per casa, capitava che sparisse. La ritrovavano nel pollaio o in mezzo al fieno. Una notte, Elvira si svegliò e vide la sua culla vuota. Perlustrò l'intera casa, ma della piccola non v'era traccia. Chiamò il marito e i figli.

«La bambina non c'è più», annunciò sul punto di urlare per la disperazione.

«L'avranno portata via le streghe», mormorò Erminia per esorcizzare la paura.

Infine la trovarono nel canile, in corte. Dormiva, arrotolata su se stessa, tra le zampe di Regina, un incrocio tra un setter e un pastore tedesco. Il cane ringhiò quando Elvira tentò di avvicinarsi. Lena dormiva beata succhiandosi il pollice.

Nell'inverno del '18, quando imperversava l'epidemia di febbre spagnola che decimò la popolazione, tutta la famiglia Baldini si ammalò. Lena, che aveva appena otto anni, fu sul punto di morte, tanto che venne chiamato don Filippo per somministrarle l'estrema unzione. Era divorata dalla febbre, respirava appena con piccoli rantoli, era disidratata e scarna. Pietro andò in magazzino a segare e inchiodare assi. Fece una piccola bara. Erano tutti smagriti e sofferenti. La sera, dopo cena, Elvira recitò il rosario aspettando in lacrime che la piccola esalasse l'ultimo respiro. Poi, si chinò sul pagliericcio dove Lena giaceva, accanto al focolare. La bimba spalancò su di lei gli intensi occhi viola e disse: «Ho fame».

Elvira pianse per la consolazione. Gli altri accettarono quella guarigione miracolosa come un segno del destino.

«Neanche il diavolo se la piglia, questa», disse Pietro, ma la voce ridente smentiva il suo parlare brusco.

Elvira pensava a tutto questo mentre aggiustava i calzini e batteva con il ditale l'uovo di legno per appiattire il rammendo.

Ormai vedeva che il brutto anatroccolo stava diventando un cigno. E allora i rondoni avrebbero cominciato a volare intorno al casale, per intrappolarla. Era proprio arrivato il momento di darle marito, prima che qualche furfante si approfittasse della sua innocenza e lei, Elvira, non sarebbe più stata in grado di proteggerla dagli attacchi esterni e da quelli della stessa famiglia.

Da tempo la donna era malata di cuore. Il medico condotto, l'ultima volta che l'aveva visitata, aveva scosso il capo a significare che la malattia faceva il suo corso e che la medicina poteva fare ben poco, ormai. Di questa malattia, Elvira non aveva fatto parola con nessuno, tranne che con don Filippo, il parroco. Non ne aveva parlato, un po' per il pudore di mostrarsi debole e un po' perché le sembrava che, se avesse cercato di ignorare il male, anche il male avrebbe ignorato lei. Si comportava come se la sua malattia fosse un cane ringhioso: se avesse evitato di guardarlo negli occhi, c'erano molte probabilità che si allontanasse senza mordere.

Di nascosto assumeva una medicina in gocce. La comperava dal farmacista con il denaro che attingeva, a malincuore, dalla sua rendita personale: quella che le veniva dalla vendita delle uova.

In casa, tutti vedevano che Elvira non era più la stessa ma, per paura che avesse un malanno serio, fingevano di non vedere. Quando il suo respiro diventava faticoso e le labbra le si tingevano di viola, lei si isolava nella camera da letto dicendo che aveva l'emicrania. Si sdraiava e, in solitudine, aspettava che la crisi passasse. Presagiva l'imminenza del giorno in cui, da quel letto, non si sarebbe alzata mai più. Dunque, aveva fretta di vedere sistemata la piccola Lena

Già da qualche tempo aveva avviato una trattativa con la famiglia Miserocchi per il tramite di don Filippo, soprannominato, bonariamente, don Palandrana a causa della lunga veste nera che, a ogni passo, fluttuava sul suo corpo lungo e secco in larghe pieghe.

I Miserocchi erano i proprietari di un piccolo appezzamento di terra confinante con quello della famiglia Baldini. Non erano certo contadini ricchi ma, rispetto ai Baldini, avevano un grande vantaggio: della numerosa prole era sopravvissuto un unico figlio, Antonio, detto Tognino. Dunque, non ci sarebbero state suddivisioni ereditarie ad assottigliare il patrimonio. La futura sposa di Tognino poteva considerarsi padrona di quella casa, avendo unicamente la suocera cui rendere conto.

All'inizio i Miserocchi avevano fatto i difficili, ricordando al parroco il carattere balzano della ragazza. Altrettanto aveva fatto Elvira, facendo notare che Tognino era ritornato dalla grande guerra con un occhio soltanto. Le trattative duravano da mesi e, ora che Lena era diventata donna, sembrò a Elvira che fosse giunto il momento di stringere i tempi.

Rimuginava questi pensieri mentre agucchiava e si chiedeva da che parte incominciare per intavolare l'argomento con la figlia.

Capì che le parole non la soccorrevano e si guardò intorno alla ricerca di un appiglio.

Lena filava quieta e pensosa e il cigolio dell'arcolaio sottolineava la pace di quell'intimità domestica.

Elvira spostò lo sguardo fuori dalla finestra, oltre la corte, dove gli animali sonnecchiavano. Al confine con il frutteto vide un uomo disteso sull'erba. Le sembrò un viandante che si fosse appisolato sotto un albero, vinto dalla stanchezza.

«E quello, chi sarà mai?» domandò ad alta voce, parlando più a se stessa che alla figlia.

Il pedale che azionava la ruota dell'arcolaio si bloccò. Lena alzò lo sguardo e strizzò gli occhi per vedere meglio.

«Non vedo nessuno», disse. Gli alberi e l'erba si confondevano in una nebbia lattescente. «Vado fuori», decise incuriosita.

«Tu non ti muovi. Ci penso io», decretò Elvira riponendo con calma, nella cesta, i panni aggiustati.

Erano anni grami, quelli, e per le campagne si aggiravano a volte tipi disperati, pronti a tutto pur di rubare polli o fare man bassa nelle dispense.

Lena si pose accanto alla finestra per osservare la madre che si allontanava in direzione del frutteto. La seguì fino a quando la figura dell'anziana contadina divenne, al suo sguardo, un'ombra evanescente. Accarezzò le piccole rose che aveva infilato nell'occhiello del suo polsino. Stavano appassendo. Tolse dai capelli i fiori gialli del tarassaco e li gettò nella corte.

Lena sentiva che l'uomo individuato dalla madre era lo stesso giovanotto biondo che aveva infilato i fiori nei suoi zoccoletti. Glielo diceva il cuore che aveva ripreso a galoppare.

«Se n'è andato», disse Elvira rientrando in cucina.

«Chi era?» domandò Lena con voce ansiosa.

«Non un vagabondo. Questo è sicuro. Aveva perfino l'orologio nel gilet. Indossava una giacchetta di stoffa buona. Sembrava che dormisse, invece leggeva un libro. Quando mi ha sentita arrivare, si è alzato, mi ha sorriso e mi ha fatto una riverenza. Sembrava quasi che volesse prendermi in giro», ragionò la madre scuotendo il capo. Si sedette sulla poltroncina e riprese a cucire.

«Che cosa vi ha detto?» insistette Lena.

«Niente. Si è allontanato senza una parola. Aveva una bicicletta appoggiata a un albero. Ci è salito sopra e si è messo a pedalare verso il paese.»

«È lui. Lo so che è lui», si lasciò sfuggire la ragazza, felice. Adesso era certa di avere un corteggiatore, e per giunta elegante.

«Lui, chi?» quasi strillò Elvira, con il cuore in affanno.

«Quello che ho visto al torrente, stamattina», sussurrò Lena, le mani abbandonate sul grembo, l'aria trasognata.

«E non mi hai detto niente? Chi era? Che cosa voleva?» Elvira era preoccupata.

«Non lo so. Sono scappata», rispose candidamente la ragazza.

«Questa storia non mi piace», borbottò la donna contrariata. «Non mi piace questo rondone che volteggia sul nostro casale», ribadì.

Lena non fece commenti. Sua madre decise che era giunto il momento di stringere i tempi e concludere le trattative con i Miserocchi.

4

Antonio Miserocchi si presentò alla porta del casale dei Baldini la domenica successiva, quando era ormai passato mezzogiorno e la famiglia aveva appena terminato il pranzo.

Che nell'aria ci fosse un evento importante che la riguardava, Lena lo aveva capito ormai da diversi giorni. Aveva aiutato sua madre a esumare dal baule una pezza di mussolina a disegni scozzesi, blu e verdi con righe gialle, comprata anni addietro dallo Stiffelius, un mercante che girava le campagne con il suo carro pieno di ogni genere di cose. Lo chiamavano Stiffelius per via della sua redingote nera, unta e bisunta, che era la sua divisa da lavoro.

«Ti farò un vestito nuovo», aveva detto Elvira, distendendo il tessuto sul tavolo di cucina.

Lena l'aveva guardata con aria interrogativa.

«Nel vecchio abito non ci entri più», aveva spiegato la donna. Lena sfiorò delicatamente la stoffa lieve e morbida e si chinò sul tavolo per vederla meglio, mentre Elvira rovistava nel «tracantò», la grande credenza alta due metri che faceva bella mostra di sé accanto al lavello di cucina. La donna estrasse un rotolo di modelli in carta che da sempre servivano per ritagliare gli abiti delle donne e dei bambini e i pantaloni e le camicie dei maschi, confezionati in casa.

Erano indumenti semplici, sempre uguali, che lasciavano molto a desiderare sul piano dell'eleganza, ma non su quello della praticità.

Il modello per Lena era una gonna lunga e molto arricciata, il bustino attillato, abbottonato fino al collo, le maniche ampie, strette al polso da una fascia che veniva chiusa con due bottoni.

«È bello», disse Lena. Provò quasi uno slancio di gratitudine verso la madre che si apprestava a lavorare per lei. Per lei sola Elvira avrebbe tagliato quel tessuto nuovo, per lei sola lo avrebbe cucito, un punto dopo l'altro. Da quando aveva memoria, Lena aveva indossato soltanto abiti smessi da Erminia o dalle nipoti più grandi. Ora avrebbe avuto, per la prima volta, un abito nuovo, tutto suo.

«Puoi aiutarmi, se vuoi», l'invitò Elvira, mentre appiattiva con mani esperte il modello di carta e, con l'aiuto degli spilli, lo fissava al tessuto.

«Devo raccogliere i ravanelli e sarchiare la terra», obiettò la ragazza, messa in allarme dall'insolita incombenza.

«Ma devi anche imparare a tagliare e cucire, altrimenti tuo marito e i tuoi figli andranno in giro vestiti di stracci», la indusse a ragionare Elvira.

Di nuovo sua madre le parlava di un marito, e lei sentiva che stava per decidere, a sua insaputa, del suo futuro.

«Quando sarà, si vedrà», replicò stizzita. Uscì dalla cucina come una furia. L'abito nuovo non la interessava più.

Raggiunse le altre ragazze che, già da un pezzo, sotto il sole del pomeriggio, avevano incominciato a lavorare i campi con il capo protetto da fazzoletti di cotone variopinti.

Le ragazze stavano chiacchierando e ridevano ma, quando la videro arrivare, smisero il loro cicaleccio. Era evidente che non volevano farla partecipe dei loro segreti. Lena non se ne ebbe a male. Succedeva la stessa cosa ogni sera, quando entrava in camera per andare a letto. Le nipoti, se già erano coricate, si zittivano immediatamente e soltanto quando pensavano che lei dormisse riprendevano il loro parlottio. Eppure da bambine avevano diviso gli stessi giochi, accapigliandosi o filando in perfetto accordo. Poi, crescendo, l'avevano piano piano esclusa dal loro mondo. Lena non aveva mai tentato d'imporsi. Sapeva che la ritenevano un po' tonta e un po' matta. E questo bastava a escluderla dalle loro confidenze.

S'incurvò sul terreno e cominciò a lavorare con la rapidità e la precisione acquisite nel tempo. Il silenzio era sottolineato dal picchiettio veloce della zappa sulle zolle riarse e dal frinire insistente delle cicale. Lena pensava al giovanotto biondo incontrato sul greto del torrente e ai discorsi odiosi di sua madre a proposito di un futuro marito. Lo sconosciuto che aveva infilato i fiori nei suoi zoccoletti le aveva rubato il cuore. Le piaceva immaginarlo nell'atto di cogliere le rose tra i rovi, dove crescevano selvatiche, per dedicarle a lei. Ma dov'era lui, in quel momento? Che cosa stava facendo? La pensava ancora oppure si era già dimenticato di lei? La sera, tornava al torrente, sperando di incontrarlo. Temeva di non rivederlo più. Tuttavia era già una consolazione sapere che, per un momento, qualcuno l'aveva pensata.

Quando venne la domenica, l'abito nuovo era pronto e Lena lo indossò. Non aveva uno specchio nel quale rimirarsi, ma sentiva che le stava bene. Prese a ruotare il busto sui fianchi per il piacere di far ondeggiare la ricca arricciatura della gonna che sfiorava la caviglia. Quando andò in chiesa con la famiglia, teneva stretto nella mano il messale dentro il quale aveva racchiuso, appiattendole, le piccole rose che il giovane dei suoi sogni le aveva regalato.

Non si abbandonò a colpi di testa, quella mattina. Non ascoltò neppure i soliti pettegolezzi delle coetanee che le sedevano accanto. Era insolitamente quieta e pensosa. Sua madre riteneva che il mestruo avesse in qualche modo contribuito alla sua maturità. E questo pensiero la rassicurava.

Così, quando Antonio Miserocchi alla fine del pranzo, si profilò sulla soglia della cucina, Elvira trasse un sospiro di sollievo

Aveva avuto. nel corso della settimana, brevi ma intensi colloqui con la famiglia dei vicini, con i quali, per altro, intratteneva da sempre rapporti cordiali. Con la madre di Antonio si era parlato di dote, di danaro, ed era stata stabilita perfino l'epoca delle nozze. Sarebbero state celebrate da lì a un anno, perché Lena avesse il tempo di completare il corredo, già in parte preparato da Elvira. Un corredo, diceva Elvira vantandosi, che comprendeva sei di tutto: lenzuola, asciugamani, tovaglie e tovaglioli, camicie, sottovesti, mutande, pannicelli, fasce per i figli che sarebbero nati e. ancora, due materassi di crine. una trapunta d'ovatta per l'inverno e una coperta di cretonne per l'estate. I Miserocchi avrebbero regalato agli sposi la camera da letto in legno di faggio, la brocca e il catino di maiolica per le abluzioni, due pitali e due scendiletto in canapa.

Elvira, dunque, consapevole di avere condotto ottime trattative, aspettava con ansia la prima visita del futuro sposo di Lena, un'ansia condivisa anche da Pietro che, mai e poi mai, aveva sperato di riuscire ad accasare quella testa matta.

Lena, come lo vide comparire, capì al volo che quella non era una visita casuale. Adesso sapeva che volevano maritarla a Tognino, un vecchio di ventisei anni, privo di un occhio, che sopperiva alla calvizie incipiente con un paio di baffi girati all'insù, e aveva orecchie simili alle ventole per ravvivare le braci. Se ne stava sulla soglia, in controluce, e reggeva goffamente in una mano un pacchettino che era chiaramente per lei.

Fu subito un intrecciarsi di saluti, un tramestio di sedie, un tintinnare di bicchieri. Pietro, con larghi gesti delle braccia e con voce poderosa, lo invitò a prendere posto alla tavola. Le ragazze presero a darsi di gomito tra loro, sogghignando. Elvira spianò sul tavolo un cartoccio di caffè in chicchi che, solitamente, compariva soltanto per Natale.

Lena ebbe uno scatto d'ira. Sbatté il cucchiaio di stagno dentro la scodella della minestra, chinò lo sguardo sul petto e rimase immobile, tesa come la corda di canapa cui veniva appeso il bucato.

«Sarei venuto per quello che sapete», esordì l'uomo, guardando fissamente, con il solo occhio buono, la giovane Lena che serrava i pugni in grembo. «E avrei portato questo», soggiunse, posando sul tavolo una scatola di cartone leggiadramente istoriata con disegni floreali. «Sono saponette francesi», concluse, mentre la voce gli veniva meno per l'emozione e il pomo d'Adamo, sul collo lungo e secco, andava su e giù mentre deglutiva.

Tacevano tutti, in trepida attesa di un segno da parte di Lena Lei era furibonda perché Tognino, che conosceva da quando era bambina, non era davvero l'uomo dei suoi sogni. Inoltre, la terrorizzava quell'occhio di vetro, la cui fissità la faceva rabbrividire. Anche se avesse avuto tutti e due gli occhi, lei non lo avrebbe voluto, perché lo considerava vecchio e brutto

«È un regalo per te, Lena», proseguì Tognino, forzando la propria indole che era quella d'un uomo avaro di parole.

La ragazza, imbronciata, non lo aveva ancora degnato di uno sguardo.

«Allora, non dici niente?» la sollecitò Elvira, ripensando a quanto aveva trafficato per arrivare a quel risultato. Sapeva bene che Lena avrebbe incontrato parecchi giovanotti felici di rotolarsi con lei nell'erba. Ma uno tanto coraggioso da sposarla, non si sarebbe presentato mai. Dunque, non poteva lasciarsi sfuggire quell'unica possibilità Così si sforzò di trovare le parole per allentare la tensione del momento.

«Perdonala, Tognino», disse con tono bonario. «Lena è selvatica. Lo sanno tutti. Il tuo regalo le piace», soggiunse mentre versava alcuni cucchiaini di caffè, appena macinato, dentro una piccola cuccuma di rame piena d'acqua bollente.

«Il suo carattere lo conosco. Ma avevate detto che era rinsavita», borbottò lui, annusando con piacere l'aroma del caffè che si levava dalla cuccuma.

A Pietro prudevano le mani, che avrebbe voluto usare per ricondurre la figlia alla ragione, ma era costretto a trattenersi. I fratelli e le cognate sogghignavano divertiti per la balordaggine della ragazza. A loro sembrava che Lena non avesse capito le intenzioni di Antonio Miserocchi e non gli importava che la ragazza si accasasse. Anzi, sarebbe stato più conveniente tenerla in casa perché era un'ottima contadina e, inoltre, il suo matrimonio, se si fosse fatto, avrebbe rappresentato una spesa superflua.

Elvira allungò una mano sul tavolo e spinse verso la figlia la scatola delle saponette.

«Tognino è venuto a chiederti in moglie», le disse, infine. Quindi si rivolse al pretendente, spronandolo a parlare. «Non è così, Tognino?»

«Sarebbe così», replicò lui, con l'abituale laconicità, mentre con un cucchiaino di alpacca, quello del servizio buono, rimestava lo zucchero nella tazzina del caffè.

«Non sei obbligata ad accettare. Ma se lo farai, io sarò contenta», soggiunse Elvira che non capiva perché la figlia dovesse fare tante difficoltà. «Potreste cominciare a frequentarvi la domenica per conoscervi meglio. Poi, se vi troverete d'accordo, allora vi sposerete. Adesso tu devi solamente ringraziare Tognino del bel pensiero che ha avuto per te.» Elvira sentiva che il suo cuore aveva ricominciato a perdere colpi e temeva di sentirsi male proprio in quel momento.

Lena sapeva che un rifiuto sarebbe stato fuori discussione. Quando fossero rimasti soli, Pietro l'avrebbe annerita di botte come una prugna matura. Tutti gli avrebbero dato ragione: sua madre, il prete, la gente. Nello stesso tempo era consapevole che non sarebbe riuscita a spiegare, perché in fondo non era molto chiaro neppure a lei, che non se la sentiva di sposarsi. L'età dei giochi non era ancora completamente finita e Lena aveva appena incominciato a sognare una storia d'amore, a immaginare la sua vita di donna.

Alzò finalmente lo sguardo sul pretendente e i suoi occhi viola brillavano come stelle. Avrebbe voluto gridare a lui e agli altri che se ne andassero via, che la lasciassero in pace. Vide Tognino che sorseggiava tranquillo il suo caffè dal piattino in cui lo aveva versato per farlo raffreddare. Aveva un'aria serena, come se vivesse in pace con se stesso e con il resto del mondo. Avrebbe voluto odiarlo e invece odiò se stessa.

«Non posso accettare il vostro regalo. Né la vostra proposta. Sono ancora troppo piccola per pensare a sposarmi», disse con solennità. Rialzò con fierezza il suo busto esile, spinse indietro la sedia cui era rimasta ancorata per tutto quel tempo, si alzò e uscì. Avrebbe voluto urlare al cielo la sua disperazione, lo smarrimento e tutta la sua voglia di vivere a modo suo. Invece si controllò. Si avviò lentamente verso il frutteto e s'inoltrò lungo il viottolo che portava al torrente. Camminando, trascinava gli zoccoli sollevando nuvole di polvere. Non pioveva da due mesi e la terra era assetata. Raggiunse il greto del Senio e si accoccolò sull'erba tiepida, piegandosi su se stessa, come una marionetta dai fili spezzati. Se il terreno, sotto di lei, si fosse aperto all'improvviso e l'avesse inghiottita, non avrebbe fatto nessuno sforzo per salvarsi.

Sentì una mano leggera accarezzarle i capelli. Non si mosse.

«È da questa mattina che ti aspetto», disse una voce pacata.

Lena trattenne il respiro. Una rosa bianca di Damasco piovve sul suo grembo. Lei la prese per il gambo e se l'accostò al viso, aspirandone il profumo. Poi alzò lo sguardo sul giovane biondo che si stava chinando su di lei.

«Si vede che siete un tipo paziente», replicò, con un tono neutro, per mascherare l'emozione.

«La pazienza è la mia forza», disse lui, sedendole accanto. Allungò una mano forte e callosa, da contadino, e la posò per un attimo sul suo viso.

«Hai gli occhi viola», constatò, con aria ammirata.

Il torrente, sotto di loro, era ridotto a un rigagnolo d'acqua giallastra e i piccoli pesci erano spariti.

«I miei occhi non sono buoni. Non vedono lontano», spiegò Lena arrossendo.

«Sei miope. Bisognerà farti fare un paio di occhiali», ragionò lui.

«Occhiali? Come i vecchi e i preti?» protestò. Parlava con quel giovane sconosciuto come se lo conoscesse da sempre. Non le sembrava vero, dopo tanti giorni passati a pensare a lui, di ritrovarselo accanto.

«A Ravenna ci sono donne giovani e belle che portano gli occhiali. Lo farai anche tu», la rassicurò.

Lena annuì, ma era fermamente convinta che gli occhiali l'avrebbero resa oggetto di scherno da parte di tutti. L'avrebbero chiamata «quattr'occhi». Comunque, suo padre non avrebbe mai speso soldi per un oggetto così futile. Per lavorare nei campi, accudire al focolare o tessere la canapa non erano necessari.

«Siete di Ravenna?» osò domandare.

«Sono di Lugo», spiegò lui. «A Ravenna frequento la scuola serale. Studio da perito agrario.»

«Un contadino che studia», esclamò lei al culmine dello stupore. «E dire che mi ero tanto spaventata, l'altra volta. Sono scappata come una scema. Ma io, si sa, non sono tanto normale», confessò.

Lui la guardava sorridendo. Aveva l'aria di divertirsi molto.

«Ti confesserò un segreto. Nemmeno io, a sentire gli altri, sono tanto normale», replicò con aria maliziosa.

«Voi siete ricco, e vi state burlando di me», disse lei, rabbuiandosi.

Lui sbottò a ridere.

«Ricco, io? Da dove ti viene questa idea?»

«Avete la cipolla», commentò alludendo all'orologio da taschino legato alla catena d'argento che gli attraversava il gilet.

Il giovane rise ancora più di gusto. «Ma quale cipolla? Qui dentro non c'è niente.» Posò una mano sul taschino: «È soltanto un trucco, vedi?» Mostrò che la catena reggeva solamente una medaglietta smaltata. Su un lato era dipinta l'effigie della Vergine e sull'altro c'era la scritta: «Ricordo della prima Comunione».

«Allora siete un imbroglione», sbottò Lena, stizzita.

Lui si fece serio. Appoggiò per un attimo le mani larghe sulle spalle ossute della ragazza e le strinse forte, senza farle male. Poi disse: «Mi chiamo Spartaco Rangoni. Non sono un imbroglione. Sono un contadino, come te. I contadini non sanno imbrogliare. Sono loro, caso mai, a essere imbrogliati dai padroni. È così da sempre. Tu sai com'è un padrone? Sai come vive?»

Lena pensò al conte Arduino Sforza di Monteforte e alla sua famiglia. La loro casa di campagna, fuori da Cotignola, sembrava un castello. Era una specie di villa-fortezza costruita, si diceva, nel Trecento. Vi aveva abitato persino un famoso capitano di ventura, Muzio Attendolo, divenuto poi uno Sforza di Milano. Lena vedeva qualche volta il conte Arduino quando, da Roma, arrivava in villa. Aveva modi alteri. Nella chiesa parrocchiale di Santo Stefano c'era, in prima fila, il banco riservato alla famiglia. Capitava che, all'uscita della messa, lui pescasse dalla tasca una manciata di monete e le gettasse in aria, sul sagrato, per generosità ma anche per il piacere di vedere i bambini, e non soltanto loro, gettarsi sul danaro, accapigliandosi per pochi centesimi. I contadini si levavano il cappello, portandoselo al petto, quando lui passava. Aveva una faccia strana: la mascella larga, il naso prominente, il mento quadrato e sporgente, le labbra quasi non si vedevano, e nemmeno gli occhi, adombrati da sopracciglia molto folte. Il suo viso aveva sempre un'espressione di totale indifferenza a ciò che lo circondava, anche se i modi erano cortesi. Sì, poteva ben dire di aver visto in faccia un padrone. Quanto alla villa, la vedeva tutti i giorni, però solamente dall'esterno. Qualche volta le sarebbe piaciuto entrare, ma c'erano i famigli e i cani a tener lontani i curiosi.

«No», rispose la ragazza. «Non ho mai visto la casa di un padrone.»

«Io sì. Vive in case spaziose, con tante e tante stanze, una più bella dell'altra. Ci sono quadri di grande valore, ottomane morbide per dormirci sopra e poltrone per fare conversazione. Tappeti così belli che è un peccato camminarci sopra. Sono case fresche d'estate e calde d'inverno. Neanche le mosche osano entrare in quelle case. I signori portano scarpe di vacchetta e hanno piedi così bianchi che nemmeno te li immagini. Non li consumano a camminare perché vanno in giro in carrozza o in automobile.»

«Ne ho sentito parlare», disse Lena. «Io, però, non ne ho mai vista una per le nostre strade. Né saprei dire com'è fatta un'automobile.»

Spartaco continuò con foga il suo racconto. I suoi occhi azzurri brillavano al sole.

«I loro figli studiano nei collegi e hanno un servitore appresso, ovunque vadano. Si cambiano la camicia ogni giorno. Dormono su materassi imbottiti di lana e si coprono con trapunte foderate di seta. L'acqua non deve essere attinta dal pozzo perché arriva direttamente in casa, e basta aprire un rubinetto perché scorra a litri.»

«Questa poi!» esclamò Lena incredula.

«È così, credimi. Nelle loro case hanno una grande stanza che chiamano sala da bagno. Loro si immergono nudi in una grande vasca piena d'acqua calda e di profumi. In quella sala hanno anche una grande tazza bianca dove si seggono per i loro bisogni.»

«Che sporcaccioni! I bisogni si fanno nei campi, non in casa», commentò scandalizzata.

Spartaco annuì, con aria grave.

«Sporcaccioni, sì, ma soltanto perché ci sfruttano e ci vogliono ignoranti. Loro sono pochi e vivono sulle nostre spalle. Io non resterò ignorante, per questo studio per diventare perito agrario. Così, tu non devi dirmi che sono un imbroglione perché fingo di avere un orologio che non ho.»

Aveva alzato la voce. Lena lo guardava attonita e confusa.

Certo non era così stupida da non sapere che i signori vivevano meglio dei contadini, tuttavia stentava a credere a tutte le cose che Spartaco le aveva detto.

«Se non sei un imbroglione, perché fingi?» lo sfidò.

«Perché mi piace. Dico male dei signori, ma vorrei essere uno di loro. Invece, sono soltanto un povero contadino. Guarda le mie mani», disse. Erano grandi, ben modellate, callose sui palmi per la lunga consuetudine a lavorare nei campi. Tuttavia le unghie, corte e spezzate in alcuni punti, erano molto più pulite di quelle di don Palandrana, che con l'acqua se la diceva poco e non aveva mai preso in mano una vanga.

«Ti sembrano mani da signore, queste?» la interrogò. E aggiunse: «Devo passare uno spazzolino insaponato per liberarle dalla terra che si annida in ogni piega. La sera vado a scuola non solo per sentirmi meno ignorante, ma anche perché imparo cose nuove sui terreni, sulle coltivazioni, sui concimi. Un giorno lavorerò in una grande azienda agricola e metterò a frutto tutto quello che avrò imparato. Certamente guadagnerò di più che a intrecciare cesti nelle lunghe sere d'inverno e a spingere l'aratro sui campi degli altri. Con quello che guadagnerò, comprerò della terra che sia mia davvero. Saprò come farla fruttare. Avrò dei salariati che tratterò bene e non permetterò mai che una bella ragazza come te rimanga ignorante perché ci vede poco e nessuno le compera gli occhiali».

Lena accarezzò la rosa che Spartaco le aveva gettato in grembo e guardò il ragazzo, perplessa. Le sembrava che questo Spartaco Rangoni fosse un po' esaltato. Si aspettava che le parlasse d'amore e, invece, sembrava un politicante.

Le rare volte in cui a Cotignola compariva un politico, la gente si raggruppava intorno per sentirlo parlare e poi suo padre, scuotendo il capo, commentava: «Questi socialisti! Meglio girare alla larga. Parlano tanto, ma alla fine ognuno pensa per sé».

«Siete un socialista?» domandò sospettosa. Nenni e Mussolini erano gente di quelle parti e stavano sempre a creare disordini senza concludere niente di positivo.

«Sono un contadino e lo resterò sempre, anche quando diventerò ricco e farò in modo che tutti quelli che lavorano per me stiano meglio di adesso», sentenziò con enfasi e aggiunse: «Puoi darmi del tu, non ho ancora vent'anni».

«Allora sei proprio un socialista», disse scostandosi da lui e guardandolo con rabbia.

Lui sorrise, accarezzandole il viso. Lei avvampò e con un gesto brusco allontanò la sua mano dal viso.

«Ti riempi la bocca di parole e non ti interessa neppure di sapere con chi stai parlando. Non sai nemmeno il mio nome!» gridò mentre gli occhi le si riempivano di lacrime.

«Ti chiami Maddalena, ma ti chiamano Lena», disse lui con voce dolcissima. «Sei la figlia di Pietro Baldini. Dicono che sei matta come un cavallo, ma io non lo credo. Ami i fiori, soprattutto le rose.»

«È tutto vero. Come hai fatto a saperlo?» Il cuore le batteva forte nel petto.

«Dico sempre la verità e riesco sempre a sapere tutto delle persone che mi interessano. E tu, Maddalena, mi interessi moltissimo.»

Si chinò su di lei che rimase immobile.

«Davvero ti interesso?» chiese esitante, incredula, con un filo di voce.

«Più di quanto tu possa immaginare.»

Erano così vicini, che le punte dei loro nasi quasi si sfioravano. Lena sentì il profumo di Spartaco e chiuse gli occhi mentre le loro labbra si univano. Fu il loro primo bacio, e lei lo avrebbe ricordato per tutta la vita.

5

Lena non aveva ancora superato la metà in ombra della corte quando una mano dura colpì con cattiveria la guancia che pochi minuti prima Spartaco aveva accarezzato con tanta dolcezza. La voce della sorella Erminia le esplose nelle orecchie rintronate dalla percossa.

«Se nostra madre muore sarà soltanto colpa tua.»

Il cuore e la mente di Lena, fino a quel momento, avevano veleggiato in uno spazio ovattato, tra cielo e terra, con la levità di una rondine che dispiega le ali lasciandosi portare dal vento. Lo schiaffo aveva spezzato l'incanto e la ragazza si precipitò nella cucina gremita di gente dai volti seri e corrucciati. Elvira non c'era

Spartaco e la loro storia d'amore appena sbocciata erano svaniti nel nulla. Adesso, nel cuore e nella mente c'era spazio solo per lo sgomento. Non fece domande, non ce n'era bisogno. Salì di corsa i gradini di legno in un fragore di zoccoli e si diresse verso la stanza dei suoi genitori. Elvira giaceva nel grande letto, il corpo affondato nel materasso imbottito di foglie secche di granturco. Faticava a respirare. Il pallore cinereo del viso faceva risaltare il colore violaceo delle labbra. Con una mano inquieta tormentava il risvolto del lenzuolo di canapa. Vedendola, la donna tentò un sorriso che si tradusse in una smorfia di sofferenza.

Lena capì che sua madre stava morendo.

«Io non sapevo...» sussurrò sbigottita, chinandosi su di lei.

Allungò una mano per accarezzarla, ma quel gesto spontaneo

rimase sospeso, sembrandole una confidenza eccessiva. Così la mano ricadde lungo il fianco e Lena rimase lì, in piedi, avvolta dall'odore pungente dell'olio canforato con cui qualcuno aveva unto il petto della donna per darle sollievo.

«Sto male da un pezzo», disse Elvira. «Questa volta è un po' peggio del solito. Ma devo tener duro ancora per un po'. Vedrai che non muoio», tentò di rassicurarla.

«Erminia dice che se morite, la colpa è soltanto mia», replicò Lena.

Aveva una metà del viso in fiamme per lo schiaffo appena ricevuto e un sibilo fastidioso risuonava nell'orecchio colpito.

«Erminia apre la bocca per dar fiato ai polmoni e picchia te perché non può picchiare suo marito», precisò Elvira. «Tutti ti picchiano, tutti scaricano su di te la loro scontentezza. Credi che non lo sappia? È inevitabile che sia così, perché tu sei l'anello più debole. Devi andartene da questa casa, ma lo farai in modo da non recare disonore a te e alla famiglia. Ti sposerai. Ho faticato tanto per arrivare a un accordo con i Miserocchi. Non fare che le mie fatiche si disperdano nel vento. Tognino non ti piace. Questo l'abbiamo capito tutti.» Elvira fece una pausa. Era esausta.

«Vi sembra giusto che sposi un uomo che non mi piace?» domandò Lena.

«Un marito non deve piacere. È un marito e basta Nemmeno a me piaceva tuo padre, eppure l'ho sposato perché questa era la volontà dei miei genitori.» Parlava con un filo di voce e Lena stentava a capirla. Eppure si rendeva conto che sua madre non aveva mai parlato così a lungo, con lei, prima d'allora.

Stringeva ancora nella mano la rosa bianca di Damasco che Spartaco le aveva dato. Il suo cuore era gonfio di dolore e non riusciva a esprimere il groviglio di sentimenti che la dilaniava Avrebbe voluto parlare a sua madre di Spartaco, dell'attrazione che sentiva per lui e che non aveva niente a che vedere con il matrimonio. Non voleva ancora un marito, ma solamente un innamorato.

Certo, non era piacevole essere picchiata, rimproverata, derisa dalla famiglia, ma sarebbe stato ancora peggio essere maritata, e per di più a un uomo che non le piaceva. Avrebbe voluto spiegare tutto questo. ma non trovava le parole per dirlo.

«Un marito serve per avere il rispetto della gente», proseguì Elvira, quasi avesse letto nei suoi pensieri. «A sedici anni, se puoi lavorare, sei anche pronta per fare dei figli. I figli sono la penitenza per le brutte cose cui tuo marito ti costringerà nel buio della camera da letto. È bene che tu sappia che gli uomini, belli o brutti, a letto sono tutti uguali. Tognino è un bravo giovane. Non va in giro in cerca di femmine. Dunque, una volta sposati, non ti peserà addosso più del necessario», aggiunse ancora la madre.

«Lo desiderate tanto, questo matrimonio?» domandò Lena, aggrappandosi alla speranza di un diniego.

«Desidero soltanto il tuo bene. L'esperienza mi dice che Tognino è l'uomo giusto per te. Se accetterai di sposarlo, io potrò morire in pace.»

Lena si rassegnò alla sua sorte: «Lo sposerò. Ve lo prometto. Ma voi promettetemi che vivrete». Aveva la gola serrata da un singhiozzo.

«Questo non posso farlo. La morte e la nascita dipendono da Dio, non da noi.»

La ragazza strinse nel palmo il gambo della rosa e avvertì quasi con piacere la puntura di una spina.

«Vai a chiamare tuo padre», le ordinò. Voleva che Pietro e tutti gli altri sapessero che Lena aveva accettato le nozze con il figlio dei Miserocchi. Poi, chiese d'essere lasciata di nuovo sola con la sua ragazzina. Sentiva imminente la propria fine e la presenza di Lena le dava conforto.

Scese la sera. Venne don Palandrana a confessarla e a somministrarle l'estrema unzione. Venne anche il medico condotto che Pietro aveva fatto chiamare per liberarsi la coscienza da qualsiasi senso di colpa

«Potrebbe anche superare la crisi», disse il medico dopo averle auscultato il petto. Le praticò un'iniezione e aggiunse scuotendo il capo: «Se peggiora, è inutile che io ritorni». Essendo ateo, disse anche che se Dio fosse esistito, l'avrebbe fatta morire alla svelta. perché le sofferenze di Elvira erano grandi.

Attraverso le imposte socchiuse, giungeva nitido nella stanza, a intervalli regolari, il canto della civetta. I bambini che in quella notte non riuscivano a dormire, socchiusero la porta della ca mera da letto della nonna e guardarono Lena che sedeva al capezzale della malata, china su di lei. Una candela accesa rischiarava la stanza.

«La zivéta l'ha cantè, l'ha fatt cuccu meo, cuccu meo», sussurrarono con le loro vocine sommesse, ripetendo un vecchio adagio popolare. Lena fece loro un cenno brusco perché se ne andassero. Ma era spaventata anche lei. La civetta non sbagliava mai. Il cattivo presagio si sarebbe avverato.

Elvira spirò all'alba. Lena le chiuse gli occhi, mentre le diceva. «Riposa in pace, mamma». Era la prima volta che le dava del tu. E aggiunse: «Manterrò la mia promessa». Le congiunse le mani sul petto e tra queste infilò la rosa bianca che Spartaco le aveva regalato.

Il funerale venne officiato il giorno seguente. Don Palandrana fece sfoggio di tutta la sua oratoria per elencare le grandi doti di sposa e di madre della defunta. Pietro si strappò i capelli urlando la sua disperazione. Erminia svenne e dovette essere trattenuta a forza perché voleva gettarsi nella fossa sopra la bara di sua madre. I fratelli e le cognate singhiozzarono, le giovani nipoti recitarono a meraviglia una contrizione che, tutto sommato, non sentivano. La gente dei campi partecipò compunta al funerale intercalando commenti sulle virtù della povera Elvira a ragionamenti sulla siccità, sul prossimo raccolto, su Mussolini che diceva di darsi tanto da fare per i contadini che continuavano a vivere nella miseria.

Soltanto Lena non aveva smaniato né pianto. Il suo viso era insolitamente sereno e gli occhi asciutti come la terra riarsa Pensava alla rosa bianca che era stata sepolta con sua madre e con un sogno appena sbocciato.

Per alcuni giorni, in famiglia cessarono le urla, i rimbrotti, le chiacchiere. Il chiasso dei bambini, lo schiamazzo degli animali, il lavoro dei campi dicevano tuttavia che la vita andava avanti anche senza la povera Elvira, che Pietro chiamava ormai la buonanima In cucina, su una mensola, venne posto il suo ritratto ed Erminia provvedeva ad accendere un lumino che lo rischiarasse quando scendeva la sera. Con il tacito consenso di tutti, diventò lei il capo della casa.

Lena riprese il lavoro dei campi con tanta energia e tanta rabbia da eguagliare il rendimento di un uomo. La sera trangugiava una scodella di minestra. Poi cadeva stremata sul letto e, vinta dalla fatica, si addormentava di botto. Si era imposta di non pensare più a Spartaco, contadino, studente e sognatore, né al bacio che si erano scambiati. Non sarebbe più andata sul greto del torrente sperando che una rosa bianca le cadesse in grembo. Da lì a un anno avrebbe sposato Antonio Miserocchi. Avrebbe sopportato che lui le pesasse addosso, la notte, e che la ingravidasse. Si augurava soltanto che Elvira, nell'aldilà, sapesse che lei faceva tutto questo unicamente per amor suo.

Infatti, più il tempo passava e più Lena si convinceva che in ciò che Elvira le aveva detto sugli uomini e sul matrimonio doveva esserci qualche errore. Come poteva sostenere, sua madre, che gli uomini fossero tutti uguali, se lei provava avversione per Tognino e attrazione per Spartaco? Se quella domenica pomeriggio Spartaco avesse tentato di sedurla, lei si sarebbe avvoltolata nell'erba con lui, ridendo di piacere. Ne era sicura.

La domenica successiva alla morte di Elvira, quando la famiglia era di nuovo riunita intorno alla tavola e lei non riusciva a mangiare pensando che Spartaco la stesse aspettando al torrente, disse: «Potete riferire a Tognino che venga a trovarmi. Discorrerò con lui, come ho promesso alla mamma». Parlò in modo rude, com'era sua abitudine, tenendo gli occhi fissi sulla scodella della minestra.

Alla fine del pranzo, quando le donne ebbero rigovernato e la cucina si svuotò, Lena si mise all'arcolaio a filare la canapa. Lavorava e piangeva disperata.

Odiava se stessa più di tutti, perché credeva di avere la felicità a portata di mano e le mancava il coraggio di afferrarla, con un gesto di ribellione contro i vivi e contro i morti. Sentiva ancora la voce calda e vibrante di quel bugiardo che fingeva di avere un orologio nel taschino e diceva cose strane sui ricchi e sui poveri. Spartaco che studiava per diventare ricco, che aveva mani grandi e belle con le unghie pulite, che sapeva tutto di lei e della sua vista corta

Smise di azionare il pedale e uscì sulla corte.

Suo padre sedeva all'ombra d'un fico in compagnia di alcuni contadini venuti in visita, poiché la recente vedovanza non gli consentiva di andare all'osteria. Bevevano vinello frizzante, a cavalcioni di sedie malandate. Erano in maniche di camicia, il cappello spostato all'indietro. Ragionavano sui fatti personali e su quelli del mondo, con l'autorevolezza che gli veniva dall'aver bevuto qualche bicchiere di troppo.

«Un uomo senza una donna è come se camminasse su una gamba sola», diceva Pietro, scuotendo il capo con aria sconsolata.

«Certo che la padrona, in una casa, è come il re per una nazione», ragionava un ospite.

«Appunto. Il re porta la corona e Mussolini ha in mano il bastone», replicò Pietro, che faceva di tutte le erbe un fascio e detestava i fascisti quanto i socialisti, la monarchia e l'impero, ma nel caso specifico intendeva che la donna doveva essere sottomessa all'uomo.

«Quando in casa ti entra una bella sposa, è una festa per tutti», esclamò il vecchio Miserocchi il quale doveva già essere stato informato del consenso di Lena e adesso vedeva la ragazza venire verso di loro. «Eccola qua, la sposa», la accolse con aria raggiante.

Lena non lo degnò di una risposta e invece si avventò quasi su suo padre. «Non è vero che non so leggere le ore del campanile», lo aggredì con malagrazia. «È vero invece che non posso leggerle perché sono miope», gridò, le mani appoggiate alle anche, con aria di sfida.

«Adesso, a questa che cosa le prende?» trasecolò l'uomo guardando con aria interrogativa i tre amici, come se cercasse il loro aiuto.

«Mi prende che dovete comperarmi gli occhiali», replicò lei, battendo decisa uno zoccolo sul terreno.

L'uomo, assolutamente spiazzato, incominciò a grattarsi la testa infilando una mano sotto il cappello.

«E me lo dici adesso? Di domenica, tutto d'un botto? Chi ti ha messo in testa questa pataccata?» urlò alzandosi e fronteggiandola. Non era mai successo prima d'allora che Lena si rivolgesse a lui con quel tono e lo sfidasse di fronte agli estranei. Chissà che cosa avrebbero pensato di lui, che non sapeva farsi rispettare da una ragazzina.

L'istinto fu quello di allungarle un ceffone, ma qualcosa nell'espressione decisa della figlia gli impedì di alzare il braccio per colpirla.

«Gliel'ho messa in testa io questa pataccata, che poi tanto pataccata non è», disse il giovane comparso all'improvviso nella corte, mentre si toglieva il cappello con un gesto di saluto.

Lena lo guardò stupefatta e così fecero i presenti. Pietro riprese a grattarsi la testa com'era solito fare nei momenti di difficoltà.

«E questo chi è?» chiese rivolgendosi agli amici più che al giovane biondo, dall'aria decisa, che si era insinuato nella sua corte, senza essere stato invitato.

«Sono Spartaco Rangoni. Sono di Lugo, signor Baldini. Domando rispettosamente di parlarvi», rispose con un formalismo cui Pietro non era abituato.

Lena fece alcuni passi all'indietro, verso la porta di casa. Il suo cuore cantava di gioia. Era certa che Spartaco fosse venuto per chiederla in moglie. E questo avrebbe cambiato tutto. Si augurò che il giovane biondo avesse le credenziali in regola per costringere suo padre a rimangiarsi la parola data ai Miserocchi.

6

Lena era il chiodo fisso di Pietro. Di fronte alle stranezze dell'ultima nata, le certezze dell'uomo diventavano sempre meno incrollabili.

Finché aveva avuto Elvira al suo fianco, era la buonanima che, in famiglia, prendeva le decisioni. Ora, quel ruolo a cui non era abituato spettava a lui.

L'imprevedibile Lena, flessibile e forte come un giunco, aveva ottenuto la grazia di un promesso sposo per intercessione della madre, ma nessuno avrebbe mai pensato che potesse nascondere un secondo corteggiatore.

Pietro pensò che il mondo era pieno di matti. E lui, proprio per questo, doveva lasciarsi guidare dal suo istinto sano e concreto. Era persuaso che quella ragazzina avesse bisogno di una lezione.

Il giovane che gli stava dinanzi era quello che si dice un bel ragazzo, un tipo sveglio dalla mente lucida e pronta, dai modi affabili e dall'eloquio convincente. Ma Pietro Baldini non era uomo da lasciarsi sedurre dalle apparenze.

«I fatti, giovanotto, sono quelli che mi interessano», disse con tono burbero dopo averlo ascoltato. «Con acqua e chiacchiere non si fanno frittelle», sentenziò.

Spartaco Rangoni sorrise a quella perla di saggezza che, da quando aveva memoria, saltellava in tutte le conversazioni dei contadini. La vasta cucina, fresca e accogliente, induceva alla concretezza dei ragionamenti.

«Voi siete di Lugo», riprese. «Siete uno di città. Qui a Cotignola abbiamo le nostre usanze.»

«E allora?» lo interrogò il ragazzo.

«Allora credo, poiché vi presentate come un galantuomo, di avere il diritto di sapere fin dove vi siete spinto con quella testa matta di mia figlia.»

Il sorriso scomparve dalle labbra di Spartaco.

«Non mi sono spinto da nessuna parte. Non farei mai con la ragazza, che con il vostro permesso prenderò in moglie, nessuna delle cose che vi sono passate per la mente.»

Il giovane era rosso di sdegno.

«È difficile che Lena diventi vostra moglie», replicò Pietro traendo un sospiro di sollievo dopo la dichiarazione decisa del ragazzo. «Mia figlia, dovreste saperlo, è già stata promessa. E quand'anche non lo fosse...»

«Quand'anche non lo fosse?» lo incalzò Spartaco.

«Io non so niente di voi. Inoltre, vi dirò che questa vostra irruzione in casa mia mi creerà un sacco di guai con la famiglia dello sposo. Gente per bene, che si è dimostrata fin troppo paziente e comprensiva.»

Pietro parlava a Spartaco e guardava il ritratto di Elvira, appoggiato sulla mensola, come se aspettasse un segno di approvazione.

«Io vi ho parlato con sincerità. Adesso tocca a voi rispondere», incalzò Spartaco.

«La ragazza è stata promessa. Che altro c'è da dire?»

«Siete sicuro, signor Baldini, che Maddalena condivida questa decisione?» insinuò il pretendente.

Pietro era certo che sua figlia avesse un'opinione diversa dalla sua. Ma lui aveva l'obbligo di scegliere la soluzione più giusta per lei. Senza contare che quella soluzione era frutto della genialità di Elvira, che aveva individuato in Tognino Miserocchi il marito ideale per quella ragazza sconsiderata.

«Volete insegnarmi a vivere?» lo aggredì.

«Voglio soltanto dirvi che amo Maddalena e sono seriamente deciso a sposarla.»

A Pietro piaceva quel giovane dalla parola pronta. Ma non lo conosceva. Inoltre, diffidava della gente di Lugo, metà contadini e metà cittadini.

«La sola cosa che so di voi, con assoluta certezza, è che avete riempito la testa di mia figlia di grilli fastidiosi. Lena ha bisogno di stare in pace. E anch'io, se permettete.» Si prese la testa tra le mani e puntò i gomiti sul tavolo. «Ma che razza di pensieri le avete messo in testa? Che cos'è la storia degli occhiali? Come vi permettete di mettere il naso negli affari della mia famiglia?»

Pietro si era accalorato ed era fermamente deciso a mettere alla porta quell'insolente. Il quale, invece, era determinato a imporre il suo punto di vista.

«Io non posseggo nulla, signor Baldini. Nemmeno la terra sulla quale lavoro è mia. Però i Rangoni sono gente onesta e con tanta voglia di lavorare.»

«Una stupida che coltiva rose invece che pomodori, e un povero cristo armato soltanto di buone parole sono destinati al fallimento. E a morire di fame», sentenziò Pietro.

«Mi sono diplomato in Agraria con voti eccellenti», lo informò Spartaco.

«Che cosa ci fai con il tuo diploma? Lo mangi?» lo sferzò brutalmente.

Spartaco non raccolse la provocazione e non dette peso al fatto che il contadino gli avesse dato del tu

«Ci sono molte strade nella vita e io ho le gambe buone. Vado verso un traguardo e non mi fermerò nemmeno quando l'avrò superato», disse.

«Parole. A piedi non andrai tanto lontano.»

«Per ora vado in bicicletta. Un giorno avrò un'automobile e potrò offrire un'esistenza più che decorosa a Maddalena.»

«Magari correndo la 'Mille Miglia'», ironizzò Pietro.

«Non è il genere di gara che mi interessa», ribatté, pronto, il giovane.

«E non è la faccia tosta che ti manca.»

«Sono un cavallo vincente, signor Baldini. Punti su di me e non se ne pentirà», garantì sfoderando un sorriso che avrebbe incantato il diavolo.

Lena era stata confinata al piano superiore, quando i due uomini erano entrati in cucina. Ma era riuscita a scendere senza farsi vedere e si era nascosta fuori, sotto la finestra. Così non aveva perduto una sillaba della conversazione tra Spartaco e suo padre.

Teneva le mani intrecciate, come se pregasse, e sperava, al di là di ogni logica, che Pietro acconsentisse a darla in moglie a Spartaco. Rivolse pensieri al cielo perché esaudisse il suo desiderio. In seguito, quel giovanotto presuntuoso avrebbe dovuto fare i conti con lei e spiegarle perché si era presentato a Pietro senza prima sentire il suo parere. Era chiaro che lei lo voleva, ma non le piaceva che lui desse per scontato anche il suo consenso.

Inoltre, non aveva nessuna intenzione di sposarsi subito. Voleva un lungo fidanzamento prima. Voleva andare a Ravenna per vedere il mare, le navi, le automobili e quelle smorfiose ragazze di città con gli occhiali sul naso. Avrebbe avuto anche lei un paio di occhiali. Però, doveva mettere in chiaro tante cose con il suo futuro sposo. Per esempio, se lui fosse diventato ricco, lei non gli avrebbe in nessun modo consentito di mettere dentro casa quell'obbrobrio di gabinetto di cui le aveva parlato.

«Per me, tu sei uno spaccamontagne», concluse Pietro e aggiunse: «Sei uno che costruisce castelli di parole che crollano al primo soffio di vento».

Lena sentì il rumore di una sedia scostata dal tavolo. Era il segno inequivocabile che l'incontro era finito.

«Vi sbagliate, signor Baldini», tentò ancora Spartaco.

«Sbagliano tutti. Può capitare anche a me.»

«Pensateci ancora, prima di rifiutare definitivamente», insistette il giovane. «Io voglio molto bene a Maddalena. E anche lei me ne vuole.»

«Maddalena, come la chiamate voi», Pietro ritornò al voi per congedarsi da quel giovane che non gli dispiaceva, «ha un impegno preciso e lo manterrà. Forse un giorno mi ringrazierete perché Lena è un tipo molto più difficile di quanto crediate. Adesso andate in pace. Io ho degli amici là fuori che mi aspettano.»

Lena era furibonda. Con quale diritto suo padre decideva per lei? Nessuno si preoccupava di sentire il suo punto di vista. Rimpianse sua madre perché era sicura che Elvira sarebbe stata dalla sua parte. La voleva sposata a Tognino perché credeva che nessun altro l'avrebbe chiesta in moglie. Se avesse conosciuto Spartaco, avrebbe cambiato idea. Lasciò il suo nascondiglio nel momento in cui Spartaco e Pietro uscivano dalla cucina. Passò dietro il pollaio, per non essere vista, e riuscì a non far abbaiare i cani distesi accanto al pagliaio.

Poi, si mise a correre lungo il viottolo che portava al frutteto.

Fu così che andò a sbattere contro Spartaco che stava per raccogliere la sua bicicletta abbandonata sull'erba.

Lena gli cadde tra le braccia.

«Non speravo più di vederti», le sussurrò il giovane stringendola a sé.

«Sapevo che saresti passato di qui», disse lei sciogliendosi dall'abbraccio.

Camminarono lentamente per alcuni minuti senza dire una parola.

«Tuo padre dice che sei stata promessa», replicò Spartaco.

«Ha ragione», rispose lei tristemente.

«Perché non me lo hai detto?» chiese con aria di rimprovero.

«Perché sei uno stupido e un presuntuoso.» Lena si fermò e lo guardò dritto negli occhi: «Non credi, prima di tutto, che avresti dovuto parlare con me delle tue intenzioni?»

«Questa mattina ti ho aspettato, ma tu non ti sei fatta viva», la rimproverò.

«Sono otto giorni che mia madre ci ha lasciati», ribatté furibonda. «Prima che morisse le ho promesso che avrei sposato l'uomo che aveva scelto per me.»

«Il marito sei tu che lo devi scegliere», protestò Spartaco.

«E invece sposerò uno scelto da lei, uno che non mi piace». Lena incominciò a piangere disperata.

Spartaco avrebbe voluto rovesciare il mondo.

«Chi è? Come si chiama?» chiese bruscamente.

«Cambia qualcosa se te lo dico?» rispose la ragazza tra le lacrime.

«Hai ragione, non cambia niente», concluse sconsolato.

«È un contadino come te. Solo che è vecchio e brutto», confessò piangendo.

«Non ci credo», replicò Spartaco, con aria imbronciata.

«Non mi avevi nemmeno detto che mi vuoi bene», disse Lena asciugandosi le lacrime con le mani.

«Sì, ti voglio bene. Altrimenti non sarei qui. A che cosa serve tirare in ballo i miei e i tuoi sentimenti, quando è già deciso che sposerai un altro?»

«Esci dalla mia vita. Ti arrendi senza nemmeno provare a combattere; mio padre ti dice di no e tu accetti il suo rifiuto. Allora vattene per sempre», era furiosa.

«È quello che stavo facendo. Quando si dà una parola, bisogna mantenerla, anche a costo della vita. Tuo padre ti ha promessa a un altro. Io non posso più farci niente.»

«E io? Quello che voglio io non conta niente?» protestò, mentre gli occhi le si riempivano di lacrime.

Spartaco la guardò con tenerezza, senza replicare.

«Se mia madre avesse saputo le tue intenzioni, quando ti vide nel frutteto, non mi avrebbe data a Tognino», confessò.

«E così hai finito per dirmi chi sposerai. Conosco Tognino Miserocchi. È un brav'uomo», dichiarò Spartaco, rassegnato. «Adesso che ti so con lui, mi sembra di essere meno geloso. Però», soggiunse, «meritavi di meglio.»

«Meritavo uno come te. Dillo», gridò Lena piangendo.

Spartaco l'attirò a sé e la baciò sulle labbra: «Ti voglio molto bene, Maddalena. Non ti dimenticherò mai. Perché sei bella, per ché sei strana, perché c'è sempre qualcosa da scoprire nei tuoi oc chi. Ti amo perché sei cieca come una talpa. Fatti comprare gli occhiali da tuo padre. Due lenti ti cambieranno la vita».

La abbracciò e la baciò di nuovo appassionatamente. Quel bacio suscitò in Lena un'emozione che non avrebbe mai saputo immaginare.

L'arrivo a Cotignola, nel cuore della notte

1

«CHE ore sono?» domandò l'anziana signora.

«Quasi l'una», rispose il nipote, gli occhi fissi sulla strada.

«Dove siamo?» s'informò Lena.

Il giovane Spartaco sorrise senza distogliere lo sguardo dal nastro d'asfalto.

«Quasi a Ravenna», rispose.

«Praticamente a casa», sospirò lei con un senso di sollievo.

«Ancora trentacinque chilometri», precisò lui. «Non hai finito di raccontarmi la tua storia, nonna.»

«Sono stanca e ho la gola secca» si lamentò la signora. «E poi, che cos'altro vuoi sapere?»

La Mercedes era confortevole, ma Lena desiderava il suo letto Aveva bisogno di recuperare le forze necessarie per ritrovare la sua bella rosa di Damasco.

«Non ho mai sentito parlare di questo Tognino Miserocchi. Né ho mai saputo che tu fossi legata da una promessa di matrimonio che non fosse quella con il nonno», insistette il nipote.

«Una promessa che mantenni», precisò lei.

Spartaco distolse lo sguardo dalla strada per osservare, attraverso lo specchietto retrovisore, la nonna. Fino a quel momento aveva creduto che stesse bene, ma l'ultima affermazione gli creò qualche preoccupazione. A meno che la nonna non stesse scherzando. Con lei, tutto era possibile.

«Tra mezz'ora saremo a Cotignola, nonna, e potrai riposarti.

Credo che tu sia davvero molto stanca. Prova a rilassarti», consigliò.

«So esattamente quello che stai pensando», disse lei con aria di rimprovero. «Credi che io stia perdendo colpi. Ma non è così. E non sto nemmeno scherzando. Mi avevi chiesto di raccontarti la mia storia e io lo sto facendo.»

«Aiutami a capire. Tu avresti sposato quel contadino con un occhio di vetro?» domandò incredulo.

«Proprio così. Tuo nonno è stato il mio secondo marito.»

«Ma dai, nonna! Questa è una storia incredibile.»

«È una storia che tuo nonno non ha mai voluto si sapesse. Era un tipo fatto a modo suo. Ha cucito le bocche di tutti, anche quelle dei miei parenti.»

«Ma a Cotignola parlano anche i sassi!» esclamò Spartaco.

«Allora non hai capito niente di tuo nonno. Spartaco Rangoni, il Corsaro, era più potente di un re sulle sue terre. Adesso i Rangoni hanno perso tutto, anche il prestigio. Ma sessant'anni fa non era così», disse Lena orgogliosa.

«Nemmeno la mamma e gli zii hanno mai saputo di questo matrimonio?» martellò il giovane.

«Un segreto è un segreto. Questa notte mi ha fatto piacere raccontarlo a te. Sei il mio unico nipote maschio e assomigli molto al nonno. Sai, il Corsaro aveva riposto in te molte speranze. Ora che tuo padre non c'è più, io credo che spetti a te il compito di risollevare le sorti della famiglia», concluse Lena.

«Sei la sola a credere in me. Lo zio Giovanni e la zia Margherita non la pensano allo stesso modo.»

«Tu hai fiducia in te stesso?» chiese la nonna.

«Non lo so. Non mi sono mai misurato in niente, con le mie sole forze. Il babbo diceva che dovevo farmi le ossa.»

«Giuliano era un accentratore. Adesso che lui non c'è più, tocca a te occuparti di quello che è rimasto», lo ammonì.

«Non saprei neanche da che parte incominciare. Sono circondato soltanto da avvoltoi che mi girano intorno come fossi una preda», confessò Spartaco.

«Il sangue dei Rangoni e quello dei Serandrei, messi insieme, formano una miscela esplosiva. Loro non lo sanno. Ma io sì. E tanto basta», tagliò corto Lena.

Erano arrivati a Cotignola. Un gruppo di giovani bivaccava allegramente al *Bar Centrale*. Di fianco alla chiesa di Santo Stefano c'era la palazzina di Lena, e la macchina di Miranda era parcheggiata davanti al portone d'ingresso.

«La mamma è a casa tua», l'avvertì Spartaco mentre fermava l'auto di fianco a quella della madre.

«Ragazzo, non tradirmi. Non dirle niente della mia rosa», ordinò Lena, mentre il nipote l'aiutava a scendere dalla Mercedes.

«Inventa tu qualcosa, nonna. A me non viene in mente neppure una ragionevole bugia», le sussurrò il giovane.

«Fosse così facile. Tua madre è una diavolessa», si lamentò mentre Spartaco apriva il portone di casa.

I rapporti tra Lena e la figlia maggiore erano sempre stati problematici. Lena, in cuor suo, la riteneva molto simile a sua sorella Erminia. Miranda era sospettosa e divorata dalla gelosia.

«Possibile che tu non sia mai riuscita a comunicare con mia madre?» si spazientì il giovane.

«È certo. Io credo dipenda dal fatto che è stata la mia prima figlia. Il primo tentativo non riesce sempre bene», osservò con aria maliziosa.

«Vuoi dire che con gli altri, Giovanni e Margherita, è andata meglio?» ironizzò lui.

«In un certo senso», rispose Lena in tono evasivo.

L'anziana signora era convinta che Miranda avesse delle buone giustificazioni quanto al suo pessimo carattere. Aveva avuto un'infanzia difficile ed era gelosa dei fratellini venuti dopo di lei. Spartaco l'aveva viziata più degli altri, assecondandone i capricci e perdonandole le bugie. Lena, che non era d'accordo su questo tipo di educazione, aveva finito con il lasciarlo fare. Tuttavia, madre e figlia non erano mai andate d'accordo. Per molto tempo avevano litigato e discusso violentemente. Ora che Lena era vecchia e malata, Miranda le dedicava delle attenzioni doverose a cui la madre cercava di sottrarsi.

Nonna e nipote erano appena entrati quando Miranda uscì dal salotto con la solita espressione dura e arcigna.

«Stavo per chiamare i carabinieri». esordì in tono drammatico.

«L'ottimismo ti è di grande conforto», dichiarò Spartaco.

«Si può sapere dove siete stati, voi due?» domandò aggressiva. senza raccogliere l'ironia del figlio.

Lena osservò con disappunto l'eleganza chiassosa di quella sessantenne che indossava un tailleur blu-madonna di St. Laurent, grondava gioielli e ostentava una capigliatura ramata, folta e gonfia.

«No. Non si può sapere», rispose Lena con aria imbronciata.

«Come se non avessimo abbastanza dispiaceri», l'aggredì Miranda alzando il tono della voce. «Adesso ti ci metti anche tu a complicarmi la vita. E per giunta con l'aiuto di mio figlio.»

L'infermiera che assisteva Lena si era affacciata dalle scale, ma si ritrasse subito per discrezione.

«Prova a fare uno sforzo, mamma», la pregò Spartaco. «La nonna è stanca. Ti dispiace se ne parliamo domani?»

Miranda non aspettava altro per sferrare il contrattacco.

«La nonna è stanca. Fantastico! E io? Chi pensa a me? Andate, venite, non mi degnate d'una parola. Voglio sapere dove hai portato mia madre.»

«A Venezia», sbottò il giovane.

«Bravi! Andate pure in gita, voi. Oggi a Ravenna c'era una riunione con i presidenti delle banche e tu non ti sei degnato di farti vedere. La fortuna dei Rangoni si perde in mille rivoli. Tutti ci derubano, e tu vai a Venezia con questa incantatrice di serpenti», gridò tendendo un indice accusatore verso la madre. E, rivolta a Lena, aggiunse: «Sei sempre stata abilissima nell'incantare gli uomini. Belli o brutti. Buoni o cattivi. Hai incantato mio padre, mio marito e adesso mio figlio. Prova a incantare quelli che ci stanno strappando la pelle di dosso».

Lanciava parole di fuoco contro la madre, come se fosse responsabile del disastro che aveva travolto la famiglia.

Lena guardò sua figlia dritto negli occhi.

«Lasciami in pace, Miranda», disse. Il tremito la obbligava a una tensione che la sfiancava. Cominciò a salire i gradini aggrappandosi al corrimano della ringhiera.

«Sempre brava, tu, a glissare nelle situazioni difficili», la rim provero Miranda.

«Va' all'inferno», sussurrò Lena. Aveva un estremo bisogno di aprire il suo cuore a Miranda. Ma non lo avrebbe fatto quella not te. Non ne aveva la forza. Dubitò persino di riuscire a raggiungere il proprio letto

2

L'INSONNIA era tra i suoi peggiori nemici. Il sonno la corteggiava la chiamava, la prendeva tra le sue braccia e un attimo dopo l'abbandonava. Così lei sgranava gli occhi nel buio della camera, rinunciando alla speranza di addormentarsi.

All'insonnia si associavano il formicolio e il solletico, che si manifestavano in modo spasmodico partendo dalla base della colonna vertebrale per diffondersi, attraverso le gambe, fino alla punta dei piedi. I medici non sapevano dare un nome a quello che consideravano un disturbo criptico transitorio, un mistero che attribuivano più alla personalità nevrotica della paziente che alla reale presenza di un fenomeno patologico.

Al piano di sotto, la voce concitata, dura, aggressiva di sua figlia stava martellando il più amato dei suoi nipoti.

La sorda sequela di domande e di accuse fu interrotta, a un certo momento, dalla voce di Spartaco.

«Basta!» urlò il nipote. Quel grido la riportò indietro negli anni, quando con la stessa voce suo marito metteva un argine invalicabile alla cascata dei capricci di Miranda.

Poi sentì che i due lasciavano la sua casa. Ognuno a bordo della propria macchina. Lena assaporò la quiete intatta della sua dimora e sperò di riprendere il sonno. Ma fu un tentativo inutile.

Alla fine si alzò. Aprì le imposte del balcone e si abbandonò su un'accogliente poltrona di vimini, foderata di cuscini morbidi. Dal campanile della chiesa due possenti rintocchi spezzarono il silenzio

Un vento leggero portava dalla campagna circostante, fin dentro la piazza, il profumo del grano e dell'erba appena tagliata. Avrebbe voluto correre nei campi come quando era ragazza. La nostalgia per gli anni lontani della giovinezza e il rimpianto per le troppe cose non fatte e non dette le riempirono dolorosamente il cuore. Ripensò alla sua fuga a Venezia, con la complicità del nipote, e si rimproverò per l'ossessivo attaccamento a quel gioiello cui erano legati tanti ricordi.

Ripensò a quando lo aveva regalato a Giuliano Serandrei, suo genero, qualche anno prima che morisse. Fu quando lui acquistò il palazzo di Venezia, dove si era svolta l'asta dei beni di famiglia.

«Tutta questa ostentazione non mi piace», gli aveva detto Lena. «Io credo che tu abbia bisogno di un portafortuna.» Aveva sganciato la rosa dal polsino del suo abito e gliela aveva messa in mano.

«Ostentazione, è vero», aveva replicato Giuliano, infilando la spilla nella tasca della giacca. «Ma la famiglia deve darsi un'immagine se vuole rafforzare il suo potere.»

«Tutte storie», aveva commentato lei. «Mio marito aveva più potere di tutti quanti noi messi insieme e non ha mai avuto bisogno di ostentare un bel niente. Fuori da Cotignola, il Corsaro era un illustre sconosciuto. Però quando varcò la soglia della Borsa di Chicago, le contrattazioni dei cereali vennero sospese per un minuto, in segno di omaggio. Questo riconoscimento solenne lo irritò molto, perché il Corsaro non amava mettersi in mostra.»

«Mia adorata», aveva replicato Giuliano, che la chiamava così da quando portava i pantaloni corti ed era follemente innamorato di lei, anche se corteggiava Miranda, «i tempi sono cambiati. È cambiata la politica e il mondo degli affari ha bisogno di esponenti di spicco. Pensa agli Agnelli, ai Ferruzzi, ai Pesenti, ai Monti. Grandi famiglie che offrono di sé un'immagine sfolgorante. A questo punto dobbiamo farci avanti anche noi.»

«Conserva la mia rosa e fa attenzione ai passi falsi», l'aveva ammonito.

«Apprezzo moltissimo il tuo regalo. Grazie, mia adorata», aveva concluso Giuliano deponendo un bacio sulla sua fronte.

Non gli aveva portato fortuna, come lei sperava, e tuttavia, mentre osservava la vastità deserta della piazza, venne di nuovo aggredita dal desiderio di riavere la sua spilla. Ricordò, come una folgorazione, il nome di Roberto Cortesini.

Era il titolare di un prestigioso negozio di gioielli, a Milano. Suo marito era stato per cinquant'anni un buon cliente dell'orafo. In mezzo secolo, il Corsaro aveva speso una fortuna nella sua gioielleria. In quel momento ebbe la certezza che l'uomo avrebbe potuto aiutarla a ritrovare la sua rosa. L'anziana signora sapeva che le aste importanti sono spesso frequentate da esperti del settore che si conoscono bene tra loro. Era possibile che Cortesini fosse all'asta di Venezia e aveva più probabilità di lei di conoscere il nome dell'acquirente. Il sonno la colse sulla poltrona di vimini.

Fece un sogno. Era di nuovo nel palazzo veneziano, dov'era in corso una festa sfarzosa. Lei era giovane e bella. L'aria, nelle antiche sale affrescate, profumava di sandalo, l'essenza che piaceva tanto a Giuliano. Un'orchestra d'archi eseguiva la *Sonata in La maggiore* di Mozart. C'erano signore in abiti sfavillanti, uomini politici, imprenditori, giornalisti, intellettuali, belle ragazze e tutti i suoi parenti. I camerieri giravano silenziosi da un salotto all'altro. Lei si muoveva disinvoltamente in mezzo al cosiddetto bel mondo, rispondendo ai sorrisi della gente che non conosceva. Tutti la riverivano perché sapevano che era la suocera di Giuliano, il padrone di casa, che se la teneva accanto compiacendosene. Poi Giuliano scomparve e lei rimase sola e disorientata in mezzo a quello sfavillio che non le apparteneva. Allora avvertì un senso di vuoto e una forza maligna imprigionò i suoi pensieri e i suoi movimenti mentre annaspava alla ricerca di un sostegno.

Un tremito convulso la scosse e vide nascere intorno a lei uno scenario spaventoso. Il salone delle feste all'improvviso diventò buio e deserto. Dal soffitto scesero verso i mosaici del pavimento grandi veli neri, mentre serpenti lucidi e sibilanti si attorcigliavano ai bracci dei lampadari spenti.

Avrebbe voluto gridare per chiedere aiuto, ma dalla gola non usciva neppure un suono. Allora vide un Arlecchino che, a balzi e capriole, rotolava verso di lei.

Si fermò ai suoi piedi e, guardandola da sotto in su, le chiese «Si sente male, bella signora?»

«Vedo cose orribili attorno a me», lei balbettò. L'Arlecchino si alzò e le sorrise.

«So bene che cosa la turba», disse.

«Mi aiuti, la prego», implorò.

«Come potrei? Lei ha avvertito la presenza delle Erinni. Il palazzo ne è pieno, mia bella signora.»

«Chi sono queste Erinni?»

«Sono le Furie vendicatrici di empietà e di delitti. Creature impetuose, violente, portatrici di discordie e di rovina. Puzzano. Sente l'odore disgustoso? Si attorcigliano e si divorano tra loro come il potere divora se stesso», spiegò l'Arlecchino mentre le saltellava intorno con beffarde riverenze.

«Vattene! Va' via di qui!» gli ingiunse mentre cercava di respingerlo. Il suo braccio scattò per colpire quell'essere che si faceva gioco della sua disperazione mentre un urlo proruppe dalla sua gola. Si svegliò di soprassalto piangendo come una bambina. Era madida di sudore. Il vetro del balcone, che lei aveva colpito per davvero, andando in frantumi le aveva ferito un braccio. Arrivò l'infermiera, in camicia da notte.

«Mio Dio! Che cosa è successo?» domandò allarmata.

La signora aveva l'aria sgomenta di chi cerca affannosamente aiuto.

«Non lo so. Stavo sognando. Un incubo orribile», balbettò.

«Guardi che disastro ha combinato», la rimproverò l'infermiera, che non era meno spaventata di lei. «Quante volte l'ho pregata di non dormire sul balcone», insistette. «Non può riposare nel suo letto, come tutti i cristiani?» Poi vide il braccio sanguinante e si spaventò ancora di più. «La signora Miranda, quando lo saprà, si arrabbierà moltissimo con me.»

«Non è niente», disse Lena, guardandosi il braccio. «Basta una salvietta bagnata e un paio di cerotti. Vai a prenderli», le ingiunse.

Mentre l'infermiera infieriva con l'alcol sulle sue ferite, Lena ripensò alle Furie vendicatrici del sogno. Forse avevano abitato davvero il palazzo di Venezia per molti anni e avevano tormentato la sua famiglia. Sperò che il sogno che l'aveva tanto spaventata segnasse la fine di un dramma. Sopportò con un sorriso il brontolio incessante dell'infermiera che l'accusava di essere una paziente indisciplinata. Ingoiò un paio di tranquillanti e si lasciò accompagnare nel suo letto. L'infermiera sedette su una sedia, accanto a lei.

«Lasciami sola, Pina», disse.

«Non ci penso neppure», si oppose la donna. «Questa è una di quelle sue notti agitate in cui sarebbe capace di combinarmi un altro disastro. Già me l'ha fatta grossa andandosene via con il signorino Spartaco senza dirmi niente. Non ci si può proprio fidare di lei.»

«Io ho il Parkinson, ma non sono deficiente. La mente, per ora, non mi ha ancora abbandonato», si difese.

«Non ne dubito. Ma non posso correre rischi.»

«Che bisogno avevi di telefonare a mia figlia?» la rimproverò a sua vólta.

«Certe decisioni io non posso prenderle», dichiarò.

«E così fai la spia. Il tuo è un brutto vizio. Adesso vattene. È un ordine.»

Quando la signora parlava con quel tono, bisognava assolutamente ubbidire. Così, a malincuore, l'infermiera lasciò la stanza con una incomprensibile litania di lamenti.

Lena accese la lampada sul tavolino da notte, inforcò gli occhiali e si guardò intorno. Osservò le pareti rivestite di carta color panna, decorata con piccole rose. Sul cassettone panciuto in radica di noce, di fronte al letto, passò in rassegna i ritratti di famiglia incorniciati. Su un piccolo tavolo ottocentesco c'era la voliera dei suoi canarini, Giulietta e Romeo. Erano due delicati batuffoli di piuma gialla. Dormivano. Su un tavolo più grande, dall'altra parte del letto, c'era il telex del Corsaro. Quante notti, mentre credeva che Lena dormisse, lui aveva passato accanto a quella macchinetta infernale che trasmetteva messaggi dall'altra parte del mondo. Suo marito viveva in simbiosi con le telescriventi. Il suo lavoro era legato a quelle piccole macchine che gli fornivano quotazioni, offerte, aggiornamenti sui mercati dei cereali di tutti i Paesi. Se n'era andato da dieci anni. Era esploso con il suo aereo nel cielo sopra l'Atlantico. Probabilmente non si era nemmeno accorto di morire

Lena ripensò ancora al sogno che l'aveva sconvolta e sperò, ancora, che si aprisse un nuovo capitolo felice per la sua famiglia.

Questa volta sarebbe toccato al giovane Spartaco Serandrei il compito di prendere in mano le sorti dei Rangoni. Lui non si sarebbe lasciato cogliere impreparato. Il ragazzo, ne era certa, aveva imparato la lezione del padre e del nonno. Ne avrebbe fatto tesoro e lei l'avrebbe aiutato a ricominciare.

3

VENNE Giovanni a trovarla. Era il suo secondogenito. La baciò su una guancia e sedette nel salottino attiguo alla camera da letto, di fronte a lei.

«Che cos'hai fatto al braccio, mamma?» domandò intingendo un croissant nel caffè che la cameriera gli aveva appena servito.

«Sei in vena di pettegolezzi?» replicò. Era evidente che l'infermiera lo aveva ampiamente informato dell'accaduto.

«Come non detto. Però mi chiedevo se non sarebbe il caso di consultare il medico», insistette lui.

«Quello che mi serve è un po' di tranquillità. Sembra che nessuno sia in grado di darmela», brontolò lei.

«Dipendesse da me... Ho sempre avuto orrore delle complicazioni», confessò mentre spalmava il burro su una fetta di pane tostato.

Lena lo osservava e si domandò se questo suo ragazzone, che aveva largamente passato la cinquantina, sarebbe mai diventato un uomo. Aveva gli stessi occhi azzurri di Spartaco. I capelli, un tempo corvini, erano spruzzati d'argento. Aveva labbra morbide e piene, come erano state le sue, quand'era giovane. Una fossetta, in mezzo al mento, suscitava tenerezza. Era stato un ragazzo bellissimo. Invecchiando aveva assunto una fisionomia quasi femminile. Era miope, come lei. Lui, però, portava lenti a contatto. Era dolce e remissivo. La caccia in valle, le notti a Parigi, le vacanze in California erano le sue autentiche passioni.

Quando compì trent'anni, e ancora non si era deciso a sceglier-si una compagna, il padre lo aveva quasi convinto a sposare una signora milanese divorziata, bella e intelligente, Bianca Rovani, procuratore presso un importante studio legale. Aveva la concretezza che a lui mancava e si destreggiava con disinvoltura nel mondo degli affari. Come dono di nozze, il Corsaro aveva nominato il figlio presidente di una società che produceva mangimi per animali, con un giro di affari multimiliardario.

Il risultato fu straordinario. Giovanni continuò a frequentare le notti parigine, le spiagge californiane e le partite di caccia nelle valli, mentre Bianca s'impadronì dei meccanismi dell'azienda ottenendo ottimi risultati.

Dal matrimonio di Giovanni con Bianca erano nate due figlie. Vivevano negli Stati Uniti, studiavano ad Harvard e consideravano il padre un amico piacevole. Quando volevano organizzare una festa in grande, si rivolgevano a lui. Non le aveva mai deluse.

«Lo so che ti sei sempre defilato di fronte alle complicazioni. Ma adesso devi assumerti le tue responsabilità», disse Lena.

«Siamo al centro di tutti gli scandali», protestò Giovanni. «Sui giornali e in televisione il nostro nome viene regolarmente associato alla corruzione più turpe. Gli amici sono diventati collaboratori di giustizia e i nemici si godono antiche vendette. Se ci fosse ancora il babbo, tutto questo non succederebbe» si lamentò.

Lena scosse il capo con tristezza. «Tuo padre diceva che con i 'se' e con i 'ma' non si risolvono i problemi.»

Era stanca di vedersi intorno questi figli egoisti e queruli che, anche se non glielo dicevano, consideravano lei come la principale responsabile del declino della famiglia. Un declino vertiginoso e rapido, dovuto, secondo loro, alle dissennate operazioni finanziarie di Giuliano Serandrei del quale Lena era sempre stata la più accesa sostenitrice. Le cose non stavano esattamente così. Lena aveva messo sull'avviso il genero molte volte. Non perché fosse incapace di condurre gli affari, ma perché procedeva con la travolgente irruenza di un elefante in una cristalleria. «Una volta o l'altra ti metteranno sotto. Ci sono regole da rispettare e gruppi che si coalizzano quando un intruso minaccia il loro potere», lo aveva spesso ammonito. Ma era fiato sprecato, con Giuliano. D'altra parte era il solo in grado di continuare l'opera di Spartaco. Al momento, Giovanni aveva buone ragioni per lamentarsi. Anche lui era stato chiamato a rispondere alle domande dei giudici di Milano che indagavano sui fondi neri di quella colossale impresa della chimica che era la Rangoni Chimica.

«Gli avvocati mi dicono una cosa», si lamentò, «Bianca me ne dice un'altra. Miranda si attacca al telefono per minacciare ritorsioni. Margherita si è schierata contro di me e suo marito Bruno parla unicamente della sua ulcera duodenale.»

«Margherita è mia figlia e tua sorella. Tu e lei vi siete sempre alleati con Giuliano e Miranda fintanto che le cose andavano bene», osservò Lena che considerava giunto il momento di chiarire certi malintesi. E proseguì: «Dopo la morte del babbo, avete tutti quanti riconosciuto in Giuliano il capotribù. Tutto quello che diceva e faceva, era ben detto e ben fatto. Il danaro era un fiume inarrestabile. Io vi guardavo e inorridivo. Facevate a gara a chi spendeva di più, a chi ostentava di più, a chi si assicurava le frequentazioni più importanti. Ville, palazzi, gioielli, barche, aerei. Una flotta di aerei. Dieci, forse undici. Un esercito di servitori: camerieri, maggiordomi, segretari, faccendieri, guardie del corpo, piloti, skipper. Nessuno era sfiorato dal dubbio che un giorno tutto questo spreco vergognoso, questo insulto alla miseria, sarebbe potuto finire». Aveva alzato la voce ed era così arrabbiata che incominciò a tremare.

«Lascia andare, mamma», disse Giovanni, tentando di rabbonirla.

«Visto che ho incominciato, voglio arrivare fino in fondo. Tuo padre e io abbiamo avuto una grande virtù, in mezzo al mare dei nostri difetti: non abbiamo mai dimenticato le nostre origini. Eravamo contadini e tali siamo rimasti per tutta la vita. Avevamo il senso del risparmio, il pudore di non metterci in mostra, il piacere degli affetti, la capacità di apprezzare le piccole cose. Voi vi siete imparentati con l'Onnipotente e pensavate che tutto vi fosse concesso per grazia divina. Io non so chi di voi ebbe l'idea di impadronirsi del settore chimico. Forse fu Giuliano, forse fosti tu o Miranda. Certo è che quando vi misi sull'avviso, eravate tutti contro di me.»

«Mamma, ti sei mai chiesta perché il babbo più invecchiava e più si accaniva nel lavoro?»

«Era il suo grande gioco. Lavorava perché si divertiva Lui metteva in campo ogni giorno intraprendenza, genialità, coraggio ed esperienza. E molta fantasia. Giuliano le aveva tutte queste doti. In più amava il rischio. Se il babbo si fosse ritirato dagli affari, sarebbe morto di noia. Quando morì, Giuliano raccolse la sua sfida. Gli è andata male. Ha voluto toccare un sistema, una lobby internazionale che non vuole interferenze. E ha pagato per questo. Giuliano tremava di fronte agli americani, mi diceva: 'Sapessi come sono cattivi. Mi fanno paura'. Era andato a stanarli sul loro terreno e si aspettava il peggio. Hanno mosso le loro pedine per farlo incriminare in Italia. Ora quello che si svolge a Milano è il processo a un sistema. Se riesci a guardare la situazione con distacco, ti accorgerai che non è tanto grave. Ora siamo nell'occhio del ciclone, fra qualche anno, o forse meno, nessuno si ricorderà più di noi. E le cose non cambieranno. Ci saranno sempre concussione e corruzione, perché è così in tutti i Paesi del mondo, dalla Cina agli Stati Uniti. Perché è sempre stato così dai tempi dei mercanti fenici che dalle terre del vicino Oriente avevano invaso il Mediterraneo. Perché il mondo del commercio si sviluppa attraverso meccanismi consolidati nei secoli. Il polverone passerà e tutto ritornerà come prima», concluse Lena.

«Intanto oggi i giudici di Milano mi aspettano. Gli avvocati mi mandano allo sbaraglio dicendomi che l'unica arma di difesa è dire: 'Non so', oppure: 'Non ricordo'. Ti sembra che basti?»

«Giovanni, non abbiamo più niente da perdere. Perché non raccontare la verità? Se ci sono cose che sai e che ricordi, dille senza esitare. Sulla distanza, la verità premia sempre.»

Il figlio si illuminò di un irresistibile sorriso.

«Io ricordo tutto, mamma. Ricordo chiaramente le mie spedizioni a Roma per consegnare denaro ai politici. Era un compito sgradevole, ma qualche volta sono persino riuscito a divertirmi.

Guardavo le loro facce avide e arroganti, toccavo con mano la loro volgare disonestà e mi indignavo. Non che mi sentissi un angelo. Ma non mi sentivo neppure corrotto. Il marcio non era nelle nostre imprese, ma nella loro politica. Capisci che cosa intendo dire?»

«E questo ti fa sorridere?» domandò scandalizzata.

«Ti racconto un episodio fra tanti. Giuliano mi mandò a consegnare un miliardo e mezzo a un ministro. Il galantuomo, in cambio, avrebbe dato il suo appoggio a una legge che consentiva una riduzione degli oneri fiscali alla Rangoni Chimica. Hai idea, mamma, di quanto sia un miliardo e mezzo in banconote da centomila? Praticamente è un baule.»

«Va' avanti. Non ho mai conosciuto nei particolari i risvolti di questi traffici», lo spronò incuriosita.

«Il ministro mi ricevette nel sotterraneo della sua villa sull'Appia. Era un locale adibito a palestra. Eravamo soli: lui, io e questo baule di soldi. 'Un contributo per il suo partito', dissi. Lui non si degnò nemmeno di guardarmi in faccia. Stava seduto su una panca e sollevava dei pesi con le gambe. Grondava sudore, il viso paonazzo per lo sforzo. Non mi aspettavo una ricevuta, ma almeno un saluto, un ringraziamento. Così gli dissi: 'È un miliardo e mezzo, signor ministro. Vuole controllare?' 'Può andare', rispose, continuando la sua ginnastica. Mi sono arrabbiato e ho fatto una cosa che un attimo prima non avrei nemmeno avuto il coraggio di pensare. Gli sono andato vicino e gli ho allentato un manrovescio che deve ancora rintronargli nella testa.»

Anche Lena sorrise.

«Sei stato fantastico. E poi, che cosa accadde?»

«Me ne andai, leggero come un pettirosso. Fu quella, credo, la più grande soddisfazione della mia vita. Mi ero stancato di vedere questi ometti, uno uguale all'altro, presuntuosi, arroganti e avidi, intascare i miliardi che il babbo aveva guadagnato rispettando le regole del gioco, rischiando ogni volta del suo. Te li ritrovavi sui giornali o in televisione a pontificare contro il malcostume dilagante e poi, quando li vedevi a tu per tu, ti ricattavano con ossessive e strepitose richieste di danaro. Ladri! Il babbo e Giuliano, quando concludevano i loro affari, lo facevano con una stretta di mano. I contratti venivano stesi dopo e non mi risulta che nessuno si sia mai rimangiato la parola data.»

«Giuliano ha mai saputo di questa storia con il ministro?»

«Sei la prima persona a cui la racconto. Ma ne avrei altre, altrettanto divertenti, da raccontarti.»

«Perché non ne parli con i magistrati? Credo che si divertirebbero anche loro.»

«Sarebbe un bel colpo di scena», ammise Giovanni.

«Quando vedrai i giudici?»

«Tra due ore. Devo proprio scappare, mamma. Grazie per la colazione.»

«Fammi sapere com'è andata. Torni a casa, questa sera?»

«Spero proprio di sì. Anzi, spero di cavarmela in un paio d'ore. Almeno per oggi.»

«Allora, puoi usarmi una cortesia? Prima di lasciare Milano, passa da Roberto Cortesini», disse Lena.

«Il gioielliere?»

«Accompagnalo qui da me, per favore.»

«Mamma, non possiamo permetterci di comperare gioielli», disse costernato.

«Tu no. Io sì. Ma non ho intenzione di comperare proprio niente.»

«Allora cerchi di vendere i gioielli che ti sono rimasti?»

«Fatti gli affari tuoi», tagliò corto Lena, ma la sua risposta brusca era addolcita dal sorriso. Giovanni capì che non era il caso di insistere. Si chinò su di lei e l'abbracciò.

«Ci vediamo stasera e sarò scortato dal tuo gioielliere di fiducia», la rassicurò.

Quando Giovanni la lasciò sola, la gatta saltò giù dalla mensola dov'era rimasta acciambellata durante la visita. Si trasferì in braccio a Lena e incominciò a fare le fusa. La donna si abbandonò contro lo schienale, accarezzando il pelo morbido dell'animale, e si appisolò.

Dormiva da oltre un'ora quando sentì squillare il telefono, sul tavolino accanto alla sua poltrona. Aprì gli occhi. C'era l'infermiera in salotto, che vegliava il suo sonno facendo le parole incrociate. «Rispondi tu», le ordinò Lena, e poiché era quasi mezzogiorno, prese dalla vaschetta di porcellana la sua pillola verde e la ingoiò. «Il signor Cortesini da Milano, per lei», disse l'infermiera mentre le tendeva contemporaneamente il ricevitore e il bicchiere dell'acqua.

«È da ieri notte che penso a lei», esordì Lena sorvolando su inutili preamboli.

«Signora Rangoni, devo dirle che anch'io penso a lei da molte ore. Volevo telefonarle prima, ma temevo di disturbarla», disse Cortesini.

«Devo concludere che mio figlio l'ha già avvertita di tenersi pronto per venire a Cotignola?»

«Assolutamente no. Ero io a voler venire da lei. Evidentemente stiamo parlando di due cose diverse», chiarì il gioielliere.

«Non pensi che voglia disfarmi dei miei gioielli», lo mise sull'avviso.

«Naturalmente. Posso venire nel pomeriggio?»

«Passerà a prenderla mio figlio Giovanni. A più tardi, dunque», lo congedò.

Poi incominciò a contare le ore che la separavano dall'arrivo del vecchio amico. Un tranquillante l'aiutò a tenere sotto controllo il tremito che aumentava a causa delle emozioni.

Pensò a Giovanni, così timido e impacciato, alle prese con i magistrati di Milano. Era orgoglioso e fiero e, come tutti i Rangoni, avrebbe saputo uscire con onore da questa vicenda. Se era stato capace di schiaffeggiare un ministro, avrebbe saputo farsi rispettare anche dai calunniatori più accaniti.

Quanto alla sua splendida rosa di Damasco, si augurava che Cortesini l'aiutasse a ritrovarla.

Quando l'avesse riavuta, nelle sue ultime volontà avrebbe scritto che voleva essere sepolta, alla morte, con la sua rosa agganciata al polsino dell'abito. Nel piccolo cimitero di Cotignola e non nella tomba di famiglia che era a Lugo. Voleva ritornare a essere terra nella sua terra, e voleva anche una pianta di rose bian che sulla sua tomba.

C'era una volta...

1

IL fabbro ferraio di Cotignola era un uomo rozzo e buono che trattava con dolcezza perfino gli zoccoli dei cavalli. Era forte e tollerante e dedicava parte del suo tempo libero alle letture di romanzi e poesie. Il suo poeta preferito era Lorenzo Stecchetti, di cui sapeva a memoria il *Canto dell'odio* che dedicava, quando faceva tardi all'osteria, alla moglie che lo aveva lasciato per fuggire con un acrobata di un circo equestre. Amava anche Guido Gozzano e in suo omaggio aveva ribattezzato «Signorina Felicita» la zitella del paese che era maestra elementare. La domenica pomeriggio andava a trovarla: lei gli offriva il caffè, lui le regalava un libro o una poesia che aveva appena finito di comporre. Insieme discorrevano di scienze, di poesia e di filosofia. Entrambi s'afflissero per la morte di Gregorio Ricci Curbastro, che aveva ideato il calcolo differenziale.

I tempi evolvevano e il lavoro di fabbro non era più fiorente come una volta. Così aveva integrato i suoi magri guadagni con una rivendita di sali e tabacchi. Una volta al mese, da Cotignola andava a Ravenna per rifornirsi al Monopolio di Stato, dove acquistava anche zolfanelli e chinino. Sul suo barroccino saliva anche il parroco, don Palandrana, che ogni mese aveva un appuntamento fisso con il suo vescovo.

Una mattina di giugno, si unì a loro anche Lena. Era il suo primo viaggio in città. La ragazza era emozionata anche perché avrebbe comperato il suo primo paio d'occhiali

Non era stato facile convincere Pietro Baldini della necessità di quella spesa, che giudicava del tutto superflua. Ma Lena ne aveva fatto una questione di principio.

«O mi comperate gli occhiali da vista, o non lavorerò mai più», lo aveva sfidato incrociando le braccia sul misero petto.

Rimediò un manrovescio. Allora aggiunse: «Potete picchiarmi a sangue. Questa volta non cederò». Cedette Pietro. E lei, il mattino di buon'ora, si arrampicò sul calesse accanto al parroco che doveva garantire dell'incolumità della giovane.

Da Cotignola a Ravenna c'erano trenta chilometri di strade polverose che si snodavano tra campi assolati. Quando arrivarono in città, il sole era già alto nel cielo.

Lena vide carri, carrozze, automobili e tanta gente che correva, a piedi o in bicicletta, come se fosse inseguita dal diavolo. Nel porto c'erano grandi navi ancorate e altre, più piccole, che entravano e uscivano in continuazione. E poi, vide il mare. Era più grande e misterioso di quanto se lo era immaginato

Il barroccino si fermò davanti alla sede vescovile. Il parroco e Lena scesero. Il fabbro proseguì la sua strada promettendo di ritornare a riprenderli dopo un paio d'ore.

«Chi poteva pensare che la città fosse così!» esclamò Lena guardandosi intorno stordita.

«Così come?» domandò il prete.

«Così strana», rispose lei dopo averci pensato un po'.

La bottega dell'ottico era sotto i portici, davanti alla Curia. Don Palandrana dovette prenderla per il braccio per convincerla a entrare perché la ragazza era in preda al panico. Toccò a lui parlare con il proprietario del negozio. Lena era diventata afona per l'emozione.

«Vedete che cosa si può fare per questa figliola che non ha la vista buona», si raccomandò il prete. «Cercate di fare un prezzo onesto perché è una contadina e i suoi non hanno danaro da buttare», soggiunse. Nella sua voce c'era la minaccia di un castigo divino, se l'ottico si fosse approfittato di lei.

«Farò del mio meglio per darle delle buone lenti e non farle spendere troppo», garantì l'uomo.

«Tu non muoverti da questa bottega fino al mio ritorno», ordinò il prete a Lena, che aveva il volto in fiamme.

L'ottico incominciò a farle delle domande a cui lei rispondeva per monosillabi, con un filo di voce.

Per la prima volta si chiese se non fosse il caso di rinunciare a quella pretesa, che aveva l'aria di essere fuori della sua portata. Forse aveva ragione suo padre. Forse gli occhiali non erano così importanti. Si guardò intorno per cercare una via di fuga.

Ma l'uomo, cui anni di mestiere avevano insegnato molte cose, indovinò lo stato d'animo della ragazza e non le lasciò il tempo di reagire. Con affabile decisione la indusse a sedere su una panchetta e le sistemò sul naso un paio di occhiali pesanti, con lenti intercambiabili.

«Sapete leggere?» domandò.

«Un po'», rispose lei.

«Allora leggete le lettere che vedete sul tabellone davanti a voi», soggiunse indicando con una bacchetta la prima fila di caratteri in stampatello.

«Non distinguo niente. Vedo soltanto delle macchie scure», disse Lena.

L'uomo armeggiò dentro una cassetta piena di lenti, ne prese due e le sostituì a quelle infilate nella struttura che pesava sul naso di Lena. Ripeté l'operazione diverse volte, cambiando i dischetti di vetro fino a quando Lena riuscì a leggere, con miracolosa chiarezza, tutti i caratteri del tabellone, dal più grande al più piccolo.

«Allora?» la interrogò l'ottico, con un sorriso soddisfatto.

«È una meraviglia!» esclamò lei. «Chissà come saranno belli i colori delle rose, adesso», disse.

«È un altro modo di vedere il mondo. Non è vero?» la sollecitò compiaciuto.

«È proprio una meraviglia», ripeté felice.

«Allora, vogliamo scegliere la montatura?» chiese lui.

Lena non capì che cosa intendesse con quella domanda.

«Fate voi. Per me andrà bene comunque», rispose, tenendosi sul vago.

«Facciamo una montatura chiara», decise osservandola. «Un po' dorata, come il colore della vostra pelle. Vi starà bene», concluse togliendole la pesante struttura metallica che Lena avrebbe voluto tenere per sempre.

Lei ritornò a guardare il tabellone e vide tutto offuscato. Anche l'ottico e la sua bottega rientrarono nella nebbia che le lenti avevano cancellato. Si portò una mano alle labbra per soffocare un'esclamazione di meraviglia. Il marchingegno che l'uomo le aveva fatto inforcare era una magia che rischiarava il mondo. Pensò che Spartaco aveva ragione. Con quelle lenti, avrebbe potuto vedere quello che vedevano gli altri.

«Ci vorrà molto tempo perché i miei occhiali siano pronti?» osò domandare.

«Meno di quanto possiate immaginare», la rassicurò.

Se ne stette lì, rigida, immobile e silenziosa, sulla panchetta, ad aspettare. Intanto rifletteva sul fatto che presto sarebbe uscita dalla tutela autoritaria e manesca dei Baldini e sperò che i Miserocchi l'avrebbero trattata un po' meglio.

Pensò a Tognino e lo confrontò con Spartaco. Concluse che tra loro c'era la stessa differenza che esisteva tra Cotignola e Ravenna. Tognino era la certezza della terra, delle stagioni, del lavoro. Spartaco somigliava a un sogno, era la grande città che si apriva sul mistero del mare. Adesso che aveva visto Ravenna, capiva tante cose che Spartaco le aveva detto e che non poteva dimenticare.

Ma la vita era tutt'altro che un sogno, e lei doveva mantenere la sua promessa. Avrebbe sposato Tognino. Però, l'idea di un lungo fidanzamento la sgomentava. Quella che per altre ragazze innamorate era una trepida attesa, per lei si sarebbe trasformata in un tormento. Visto che doveva sposarsi, era meglio farlo subito. Via il dente, via il dolore, pensò.

«Ecco i vostri occhiali», annunciò l'ottico, facendola sussultare. Lena li infilò sul naso e li sentì leggeri, quasi piacevoli da portare. La montatura era dunque quel contorno chiaro che conteneva le lenti, si disse. Adesso lo sapeva. Guardò il viso dell'uomo. Vide la sua pelle butterata dal vaiolo, le sopracciglia rossastre, i capelli di stoppa, le ciglia quasi invisibili e i riflessi d'oro nei suoi occhi celesti. Era la prima volta che vedeva una faccia con tanta chiarezza, senza fare sforzi per mettere a fuoco un'immagine.

«Guardatevi allo specchio», le suggerì l'uomo, indicandole una piccola specchiera che stava sopra il banco di vendita.

Lena si rimirò stupita. Vedeva un volto nuovo, una persona nella quale non si riconosceva: la pelle di velluto, morbida e compatta, gli occhi viola intenso, le labbra piene e ben disegnate.

«Sono proprio io», esclamò.

«Siete una bella ragazza», osservò lui, con sincera ammirazione. «Ma vi avverto che non saranno tutte rose e fiori. Al vostro paese qualcuno si sentirà in dovere di fare lo spiritoso e vi prenderà in giro per via degli occhiali. Non mancherà il furbo che vi chiamerà quattr'occhi e insisterà su altre spiritosaggini del genere. I contadini sono ottusi, in certe cose. Non dovrete dare peso ai loro commenti.»

«Non ci penso proprio. È così bello il mondo visto attraverso gli occhiali», disse lei, che per la prima volta si sentiva davvero a suo agio.

«Abbiatene cura. Se li fate cadere, le lenti si romperanno. E allora dovrete tornare da me a farle sostituire, ma costano soldi. Per questa volta vi ho fatto davvero un buon prezzo. Ma non posso praticare sconti ogni giorno.»

«Ne avrò cura. Statene certo», sorrise mentre si guardava intorno per osservare il negozio nei particolari.

Guardò le scaffalature alle pareti. Erano chiuse da vetri e lei passò in rassegna tutti gli oggetti che contenevano. Notò le venature piumate del legno del bancone e rilevò una crepa sulle piastrelle del pavimento. Poi si accostò alla vetrina e guardò oltre la tenda di pizzo. Vide la facciata antica del palazzo vescovile e, in cima alla torre, il grande orologio rotondo, con il quadrante bianco su cui spiccavano le lancette e i numeri romani in nero.

«È mezzogiorno e un quarto», disse con orgoglio, pensando alla cattiveria e alla stupidità dei suoi fratelli che l'avevano giudicata tanto somara da non saper leggere neppure le ore all'orologio del campanile.

Vide don Palandrana che attraversava la strada, con la sua tonaca nera, lunga e svolazzante.

Fu il primo giorno di una vita nuova, per Lena. Altri segni del cambiamento sarebbero venuti molto più tardi. Ma già camminava spedita lungo una strada che l'avrebbe portata lontano.

2

Lena si sposò in luglio. Il pranzo di nozze venne allestito nella corte dei Baldini. La fatica delle donne, che per giorni avevano cucinato cibi succulenti, si era tradotta in pietanze saporite. La solidarietà del paese aveva fornito tegami, stoviglie e posate per i numerosi invitati.

Pietro, che un mese prima aveva snocciolato tutto un rosario di bestemmie per il denaro speso negli occhiali di Lena, aveva sborsato senza fiatare i soldi per il grande pranzo.

Fu un ricco banchetto: radicchi di campo arrostiti e conditi con pancetta rosolata, salsiccia e costine di maiale, gnocchi di farina di grano, una marea di tortellini, bolliti misti e arrosti. Non mancavano nemmeno i dolci: c'era il tradizionale «savor», fatto con mosto cotto, pere volpine e mele cotogne, zuppa inglese con i savoiardi imbevuti nell'alkermes e affogati nella crema alla vaniglia, tortelli ripieni di marmellata e fritti. C'erano angurie sugose e meloni dolcissimi. E damigiane di Sangiovese e Albana, bottiglie di nocino, di grappa, di sassolino. La tavola era stata allestita con l'ausilio di assi posate su cavalletti e ricoperte con grandi lenzuola di cotone immacolato.

Lena era alla finestra della stanza dove, per l'ultima volta, aveva dormito con le nipoti. S'intrecciava i capelli e guardava giù nella corte dove fervevano i preparativi. Grazie agli occhiali, poteva cogliere ogni particolare di quella scena dell'abbondanza da contrapporre ai mesi e agli anni di magra quaresima.

Più tardi sarebbero arrivati anche i suonatori con chitarra, fisarmonica e mandolino.

Gli ospiti, sazi di cibo e alterati dal vino e dal caldo, avrebbero ballato e cantato. Si sarebbero intrecciati pettegolezzi e battute. Qualche giovane coppia avrebbe approfittato della confusione e dell'allegria per nascondersi nei campi e rotolarsi nell'erba.

Quanto a Lena, avrebbe dormito in un letto estraneo, con un uomo che non le piaceva. Trasse un lungo sospiro che si concluse in una specie di singhiozzo. Considerò che generazioni di donne avevano già vissuto un'identica esperienza: un'allegria fatta per gli altri, non per la sposa. Si erano date a un marito che non amavano, avevano partorito figli non sempre desiderati, si erano spaccate la schiena lavorando in casa e nei campi. Lei stessa era certamente il frutto di un accoppiamento voluto dal padre e subìto dalla madre. Osservò le nipoti, la sorella e i bambini che si affaccendavano tra la cucina e la corte. Erano la sua famiglia, eppure li sentiva estranei. Tra loro erano corse poche parole, soltanto quelle necessarie. Con il futuro marito aveva pronunciato una sola frase compiuta.

«Vi sposo», gli aveva detto, «prima sarà, meglio sarà.»

Diverso era stato l'incontro con Spartaco. Si erano guardati e, dopo l'impaccio iniziale, era corso un fiume di parole, di emozioni, di pensieri nati dal cuore e dal cervello.

Antonio Miserocchi, invece, si era limitato a rispondere: «Per me va bene». Poi l'aveva fissata a lungo con il suo occhio buono. Elvira, prima di morire, le aveva detto: «Tognino è un brav'uomo. Non ti peserà addosso più del necessario».

Era certamente così. Durante il mese di fidanzamento, non le aveva chiesto un bacio, né le aveva fatto una carezza. Le aveva portato in dono una collana di granati con un fermaglio d'oro. Porgendogliela le aveva detto: «Sarebbe un regalo per la sposa».

Lena l'aveva ringraziato osservando le pietre scure e luccicanti. Poi, lo aveva salutato e si era isolata nella sua stanza pensando a come sarebbe stato bello se quel dono le fosse venuto da Spartaco

Ora, guardando dalla finestra, ricordava tutto questo mentre finiva di acconciarsi. Attorcigliò la treccia attorno al capo, fermandola con lunghe forcelle di tartaruga. Poi, prese dal cassettone la collana di granati e la indossò sopra il vestito di satin grigio perla che lei stessa, con l'aiuto di Erminia, aveva confezionato per le nozze.

Vide entrare nella corte i Miserocchi vestiti a festa. Tognino stava tra il padre, Pompeo, e la madre, Gentilina. Indossava un vestito nuovo d'un bel fustagno scuro e teneva in mano un mazzolino di roselline gialle. Erano fiori per lei. Lena apprezzò il pensiero gentile. Erano venuti a prenderla per andare in chiesa.

Pietro e i fratelli gli andarono incontro. Erano anch'essi in abito da festa. Ci fu uno scambio gioioso di saluti, mentre i bambini saltellavano intorno a loro.

Lena si ritrasse dalla finestra. Temeva che, vedendola, qualcuno potesse leggerle nel pensiero.

Si immaginò inginocchiata davanti all'altare. Vide don Palandrana che li univa per sempre nel sacro vincolo del matrimonio. «Per la vita», sussurrò mentre si guardava a un piccolo specchio fissato alla parete. Ebbe un brivido di paura e sentì pesare la promessa fatta come fosse una condanna.

Adesso doveva scendere, andare in chiesa con gli altri e affrontare quel terribile evento che era il suo matrimonio. Se si fosse rimangiata la promessa fatta a sua madre? Poteva calarsi dalla finestra e fuggire nei campi. E dopo? Forse sarebbe stato meglio scendere e annunciare: «Ho cambiato idea. Non mi sposo più».

Ne sarebbe nato uno scandalo. Il nome della famiglia sarebbe finito sulla bocca di tutti. Pietro l'avrebbe fatta nera di botte e l'avrebbe fatta rinchiudere in convento o in manicomio.

È peggio Tognino o è peggio il manicomio? si chiese.

Da basso la stavano chiamando. Lena drizzò le spalle e spalancò la porta della stanza.

«Sto arrivando», rispose. E incominciò a scendere le scale.

3

LENA guardò il sole che era un'enorme moneta incandescente su un orizzonte piatto, appena screziato sullo sfondo da un boschetto di robinie. Il giorno delle sue nozze stava declinando e presto sarebbero scese le ombre della sera afosa, preludio di una notte rovente. Neanche una bava di vento ad alleviare l'afa. Nell'aria gonfia di umidità rimbalzava un lontano latrare di cani.

Entrò nella corte dei Miserocchi al braccio di Antonio. Il casale era buio e lui, precedendola nella cucina, si affrettò ad accendere il lume a petrolio.

«Siediti, Lena. Questa è casa tua, adesso», disse mentre spalancava le imposte di legno.

Pompeo e Gentilina, i genitori, si erano ritirati da un pezzo. Lena sperò che dormissero. Dal piano di sopra non veniva alcun rumore. Sedette al tavolo, le mani incrociate sul grembo, stordita dal frastuono di quella giornata, stremata dalla tensione nervosa, smarrita in un ginepraio di sentimenti contrastanti nei quali prevaleva, comunque, il rifiuto per quel matrimonio.

«Hai sete?» domandò l'uomo. Parlava in tono sommesso, evitando quasi di guardarla.

«Vorrei un po' d'acqua», rispose Lena.

«Ti farò compagnia», decise lui, attingendo l'acqua dal secchio appeso accanto al lavello. Riempì due bicchieri.

Lena si guardò intorno. La cucina dei Miserocchi non era tanto diversa da quella dei Baldini. Le pareti imbiancate a calce, il focolare del camino spazioso dove pendeva la catena per sostenere il paiolo. Sulla cornice del camino c'erano la saliera, le cartucce del fucile, la scatola di legno degli zolfanelli, i candelieri. Di fianco, le graticole, la ventola per ravvivare le braci, la doppietta appesa a un chiodo, la cassa della legna e la sedia impagliata con erbe palustri. Accanto all'acquaio di sasso, il secchio di lamiera zincata da cui Antonio aveva attinto l'acqua e, a terra, la paletta per raccogliere la spazzatura accanto alla scopa di saggina. Vicino alla porta, uno specchio fissato con il gesso e alcuni attaccapanni. Nell'angolo, un cantonale a quattro ripiani sui quali facevano bella mostra di sé piatti e bicchieri e poveri ninnoli. Infine c'era una bella madia in legno di olmo.

Quella sarebbe stata la stanza in cui Lena avrebbe vissuto gran parte della sua esistenza, dalle prime luci del mattino, quando avrebbe cominciato ad accendere il fuoco, fino al tramonto, quando avrebbe finito di rigovernare i piatti e sarebbe salita nella camera da letto che avrebbe diviso con quel contadino che aveva un occhio di vetro, le orecchie a sventola e il cranio devastato dalla calvizie.

«Lo so che non mi hai sposato per amore», disse lui, appoggiando sul tavolo i bicchieri colmi d'acqua.

Il silenzio era totale. Lena sentiva i tarli scavare piccole gallerie nelle travi del soffitto.

«Che cosa volete che vi dica», replicò con voce spenta.

«Io ti conosco da quando eri in fasce. Ero un bambino. Venivo nella tua corte a giocare con i tuoi fratelli», disse lui. Spostò una sedia e sedette al tavolo, di fronte a lei. Bevve d'un fiato la sua acqua e Lena vide il suo pomo d'Adamo andare su e giù mentre deglutiva. Paragonò mentalmente il collo di Tognino a quello di un tacchino.

«Adesso sono cresciuta e sono vostra moglie», concluse lei, parlando sottovoce.

«Sei ancora una bambina, Lena. Io, almeno, ti vedo così. Anch'io so bene perché ti ho sposato. O forse lo so. Nessun'altra ragazza mi avrebbe voluto. Dicono tutti che nell'uomo la bellezza non conta. Però io penso che quando un uomo è brutto, la sua bruttezza conta molto. Mi hanno proposto di sposare te. Dicevano che anche tu, per colpa del carattere, avresti trovato con difficoltà un marito. Così hanno pensato di metterci insieme.» Era la prima volta che Tognino si apriva con lei.

«Credo proprio che le cose stiano così», annuì Lena, spiazzata dal tono mansueto del marito.

«In una notte come questa, se fossi ricco, ti avrei portata lassù in Friuli, nei posti dove ho fatto la guerra. L'aria è fresca, d'estate. Avresti riposato bene.»

«Ma che cosa vi viene in mente, Tognino?» replicò lei, stupita, non solo per quel pensiero gentile, ma anche per il rammarico che aveva avvertito nella voce dell'uomo. Che fosse anche lui un sognatore come Spartaco?

«Non lo so nemmeno io. Credo che tu possa meritare un uomo migliore di me», disse guardandola con intensità.

Lena rabbrividì. Quei due occhi divergenti e la guancia scavata sotto l'orbita vuota le facevano orrore. Eppure nella voce e nei modi del contadino c'era una delicatezza sorprendente. Si capiva che non era abituato a parlare di sé. Tuttavia si sforzava di farlo perché lei lo sentisse meno estraneo.

«Oggi si sono divertiti tutti. Tranne voi e me», commentò Lena.

Lui sorrise con amarezza.

«Sono andato a tanti matrimoni. Gli invitati mangiano, si divertono e si ubriacano, mentre gli sposi hanno quasi sempre il muso lungo», ragionò Tognino.

Tacquero per alcuni istanti, ognuno immerso nei propri pensieri, avvertendo il lento fluire del tempo.

«Gli occhiali ti stanno proprio bene. Sembri una maestrina», soggiunse.

«Perché mi fate tanti complimenti? Io sono ignorante, lo sapete. Mi hanno tolta dalla scuola perché non imparavo niente. Adesso ho capito che non imparavo perché non vedevo quello che la maestra scriveva sulla lavagna. Avessi avuto gli occhiali fin da allora...» sospirò Lena con rimpianto. Era piacevole chiacchierare con lui.

«Io ho un libro. Si intitola *Cuore*. L'ha scritto Edmondo De Amicis. Lo leggevo quando ero in trincea. Ho continuato a rileggerlo, anche dopo che sono ritornato dalla guerra. Ci sono delle storie meravigliose. Se vuoi, puoi leggerlo anche tu», disse mentre si alzava dal tavolo. Aprì uno sportello del tracantò e dalla mensola più alta, dietro una pila di piatti, estrasse un volume con la copertina rigida e scura. Lo porse a Lena come se le offrisse un tesoro.

«Ci proverò», disse lei e concluse: «Quando ne avrò il tempo».

«Adesso che sei mia moglie, non dovrai più lavorare nei campi», annunciò Tognino.

«Che cosa dovrei fare?» s'insospettì la ragazza.

«Quello che vorrai. Puoi curare l'orto, se ti piace. Mia madre sarà buona con te e nessuno ti mancherà di rispetto. Adesso vieni, ti accompagno di sopra.»

Entrarono nella camera da letto che Lena non aveva mai visto. La stupì il grande letto con la spalliera in ferro laccato. Una mano gentile, probabilmente quella della suocera, aveva intrecciato sulla testata un fiocco bianco di seta. Una stampa della Madonna con il Bambino era appesa al muro, sopra il letto. Le piacquero i colori, dal rosa al verde al blu. Sui comodini la suocera aveva messo centrini bianchi, rifiniti di pizzo, inamidati. In un angolo c'era un bel trespolo in ferro battuto, che reggeva uno specchio ovale, un catino di ceramica e una brocca colma d'acqua. Proprio di fronte al letto c'era un mobile a cassetti. Lena sapeva che in quei cassetti era custodita la sua dote. L'aveva portata Erminia qualche giorno prima delle nozze. Sapeva inoltre che Erminia e Gentilina, insieme, avevano preparato il letto per gli sposi.

Lena si era fermata sulla soglia a osservare la camera nella quale ancora non osava entrare.

«È la tua stanza», disse Tognino. Allungò una mano per prendere la sua. Era la prima volta che il marito la toccava. Lei ebbe un fremito di paura e il suo cuore cominciò a battere forte.

«Sta' tranquilla», soggiunse mentre la sospingeva accanto al letto.

«Non ci riesco», si lasciò sfuggire Lena.

«Non ti darò nessun disturbo. Adesso ti lascio sola», affermò Tognino e si avviò verso la porta.

«Come sarebbe? Perché mi lasciate sola?» Lena era stupita e confusa.

«Dormirò di sopra, in solaio. Mi raccomando, non tradirmi. È un segreto fra te e me. Per gli altri avremo dormito insieme», spiegò lui con un sorriso gentile.

«Non capisco», sussurrò Lena, guardandolo con sospetto. Era pronta al sacrificio e non si aspettava quel colpo di scena.

«Se sapessero che ti lascio sola la prima notte di nozze, sarebbero capaci di pensare chissà quali cose. Il fatto è che ho rispetto dei tuoi sentimenti e dei tuoi pochi anni. So di essere brutto. Forse un giorno ti abituerai alla mia faccia. Per adesso, va bene così. Buona notte. Dormi bene, Lena.»

4

Non era facile, nel casale, custodire certi segreti. Pompeo e Gentilina Miserocchi l'avevano capito ormai da un pezzo che il loro sventurato figlio, invece che una sposa, si era portato in casa una bambola. La sera sentivano Tognino quando saliva nel solaio per passare la notte. Lo sentivano ridiscendere di soppiatto la mattina. Sembrava tranquillo e appagato. Loro, invece, erano molto preoccupati. Sapevano delle bizzarrie di Lena, ma non avrebbero mai creduto che lei potesse condizionare il loro unico figlio. Tognino era il solo sopravvissuto di nove figli. Il Signore se li era presi uno dopo l'altro quando avevano pochi mesi di vita e Gentilina era andata avanti per anni tra una culla e un funerale. Per ultimo era arrivato Antonio che, sfidando malattie e incidenti, era cresciuto forte e sano. La grande guerra era stata sul punto di portare via anche lui, invece il destino aveva voluto che continuasse a vivere. Ora che erano avanti negli anni, i genitori Miserocchi speravano in una selva di nipotini. Ma come potevano nascere dei figli da un uomo che dormiva nel solaio? I due vecchi erano così disperati da non avere nemmeno il coraggio di affrontare l'argomento tra loro. Si intendevano a occhiate. E ci pativano. Lena, per altro, si dimostrava mite e premurosa con loro. Le sue stranezze, adesso, erano d'altro genere. Quando aveva assolto tutti i suoi doveri di massaia, si sedeva in un angolo della corte e leggeva. La loro cucina si era riempita di libri che la ragazza si faceva prestare dal fabbro ferraio. Tutto ciò era incomprensibile per i due vecchi che sapevano scrivere e leggere con notevoli difficoltà.

Che cosa la giovane nuora trovasse in quelle pagine fitte di parole, loro non riuscivano neppure a immaginarlo. Qualche volta, quando era sola con Lena, Gentilina tentava di aprire una breccia nella sua riservatezza, ma la ragazza si chiudeva a riccio.

Una sera, mentre erano a tavola, il vecchio Pompeo non riuscì a trattenere il rospo che aveva in gola.

«Si può sapere che intenzioni avete voi due?» sbottò guardando alternativamente il figlio e la nuora. «Credete che noi due vecchi siamo scemi? Marito e moglie dormono insieme, nello stesso letto, da che mondo è mondo. Voi no. Com'è che tu, Tognino, vai a dormire in solaio?»

I due giovani tacquero. Tognino vuotò la sua scodella di minestra, ci mise sopra mezzo bicchiere di vino rosso e si pulì le labbra con la manica della camicia. Lena ebbe per lui uno sguardo implorante. Lui le rispose con un sorriso.

«Non è per mancarvi di rispetto, babbo. Ma questi, se permettete, sono affari nostri», disse con calma.

Pompeo si fece rosso di collera.

«Boia d'un mondo ladro!» esplose. «O sei uno di quelli a cui fanno schifo le donne, e non mi risulta, o sei un burattino che ti fai prendere in giro da una che non ti vuole. In tutti e due i casi sei mio figlio, vivi nella mia casa, e ho il diritto di sapere come stanno le cose», urlò, calando un pugno sul tavolo, così forte che le stoviglie tintinnarono. Lena impallidì mentre Gentilina, che per settimane aveva soffiato sul fuoco, adesso ebbe paura della reazione del marito. Soltanto Tognino non perse la calma.

«Non sapevo che questa fosse la vostra casa», disse rivolto al padre, «credevo che fosse anche casa mia. Perché da quando ho memoria, su questa terra ho lavorato con il caldo e con la neve, dalla mattina alla sera, ogni giorno dell'anno, Natale e Ferragosto compresi. I soldi guadagnati li ho tutti consegnati a voi, ma pensavo che fossero anche miei. Così credevo di avere il diritto di comportarmi secondo le mie idee, senza dover rendere conto a un padrone. Mi sono sbagliato. Chiedo scusa e levo il disturbo.»

Si alzò di colpo facendo cadere rumorosamente la sedia.

«Lena, vuoi venire con me?» le chiese tendendole una mano.

Lena si sentì colpevole e piena di vergogna. Lei aveva portato lo scompiglio in quella famiglia pacifica. Padre e figlio stavano litigando unicamente per colpa sua. Aveva fatto una promessa a sua madre, l'aveva ripetuta davanti all'altare e non l'aveva mantenuta. In quel momento capì che la sorte le aveva fatto incontrare l'uomo migliore del mondo.

«Se c'è qualcuno che deve andarsene», disse alzandosi a sua volta e afferrando la mano che Tognino le tendeva, «sono io. Vi domando perdono», balbettò tra i singhiozzi.

«Taci», la zittì dolcemente il marito, «sei solo una ragazzina.»

Bastò quella frase per chiarire a Pompeo Miserocchi la situazione che si era instaurata tra Lena e suo figlio. La rabbia sbollì e avrebbe voluto rimangiarsi tutto, ma era troppo tardi.

«Dove vorresti andare? Non hai un altro tetto all'infuori di questo», tentò Pompeo disperato.

Tognino non gli rispose. Invece si rivolse a Lena: «Va' di sopra, e prepara un fagotto delle nostre cose», le ordinò con un tono che lei non gli conosceva. Obbedì senza fiatare.

Quando ridiscese, Tognino usciva dalla stalla con il cavallo attaccato al barroccio. Gentilina, sulla soglia della cucina, piangeva. Pompeo, sottovoce, imprecava contro se stesso. Lei si accostò ai suoceri per salutarli.

«Mi addolora di avervi dato questo dispiacere», disse. «Voi siete stati buoni, con me. Mi avete accolto come una figlia. Ma vi giuro, lo giuro su Dio, che vi darò dei nipoti e le cose si aggiusteranno», promise di slancio.

«Lo volesse il Cielo», sussurrò Gentilina piangendo. «Ma intanto, dove andrete?»

«Dovunque mio marito vorrà», rispose gettando sul carro il fagotto che conteneva coperte e indumenti.

«Monta su, ragazzina», ordinò Tognino.

Si allontanarono dal casale mentre stava facendo notte. Appesa in coda al carro, una lucerna accesa dondolava nel buio. Lena sedeva accanto al marito, silenziosa. La luna proiettava lunghe ombre sulla strada polverosa. Gli si fece più vicina e infilò il braccio sotto quello del marito.

«Hai freddo?» domandò lui.

«Un po'», rispose. Non gli era mai stata così vicina. Per la prima volta sentì che Tognino aveva il profumo che sprigiona dai tronchi dell'acero riccio, quando è appena tagliato. Pensò che era davvero come una pianta robusta che sopporta i freddi invernali, le brinate, le gelate tardive. Tognino era una pianta solida alla quale appoggiarsi.

«Sei hai freddo, copriti», disse lui con tono sbrigativo.

«Mi basta stare vicino a voi», replicò. Intanto pensava alle chiacchiere che sarebbero nate in paese il giorno seguente, quando tutti avrebbero saputo di quella fuga. Non faticò a immaginare i pettegolezzi che si sarebbero intrecciati in casa dei Baldini e le cattiverie che sarebbero uscite dalla bocca di Erminia. Si augurò di non dover mai aver bisogno dei suoi parenti perché, ne era sicura, le avrebbero chiuso in faccia l'uscio di casa.

«Sto bene vicino a voi», affermò con sicurezza. Andavano verso l'ignoto, eppure Lena non aveva paura. Era tranquilla, fiduciosa.

«Prendi una coperta. Ci vorrà qualche ora prima che arriviamo», insistette lui.

«Arriviamo dove?» domandò incuriosita.

«A Lugo», rispose Tognino.

«Perché proprio a Lugo?» volle sapere mentre la sua serenità cominciava a vacillare.

«Ho un amico, in quella città. La scorsa estate mi aveva offerto un lavoro. Avevo rifiutato perché ero certo di avere la mia terra. Ma adesso...»

«Che lavoro? Quale amico?» incalzò Lena, allarmata.

«Farò il capo ortolano nella tenuta del marchese Sforza, se il mio amico, Spartaco Rangoni, sarà sempre della stessa idea.»

5

CON un gesto improvviso, Lena si allontanò dal marito, si rizzò in piedi e, con un balzo, scese a terra, andando a ruzzolare nell'erba sul ciglio della strada. Tognino fermò il carro e scese a sua volta per soccorrerla.

«Sei diventata matta?» sbottò, mentre si chinava su di lei per accertarsi che non si fosse ferita.

«Non più di quanto lo fossi prima che mi sposaste», replicò Lena con voce risentita.

«Già», convenne lui, aiutandola ad alzarsi da terra. «Però se ti spieghi è meglio.»

«Non c'è niente da spiegare. Io a Lugo non ci vengo. Tutto qui», dichiarò.

«Hai appena detto a mia madre che saresti venuta con me dovunque io volessi andare. Adesso non è più così. Si può sapere che cosa vuoi che faccia?» Era disperato.

Quella ragazzina, che ogni giorno di più gli sbocciava sotto gli occhi come un fiore strano e misterioso, gli aveva tolto la pace e l'equilibrio abituale. In quel momento si rendeva conto che l'intervento di suo padre era stato fatto senza malanimo. Ma quell'intrusione nella sua vita con Lena lo aveva mandato su tutte le furie, inducendolo a una reazione spropositata e a una decisione, forse, avventata. Tognino era perdutamente innamorato di lei, tanto che non osava nemmeno toccarla.

Dubitava perfino di riuscire, un giorno, a farla sua. Temeva quasi di sporcarla e considerava un privilegio vederla crescere e maturare sotto il suo sguardo attento e premuroso. Non avrebbe potuto spiegare tutto ciò ai suoi genitori.

L'amicizia con Spartaco era nata sui banchi del mercato di Lugo dove lui vendeva canestri di giunco, e Tognino verdura e frutta di stagione. I loro posti, sulla piazza del mercato, erano contigui e, nel corso della mattinata, tra un affare e l'altro, avevano coltivato un sincero rapporto di amicizia. Sebbene Spartaco avesse sei anni meno di lui, mostrava di possedere una maturità sorprendente. Tognino lo considerava un tipo riflessivo, che non parlava mai a caso. Era leale e intelligente. Da lui imparava sempre qualcosa di nuovo.

Tognino, così chiuso e scontroso, anche a causa della sua mutilazione, aveva trovato un compagno con cui aprirsi. Parlavano poco di politica, mai di donne perché erano entrambi riservati. Avevano invece in comune la passione per la terra.

«Il brutto del mio mestiere», diceva Tognino, «è che, se non vendo tutto al mercato, perdo due volte: il guadagno e la merce che si deteriora e va buttata. Quando colgo dall'albero una bella pesca, sugosa e profumata, se non la vendo nel giro di qualche giorno va in malora. Che senso ha? Io dico che deve esserci un modo per conservarla, se non da un anno all'altro, almeno per qualche settimana. Capisci che cosa intendo, Spartaco?» Così ragionava con l'amico.

«Chi meglio di me ti può capire?» gli faceva eco quest'ultimo. «Io penso al grano, all'orzo, al mais, alla segale, alla veccia. Abbiamo una terra buona, noialtri, ma non riusciamo a renderla produttiva al cento per cento. Così i mercanti comprano dalla Turchia la veccia, il grano lo fanno venire dall'America e così via. Siamo molto indietro rispetto agli altri Paesi. È un vero peccato, perché in Italia abbiamo le teste buone in grado di risolvere i problemi. Evidentemente qualcuno ha interesse a lasciare le cose così come sono. Se parli di migliorie ti guardano storto, come se la nostra miseria fosse una garanzia per il loro benessere», ribatteva Spartaco accalorandosi.

Erano questi ragionamenti ad accomunarli e ad alimentare un'amicizia e un rapporto di stima reciproca. Così era accaduto che Spartaco si recasse talvolta a Cotignola a trovare Tognino e, durante una di queste visite, aveva intravisto Lena, della quale si era subito innamorato.

Ovviamente non ne aveva fatto parola con l'amico, il quale, a sua volta, non gli aveva mai parlato del suo fidanzamento. Spartaco, invece, gli aveva raccontato di essere stato assunto come sotto-fattore nell'azienda agricola del conte Arduino Sforza e, dopo qualche tempo, gli aveva fatto un'offerta di lavoro.

«Perché non vieni a Lugo?» gli aveva proposto.

«Lo vedi da te. Ho la fortuna di lavorare sulla mia terra. Che senso avrebbe fare il salariato per il conte?»

«Impareresti cose nuove.»

Era un'esca allettante. Cose nuove per migliorare l'agricoltura, per intensificare la produzione. Tognino aveva meditato a lungo su questa proposta, anche perché si chiedeva come avrebbe fatto suo padre a mandare avanti il lavoro senza il suo contributo. L'aveva definitivamente accantonata tra le idee irrealizzabili nel momento in cui si era sposato con Lena. La ragazza aveva assorbito tutti i suoi pensieri.

La sera e nei giorni di festa, invece di andare all'osteria come tutti i contadini del paese, stava con lei che gli leggeva brani di romanzi e gli chiedeva spiegazioni che non sempre era in grado di darle. Per questo motivo aveva acquistato un dizionario usato della lingua italiana. Lo consultavano insieme e, in quei momenti, Lena gli dimostrava la sua riconoscenza guardandolo con particolare dolcezza. Era un modo per ripagarlo di altri piaceri che lui, per altro, non chiedeva. Si era instaurata tra loro una confidenza profonda e una complicità senza riserve. Tognino sapeva che sarebbe arrivato il giorno in cui Lena l'avrebbe accolto tra le sue braccia. Questo gli bastava. O almeno così credeva. In realtà era profondamente frustrato da quella strana convivenza tanto che, ultimamente, era tormentato dal pensiero che tutti sapessero che non si comportava da marito e da uomo. Sarebbe stato facile farla sua. Era un suo diritto. Molto più difficile era rinunciare ad avvalersene. Tutto ciò si traduceva in un continuo logorio nervoso. Era bastato un rimbrotto del padre per scatenare in lui una reazione eccessiva.

Adesso Lena puntava i piedi come un mulo e si rifiutava di seguirlo.

«Se tu mi presenti una ragione, una sola, che sia valida per motivare il tuo rifiuto, io ti riporto al casale e chiedo scusa al babbo», disse scuotendola per le spalle.

Lena non rispose. La notte era rischiarata da una falce di luna che, pensò la ragazza, illuminava anche la città di Lugo, dove viveva Spartaco. Si domandò che cosa sarebbe accaduto quando si fossero rivisti. Era fuori discussione che lei raccontasse a Tognino la sua storia d'amore. Non poteva umiliarlo. Guardò quest'uomo forte, non bello ma paziente e generoso. Nessuno, prima di lui, l'aveva mai trattata con tanta dolcezza, con tanto affetto.

Lena si commosse e gli passò delicatamente una mano sulla guancia scavata. Era una carezza, la prima che osava dargli.

«Povero Tognino. Quante ve ne ho fatte passare», sussurrò teneramente.

«Non sono povero e non voglio la tua pietà», s'infuriò lui, scostandola bruscamente da sé, perché il gesto affettuoso di Lena l'aveva fatto vibrare di piacere.

Lei gli si accostò di nuovo e gli mise le braccia intorno al collo. Era sicura che, se non si fosse data a lui lì e subito, avrebbe finito per cedere a Spartaco, perché il destino insisteva nel metterli entrambi sulla stessa strada. Accostò il viso a quello del marito e gli diede un bacio tra guancia e orecchio. Lo sentì irrigidirsi.

«Voglio essere vostra moglie davvero», disse sottovoce.

In quel momento Tognino avrebbe voluto lanciare in aria il cappello e gridare di gioia. Sarebbe stato bello, in quella fredda notte ottobrina, sotto un cielo stellato, prendere Lena e amarla. Sarebbe stato semplice e bello, poiché anche lei lo desiderava.

«Non è ancora il momento», replicò invece in tono brusco.

Intuiva, anche se confusamente, che Lena stava imbrogliando le carte. L'amava profondamente e non voleva ombre tra loro.

«Perché?» domandò lei risentita.

«Non mi hai ancora detto che cosa ti impedisce di andare a Lugo», incalzò prendendo le distanze.

Lena risalì sul carro, umiliata e rassegnata.

«Perché sono una stupida», rispose, «perché ho paura di affrontare una vita nuova.»

«Se ci sono io, vicino a te, non devi avere paura di niente», la rassicurò, montando a sua volta sul carro. Così ripresero il cammino. Lui era di pessimo umore perché sentiva che Lena gli stava nascondendo qualcosa.

6

«*Mala tempora currunt*», sentenziò il notaio Bellerio. «Il futuro di questa povera Italia sarà pieno di bocconi amari, soprattutto per voi giovani. Il cavalier Benito Mussolini è uno sbruffone assetato di potere e senza ideali. Quando si priva il popolo della libertà di parola e di pensiero, una nazione è come morta. Ricordi, caro Spartaco, cosa diceva Voltaire?»

«'Non la penso come te, ma lotterò contro chiunque ti impedisca di pensarla a modo tuo.' Mi pare che dicesse pressappoco così», rispose il giovane.

«Non mi stupirei se da qui a qualche tempo Voltaire venisse considerato un sovversivo e come tale cancellato dalle pagine della storia», proseguì l'anziano professionista. «Perché, vedi, questo furfante che ha in pugno il nostro Paese, si è imposto con il manganello e l'olio di ricino. È la politica del terrore. Chi non la pensa come lui viene picchiato a sangue e purgato. E noi tutti dovremmo credergli, obbedirgli e combattere per lui. Ti sembra dignitoso questo modo di vivere?»

«Veramente, signor notaio, io sono soltanto un contadino. Da noi, in campagna, il sole e la pioggia non seguono le regole del fascismo. E così, per noi, le cose non cambiano. Le vacche vanno munte ogni giorno, il grano matura con la bella stagione, la vendemmia è di qualità quando la pioggia è stata avara. Tutto questo si ripete ogni anno, dai tempi dei tempi, indipendentemente dalla politica del cavalier Benito», rispose Spartaco.

«Allora tu te ne freghi del fascismo! Ecco, vedi fino a che punto si è degradato il nostro linguaggio? Senza volerlo, ho usato questo orribile verbo. 'Me ne frego' è il loro motto preferito. Parli così anche tu, di' la verità», lo stuzzicò.

«Dico solo che la politica non mi riguarda. Il re e la sua corte, Mussolini e i suoi squadristi sono lontani da noi come la terra dalla luna», replicò tranquillo il giovane, con un'alzata di spalle.

«Beata gioventù incosciente», esclamò il notaio. «Quanto a me, io lascio tutto e vado in America con la mia Giacinta. Laggiù, se non altro, potrò morire senza aver perduto la mia dignità.»

Il notaio Bellerio era proprietario di dieci ettari di terreno che i Rangoni coltivavano a mezzadria. Spartaco si era recato da lui, nella sua casa di Bologna, per regolare i conti del semestre. Il notaio era un fine letterato e un acerrimo nemico di Mussolini. I Rangoni erano mezzadri onesti e i conti che gli presentavano erano precisi fino al centesimo. Da anni il loro rapporto era improntato alla stima reciproca. Il notaio aveva visto crescere il ragazzo di cui ammirava l'intelligenza e la serietà. Quando Spartaco andava a trovarlo, gli piaceva offrirgli una tazza di cioccolata fumante e intrattenersi con lui, parlando di letteratura e di filosofia, interessandosi ai suoi studi, interrogandolo sulle sue aspirazioni. Spartaco assorbiva tutto ciò che il notaio diceva, anche quando non lo capiva fino in fondo. Inoltre, la cioccolata che Giacinta gli preparava era un nettare.

Giacinta era la governante del notaio. Viveva con lui, in una grande casa ottocentesca, sotto le Due Torri, dove tre generazioni di Bellerio avevano avuto lo studio notarile e l'abitazione. Lei veniva da Predappio, il paese di Mussolini. Si vantava di aver conosciuto donna Rachele quando masticava pane e miseria, come tutti loro. La governante era entrata in casa Bellerio quando aveva appena tredici anni. Ormai era prossima alla trentina, ma sembrava ancora una ragazza. Era prosperosa, aveva la pelle liscia e morbida come il burro e grandi occhi neri e languidi. A Lugo si sussurrava che fosse l'amante del notaio, che era vedovo e senza figli. Ma le voci non avevano mai trovato conferma. Si sapeva che Giacinta aveva due fratelli emigrati in America da molti anni e là, si diceva, avevano fatto fortuna aprendo un ristorante che funzionava bene. Nel corso degli anni l'avevano ripetutamente invitata a raggiungerli perché lei, che era maestra nell'arte di «tirare» la pastella, sarebbe stata di grande aiuto. Giacinta non si era mai risolta a partire perché non aveva cuore di lasciare solo il povero notaio.

Ora, però, l'anziano professionista sembrava deciso ad attraversare l'oceano con lei.

«Volete davvero andarvene?» Spartaco si allarmò.

«Chiudo il mio studio e vendo terra, casa, automobile. Prendo il piroscafo e in poco più di una settimana da Genova arrivo a Nuova York», affermò.

Giacinta entrò nello studio dove i due stavano conversando. Indossava, sopra un abito campagnolo, un grembiulone candido con la pettorina che dava risalto al seno prosperoso e alla vita sottile.

«Ne vuoi ancora un po'?» propose al giovane, tendendo verso di lui una cioccolatiera d'argento dal cui beccuccio uscivano ondulati fili di vapore.

Spartaco annuì, più per abitudine che per desiderio. C'era nell'aria qualcosa di più allettante della cioccolata. Aveva vent'anni ed era convinto che il mondo fosse suo. Gli sembrava, a volte, che gli sarebbe bastato allungare una mano per prendere quello che voleva. Doveva solamente riconoscere l'occasione buona, quando si fosse presentata. E, in quel momento, sentì che la sua grande occasione era arrivata. Parlò d'impulso.

«Se lei è deciso a vendere la terra, io sarei deciso a comperarla», disse tutto d'un fiato.

Il notaio ebbe per lui un sorriso ammiccante.

«Per questo te ne ho parlato», dichiarò. «Il valore di quei dieci ettari lo conosci anche tu. E io so che avete messo da parte dei soldi con i vostri canestri.»

Spartaco annuì. La lavorazione e la vendita dei canestri fatti con giunchi palustri era diventata un'attività redditizia per i Rangoni. Era nata quando Spartaco era poco più che un ragazzino. L'aveva inventata lui, per mantenersi agli studi. Nelle lunghe sere d'inverno, quando i suoi coetanei giocavano o andavano al cinema, Spartaco intrecciava cesti e li vendeva al mercato. Erano ben confezionati, robusti e leggeri. I contadini se ne servivano per la raccolta dell'uva e delle pesche. Nell'arco di un paio d'anni il ragazzo aveva coinvolto nella sua attività anche i genitori e la sorella, mentre la cerchia degli acquirenti si allargava e i guadagni diventavano consistenti. Per soddisfare le richieste, Spartaco aveva distribuito il lavoro tra i vecchi contadini che non avevano più forze sufficienti per lavorare la terra e mal si adattavano all'inattività. Li remunerava equamente e con puntualità e intanto nasceva la sua fama di uomo onesto e intraprendente.

«Abbiamo dei soldi, da parte. Ma non sono sufficienti per pagare subito il prezzo corrente», rispose con franchezza.

«Lo so. Pochi soldi, ma tanta buona volontà», commentò il notaio.

«Mettiamoci d'accordo», propose Spartaco. «Mi dica lei che cosa devo fare. Quella terra mi fa gola e lei lo sa. Se penso che è impastata con il nostro sudore, mi sembra che in qualche modo ci appartenga.»

«Non buttarla sul patetico. Ti farò avere un prestito dalla mia banca. Adesso finisci la tua cioccolata», replicò con burbera bonomia.

«I tassi delle banche sono alti», ragionò il ragazzo mentre vuotava la tazzina.

«Spartaco, tu non sei di quelli che vogliono la botte piena e la moglie ubriaca. Se vuoi degli interessi agevolati, quello è affar tuo.»

Era chiaro come il sole che l'eccentrico notaio voleva vendere, ma alla persona giusta. Non avrebbe accettato che la sua terra finisse nelle mani dei fascisti o dei loro amici. Cominciò, così, una serrata trattativa sul prezzo, perché ognuno tirava l'acqua al proprio mulino.

«Lei è ricco. Diecimila lire in più o in meno non le cambieranno la vita», Spartaco faceva leva sulla tenerezza dell'uomo per lui.

«Mi guardi storto. Lo vedo. Pensi che sono nato nel benessere e quello che posseggo non me lo sono guadagnato. Be', non è così. Avrei potuto vivere sregolatamente e perdere tutto. Invece ho sempre lavorato, come te e la tua famiglia. Soltanto adesso che ho compiuto i settant'anni e non ho figli né parenti, voglio mettere insieme il mio capitale e spenderlo come mi pare. Dunque, diecimila lire in meno contano. Facciamo che ti sconto duemila lire e non se ne parla più.»

«Cinque, signor notaio. Cinquemila di sconto e avrà fatto comunque un buon affare», rilanciò il giovane.

«Non te la do vinta. Ti sconto quattromila e ci aggiungo questo», disse cavando dal taschino del gilet il suo orologio d'argento. «È un Vacheron Constantin. È tuo. Così la smetterai di andare in giro con il taschino vuoto.»

Spartaco arrossì come un bambino.

«Io ti conosco per il diritto e per il rovescio. So che muori dalla voglia di avere un orologio. Io mi sono comperato un bel cronometro svizzero. Dunque, prendi questa cipolla e siamo a posto così.»

Il patto fu siglato con una stretta di mano. Poi il notaio si mise a stendere l'atto di vendita. Quindi telefonò in banca per garantire, a suo nome, la solvibilità dei Rangoni a fronte del prestito che Spartaco chiedeva. Ci volle l'intero pomeriggio per concludere il passaggio di proprietà. Quando Spartaco uscì in strada, camminava spedito, ma gli sembrava di volare. Ogni tanto allungava una mano verso il taschino del gilet, per assicurarsi che l'orologio fosse al suo posto.

Dalla stazione di Bologna, Spartaco prese il treno per Lugo al tramonto. Aveva con sé l'atto di acquisto della terra e un pacco di cambiali bancarie. Era stata una giornata meravigliosa. In questo vasto mondo c'era un gran pezzo di terra che era suo, proprio suo e nessuno glielo avrebbe mai portato via. Era giovane, sano, forte come un toro, aveva un diploma di perito agrario e negli anni di scuola aveva immagazzinato un sacco di nozioni che adesso doveva tradurre in pratica perché la sua terra rendesse il doppio e, se possibile, il triplo. C'erano nuove tecnologie che avrebbero consentito il miracolo. C'erano concimi chimici e antiparassitari che favorivano la crescita sana dei prodotti agricoli.

Lo scompartimento nel quale viaggiava era vuoto e lui, la fronte incollata al finestrino, guardava la fuga dei campi dove crescevano loglietto ed erba medica. Vedeva le stalle bianche che accoglievano gli animali per la notte. Vedeva i casali dei contadini che si tingevano di rosa alla luce del tramonto e avvertiva nel petto il pizzicore della felicità. L'agricoltura non era cambiata nel corso degli anni: c'era ancora la rotazione delle colture che, con il concime animale, serviva a non sfibrare la terra. Ma lui sapeva che la campagna stava per fare un gran salto verso la modernizzazione. Lui, di questa rivoluzione, sarebbe stato un protagonista. «Sei bellissima, sei meravigliosa», sussurrò guardando quella pianura ricca e fertile, come se fosse una donna a lungo corteggiata e finalmente posseduta. Il treno correva e, nel suo sferragliare, Spartaco sentiva un ritornello che gli diceva: è tua, tua, tua.

Aveva un bel dire il notaio Bellerio. Il re, Mussolini, i fascisti, i socialisti, le lotte politiche e l'oscenità del potere lo lasciavano del tutto indifferente. Comunque fossero andate le cose, la gente avrebbe continuato a nutrirsi e chi possedeva la terra non sarebbe mai andato in malora.

Scese alla stazione di Lugo. Slegò la bicicletta che aveva assicurato a un paletto di ferro, la inforcò e pedalò verso casa.

«La terra è nostra», disse irrompendo nella cucina, dov'era già stata accesa la lucerna. «L'ho comperata oggi dal notaio Bellerio. Lui vende tutto e va in America», spiegò sciorinando sul tavolo le carte che attestavano la proprietà del terreno.

Sua madre, che rimestava la minestra davanti al focolare, si fece un rapido segno di croce e, levando lo sguardo al cielo, disse: «Signore mio caro! Ma che cosa dici? Cos'è successo?»

Suo padre e sua sorella stavano intrecciando canestri. Lo scrutarono allibiti, senza riuscire ad afferrare il significato reale di quell'annuncio. Di tanto in tanto Spartaco ragionava in famiglia sulla possibilità di comperare finalmente la terra e non erano progetti campati in aria, dal momento che il piccolo conto in banca aumentava ogni mese. Ora, poi, c'era anche il suo stipendio di sottofattore, che veniva accantonato e accresceva i risparmi. Ma da lì a comperare la terra, ce ne voleva.

«Non hai mica fatto qualche diavoleria?» si preoccupò sua madre che, tuttavia, conosceva l'avvedutezza del figlio.

«È tutto regolare. Credetemi. Il notaio aveva fretta di vendere e sarei stato proprio stupido a lasciarmi sfuggire l'occasione. Ho anche tirato un po' sul prezzo e Bellerio mi ha aiutato ad avere un prestito dalla sua banca di Bologna. Ho fatto bene i nostri conti. Salderemo il debito entro un anno», garantì.

«Queste, però, sono cambiali», trasecolò il padre, allungando un dito verso il tavolo dov'erano impilati i fogli.

Miranda, la sorellina quindicenne, sorrise con aria compiaciuta. Lei adorava Spartaco e lo riteneva capace di grandi imprese.

«Chi ha debiti, ha onore», approvò la madre. «Se qualcuno ha prestato soldi a mio figlio, significa che si fida di lui.»

«Vi prego soltanto di non parlarne con nessuno. Nessuno deve sapere che adesso siamo padroni», si raccomandò il giovane.

Quella sera, Spartaco andò a ballare. Aveva voglia di festeggiare

C'era, a Lugo, una trattoria sotto le vecchie mura che la sera ospitava un'orchestrina e i giovani facevano notte ballando.

Quand'era ragazzo si arrampicava sulle mura dove crescevano rigogliose piante di capperi. Raccoglieva i frutti e li rivendeva alle trattorie della città, che gliene chiedevano in continuazione perché si diceva che fossero migliori di quelli che arrivavano dal meridione. Da quella postazione privilegiata, occhieggiava il cortiletto della trattoria dove i giovani ballavano intrecciando storie d'amore. E si chiedeva se, da grande, si sarebbe mai potuto permettere una serata in quel locale.

Il momento era finalmente arrivato. Lì incontrò Alberta, che volteggiava sulla pista con la disinvoltura di una ballerina.

Gliela presentò Emilio Ghelfi, un autotrasportatore amico di Spartaco, che lo invitò al loro tavolo.

Alberta aveva un viso piccolo, triangolare, coperto di efelidi. Gli occhi vivaci. I capelli corti e ondulati all'ultima moda. La voce intensa e vibrante. Spartaco seppe che aveva venticinque anni ed era maestra elementare. Insegnava alla scuola comunale di Lugo. Era in compagnia di due colleghe. Ognuna aveva il proprio cavaliere.

«Com'è che stasera ti dai alla bella vita?» lo interrogò Emilio, sorpreso di incontrare Spartaco in trattoria.

«Qualche volta anche le galline fanno l'uovo fuori dal cavagnolo», rispose lui, evasivo come sempre.

Gli altri risero, ben lontani dall'immaginare la vera ragione della sua allegria.

«So che le cose ti vanno bene», commentò Emilio.

«In che senso?» si insospettì Spartaco, mettendosi sulla difensiva.

«Be', il posto è piccolo e la gente parla. Di solito sparla ma, nel tuo caso, il fattore del conte va dicendo un gran bene di te», precisò l'autotrasportatore.

Alberta non distoglieva il suo sguardo furbo da quel giovanotto biondo e solido che aveva tutta l'aria di essere un tronco robusto al quale appoggiarsi.

«Sergio Caporali mi valuta al di là dei miei meriti», si schermì lui, con un senso di sollievo, mentre pensava che Sergio, il fattore del conte Sforza, aveva la sua parte di merito nella buona conduzione dell'azienda agricola. Capiva i vantaggi di certe innovazioni e condivideva pienamente le idee di Spartaco.

«Vogliamo ballare?» intervenne Alberta che non vedeva l'ora di stringersi a lui.

Ballarono insieme per tutta la sera, fino a quando lei gli chiese di essere riaccompagnata a casa.

«Non posso. Emilio se ne avrebbe a male. Sei venuta con lui», disse il giovane.

«Allora vediamoci domani», propose lei.

Era una di quelle ragazze moderne che ignoravano le formalità e, a volte, anche le buone maniere. Spartaco era attratto da quella ragazza che aveva addosso l'argento vivo, ma non voleva scontrarsi con un vecchio amico per causa sua.

Si sentì battere su una spalla mentre completava un giro di valzer. Emilio gli stava accanto e gli strizzava l'occhio.

Spartaco lo guardò con aria interrogativa. Quando riaccompagnò Alberta al tavolo, l'amico gli sussurrò: «Guarda che a me, della maestrina, non me ne importa più di tanto».

«Grazie per avermelo detto», replicò Spartaco.

«Però vacci piano. Non è così spudorata come vuol far credere», lo informò.

Quando la riaccompagnò a casa era ormai notte. Alberta abitava con la famiglia in una casa moderna, alla confluenza della via

Emilia con la Ravegnana. Suo padre era un capitano dell'esercito in pensione, sua madre era insegnante di pianoforte che integrava la pensione del marito impartendo lezioni ai bambini dei ricchi. Queste e altre cose ancora Alberta gli raccontò mentre Spartaco la portava sulla canna della bicicletta.

«Hai uno strano profumo», le disse tanto per parlare. In realtà, quel profumo non gli piaceva.

«Lavanda Coldinava», rispose lei, dandosi un tono.

«Devi proprio rincasare adesso? Non si potrebbe stare un po' insieme, da qualche parte?» domandò lui.

Alberta capì benissimo quello che lui intendeva.

«Diamo tempo al tempo», rispose. «Magari ci si vede un'altra volta.»

Lui non insistette. Sul portone di casa, lei si lasciò baciare.

Spartaco respirò il suo profumo un po' troppo forte e gli venne in mente Maddalena che sapeva di spigo e di rosa.

«Be', se prometti di non fare rumore, ti faccio salire in camera mia. I miei a quest'ora dormono profondamente.»

Era andata meglio di quanto Emilio Ghelfi avesse pronosticato. Tuttavia Spartaco continuò a pensare alla ragazzina scontrosa di Cotignola. A volte il ricordo di lei era così forte da metterlo di cattivo umore. Non riusciva più a godersi pienamente la compagnia delle altre donne.

7

SPARTACO trascorreva le sue giornate in sella alla bicicletta. Percorreva in lungo e in largo le terre del conte Arduino Sforza, controllando il lavoro dei contadini, il rendimento delle vacche da latte, le bestie da traino, quelle da macello, l'ingrasso dei maiali e del pollame. Comperava al mercato di Forlì le materie prime necessarie alla conduzione dell'azienda e rivendeva grano, ortaggi e mangimi agli allevatori. Intanto mandava avanti il suo podere, dal quale si aspettava un buon raccolto, e aveva esteso al settentrione della Toscana il commercio dei suoi canestri. In treno o in bicicletta, si spostava continuamente dalle pendici dell'Appennino alle terre in prossimità del mare, vendendo, comperando, stipulando contratti che venivano sanciti da una stretta di mano, più sacra di una firma, imparando cose nuove e trovando anche il tempo, qualche volta, d'imbastire liberatorie avventure galanti.

Nel mondo degli agricoltori era considerato come un personaggio che anticipava i tempi, e quindi un po' stravagante, ma anche estremamente corretto e giudizioso.

La sera, prima di entrare in casa, sistemava la sua bicicletta nel magazzino attiguo e si assicurava che fosse ben oliata, che le gomme tenessero, che il telaio rilucesse. Poi dava una pacca alla sella e diceva: «Buona notte, Giorgia». L'aveva chiamata con un nome di donna e non sapeva neanche lui perché. Era un'abitudine che aveva fin da bambino, quella di dare un nome alle cose e agli animali.

In cucina lo aspettava la cena tenuta in caldo da sua madre. Ingoiava il cibo in tutta fretta e subito dopo si sedeva sulla panca, sotto il portico, accanto al padre e alla sorella, e si univa a loro nell'intrecciare giunchi. Intanto la madre lo aggiornava sui conti della famiglia, consultando un quadernetto su cui ogni giorno annotava spese e guadagni.

Quando arrivava l'ora di coricarsi, si abbandonava sul letto sfinito e felice, con la consapevolezza di avere avuto una giornata «a tutto tondo», come lui definiva i giorni buoni, cioè quelli in cui aveva guadagnato bene.

Era il canto del gallo a svegliarlo. Apriva gli occhi all'alba con il piacere di chi si appresta a vivere una esaltante avventura. In cucina, sua madre toglieva dal fuoco il bricco del latte e ne versava il contenuto in una scodella mescolandolo con il caffè di cicoria. Sul tavolo erano impilate piadine fumanti che Spartaco mangiava con voracità.

«Non c'è nessuno che faccia una piada buona come la vostra, mamma», le diceva sapendo di lusingarla.

Lei replicava con un borbottio sordo, mentre si affaccendava a preparare la colazione anche per il marito e per Miranda, la figlia piccola, che sarebbero scesi di lì a poco. Intanto godeva di quei momenti d'intimità con il figlio, che era il suo prediletto.

«Ho sentito che portano la corrente elettrica fin qui da noi», annunciò quella mattina la donna.

«L'ho sentito anch'io. Così finalmente avremo la luce», si rallegrò Spartaco.

«Costa soldi farla arrivare dentro casa», obiettò lei.

«Pagheremo. Questa, adesso, è casa nostra. Dunque spendiamo per noi stessi», ragionò lui.

In base ai conti che sua madre gli aveva recentemente presentato, Spartaco aveva calcolato che disponevano ormai di una cifra sufficiente per estinguere il debito con la banca.

«Prima paghiamo i debiti. Dopo affronteremo altre spese», replicò decisa. «I vicini potrebbero insospettirsi, se ci mettiamo in casa la luce elettrica.»

«L'elettricità, adesso, è in tutte le case. Il conte Arduino l'ha messa persino nelle stalle e nei pollai. Veramente l'ho fatta installare io. Faremo la stessa cosa anche da noi. Per i soldi non dovete preoccuparvi.»

«Delle volte ti guardo, e mi spavento. Non ti ferma neanche il diavolo. Dove vuoi arrivare?» lo interrogò sedendosi al tavolo, di fronte a lui.

«Non voglio arrivare. Voglio solo andare avanti per la mia strada, qualunque essa sia. Mi piace lavorare. Mi piace anche studiare. Quando potrò, voglio iscrivermi all'università.»

«Signore mio caro! Ma cosa ti viene in mente? Non ti basta il diploma?»

«Voglio laurearmi in agraria. Devo saperne più di tutti gli altri qui intorno. All'università insegnano cose sempre nuove, scoperte che vengono dall'America.»

«All'università ci vanno i figli dei signori.»

«Appunto. Io non sono forse il figlio di una signora? Voi siete la mamma più signora che io conosca.»

Lei gli allungò un affettuoso scappellotto, riprendendo il suo borbottio. Lui uscì. Si infilò un foglio di giornale sotto la giacchetta per difendersi dall'aria fredda del primo mattino. Entrò nel magazzino, inforcò la bicicletta e si allontanò pedalando velocemente per scaldarsi.

Aveva percorso meno di un chilometro quando vide un carro avanzare sulla strada deserta, verso di lui. Rallentò l'andatura. Alzò un braccio in segno di saluto, mentre il carro rallentava a sua volta e il contadino seduto sullo scanno lo chiamò per nome.

«Ma brutta miseria!» esclamò Spartaco. «Te sei il Tognino.»

Il carro si era fermato e il contadino, con un balzo, fu a terra.

«Venivo giusto a cercare te», disse quest'ultimo.

«Che cosa succede?»

«Hai del lavoro per me? Ho litigato con mio padre. Così, ho preso i miei stracci e la mia sposa e sono qui», spiegò.

«Maddalena?» scappò detto a Spartaco. C'era, nella sua domanda, una nota di sgomento. Si guardò intorno sperando e temendo di rivederla. Della ragazza non c'era traccia.

Tognino si portò una mano alla fronte e prese a grattarsela con aria pensosa.

«Ma tu conosci la mia Lena?» domandò incredulo.

«Si chiama Lena? Ricordavo Maddalena. Me ne avevi parlato tu, ricordi?» Spartaco aveva chiamato a raccolta tutto il suo sangue freddo per mentire in modo credibile.

«Non mi ricordo proprio. Ma se lo dici tu», replicò, anche se non era del tutto convinto. «La mia Lena, sì. Dorme sul carro», precisò appoggiando, con un gesto protettivo, il braccio sulla spalliera del barroccio.

«Ma la conosci o no?» insistette perplesso.

«Come no? Siamo parenti», disse, sforzandosi di sorridere.

«Hai sempre voglia di scherzare, tu», ribatté Antonio, ricacciando indietro i sospetti. «Allora, me la dai una mano?»

«Vienimi dietro», disse Spartaco, «ti porto alla fattoria del conte.»

8

LENA fu svegliata da un vociare sommesso. Vide il cielo terso, avvertì la carezza del sole mattutino e scrutò i volti femminili chini su di lei.

«Com'è bella, la sposa. Sembra una bambina», disse una contadina.

«Ha gli occhiali. E ci dorme anche, con quelli», ridacchiò una bambina.

Lei impiegò alcuni istanti, mentre emergeva faticosamente dal sonno, per rendersi conto che non stava sognando. Ricordò la fuga, nella sera, dal casale dei Miserocchi, il dondolio del carro, il profumo di Tognino, il litigio a causa della sua reticenza ad andare a Lugo. E adesso? Era mattina. Si mise a sedere e sentì la schiena a pezzi per aver dormito sulle assi del carro.

«Tognino, dov'è?» chiese alle sconosciute che le stavano intorno.

«Vostro marito è andato a lavorare», rispose la donna più anziana.

Lena scese dal carro, cercando di rassettarsi l'abito gualcito e la lunga treccia disfatta. «E io? Che cosa faccio? Non so neanche dove sono.» Aveva l'aria smarrita.

Un garzone staccò il cavallo dalle stanghe e lo condusse verso l'abbeveratoio. Era nella grande corte di un complesso colonico. Un porticato correva tutto intorno. Al centro, l'aia era recintata da una rete metallica. Sulla sinistra i bassi edifici della porcilaia e il pollaio, sul fondo una grande stalla da cui usciva l'odore familiare del foraggio e dello sterco mescolato al profumo del latte appena munto. Due operai caricavano su un camion grandi bidoni di zinco, a chiusura stagna, pieni di latte.

Galline e tacchini razzolavano sul terreno polveroso. Alcuni bambini giocavano ruzzolando, dall'alto del fienile, in discesa libera fino al suolo.

«Venite, vi accompagno nella vostra casa», disse la ragazzina prendendola per mano. «Il sottofattore ha detto che voi e vostro marito vivrete qui.»

Lena la seguì docilmente sotto il porticato lastricato di mattoni a lisca di pesce. Una donna la seguiva con il bagaglio che Lena aveva scaricato dal carro.

«Io mi chiavo Antavleva», proseguì la ragazzina che si pavoneggiava nel ruolo di padrona di casa. Era una biondina con i capelli sottili che confluivano in due treccioline striminzite legate da due nastrini di seta rosa.

«'An-ta-vleva' in dialetto significa non ti volevo. Perché ti hanno chiamata così?» domandò Lena.

«Perché sono l'ultima di nove figli. La mamma non mi voleva proprio. Adesso, però, dice che è contenta di me e che sono riuscita meglio di tutti gli altri», replicò con orgoglio.

«Io mi chiamo Lena», disse lei, mentre la ragazzina spalancava il battente un po' sconnesso di una porta dipinta di grigio.

«Non datele retta. Questa qui è tutta lingua e niente giudizio», intervenne la contadina che le seguiva.

Lena si guardò intorno. Era in una stanza spoglia, le pareti azzurrine, le travature annerite dal fumo e una padella buffa che pendeva dalla trave centrale, cui era legata da un filo.

«È la luce elettrica», disse Antavleva. «Cammina lungo questi fili», spiegò indicando dei piccoli cordoni intrecciati che si inerpicavano sul muro, a cui erano fissati con piccoli cilindri di maiolica bianca. «Guardate. Ora vi mostro come funziona», soggiunse girando una chiavetta a farfalla assicurata allo stipite della porta. Il centro della buffa padella si accese di una luce rossastra e illuminò la stanza senza sprigionare fumo né odore di petrolio.

«Avevo già visto la luce elettrica», disse Lena. «Ma non sapevo che l'avessero anche i contadini.»

C'era una tavola quadrata, di legno scuro, nel centro della stanza. La donna che le accompagnava vi depose il fagotto di Lena. «Io sono Santina. Sono nata in questa corte. Sto qui, nella porta accanto alla vostra. A mezzogiorno venite da me e vi darò un piatto di minestra. Così discorreremo un poco», disse. E soggiunse: «Il sottofattore si è tanto raccomandato che mi prendessi cura di voi».

«Santina è la donna di Sante, il capomungitore», spiegò Antavleva quando la donna se ne andò. «Lei non si scomoda per nessuno, eccetto quando riceve ordini dal sottofattore», rise maliziosa.

«Chi è il sottofattore?»

«Non lo conoscete? È il signor Spartaco. Sapete che cosa dice? Che in America ci sono delle macchine che mungono le vacche. Da non credere, ma se lo dice lui, sarà così», spettegolò la ragazzina.

«Un momento.» Lena spostò una sedia impagliata e si sedette, prendendosi il viso tra le mani. Aveva bisogno di raccogliere le idee. Dunque Spartaco era il sottofattore, un personaggio di rispetto nella corte di quella fattoria dove lei era arrivata mentre dormiva. Forse l'aveva vista addormentata sul carro. Che vergogna! Chissà se aveva notato i suoi occhiali. Avrebbe parlato a Tognino della loro storia? Il buonsenso le disse che avrebbe taciuto. Tuttavia, l'aveva raccomandata a quella contadina dall'aspetto piacevole e dallo sguardo vivace.

«Vi sentite male?» domandò la ragazzina sedendo al tavolo, davanti a lei.

«Sono un po' confusa. Non so nemmeno quando tornerà il mio uomo. E qui non ho niente per cucinare. Niente pentole, niente piatti, niente di niente», scosse il capo sconsolata.

«La vostra roba arriverà. L'ha detto il sottofattore.»

«Ancora lui. Chi è, il padreterno?» chiese spazientita.

«Qui da noi non si muove foglia che il signor Spartaco non voglia», scherzò, anche se era un po' seccata, perché le sembrava che Lena non la stesse a sentire, mentre lei aveva una quantità di cose da spiegarle. «Qui c'è l'acqua. Avete visto?» Accanto al grande focolare spento e disadorno c'erano un lavello e una pompa. Antavleva azionò il lungo manico a esse e dal tubo uscì un getto d'acqua limpida.

«L'acqua in casa!» esclamò Lena. E ricordò il racconto di Spartaco sui signori che in casa avevano l'acqua e anche una grande tazza bianca per i bisogni. «Non ci sarà anche la latrina», si preoccupò.

«No, ci mancherebbe. Quella è in fondo alla corte. Il sottofattore dice che ne farà costruire due moderne, una a ogni estremità del portico. Quelle moderne si chiamano alla turca. C'è una catena che si tira e scende l'acqua che lava tutto. Così dice», puntualizzò con aria dubbiosa.

«Però tu non ci credi», la stuzzicò Lena.

«Alcune volte sì, alcune no. Dipende.»

«Da che cosa?»

«Dal signor Sergio Caporali, che è il fattore ed è anche il mio babbo. Il mio babbo dipende dal conte Arduino Sforza, che è il padrone. Lo avete mai visto?»

«Qualche volta. Ha una villa al mio paese. È un pezzo che non viene a Cotignola.»

«Quante cose abbiamo da raccontarci», esclamò la ragazzina. «Ma prima dovete vedere la stanza di sopra. La scala è lì, vedete. Non c'è bisogno di uscire per andare in camera. Così d'inverno non si prende freddo e non si scivola sui ghiaccioli. Questa è una fattoria modello», spiegò con orgoglio.

«E tu mi sembri una bambina modello», sorrise Lena, rincuorata dal calore delle chiacchiere.

«Io ho avuto la pleurite. Mi hanno curato all'ospedale di Bologna. Hanno detto che non devo stancarmi perché potrei avere una ricaduta e dopo potrei ammalarmi di tisi. Da noi, quando un contadino ha la tisi viene mandato in un sanatorio sull'Appennino. Non lavora più e qualche volta non torna più. Io non voglio che mi venga la tisi. L'estate passata mi hanno mandata al mare. L'avete visto il mare?» domandò.

«Solo di sfuggita. Una volta sono andata a Ravenna per comperare gli occhiali.»

La ragazzina annuì con aria grave. Poi riprese a parlare e la sua voce era un sussurro.

«Lo sapete che Santina se la dice con il signor Spartaco?»

«Antavleva! Questo è un brutto pettegolezzo», disse Lena, lo sguardo carico di rimprovero.

«Non vi parlo più», replicò con aria imbronciata. Si avviò verso la porta.

«Antavleva!» Quello di Lena era quasi un grido di aiuto. Temeva di restare sola in quella casa disadorna ed estranea, in compagnia di brutti pensieri.

La ragazzina era già sulla soglia. Si volse a guardarla.

«A me piacciono le rose», dichiarò Lena.

La biondina sorrise.

«Verrò a trovarvi domani. Il mio babbo dice che il sottofattore è un furfante con le donne, quando sono giovani e belle. Dice che ci prova con tutte e quasi sempre gli va bene.»

Lena rimase sola, al centro della cucina, smarrita e incredula. Quella piccola peste sapeva molte cose. Si sentì stupida e insignificante. Spartaco l'aveva sicuramente raggirata, se era vera la fama di cui godeva. E aveva avuto il coraggio di chiederla in sposa. Ripensò con nostalgia al suo paese appena lasciato, al suo casale, alla sua famiglia autoritaria fino alla crudeltà, ma che era pur sempre un punto di riferimento. Ripensò a sua madre Elvira. Le aveva estorto una promessa di matrimonio. Ora incominciava a rendersi conto che lo sposo imposto non era davvero il peggiore degli uomini. Quanto a lei, come diceva il parroco di Cotignola, era davvero in grave peccato per averlo indotto a non consumare il matrimonio. Forse stava incominciando davvero una nuova vita. Soltanto poche ore prima, nel corso del suo viaggio verso Lugo, aveva temuto, rivedendo Spartaco, di cadergli fra le braccia. Dopo quanto aveva sentito, capì che non sarebbe successo niente.

Anche perché d'ora innanzi avrebbe dormito felicemente nel letto coniugale con il suo Tognino.

9

SPARTACO non aveva neppure osato guardare all'interno del carro dove Maddalena dormiva, anche se si sentiva bruciare dal desiderio di rivederla. Lei apparteneva a un amico e non aveva alcun diritto di turbare la loro unione.

Maddalena Baldini era stata una specie di malattia che lo aveva tormentato per diverso tempo. Poi, la fase acuta era passata, ma non era mai più guarito. Non riusciva ad avvicinare una donna senza pensare a lei.

Gli capitava spesso di incontrare delle ragazze disponibili e qualche volta ne approfittava, ma erano storie senza amore.

Quando ebbe accompagnato Antonio Miserocchi nella corte della fattoria, la sua unica preoccupazione fu quella di allontanarsi prima che Maddalena si svegliasse. Non avrebbe saputo come guardarla, né che cosa dirle. Si era limitato a raccomandarla a Santina e alla piccola Antavleva che, essendo ancora convalescente, non andava a scuola. Era una bambina simpatica e sarebbe stata una buona compagnia per Lena.

Quanto a Tognino, Spartaco lo aveva accolto come una benedizione. Il lavoro diventava sempre più impegnativo, inoltre sentiva la necessità di allargare il suo giro d'affari.

L'azienda agricola di Arduino Sforza di Monteforte cominciava ad andargli stretta perché da qualche tempo era allettato dal commercio di concimi e antiparassitari di cui c'era grande richiesta e da cui si traevano forti guadagni. Tognino poteva essere l'uomo giusto al quale delegare la conduzione di tutti gli orti. Così, avrebbe avuto più tempo per i suoi commerci. Non poteva ancora permettersi di rinunciare all'incarico di sottofattore, ma sapeva che prima o poi quel momento sarebbe arrivato.

Intanto, aveva deciso che non sarebbe ritornato mai più nella corte. Non durante il giorno, quando rischiava di incontrare Maddalena.

Ora doveva presentare l'amico a Sergio Caporali e garantire per lui. Il fattore era nel suo ufficio e stava esaminando la qualità dei campioni di grano da semina che Spartaco aveva portato da Bologna.

Erano contenuti dentro piccoli sacchetti di carta che stavano allineati sul tavolo. Il fattore ne prelevava mucchietti che faceva scivolare sul palmo della mano, confrontandoli tra loro.

«Venite avanti», disse a Spartaco, che era fermo sulla soglia. Antonio era alle sue spalle. Entrambi si tolsero il cappello e lo attaccarono a una rastrelliera collocata accanto alla porta dell'ufficio.

Tognino si guardava intorno intimidito. Non sapeva che un fattore potesse lavorare in un posto del genere, con tanto di scrivania, telefono, lampada elettrica, registri e scaffalature dove erano allineati contenitori pieni di documenti. Alle pareti, riproduzioni a colori delle tenute agricole del conte Arduino, fotografie di bovini con diplomi di merito, un ritratto di Vittorio Emanuele III e un crocefisso di legno.

Sergio sembrava non essersi accorto della presenza del contadino.

«Sto esaminando i campioni. Questo grano mi sembra il migliore. Voi che cosa ne pensate?» disse tendendo la mano aperta verso Spartaco.

«È superfino. Ma è venuto su forzato, vedete?» spiegò indicando una lieve sbavatura del seme. Un segno appena percettibile, che tuttavia lui aveva subito individuato. «Questo qui, classificato fino, mi sembra migliore, anche se più piccolo. È compatto. Ha un bel colore. Con la terra concimata a dovere i chicchi diventeranno più grossi. Costa anche qualcosa meno dell'altro», suggerì Spartaco.

«Forse avete ragione voi. Ordiniamo il fino. Ho visto gli altri tipi e non mi sembrano gran cosa», constatò il fattore.

«C'è quella veccia turca. I campioni sono buoni. Pensavo che si potrebbe seminarla sui due ettari di terra vicino alla fornace. Tanto per fare un esperimento e vedere come cresce», propose Spartaco.

«Quello è terreno da barbabietole. Mi sembra un po' acido», obiettò Sergio.

«Lo so. È anche in discesa e i germogli avrebbero poca tenuta. Ma io, con il vostro permesso, ci proverei ugualmente. Stanno sperimentando una specie di reticolo che aderisce al terreno. Non è ancora in commercio. Ce lo forniscono gratuitamente, in via sperimentale. Lascia filtrare l'acqua e il sole e protegge i germogli dalle gelate tardive, mentre li trattiene in caso di una grande pioggia. Se viene bene, la veccia ce la facciamo da noi.»

«E se viene male?»

«La utilizziamo come mangime per nostro consumo.»

«D'accordo. Non so com'è, ma voi avete sempre una risposta per tutto. E lui, chi è?» domandò infine guardando il contadino che era rimasto in piedi, vicino alla porta.

«Un amico di Cotignola. Ha del suo, laggiù. Ha litigato con la famiglia ed è venuto qui con sua moglie. Non hanno bambini. Li ho messi nelle stanze vicino a Sante. Sempre che voi vogliate assumerlo. Personalmente garantisco per lui», disse Spartaco.

«Se lo raccomandate voi, per me sta bene», acconsentì Sergio spiando con una certa inquietudine quel volto scavato dove brillava un occhio di vetro. «Lo sa quant'è la paga?»

«Lo sa. E sa anche che cosa fare. Gli affido la produzione di tutti gli ortaggi. Sono la sua passione.»

«Allora, siate il benvenuto», decise il fattore tendendo la mano a Tognino. «Come vi chiamate?»

«Antonio Miserocchi. Detto Tognino», rispose intimidito.

«La guerra?» domandò Sergio, indicando il suo viso.

«Esattamente», assentì il contadino.

Squillò il telefono e il fattore sollevò il ricevitore nel momento in cui i due si stavano congedando.

L'uomo assunse subito un tono ossequioso rispondendo all'interlocutore per monosillabi e chinando il capo in atteggiamento deferente. Intanto, aveva fatto un cenno a Spartaco perché non se ne andasse.

«Il conte è tornato», annunciò quando ebbe riagganciato il telefono. «Sta andando in villa, a Cotignola, ma prima si ferma alla fattoria. Pranzerà da noi. Dunque bisognerà avvertire subito mia moglie.»

Casa e ufficio erano parte della stessa costruzione, un rustico ammodernato, isolato dal complesso degli edifici agricoli da cui distava mezzo chilometro. Era stata una casa padronale, fino al secolo scorso. Quando il conte Sforza aveva ereditato la tenuta, e altri terreni nei dintorni, la moglie l'aveva considerata inadeguata, preferendo la villa di Cotignola.

«Vi fermerete a pranzo da me», disse il fattore. «Così il conte potrà conoscervi.» Aveva improvvisamente cambiato umore, perché già si immaginava il rosario di imprecazioni di sua moglie per quella visita improvvisa, che la coglieva di sorpresa, impedendole di preparare un pranzo degno del padrone e di offrire un'accoglienza adeguata. «Fatemi un piacere, Spartaco. Mandate a dire a Santina che venga qui a dare una mano.»

«Ci penserà Tognino, se a voi non dispiace», disse Spartaco uscendo. Era fermamente deciso a non entrare più in quella corte. «Io devo andare in farmacia. È arrivato il vaccino per le bestie.»

«Grazie, Spartaco», disse il contadino quando furono soli. «Grazie di tutto. Anche di aver trovato il modo di mandarmi a vedere come sta la mia Lena.»

Spartaco non rispose. Con un balzo fu in sella alla sua bicicletta e si allontanò verso la città.

Tornò ch'era già mezzogiorno. Davanti alla casa del fattore era parcheggiata una Isotta Fraschini nera e nocciola e dalla stanza da pranzo del fattore veniva un fitto suono di voci. Appoggiò la bicicletta alla staccionata dell'orto. Vide l'autista in livrea. Sedeva sulla panca di pietra accanto all'altarino della Madonna, contornato da finte rocce. La piccola Antavleva gli stava accanto. Mangiavano entrambi pane e cioccolata. Quando la bambina lo vide gli andò incontro.

«È arrivato il signor conte», gridò.

«Lo so. Per questo sono venuto», rispose, dandole un buffetto sulla guancia.

«C'è anche la signora contessa. Non è quella vecchia. È una giovane giovane ed è bellissima», lo informò. «Però non è simpatica. Non mi ha neanche salutato», tenne a precisare sottovoce perché l'autista non sentisse. Poi soggiunse: «Lena è molto più simpatica di lei e forse è anche più bella, anche se porta gli occhiali».

In quel momento, si sentì una voce alle loro spalle: «Così, sarebbe lei il famoso sottofattore».

Spartaco si voltò e si tolse il cappello. La donna che lo stava osservando con un sorriso compiaciuto era davvero molto bella. Indossava pantaloni di flanella grigia e una giaccia a disegno spigato che si apriva su una camicetta bianca di taglio maschile. I lineamenti del viso erano perfetti. Aveva gli occhi azzurri, immensi, le labbra rosse come ciliegie e i capelli biondi raccolti sulla nuca in una crocchia morbida. Spartaco rimase senza fiato.

«Per servirla», disse portandosi il cappello all'altezza del petto.

«Il conte dice mirabilia di lei. Naturalmente è informato dal fattore. Chissà se è tutto vero», insinuò sorridendo mentre gli andava incontro.

Spartaco notò una spilla che riluceva sul bavero della sua giacca: una rosa bianca, fatta con piccole perle luminose, il gambo e le foglie di un bel verde smeraldo.

La contessa notò il suo sguardo.

«Le piace la mia spilla, signor sottofattore?» domandò in tono frivolo.

Come poteva spiegarle che gli ricordava la rosa di Damasco che aveva offerto a Lena, incontrandola sulla riva del torrente?

«Veramente non saprei», rispose sbrigativo. «Non mi intendo di gioielli.»

«Peccato. Avrebbe dimostrato un gusto eccellente, se le fosse piaciuta. È un piccolo capolavoro di Tiffany. Me l'ha regalata il conte durante il nostro viaggio di nozze a Nuova York.»

Quella donna aveva l'aria di farsi gioco del sottofattore, della spilla, del marito e del mondo intero.

«Dolente di deluderla. Qua da noi, in campagna, Tiffany potrebbe essere la marca di un trattore», replicò gratificandola di un sorriso ironico.

«Lei non mi deluderà. Tutt'altro», insinuò, in modo malizioso. «Ora ci aspettano per il pranzo. Dopo, vorrei che mi mostrasse le scuderie. Il conte vuole trattenersi in campagna per un tempo illimitato. Quanto a me, ingannerò le giornate cavalcando. Lei sa montare, signor sottofattore?» lo interrogò.

Spartaco finse di stare al gioco. «Quando ne ho l'occasione, faccio la mia figura», rispose.

«È quello che mi piacerebbe appurare», disse lei. Quindi lo precedette verso l'interno della casa. Spartaco la seguì. Antavleva, che non aveva perduto una sillaba di quel colloquio, lo rincorse e gli tirò un lembo della giacca.

«È come dicevo», affermò sottovoce.

Spartaco le sorrise e le rispose con una strizzatina d'occhio.

10

L'USCIO era spalancato e Tognino si fermò sulla soglia, timoroso d'entrare. Aveva lasciato Lena addormentata sul carro e adesso temeva la sua reazione.

Lei stava lavando il pavimento. Aveva i capelli avvolti in un fazzoletto, le maniche della camicetta rimboccate e la gonna raccolta intorno alla cintura. Ripassava le mattonelle di cotto con una spazzola di saggina intrisa di acqua che pescava da un secchio di zinco. Strofinava in silenzio, con rabbiosa energia.

«Se siete venuto per mangiare, sappiate che in casa non c'è neppure un pezzo di lardo, non un grammo di farina, né pane, né sale, né verdura. Però abbiamo la luce elettrica. Chissà se quella si mangia», lo aggredì senza alzare gli occhi dal pavimento. Tognino fece un passo verso di lei, che protestò rabbiosamente: «Non vedete che il pavimento è bagnato? Io pulisco e voi mi portate dentro il fango con le vostre scarpacce».

Lui sedette sulla pietra della soglia, si levò gli scarponi e le calze. Poi s'inoltrò a piedi nudi nella cucina e posò sul tavolo una pentola di coccio piena di minestra profumata.

«La manda Santina, che è dovuta andare a casa del fattore. È arrivato il conte Sforza e la fattoressa ha bisogno del suo aiuto. Abbiamo tutto l'occorrente per metterci a tavola, vedi?» disse estraendo da una tovaglia avvoltolata cucchiai, bicchieri e una bottiglia di vino, oltre a una bella forma di pane fragrante.

Lena si tirò in piedi e gli lanciò uno sguardo feroce.

«Mangiate voi. Io sono già sazia di umiliazione e di rabbia. Mi avete portata qui come una mendicante che deve ricevere il pane degli altri. Dov'è la mia roba? Dove sono le mie stoviglie? I miei libri, il mio letto, i miei vestiti che fine hanno fatto? Non conosco nessuno. Mi guardano come una bestia rara. Vorrei sprofondare sotto terra e non vedere più la luce del sole», sbottò esplodendo in un pianto disperato.

Tognino le andò accanto, le tolse di mano la spazzola, cavò dalla tasca dei calzoni un fazzoletto e le asciugò le lacrime abbracciandola. Aveva il cuore gonfio di tenerezza per quella ragazzina orgogliosa e testarda.

«Questa sera avrai tutto. Ho scritto un biglietto a mio padre e a mia madre per informarli della nostra nuova casa. Avvertiranno anche i tuoi parenti. Ho rimandato indietro il carro e un uomo del fattore ci porterà le nostre cose. Siamo tra brava gente, Lena. Io ho un lavoro e un buon salario. Non ti pentirai di avermi seguito, te lo garantisco», disse tutto d'un fiato con una voce così carezzevole che Lena sentì subito sbollire la rabbia. Si staccò da lui e si asciugò le mani nel grembiule. Si sedettero al tavolo e lei lo guardò dritto negli occhi: «Avremo fatto bene ad andarcene da Cotignola?»

«Non voglio che nessuno si intrometta nella nostra vita», rispose lui e proseguì: «Ho seguito il mio istinto che non mi ha mai tradito. Credo che qui ci troveremo bene, almeno per il momento. Poi si vedrà».

Lena posò una mano su quella nodosa del marito.

«Vorrei dirvi tante cose, ma sono confusa e non so da che parte incominciare.»

«Si tratta di noi due o soltanto di te?» la spronò, avvertendo con piacere il tepore della mano di Lena.

«Io credo che prima di essere un marito, voi siate un buon amico per me, il migliore che potessi desiderare. Abbiamo letto tanti libri insieme e abbiamo parlato di tutto. Non ho mai avuto tanta confidenza con nessuno, nemmeno con mia madre, come l'ho con voi. Tuttavia è rimasto in sospeso fra noi il fatto più importante, quello che riguarda il nostro rapporto di sposi», disse cercando le parole con fatica.

«E allora?»
«Vorrei sapere se siete mai stato con una donna. Se la domanda vi sembra sfacciata, potete non rispondere.»
Tognino arrossì fino alle orecchie. Poi si schiarì la voce, prima di parlare: «La prima volta è stato a Trento, nel '18. Non avevo ancora vent'anni. In una di quelle case dove andavano tutti i soldati», disse parlando a bassa voce. «Si fa la fila e si paga per andare in camera con una donna. Non importa se è bella o brutta. L'amore non c'entra. Però, quella prima ragazza mi piaceva e me la ricordo ancora. Era dolce, buona. Quando sono ritornato a cercarla, lei era già andata via. Le signorine cambiavano ogni quindici giorni. Dopo, sono stato ferito e ho passato quasi un anno girando da un ospedale all'altro. Quando mi vedevo allo specchio, mi facevo paura da solo. Piangevo perché sapevo che nessuna donna mi avrebbe più voluto. All'ospedale di Bologna incontrai un'infermiera gentile. Mi massaggiava la guancia, qui dove una scheggia di granata mi ha polverizzato l'osso, con un unguento che leniva il dolore. Quando mi hanno dato l'occhio di vetro, lei mi ha insegnato a metterlo e a toglierlo e a lavarlo. Una notte si è infilata nel mio letto. È stata una sorpresa. Dai finestroni dell'ospedale entrava la luce della luna.
«L'ho accolta come una bendizione. Ma qualcuno ci ha visti e l'ha raccontato in giro. L'hanno licenziata. Avrei voluto cercarla, ma non conoscevo neppure il suo nome. Infine mi hanno dimesso e sono ritornato a Cotignola. Le ragazze scappavano solo a vedermi. Ho molto sofferto. Una volta al mese andavo a Forlì. Anche lì c'è una di quelle case dove basta pagare e le donne non stanno a vedere se un uomo è bello o brutto. Poi ho sposato te. Non c'è altro», concluse lui.
«E siete andato a dormire nel solaio», Lena scosse il capo sconsolata e aggiunse: «Mi sono abituata alla vostra faccia». Gli accarezzò il viso con delicatezza.
«Sono io che non ci ho ancora fatto l'abitudine», confessò tristemente.
«Venite, Tognino. Andiamo di sopra. C'è una stanza grande. L'ho ripulita e mi hanno prestato un materasso.» Lo prese per mano e si alzò da tavola. Lui si lasciò condurre da Lena che si diresse verso le scale per salire.

Era riuscita a rendere accettabile una camera spoglia, dove troneggiava un vecchio letto di legno, utilizzando la poca biancheria che aveva portato con sé. Aveva appeso i loro indumenti puliti ai chiodi delle pareti. In un angolo c'era un catino smaltato, pieno d'acqua, e al gancio della finestra aveva attaccato due asciugamani di cotone, ricamati di rosso, con lunghe frange. Aveva preparato il letto con le lenzuola del suo corredo.

«Qui non c'è il solaio. Volete stare con me, in questa stanza?» propose la ragazza dolcemente.

«Ne sei davvero sicura?» Tognino era finalmente a un passo dalla felicità tanto attesa e desiderata ma, inspiegabilmente, esitava.

Lena sedette sul bordo del letto. Chinò lo sguardo e fissò pensosa la punta dei suoi zoccoli.

«Non lo so», rispose infine la ragazza, «però voglio essere vostra moglie», affermò sicura e incominciò a sbottonarsi la camicetta. Lui vide che portava la collana di granati che le aveva regalato. Ammirò, per la prima volta, le spalle esili e la carnagione candida di Lena. Indovinò il seno acerbo sotto la camiciola di cotone, ingentilita da un pizzo sottile. Non pensò più a nulla. Si spogliò rapidamente e si infilò sotto le coperte. Guardò la ragazza che si liberava della sottana, della sottogonna e, tenendo i mutandoni arricciati sulle cosce lunghe e sottili, si infilò nel letto, accanto a lui. A Tognino sembrò di avere vicino una di quelle fragili statuine di porcellana che aveva visto nelle vetrine di una cristalleria a Forlì. Delicatamente allungò un braccio e l'attirò a sé.

Lena, quasi avesse indovinato i suoi pensieri, disse: «Sono forte, Tognino. Sono vostra moglie. Non mi spezzerò quando mi prenderete».

Lui le diede un bacio sulle labbra.

Le tolse la biancheria e la accarezzò timidamente.

Lena sentì che le sue mani tremavano e si commosse.

Non fu come aveva sognato e desiderato quando fantasticava sul suo amore con Spartaco. Non vide piogge di stelle né arcobaleni, ma sentì il cuore dell'uomo battere all'unisono con il suo.

Dopo, Tognino si alzò dal letto, intrinse un asciugamani nell'acqua, lo strizzò e lo passò lentamente sul corpo di Lena. Poi le ritornò accanto, nel letto, prese il viso della ragazza tra le mani e lo coprì di piccoli baci.

«Grazie», sussurrò.

Lei trasse un sospiro. Adesso Tognino era davvero suo marito e lei non aveva più nulla da rimproverarsi.

«Voglio una fotografia», disse all'improvviso.

«Che cosa vuoi fare?» si stupì lui.

«Tutti gli sposi si fanno fare il ritratto», spiegò Lena ricordando le istantanee esposte nella bottega dell'ottico di Ravenna. «Lei sta seduta su una bella poltrona. Lui sta in piedi, accanto a lei, ma un po' più indietro. Sullo sfondo c'è un lago e una balaustra di marmo. Sono tutti e due molto seri. Lui è quasi imbronciato e i suoi baffi sono belli come i tuoi. Voglio che facciamo questa fotografia. La metterò in cucina, sopra il tracantò.»

«Lena, perché parli tanto?» domandò.

«Per non piangere», rispose lei. Ma non riuscì a trattenere un singhiozzo.

11

ODETTE Eskenazy aveva ventisei anni. Era nata su un transatlantico in pieno oceano sulla rotta Napoli-Buenos Aires, con un mese d'anticipo rispetto alla data prevista. Così i genitori avevano scelto per lei un antico nome celtico che significa «amica dell'acqua». Il padre, ginecologo, era romano, la madre era ginevrina.

Odette era stata una bambina irrequieta e indisciplinata. Crescendo, era diventata molto bella e sempre più trasgressiva. Aveva due fratelli, più grandi di lei, diligenti e posati. Odette, invece, era totalmente imprevedibile. A quindici anni era stata cacciata prima da un collegio romano, e poi da uno fiorentino. L'anno dopo, era fuggita a Parigi con un pittore squattrinato che aveva abbandonato quasi subito preferendo la compagnia degli artisti che vivevano a Montmartre. Da loro aveva assimilato lo stile di vita e le idee, collezionando brevi e tempestose storie d'amore anche con uomini famosi, come Pablo Picasso ed Ernest Hemingway. Si era lasciata sedurre da Gertrud Stein e, quindi, era entrata nel giro di Colette. La sua vivacità e la sua bellezza erano irresistibili. Poi, si era ammalata di sifilide senza sapere da chi avesse contratto la malattia. Tornò a Roma e si sottopose a cure tremende e dolorose. Guarì soltanto perché aveva un organismo forte che reagì bene alle terapie. Giurò a se stessa, ai genitori e ai fratelli che avrebbe cambiato vita. Ma i buoni propositi naufragarono quasi subito.

Conobbe Arduino Sforza di Monteforte a un concorso ippico.

Il nobiluomo, quasi sessantenne, era rimasto vedovo da poco. Il suo matrimonio non era stato felice soprattutto a causa della cattiva salute della moglie. Tuttavia, la morte di lei lo aveva profondamente rattristato. Ormai gli restava poco tempo e ancor meno entusiasmo per ricominciare a vivere. Odette lo abbagliò. Era colta, divertente, spiritosa e non sembrava affatto interessata al suo denaro. Le chiese di sposarlo. Con molta franchezza, Odette gli raccontò tutto di sé e poi gli domandò: «Vuoi ancora che diventi tua moglie?»

«Se ti dicessi quello che hanno combinato i miei genitori, i nonni e i bisnonni, impallidiresti e le tue esperienze sembrerebbero, al confronto, piccole disavventure di gioventù», replicò con amarezza. Suo padre aveva dissipato quasi per intero un ingente patrimonio che il conte Arduino era riuscito faticosamente a ricostruire preoccupandosi, nel contempo, di salvare le apparenze e il buon nome della famiglia. Per molti anni aveva lavorato duramente affrontando situazioni difficili. Odette era tutto il contrario di quella retorica e di quel perbenismo che avevano pesantemente segnato la sua vita. Lo tentava con meravigliose astuzie e considerava il denaro soltanto come un mezzo per procurarsi piacere. Odette, che smarriva indumenti e gioielli negli incontri fugaci con i suoi giovanissimi amanti, ritornava sempre da lui per raccontargli tutto e per offrirsi come un dono prezioso.

L'aveva sposata con gioia sollevando la famiglia di lei da un pesante fardello.

«Adesso è affar suo, conte Sforza», gli aveva candidamente confessato il padre. «Non credo che mia figlia le renderà la vita facile.»

«Ormai desidero soltanto divertirmi e Odette, in questo senso, è una garanzia, caro professore», aveva replicato.

«Non le darà mai dei figli», aveva proseguito.

«Ne ho già due dal mio primo matrimonio. Mi bastano», volle rassicurarlo. Odette era come un fiume in piena che travolge tutto al suo passaggio. Per un anno lo trascinò in giro per il mondo, nel vortice di feste rumorose e nel silenzio di meravigliosi deserti. Era assetata di vita. Quando lui si svegliava, al mattino, e la trovava nel letto accanto a sé, diceva: «Signore, ti ringrazio per il dono di un nuovo giorno vicino a lei». Quando la sera si coricava e la sapeva in giro con qualche altro uomo, lasciava sul suo guanciale un fiore e un biglietto: «Grazie per essere ritornata».

Quando rientrarono a Roma, il conte constatò che, durante la lunga assenza, il lavoro dei suoi collaboratori aveva dato ottimi risultati. I fascisti si comportavano da padroni, ma le terre davano sempre buoni frutti se erano ben curate.

In Inghilterra come in America, aveva sentito grandi elogi di Mussolini. E lui, che non era mai stato né monarchico né socialista, si trovò a considerare positivamente le innovazioni promosse dalla nuova classe politica. Si costruivano le colonie per i bambini più poveri e le case per i più indigenti. Il fascismo promuoveva iniziative che un socialismo arruffato e litigioso, e un re assente, non erano mai riusciti a realizzare. Tuttavia il regime fascista non lo convinceva.

Così quando ricevette l'invito per un ricevimento a Palazzo Venezia fece rispondere che non sarebbe potuto andare perché stava per lasciare Roma. E partì subito per la Romagna dove voleva vedere le innovazioni apportate alla sua azienda agricola dal giovane sottofattore assunto da Sergio Caporali, un uomo che godeva di tutta la sua stima. Odette, in quei giorni, frequentava assiduamente Marta Abba e Pirandello, che, con Massimo Bontempelli, stavano allestendo la nuova stagione teatrale. Le dispiacque di dover partire, ma non fece pesare il suo disappunto.

In viaggio per raggiungere la residenza di Cotignola, il conte Arduino decise di fermarsi a colazione a Lugo, dal Caporali. Fu così che Odette conobbe Spartaco e ne apprezzò subito l'intelligenza, il senso dell'ironia e la prestanza fisica. Non aveva mai fatto l'amore con un contadino.

Quella sera scrisse alla sua amica Marta: «In questa terra piatta ma ricca di colori e di sole, credo di avere trovato un boccone molto gustoso. È il giovane sottofattore del conte. Poi ti dirò». Il mattino dopo, a Cotignola, mentre consumava la colazione con il marito, gli annunciò: «Prendo la tua macchina Voglio andare a Lugo».

«Che cosa ti attira laggiù?» domandò lui senza particolare curiosità.

«Credo che starò via tutto il giorno. Ci rivediamo a cena», rispose lei elusiva.

Gli diede un bacio fugace su una guancia e partì. Era sicura che Spartaco Rangoni non l'avrebbe delusa.

12

SPARTACO era nella corte del casale con sua madre. La donna, le mani affondate in un grande catino di smalto, stava impastando il mangime per i polli.

«Perché stamattina mi giri intorno come un moscone? Non dovresti essere al lavoro?» gli domandò insospettita. Gli uomini erano già andati nei campi. I cani sonnecchiavano sotto il portico e i polli attorniavano la donna osservandola ora con un occhio, ora con l'altro, in attesa del cibo.

Spartaco, che aveva posato a terra la bicicletta, non rispose. Osservava il viso della madre solcato dalle rughe: le labbra, ancora fresche, si schiudevano su una dentatura solida, che cinque gravidanze non avevano intaccato. Due figli, ancora bambini, erano morti durante l'epidemia di spagnola, il terzo era morto di difterite. Alle donne, che cercavano di consolarla, lei rispondeva: «I miei cinque figli sono come le dita della mia mano. Sono rimasta con due dita soltanto. È un brutto vivere». Si era attaccata ai due sopravvissuti e per loro nessun sacrificio era eccessivo. Si era accorta che la piccola Miranda aveva una straordinaria abilità nei lavori di cucito. Non vedeva l'ora di poterla togliere dai campi per farne una ricamatrice. Aveva anche capito la facilità di apprendimento di Spartaco ed era stata lei stessa a incoraggiarlo nel proseguire gli studi. Quando era bambino, gli ripeteva: «I padroni sanno sempre una parola in più dei contadini. Per questo hanno la meglio nelle dispute con noi. Se un giorno un contadino ne saprà di più del padrone, che cosa accadrà?»

«Non lo so, mamma. Ditemelo voi», ribatteva Spartaco.

«Studia. La risposta te la darai da solo», rispondeva con tono pacato. Per Miranda, che aveva appena quindici anni ed era sopravvissuta alla paralisi infantile, aveva molte attenzioni. Per anni aveva speso tutto il suo denaro, guadagnato con la vendita delle uova, per curarla nel tentativo di rafforzare la gamba malata. Il risultato era stato buono. Miranda claudicava leggermente e una scarpa ortopedica annullava il difetto. Nel profondo del suo cuore, tuttavia, Spartaco restava il figlio prediletto. In lui aveva riposto tutte le sue speranze d'un avvenire migliore, per sé e per la famiglia. Come una rondine, il suo ragazzo aveva spiccato il volo verso orizzonti lontani. Non sapeva dove sarebbe arrivato, ma certamente la loro esistenza, grazie a lui, stava cambiando.

«Allora, se non sai perché stai a guardarmi, vattene. Tu devi lavorare, e io pure», concluse sbrigativa.

Ci voleva ben altro per smontare Spartaco quando coltivava un pensiero nella sua mente.

«Sono anni che vi vedo preparare il pastone alle galline. Vorrei sapere esattamente come lo fate», disse lui, infine.

«Questa poi! Non te ne può importare di meno. È roba da donne. I maschi, da che mondo è mondo, non hanno mai messo il naso in queste faccende», rispose con tono aspro.

«Roba da donne, dite voi? Forse avete ragione», brontolò Spartaco e, scuotendo il capo, raccolse la bicicletta e balzò in sella. Il tempo di fare due pedalate e sua madre lo chiamò indietro.

«Non so perché ti interessi questa storia del pastone, comunque te la spiego. È semplice, vedi?» disse tendendo verso di lui la bacinella che conteneva un intruglio grumoso di tanti colori. «Si prende l'erba e si tritura. Si aggiunge il mais. Quando ci sono, si aggiungono i gusci delle uova. Anche le ossa del pollo o quelle del manzo vanno bene. Naturalmente, prima vanno battute e triturate. Qui ci sono anche torsoli di mela e avanzi di cucina. L'altra notte ha piovuto e stamattina ho raccolto un po' di vermi. Ai polli piacciono. Si impasta il tutto con acqua calda. C'è una contadina che mette nel pastone anche le mosche e gli scarafaggi. Io non lo faccio perché tanto se li trovano da soli. Come i sassolini che becchettano nella corte. È così che si nutrono le galline ovarole. Per i capponi, invece, si prepara un mangime diverso. Quanto ai tacchini, non hai mai visto i nostri quando seguono l'aratro in fila indiana? Lo fanno per mangiare i vermi che escono dalle zolle rivoltate. Così ingrassano e la loro carne diventa morbida e tenera.»

La donna posò a terra il catino e radunò intorno a sé le galline con un richiamo che si tramandava, immutato, da generazioni: «Puì, puì, puì», gridò con voce acuta. «Venite qua, belle.»

Spartaco aveva seguito attentamente la spiegazione.

«Adesso che sai tutte queste stupidaggini, sei contento?»

«Vi ringrazio. La vostra è stata una lezione eccellente. Perché, vedete, c'è una spiegazione scientifica a quello che voi fate per tradizione. Il mangime che date ai polli è costituito da proteine animali, vegetali, cereali, amido, carbonato di calcio, vitamine. Se tutti questi elementi si producessero su scala industriale, si potrebbe allevare una grande quantità di polli», ragionò.

«Così quando c'è un'epidemia ne muoiono cento, mille, non soltanto dieci. Sai che bell'affare!» ribatté lei, prontamente.

«Adesso ci sono le medicine per combattere le morie.»

«Si può sapere che cos'hai in quella zucca?»

«Una cosa che si chiama sviluppo zootecnico. Se volete, ve lo spiego.»

«Un'altra volta, Spartaco. Adesso ho da fare. E anche tu, se non sbaglio», lo liquidò.

Spartaco uscì dalla corte e si diresse verso i poderi del conte. L'aria frizzante dell'autunno inoltrato gli faceva lacrimare gli occhi e gli arrossava le guance. Ai lati della strada sterrata, le foglie ingiallite cadute dagli alberi ormai spogli brillavano lucide di guazza. Sui rami più alti, si profilavano contro il cielo terso i nidi dei merli e delle ghiandaie. Un topo di campagna attraversò di corsa la strada per nascondersi dentro un fossato.

Deviò verso un viottolo che conduceva a un capanno in muratura, edificato sul confine tra due appezzamenti di terreno. Sul primo stavano nascendo i cavoli che sarebbero maturati per l'inverno. Osservò le lunghe file di germogli bruni, allineati con precisione geometrica, cosicché quel campo sconfinato sembrava un'immensa scacchiera. Spartaco era convinto che dall'alleanza fra la natura e l'uomo, basata sul rispetto reciproco, nascessero capolavori che soltanto la mano di un artista può eguagliare. Quel campo di cavoli ne era un esempio. Ricordò che, quando era bambino e suo padre attaccava il cavallo all'aratro per tracciare i solchi nel terreno, prima di iniziare il lavoro si faceva un segno di croce e sussurrava: «Signore, benedite questa terra che violento con la mia fatica, nel nome dei miei figli».

I tempi erano cambiati e, da alcuni anni, i campi venivano arati con il trattore. Ma era ancora l'uomo a chinarsi per inseminare la terra e ripulirla dalle erbacce. Senza quella cura massacrante che la terra esigeva, l'uomo non avrebbe mai raccolto i frutti.

«Per parlare con Dio, devi alzare lo sguardo al cielo. Ma per ricevere la benedizione della terra, devi chinare la schiena», gli diceva suo padre mentre lui, bambino, gli trotterellava al fianco.

«Se vuoi che la terra ti offra un buon raccolto», proseguiva, «devi ararla, seminarla, irrigarla. Bisogna dissodarla e liberarla dalle pietre e dalle erbacce. Ognuna di queste operazioni richiede braccia forti e mano leggera. E l'aiuto del Signore.»

Suo padre, che sapeva leggere e scrivere, era un uomo devoto oltre che un contadino esemplare.

A scuola, Spartaco aveva imparato che la scienza poteva essere di grande aiuto anche per chi lavorava la terra.

«Devo proprio andare all'università», promise a se stesso pedalando vigorosamente.

Non appena estinto il debito per l'acquisto del podere, avrebbe incominciato ad accantonare i soldi per riprendere gli studi. Osservando il vasto campo, scorse un contadino che lavorava il terreno con la vanga. Lo riconobbe. Era Tognino Miserocchi. Fermò la bicicletta, scese e gli andò incontro camminando con cautela per non calpestare le piccole piante. Gli stivali affondavano nelle zolle scure e molli.

Tognino lo vide arrivare e gli fece un cenno con la mano.

«Che cosa succede?» domandò Spartaco, quando lo raggiunse.

«Gli istrici», gli rispose, mostrando tre lunghi aculei bianchi e neri abbandonati sul terreno.

Spartaco vide alcune radici divelte e mangiucchiate.

«Bisognerà fare qualcosa. Altrimenti divoreranno tutto», disse Spartaco.

«Devono avere una tana qui vicino. Bisognerà avvelenarli», ragionò l'amico.

«C'è del veleno nel capanno», lo informò Spartaco.

«Ho cercato di entrare, ma è chiuso con il lucchetto», osservò l'altro, un po' stupito perché, di solito, i capanni venivano chiusi soltanto con un paletto. Nessuno, in campagna, sarebbe mai entrato in un capanno altrui.

«In questa zona, si aggirano vagabondi che entrano per passarci la notte. Fanno il fuoco per scaldarsi e l'anno passato un capanno è bruciato, con tutto quello che c'era dentro», spiegò il sottofattore estraendo una chiave dal taschino. Spalancò l'uscio e un nugolo di pipistrelli gli vorticò intorno squittendo. Tognino guardò ammirato l'ordine meticoloso e la varietà degli strumenti riposti. C'erano vanghe, rastrelli, raste, pale, cavatuberi, forche, un dissodatore, uno spandifieno, un ripuntatore. Il suolo era asciutto e pulito, senza tracce di topi o di altri roditori.

«È una reggia», esclamò Tognino entusiasta.

«È soltanto un capanno ben attrezzato», disse Spartaco mettendogli in mano la chiave. «È tutto tuo. Cerca di eliminare quelle bestiacce.»

«Conta su di me. Ti devo molto», sussurrò Tognino.

Spartaco era sul punto di chiedergli notizie di Maddalena, ma si trattenne.

«Uno di questi giorni ci vediamo», si congedò.

«Vorrei farti conoscere la mia sposa», lo trattenne l'amico, pronunciando l'ultima parola con un accento di orgoglio.

Spartaco finse di non aver sentito. Estrasse l'orologio e controllò l'ora.

«Sono già le otto», disse. «Alle nove ho il treno per andare a Forlì. Ci vediamo», lo salutò.

Raggiunse la sua bicicletta e riprese a pedalare. Doveva conferire con il fattore prima di andare alla stazione.

Pensava a Maddalena, ai suoi grandi occhi viola, alla sua figura sottile, alla sua intelligenza. Poi la immaginò nel letto con Tognino. Si vergognò di quel pensiero che, per un attimo, gli aveva trafitto la mente e il cuore. Si sfilò il giornale che teneva appiattito sotto il maglione. Aveva bisogno di sentirsi addosso l'aria fresca del mattino.

Avvertì in lontananza, alle sue spalle, la tromba di un'automobile. Si spostò sul ciglio della strada. La tromba continuò a suonare fino a quando una Isotta Fraschini, la vettura del conte, lo superò e subito si bloccò, con uno stridio di freni, sollevando un gran polverone.

Spartaco dovette frenare di colpo per non finire contro la portiera che la bella moglie del conte Arduino stava aprendo per scendere dalla macchina.

«Buon giorno, sottofattore», lo salutò con un sorriso smagliante. Spartaco, che aveva temuto di sbattere contro la macchina, era furibondo e aveva sulle labbra un rosario di parolacce che avrebbe recitato con grande piacere.

«La contessa voleva che mi ammazzassi?» si limitò a chiedere.

«Lei va sempre così di fretta?» domandò la donna, incrociando le braccia sul petto dove riluceva la spilla a forma di rosa. Aveva tutta l'aria di volerlo intrattenere.

«Solo quando è necessario», replicò rimettendosi a cavalcioni della bicicletta.

«Non può fare un'eccezione per me?» chiese con voce che voleva essere innocente. Era decisamente la donna più bella che gli fosse mai capitato di incontrare, anche se, per i suoi gusti, aveva labbra troppo rosse, unghie troppo lunghe e un profumo troppo penetrante.

«Mi dica in che cosa posso servirla», rispose educatamente.

«Si era parlato di fare una cavalcata insieme. Ricorda?» disse posando delicatamente una mano sul suo braccio.

«Veramente, contessa, sono soltanto un suo dipendente e intenderei restare tale il più a lungo possibile. Perciò devo badare a far bene il mio lavoro.»

«Certo che, per essere un contadino, sa esprimersi molto bene», commentò Odette con aria compiaciuta. «Dunque, è anche in grado di apprezzare un invito, quando le viene rivolto da una signora», insistette.

«Lei mi fa troppo onore. Io però devo andare a Forlì, al mercato dei buoi. Niente a che vedere, insomma, con una bella cavalcata in campagna.» Spartaco l'aveva capito fin dal giorno prima che la contessa cercava di metterlo nei guai. Lui, che avrebbe voluto essere un ricco signore, istintivamente diffidava dei padroni che, come dicevano dalle sue parti, «prima ti blandiscono e poi ti bastonano».

«I buoi di mio marito non soffriranno se, per una volta, si disinteresserà di loro», ribadì Odette, stringendo la mano attorno al suo braccio.

Spartaco si guardò intorno, nella speranza che qualcosa o qualcuno gli venisse in aiuto per toglierlo da quell'impaccio. Si domandava come avrebbe potuto presentarsi al fattore e dirgli che, invece di lavorare, sarebbe andato a cavallo con la contessa. I contadini criticavano molto severamente certi comportamenti. Tuttavia non gli sarebbe dispiaciuta una storia con Odette, che si dimostrava, però, un po' troppo intraprendente per i suoi gusti.

Sfoderò il più sfrontato dei suoi sorrisi.

«Perché non mi raggiunge a Forlì? Potrebbe scoprire tante cose interessanti», disse. Mentre lo diceva capì di essersi messo su una strada sbagliata.

«Ci andremo insieme. Salga in macchina», propose lei, cogliendo al volo l'invito.

«È escluso. Il paese è piccolo e la gente è pettegola», sentenziò.

«L'aspetterò in piazza», sorrise Odette, mentre risaliva in macchina.

Quando entrò nell'ufficio del fattore, lo trovò seduto alla solita scrivania.

«Vi cercava la contessa Sforza», lo accolse Sergio con un tono vagamente preoccupato.

«L'ho incontrata per strada. Per questo ho fatto tardi. Voleva che andassi a cavallo con lei», rispose francamente.

«Mio caro ragazzo, in fatto di donne avete una fortuna sfacciata. Ma in questo caso non vi invidio, se penso a come potrebbe prenderla il conte Arduino.»

Spartaco non fece commenti.

«Vado a Forlì», annunciò. «Sarò di ritorno per mezzogiorno.»

«Allora niente cavallo. Meglio così», concluse il fattore rassicurato. «Anche perché un momento fa mi ha telefonato il conte. Dice che vuole andare anche lui a Forlì. Lo accompagnerò con la mia macchina. Pertanto proporrei di vederci al mercato, a mezzogiorno. Mangeremo insieme alla *Trattoria dell'Angelo*.»

«Quando una cosa nasce storta, è destinata a stortarsi sempre di più», brontolò Spartaco uscendo dall'ufficio.

Il fattore non capì a che cosa alludesse. Lui, invece, si chiedeva che cosa avrebbe potuto fare per levarsi dai guai. Aveva creduto che Forlì fosse una scappatoia, invece si stava rivelando una trappola.

13

Il mercato dei bovini era un universo di grida e di schiamazzi, di capitali che passavano velocemente da una tasca all'altra, di pacche sulle spalle, di contratti suggellati fra contraenti che sputavano sul palmo della propria mano prima di stringere quella che veniva loro tesa.

Nei vari recinti erano allineati vitelli, vitelloni, manzi, buoi, tori e torelli, vacche e giovenche che ruminavano foraggio, muggivano, scalciavano. Garzoni muniti di secchi colmi d'acqua ripulivano continuamente i percorsi dei visitatori, tra uno svolazzare di rondini che nidificavano tranquillamente sotto le volte e i cornicioni dei porticati. Nessuno, infatti, avrebbe osato disturbarle perché simboleggiavano la buona fortuna.

Gli acquirenti, i venditori e i sensali si aggiravano a gruppi, parlando tra loro, e si scambiavano notizie sulle proprie famiglie e apprezzamenti sugli animali riferendosi soprattutto alla dentatura, all'ampiezza delle spalle e alla consistenza delle cosce. La qualità delle bestie veniva garantita giurando sulla propria testa e su quella dei figli. Vestivano pantaloni di fustagno o di velluto, e maglioni di lana grezza. Calzavano stivali o scarponi alti. Portavano le giacche pesanti appoggiate sulle spalle, il cappello alto sulla fronte e molti avevano uno stecchino tra i denti, come segno di distinzione.

Avevano portafogli gonfi di denaro da spendere o appena guadagnato.

Attorno alla piazza del mercato, c'era una gran quantità di gente, di barrocci, di carretti, di calessi. C'era persino qualche automobile. Le osterie e le trattorie facevano affari d'oro. Anche i negozi di generi voluttuari vendevano bene nel giorno di mercato. Mariti e figli acquistavano qualche oggetto da portare alle loro donne: un fazzoletto colorato, un paio di calze di seta, un pettine di tartaruga, una boccetta di profumo, un taglio di stoffa.

Molti, tra loro, avevano conti in banca che avrebbero fatto impallidire i ricchi professionisti di città. Ma vivevano in modo semplice, senza ostentare il denaro.

Tra questa gente, Spartaco Rangoni si stava facendo un nome, anche se apparteneva alla schiera di quelli che facevano affari per conto del padrone. Lo stimavano perché era competente e lo rispettavano perché era un galantuomo.

Scese dal treno e si avviò al mercato scambiando saluti e frasi scherzose con le persone che incrociava sul suo cammino. Quando raggiunse la piazza, vide Odette che, seguita dagli sguardi incuriositi dei presenti, gli veniva incontro sorridendo.

«Avremo buona compagnia, tra poco», le disse non appena la raggiunse.

«Migliore di questa?» scherzò Odette guardando la folla che li attorniava. «Non mi sono mai sentita così al centro dell'attenzione. È un'esperienza nuova ed eccitante. Devo dire che la vita in campagna incomincia a piacermi.»

«Il conte e il fattore arriveranno a mezzogiorno. Pranzeremo insieme alla *Trattoria dell'Angelo.* Considera anche questa un'esperienza eccitante?»

Odette rimase un attimo perplessa, poi sbottò in una risata allegra.

«Povero caro», disse, alludendo chiaramente al marito, «non sapeva che sarei venuta a Forlì. Mi pensava a Lugo. Sa, lui evita accuratamente di interferire nella mia vita. Comunque, mi sembra un'occasione fantastica per fargli una sorpresa. Pranzeremo tutti insieme», decise. Prese Spartaco sottobraccio e lo guidò verso l'ingresso del mercato dove c'era un gruppo di zingari. Un giovane suonava la fisarmonica, la sua compagna accennava passi di danza percuotendo ritmicamente un tamburello, e due bambine chiedevano l'elemosina.

Odette pescò alcune monete dalla tasca e le offrì a una di loro, stando bene attenta a non toccare la manina sporca che si tendeva verso di lei. La zingara che suonava il tamburello le sorrise e disse: «Grazie, bella signora. Lasciate che vi legga la buona sorte».

«Perché no? A condizione che sia lieta. Se lo sarà, vi regalerò cinque lire», ribatté lei, porgendole il palmo della mano. La zingara lo osservò per qualche secondo, si fece seria e dichiarò: «Non vedo niente, bella signora», e aggiunse: «Che il Signore vi benedica». Si girò e ritornò dal suo compagno.

«Non ha voluto i miei soldi», esclamò Odette, rivolgendosi a Spartaco con aria stupita. «Che stupida! Poteva inventare una storia, come fanno sempre gli zingari, e intascare cinque lire. Non le pare, sottofattore?»

Spartaco stava pensando a tutte le chiacchiere che sarebbero nate da quel loro incontro e non si sentiva per niente fiero della sua bellissima compagna. Inoltre, le persone che gremivano la piazza, compresi i commercianti, lo evitavano accuratamente scambiandosi sguardi eloquenti.

Spartaco sfilò il braccio da quello della donna e la fronteggiò: «Contessa, lei è troppo intelligente per non rendersi conto dell'imbarazzo che mi sta creando».

«Ma è stato lei a invitarmi qui», ribatté.

«Le chiedo scusa. Ero a disagio e non sapevo come risolvere la situazione.»

Odette si sentì punta sul vivo. Nessun uomo, prima di allora, l'aveva mai rifiutata. Nessuno, tranne quel contadino dall'aria scanzonata.

«Devo considerarmi offesa?» domandò con tono forzatamente frivolo.

«Faccia come le pare», sbottò lui. Era stufo di giocare di fioretto e, alla fine, i suoi rapporti con la gente del mercato erano molto più importanti di quelli con la disinvolta e artistocratica signora. La salutò togliendosi il cappello e si allontanò subito unendosi alla folla.

Odette era impallidita. Alla collera per l'offesa subita si unì il timore di non essere più tanto desiderabile. Spartaco era riuscito a insinuare un dubbio nel campo delle sue certezze.

Si destreggiò tra la folla, raggiunse la sua automobile e partì sgommando verso Lugo.

Voleva andare a casa del fattore dove c'era una bimbetta bionda, con un nome strano, che aveva l'aria di sapere tutto di tutti, incluso Spartaco Rangoni.

14

«La mia Antavleva è alla fattoria», disse la moglie di Sergio Caporali, emozionata per la visita inaspettata della giovane contessa. «Se lo desidera, mando qualcuno a cercarla.»

«Non ce n'è bisogno. Ho la macchina e so arrivarci da sola. Avevo già intenzione di visitare la fattoria. Sua figlia sarà un'ottima guida.»

«Lei vuole confondermi, contessa. Ma la prego, non stia qui sull'uscio. Entri, è in casa sua, e perdoni il mio stato», si scusò mostrando le maniche dell'abito rimboccate e il grembiule macchiato. «Stavo tirando la pastella per i tortellini. Posso offrirle un caffè? O forse preferisce un vermut con i savoiardi?»

«Non si disturbi, mia cara», la rassicurò Odette. «Sto solo cercando di conoscere meglio questa campagna e la gente che vi abita.»

«Oh, se è per questo, qui intorno troverà soltanto contadini ignoranti come me. Siamo gente semplice e abbiamo ben poco da offrire a una signora come lei.»

Odette apprezzò la prontezza della donna.

«Non è detto», osservò sorridendo, e risalì in macchina. Quando entrò con l'automobile nella corte della fattoria, creò un grande scompiglio. Le galline starnazzarono spaventate e un gallo dai bargigli enormi volò sopra una catasta di legna, accanto al fienile. I bimbi smisero di giocare e le donne si affacciarono sull'uscio delle cucine.

Odette, cui il buon senso aveva suggerito di non ostentare più del necessario, durante il tragitto in automobile si era tolta i gioielli e li aveva infilati nella tasca dei pantaloni.

Fra le donne che comparvero incuriosite sugli usci, fu soprattutto Lena, così giovane e bella, ad attirare la sua attenzione. La contessa andò verso di lei mentre, dietro la gonna della ragazza, fecero capolino gli occhietti furbi di una bambina.

«Buon giorno. Sono Odette Sforza», si presentò.

«Lena Miserocchi, per servirla», rispose la giovane contadina affascinata dall'eleganza e dalla bellezza della visitatrice. Notò che era truccata come una teatrante e ne dedusse che, tra le ricche signore, si usava così. Aveva già saputo chi fosse Odette dalla piccola Antavleva, che stava incollata alla sua gonna e non fiatava.

«Cerco la bambina del fattore», disse la contessa. «Non l'ha vista qui intorno?»

Lena sorrise con aria divertita.

«Non la vedo, ma sento il suo respiro. Ci è molto vicina, ma fa come i topini: è timida e si nasconde.»

La ragazzina, punta sul vivo, uscì allo scoperto.

«Ciao. Cercavo proprio te», la salutò Odette.

«Saluta la contessa», disse Lena.

Per tutta risposta Antavleva corse dentro la cucina.

«Posso entrare?» chiese Odette pensando che Lena, con quegli occhi intensi, i lineamenti delicati, la figura sottile e slanciata, sarebbe stata più adatta a un salotto piuttosto che a una corte rurale.

«La mia è una povera casa, indegna di accogliere una signora», replicò Lena, in tono deciso.

Odette ebbe un moto di stizza. Possibile che questi contadini fossero così arroccati sulle loro posizioni? La sua presunzione le aveva fatto credere che le avrebbero spalancato le case e le braccia e invece tutti, chi in un modo, chi nell'altro, insistevano a sottolineare l'abisso che li separava.

«Forse il conte dovrebbe rendere più confortevoli le abitazioni dei suoi coloni», tentò la contessa. Intanto, le donne della corte si erano raggruppate silenziose, poco distanti da loro, un po' indispettite dal fatto che toccasse proprio all'ultima venuta l'onore di conoscere la giovane padrona. I ragazzini, invece, si erano avvicinati all'automobile con esclamazioni di meraviglia.

«Avere un tetto sulla testa è già una grazia del Signore», si schermì Lena, intuendo che non poteva insistere oltre. Si fece da parte e lasciò che Odette entrasse in casa. Fu così che Antavleva si trovò di fronte all'ospite e si esibì in un goffo inchino.

Odette sfilò dalla tasca della giacca un sacchetto di carta dorata e glielo mise in mano.

«Sono sassolini dolci, per te», disse sorridendole.

«Prendili e ringrazia», le suggerì Lena, poiché la bambina, così disinvolta con tutti, era molto intimidita dalla nobildonna. Alla fine la golosità ebbe la meglio sulla timidezza.

«Mi porteresti un po' in giro?» le propose Odette. «Vorrei conoscere la gente, visitare la proprietà.» E aggiunse: «Il fattore mi ha detto che ci sono le scuderie con i cavalli da sella».

Parlava e si guardava intorno. Ammirava il lindore di quella cucina rustica dove ristagnava un vago odore di zuppa paesana.

La bimba guardò Lena, come a chiederle il permesso di allontanarsi. Ormai il ghiaccio era rotto e Antavleva sarebbe stata felice di accompagnare l'ospite. Dopo, si sarebbe pavoneggiata con gli altri bambini del privilegio che le era toccato.

Lena, immobile, al centro della cucina, le mani abbandonate lungo i fianchi, si sentiva incapace di condurre una conversazione. Odette intuì il suo disagio e le venne in aiuto: «Spero non le dispiaccia, se la lasciamo».

«Antavleva mi fa buona compagnia, perché sono sola tutto il giorno», rispose la ragazza.

«Lei non ha figli?»

«Sono sposata da poco», rispose arrossendo.

«Venga, contessa. La porto a visitare la scuderia. È più bella della stalla e della porcilaia», disse la ragazzina.

Lena respirò di sollievo quando rimase sola. Quell'aristocratica così seducente le aveva messo nel cuore un gran disagio. Aveva saputo da Antavleva che Spartaco aveva pranzato con lei, in casa del fattore. Si domandò con quali occhi l'avesse guardata e si sentì avvilita nel confronto. Poi pensò a Tognino, all'ammirazione che il marito nutriva per lei e si sentì rinfrancata.

Nella scuderia, la bimba mostrò all'ospite una giumenta e un puledro da sella. La giumenta era grigiopezzata, ben pettinata, strigliata, e il mantello era lucido come seta.

«Si chiama Maddalena. L'ha comperata il sottofattore la scorsa estate», spiegò Antavleva. «A volte la chiama Lena.»

«È il nome della tua amica?» domandò Odette.

«Una bella combinazione, vero? Tanto più che Lena è nuova nella fattoria», puntualizzò.

«Mi sembra una bella ragazza», insinuò la contessa.

«Sarà la fortuna dei suoi figli, se ne avrà. Perché suo marito è tanto brutto. Ma tanto tanto. L'ha sfigurato la guerra. Così almeno dice il mio babbo. Ma non doveva essere bello neanche prima.»

Odette ascoltava e sorrideva.

«Guardi questi cavalloni. Sono da tiro. E laggiù ci sono quelli da stanga e infine questi due da carrozza. Adesso lavorano poco perché il mio babbo ha l'automobile», spiegava impettita. La contessa fingeva di ascoltare con grande interesse e invece pensava al sottofattore e alla cavalla che aveva lo stesso nome della bella contadina.

«Che tipo è il sottofattore?» le domandò a bruciapelo.

«Di sicuro ne sa una più del diavolo. Si è diplomato alla scuola di agraria, a Ravenna. Il mio babbo dice che è un'intelligenza sprecata, qui da noi. Un giorno il signor Spartaco ci lascerà per fare cose più importanti. Intanto il babbo se lo tiene caro, perché gli è molto utile», sciorinò la bimba. Era felice. Sgranocchiava uno dopo l'altro i dolcetti che Odette le aveva regalato.

«Qui si sparla di me.» Spartaco era comparso sulla soglia della scuderia e le guardava sorridendo.

«Il pettegolezzo è un'arte antica e molto piacevole», ironizzò Odette.

«Che cosa posso fare per lei, contessa?» domandò Spartaco, che voleva farsi perdonare per averla respinta, al mercato.

«Aiutarmi a sellare Maddalena. O dovrei chiamarla Lena?»

«È una cavalla difficile, ombrosa e imprevedibile. Si lascia montare solamente da me», precisò con un tono che non ammetteva repliche. Antavleva aveva seguito quello scambio di battute e si era resa conto che il suo ruolo di primadonna era finito. Non le restava che ritornare da Lena a raccontarle tutto. Nella tasca del suo grembiule c'erano ancora alcuni sassolini dolci. Glieli avrebbe offerti in segno d'amicizia.

Spartaco sellò un cavallo tranquillo e tenne per sé la grigiopezzata. Montarono in sella e uscirono dalla scuderia imboccando un sentiero di terra battuta che costeggiava l'argine di un canale.

Una brezza tesa veniva dal mare e spingeva lontano nuvole bianche e viola, accarezzate dal sole.

Nella mente di Odette affiorò il ricordo di un paesaggio normanno. Lei andava a cavallo ed era in compagnia di un giovane scrittore, più sregolato che geniale, per il quale aveva perso la testa. Si beava dei suoi racconti eruditi e del suo strabiliante eloquio. Nuvole bianche e nere correvano nel cielo plumbeo. All'improvviso, furono colti da un acquazzone violento con forti raffiche di vento. Trovarono rifugio in una chiesetta abbandonata. L'uomo era impallidito e tremava mentre la fissava con una strana luce negli occhi. Odette, che avrebbe voluto rifugiarsi tra le sue braccia, era stupefatta per quell'improvviso cambiamento.

«Che cosa ti succede?» gli chiese Odette, impaurita, camminando a ritroso verso il piccolo altare, in cerca di protezione. Lui la raggiunse: «Hai paura?» le domandò fissandola con lo sguardo allucinato.

Improvvisamente, senza una ragione, incominciò a colpirla, dapprima senza farle male, come se volesse giocare, poi con pugni poderosi, percuotendole il petto, le spalle, il viso.

Odette cercò di fuggire, senza riuscirci. L'uomo, continuando a picchiarla selvaggiamente, le strappò i vestiti e la violentò.

Dopo lo stupro, Odette, straziata dal dolore e dall'umiliazione subita, riuscì a fuggire, seminuda, sotto la pioggia battente, inseguita dalla risata folle del compagno.

Questo episodio aveva segnato pesantemente la sua vita e riaffiorava, in tutta la sua violenza, ogni volta che si annunciava un temporale. Allora, incominciava a tremare di paura. Adesso Spartaco cavalcava al suo fianco, sotto quel cielo tempestoso, e Odette, terrorizzata, disse piano, con voce spezzata: «Torniamo indietro». Stava incominciando a piovere.

«Due gocce d'acqua non possono fermare una donna come lei», ribatté il giovane, sarcastico. Dopo tutto, Odette aveva fatto il diavolo a quattro per uscire a cavallo con lui.

Un fulmine squarciò le nuvole e, quando esplose il tuono, la contessa incominciò a singhiozzare, ripiegata sul cavallo.

Spartaco realizzò che la donna stava male veramente e afferrò le redini del suo cavallo rallentandone l'andatura.

«Ritornare a casa in queste condizioni è impossibile. Mi segua e non abbia paura.» Partì al galoppo, badando che lei rimanesse sempre al suo fianco. Si era ricordato che nei pressi c'era un capanno abbandonato dove avrebbero potuto rifugiarsi. Cavalcarono per una decina di minuti, poi, finalmente, lo raggiunsero. Ripararono sotto il portico, male in arnese ma abbastanza solido per costituire un rifugio per i cavalli.

Smontarono di sella e Spartaco condusse Odette all'interno. Raccolse grandi bracciate di paglia che accumulò per creare un giaciglio confortevole e asciutto.

Lei aveva smesso di piangere, ma lo guardava impaurita. Spartaco, spiazzato e intenerito da quell'imprevedibile reazione, l'abbracciò dolcemente.

«Sei bagnata come un pulcino», le sussurrò. «E il tuo cuore sembra impazzito.»

Odette, dopo qualche istante, si sciolse dalle sue braccia e guardò gli occhi ridenti e limpidi del giovane.

«Sto meglio. Grazie», confessò, rassicurata.

«Ti desidero», l'abbracciò di nuovo, teneramente.

Odette non rispose, ma lasciò che lui le coprisse il volto di piccoli baci, che l'accarezzasse con estenuante dolcezza. Si amarono con tenerezza, senza aggressività, senza prevaricazioni.

Il temporale ormai era passato e il sole accarezzava i loro corpi.

«Sarà meglio rivestirsi e tornare a casa», propose Spartaco abbracciandola.

«Restiamo ancora un po'», rispose Odette in un soffio.

«Dobbiamo metterci in ordine e ritornare a casa», insisté lui allontanandola da sé. «E fingere che non sia accaduto niente.»

«Per riprendere il discorso interrotto ogni volta che lo desideriamo?» chiese Odette dolcemente.

«Non è possibile, contessa», replicò lui facendosi serio. «Il suo posto è vicino al conte e ai suoi amici. Io ho i miei contadini e i miei obblighi con il fattore. Abbiamo tutti e due qualche cosa di importante da difendere. Ci siamo riparati in un vecchio capanno per sfuggire al temporale. È tutto quello che può capitare fra una contessa e un sottofattore.»

Si vestirono e uscirono dal capanno chiudendosi la porta alle spalle.

Nessuno dei due notò che la spilla di Odette, a forma di rosa, brillava abbandonata sul giaciglio di fieno.

Una rosa è una rosa è una rosa

Ogni volta che varcava la soglia della sala da pranzo, l'anziana signora veniva colta dallo sgomento. Guardava il grande tavolo rettangolare, la credenza e la controcredenza stile anni Quaranta, l'infilata di sedie vuote e avvertiva la morsa dolorosa della solitudine. Ricordava quella stanza traboccante di vita, quando c'erano i figli, il marito, gli amici, e avrebbe voluto, anche soltanto per un attimo, riascoltarne le voci. Avrebbe potuto consumare i suoi pasti nell'intimità del salotto o della sua camera da letto, invece si imponeva quello strazio quotidiano, a pranzo e a cena, nella testarda convinzione che da quel nulla, come per incanto, potesse riemergere il passato. Ripensava ai pranzi di Natale, con il presepe che lei, con l'aiuto dei figli, allestiva sopra la credenza; la festa di laurea di Spartaco; la cena di fidanzamento di Miranda con Giuliano Serandrei.

L'anziana signora sentiva una struggente malinconia per il passato remoto che finiva con la morte di suo marito. Il passato prossimo, invece, lo ricordava meno volentieri e, in parte, lo aveva dimenticato. Le grandi multinazionali e le bande insaziabili dei razziatori avevano messo fuori causa gli uomini prediletti della sua famiglia e stavano per distruggere il patrimonio dei Rangoni. Non c'era proprio nulla che valesse la pena di essere ricordato.

Sedette a capotavola, unica commensale. La tovaglia bianca di lino, i piatti di porcellana, le posate d'argento istoriato, la brocca dell'acqua e una rosa di Damasco in un vasetto di cristallo: tanto apparato per un piattino di riso e un pugno di verdure lessate. Il dietologo le concedeva anche una fetta di torta fatta in casa, ma lei vi rinunciava quasi sempre, perché, ormai, aveva perso il piacere della buona tavola.

Accese il televisore per seguire le notizie di cronaca. L'argomento di spicco era lo stesso da molte settimane: il processo che vedeva coinvolti suo figlio Giovanni, suo genero Bruno, i partner politici dell'immenso giro d'affari legato alla Rangoni Chimica.

Le telecamere inquadrarono Giovanni che stava varcando il portone del palazzo di Giustizia in compagnia dei suoi legali.

«Dottor Rangoni, oggi gli inquirenti la chiameranno a rispondere delle tangenti versate ai politici. Come si difenderà?» gli chiese un telecronista.

La signora osservò attentamente il volto del figlio. Era sereno e rispose in modo pacato.

«Non ho niente e nessuno da difendere. Neanche me stesso. Le grandi concentrazioni finanziarie vogliono spartirsi la nostra torta. Se ci riescono, se la prendano.»

«Dunque, lei non si difenderà. Racconterà almeno come sono andate le cose dopo la morte di suo cognato, Giuliano Serandrei?» insistette il telecronista.

«Lo farei volentieri, se lo sapessi. Il nostro è il Paese dei misteri. Ci sono cose che né io, né voi, né i giudici, riusciranno mai ad appurare.»

«Ci sono dunque segreti inconfessabili?» continuò l'intervistatore.

«Ci sono misfatti inenarrabili. E non li abbiamo commessi noi», tagliò corto Giovanni entrando in tribunale.

Maddalena spense il televisore.

«E bravo il mio ragazzo», sussurrò a se stessa, con un moto d'orgoglio. La cameriera, che stava per servirle il dolce, la informò che era arrivato da Forlì monsignor Salvati.

«Quello arriva sempre quando sono a tavola», brontolò. «Non ho voglia di vederlo. Mandalo via», ordinò. Da quando era iniziato il tracollo finanziario delle industrie di famiglia, l'anziano sacerdote si era autoproclamato guida spirituale dei Rangoni. Molti lo consideravano un sant'uomo, attribuendogli un'esistenza spesa al servizio della carità e dell'amore verso il prossimo. All'anziana signora non piaceva quell'apparenza così intrisa di santità. Il sacerdote che lei aveva sempre stimato e amato era don Palandrana, che sapeva essere contadino tra i contadini, mangiava il cibo della povera gente e, quando era necessario, digiunava con loro. Non ci pensava due volte ad allungare scapaccioni ai ragazzi troppo chiassosi che disturbavano la sua quiete, alzava la voce e inveiva contro i falsi penitenti, aiutava chi soffriva e aveva il coraggio di esclamare: «Se trovo quello che ha inventato il dolore, gli taglio la testa e gliela do da guardare».

La signora ricordava ancora la collera del curato quando, in confessionale, gli parlò del suo matrimonio non consumato.

«Va' in sacrestia e aspettami. Adesso l'assoluzione non te la do», aveva decretato.

Lei, ubbidiente, aveva atteso la fine della messa nella quieta penombra della stanza che profumava d'incenso e di legno, tra paramenti sacri e figure di santi con gli sguardi levati al cielo.

Il prete era entrato come una furia e aveva incominciato a investirla di male parole.

«Non sei una vergine santa. Sei soltanto una pazza se hai il coraggio di confinare quel pover'uomo in solaio. Il matrimonio è un sacramento, se non lo rispetti sei in peccato mortale. È questo che t'insegnano i libri che ti fai prestare dal fabbro?» Si sbracciava e misurava a lunghi passi la sacrestia, facendo ondeggiare sul suo corpo magro la lunga veste nera. «Fino a quando non avrai assolto al tuo dovere di sposa, non venire più a confessarti. Perché l'assoluzione io non te la do. E adesso, fuori.»

L'aveva cacciata, rosso di collera. Lena si era allontanata a capo chino ma, quando era ormai sulla soglia, lui l'aveva agguantata per un braccio. Con un tono dolce e affettuoso le aveva detto: «Lo so che Tognino non può far nascere grandi desideri. Ma la sua anima è bella. Questo te lo assicuro io. Invece di leggere tanti libri, prova a leggere nel suo cuore. Ti accorgerai che hai sposato un uomo magnifico. E adesso va' in pace, e che Dio ti assolva come ti assolvo io».

Nella sua vita, l'anziana signora aveva conosciuto tanti altri preti. Alcuni di loro erano mestatori, egoisti, disposti a perdonare i peccati dei ricchi, ma non quelli dei poveri. Il monsignore che chiedeva di vederla, secondo lei, apparteneva alla specie peggiore. Era di quelli che dicevano: «Offri a Dio le tue sofferenze», accreditando l'immagine di una divinità sadica, che si nutre dei dolori degli uomini. Conduceva una vita ascetica soltanto per poter esibire la propria santità sui giornali e in televisione, come fosse una primadonna.

«Mandalo via», ripeté alla cameriera.

«L'ho quasi fatto, signora. Gli ho detto che era stanca e non avrebbe potuto riceverlo. Ma lui ha tanto insistito», disse la donna, desolata.

«Allora fallo passare e porta due caffè. Aspetta. Metti sul tavolo la ciotola dei cioccolatini. L'asceta non ne mangerà, ma siccome ne è goloso, soffrirà solo a vederli», disse con sottile perfidia, mentre un sorriso divertito schiudeva le sue labbra tremanti.

«Cara signora», esordì il sacerdote in tono grave, sedendole accanto. «Mi rivolgo a lei, matriarca di una grande famiglia perseguitata dalla sfortuna, per parlarle di una faccenda seria e delicata.»

«Salti i preamboli, monsignore», lo interruppe lei, spazientita, prendendo un cioccolatino e avvicinando la ciotola al prete. «Si serva, la prego. Se me lo consente, sono talmente buoni che oserei considerarli come una delle prove dell'esistenza di Dio», lo tentò. Il prete li guardò avidamente, deglutì a vuoto e rifiutò con un cenno della mano.

«Si tratta di un suo nipote», dichiarò.

Maddalena pensò al giovane Spartaco e incominciò a tremare.

«Il ragazzo in questione è Pietro Bedeschi. Lo ha presente, vero?» Lei trasse un sospiro di sollievo. Si trattava del figlio scapestrato di una nipote di sua sorella Erminia, morta ormai da trent'anni. Da quando i Rangoni erano diventati ricchi, tutti questi parenti non avevano mai smesso di bussare alla loro porta per cercare aiuto. Spartaco, prima, e Giuliano, poi, avevano sempre fatto in modo che avessero un lavoro ben retribuito, considerandoli un pedaggio inevitabile da pagare per farsi perdonare la loro ricchezza. Fosse dipeso da Lena, li avrebbe ignorati. Non per vendetta, ma perché continuava a sentire su di sé il loro disprezzo. Loro, infatti, non si rassegnavano all'idea che proprio lei, la scema della famiglia, fosse arrivata tanto in alto e, mentre con una mano chiedevano, con l'altra avrebbero voluto continuare a schiaffeggiarla. Gli anni erano passati ma il loro atteggiamento nei suoi confronti non era mutato. Da quando avevano saputo che soffriva di quella devastante malattia nervosa, qualcuno di loro aveva sentenziato: «È sempre stata bacata».

«Che cosa vuole questo Pietro Bedeschi?» domandò la signora.

«Ha messo incinta una mia parrocchiana. Una brava figliola, per la verità. È caduta nel peccato, ma è seriamente intenzionata a espiare la sua colpa.»

«Sposando Pietro. Non è così?» ironizzò lei.

«Ecco, da quando i vostri stabilimenti di Forlì sono stati rilevati da un altro gruppo, il giovane ha perso il lavoro. I due poverini sono in gravi difficoltà e Pietro chiede umilmente il suo aiuto.»

«Vuole dei soldi. Che altro, sennò. Tutti i nostri stabilimenti, non soltanto quelli di Forlì, sono stati, come dice lei, rilevati. Io direi rubati.»

«Molto aspra la sua battuta, se me lo consente», commentò il sacerdote.

«Molto realistica, monsignore. Dunque dica a questo mio nipote che le riserve dei Rangoni sono state prosciugate. Non ci sono più soldi, né posti di lavoro per nessuno. Soprattutto, gli dica che non mandino più ambasciatori a pietire per loro.» La signora aveva un tono seccato e lo sguardo duro. Quel Pietro Bedeschi era sempre stato un lavativo che si approfittava della parentela per rubacchiare. Il prete capì di avere fatto un passo sbagliato.

«Ho inteso soltanto aiutare due bravi giovani», quasi si scusò.

«Lei, ancora una volta, si è impicciato delle vicende della mia famiglia.»

Monsignor Salvati se ne andò schiumando di rabbia e invocando la collera divina su quella vecchia peccatrice.

«Come se la vita non mi avesse punita abbastanza», brontolò lei, quando rimase da sola, indovinando i pensieri del prete.

Era stanca e voleva andare a letto. Chiamò l'infermiera perché la accompagnasse nella sua camera.

Si addormentò subito, sfinita. Ebbe un sonno agitato e breve. Si svegliò, mentre l'infermiera si accostava al suo letto.

«È arrivato da Milano il signor Cortesini. Dice che lei lo stava aspettando», annunciò.

«Ma certo! Presto, aiutami ad alzarmi. L'hai fatto accomodare in salotto? Voglio l'abito color ciclamino. Di' in cucina che gli offrano qualcosa, nel frattempo.»

Era agitata e tremava.

L'infermiera capì che quell'incontro doveva essere molto importante. Le somministrò un tranquillante, oltre alla pillolina azzurra per il Parkinson.

«Si calmi, signora. Adesso le medicine faranno il loro effetto. Stia tranquilla, l'aiuto io a vestirsi», cercò di rassicurarla.

«Mi devi anche pettinare. E voglio un velo di cipria, sul viso.»

«D'accordo. Ma non si innervosisca, per favore.»

Quando entrò in salotto, Maddalena Rangoni era composta ed elegante. Soltanto il capo tremava leggermente.

«Caro amico, mi dispiace di averla fatta aspettare», esordì.

«Ne vale sempre la pena, quando si tratta di incontrare lei, cara signora», disse il gioielliere, mentre sfiorava la mano di Lena con le labbra.

Si conoscevano da almeno trent'anni. Maddalena era stata in ottimi rapporti anche con il padre di Roberto Cortesini. Non era una cliente assidua; i gioielli non la interessavano molto. Ma le piaceva fare regali importanti, quando se ne presentava l'occasione, e i Cortesini erano sempre stati all'altezza delle sue aspettative.

«Allora, chi incomincia per primo?» domandò la signora, prendendo posto nella sua poltrona e invitando il gioielliere a sedersi di fronte a lei. La gatta, che si era nascosta dietro il divano, uscì fuori e, con un balzo, andò ad accoccolarsi in grembo a Lena.

«La precedenza alle signore», scherzò lui. «Ma prima, mi permetta di consegnarle questo», aggiunse, mentre le tendeva una piccola scatola che aveva estratto dalla tasca.

«Per me?» domandò perplessa.

«Per lei», confermò l'uomo.

Era una scatoletta di legno con sottili venature rosate. Schiacciò il bottoncino dorato e l'aprì. Assicurata a un cuscinetto di velluto color panna, c'era la sua rosa, il prezioso gioiello di Tiffany che, all'asta, qualcuno le aveva sottratto.

«Non è possibile!» esclamò. «Era dunque lei l'ostinato contendente.» Aveva le lacrime agli occhi mentre accarezzava delicatamente la spilla tanto desiderata.

«Avevo ricevuto ordini precisi. Dovevo assicurarmela a qualsiasi prezzo per poterla offrire a lei», spiegò Cortesini.

«Mi sta dicendo che qualcuno ha speso tutti quei milioni per farmi riavere la mia rosa?» Era incredula e stupefatta.

«Proprio così, signora», garantì il gioielliere.

«Non c'è una lettera o un biglietto da parte di questo donatore?» chiese ansiosa.

«Il signor Antonio Miserocchi non me lo ha dato», spiegò, rivelando il nome del donatore.

«Tognino!» esclamò la signora. «Soltanto lui poteva essere tanto generoso e delicato.» Continuava ad accarezzare il gioiello, mentre il viso si rigava di lacrime. «Quello stupido, adorabile vecchio», sussurrò. «Ancora una volta mi ha colto in contropiede.»

«Mi telefonò per dirmi che questo gioiello le stava molto a cuore, e mi ha incaricato di acquistarlo.»

«Ancora una volta ha voluto soddisfare un mio capriccio», osservò lei, commossa, e aggiunse: «Come sta, il mio Tognino?»

«Qualche volta passeggia per via Montenapoleone, sorretto da un domestico, perché le gambe non lo reggono a lungo. Ma è ancora dritto come un fuso e la sua testa è sempre quella di un tempo.»

«Voglio ringraziarlo subito», decise la signora afferrando il telefono.

Il gioielliere sorrise, si alzò e uscì silenziosamente dalla stanza mentre Lena componeva il numero sull'apparecchio telefonico.

2

ERANO tutti lì, nel suo salotto, al primo piano della casa di Cotignola. I volti tesi, gli sguardi smarriti. C'erano Miranda, la figlia maggiore, vedova di Giuliano, Giovanni con la moglie Bianca, Margherita con il marito, Bruno Guaraldi. C'era anche suo nipote Spartaco, che sfogliava una rivista con aria annoiata. Lena si era rannicchiata nella sua poltrona, il grembo coperto da un plaid di seta, la gatta accoccolata sulle ginocchia. Li guardò a uno a uno. Miranda, nonostante il trucco accurato, i capelli perfettamente pettinati e l'abito sfavillante color fucsia, sembrava decisamente più vecchia dei suoi sessant'anni. Giovanni, seduto su una *bergère*, accanto all'antico trumeau, aveva l'aria di un cane bastonato. Sua moglie Bianca stava ostinatamente in piedi, davanti alla finestra, e osservava la bella piazza di Cotignola senza curarsi dei presenti a cui dava le spalle. Era una bella cinquantenne che dimostrava al massimo quarant'anni. In famiglia era chiamata «l'avvocatessa», non solo per la professione a cui si era dedicata con impegno e serietà, ma anche perché aveva diretto, con ottimi risultati, l'azienda che il suocero le aveva affidato, fino a quando si era rifiutata di farsi coinvolgere nelle alchimie dell'alta finanza in cui tutta la famiglia era rimasta invischiata. Conosceva bene il codice e credeva nei principi morali.

«Quello che state facendo», aveva sentenziato all'epoca del suo rifiuto, «contravviene alle leggi e all'etica professionale.

Pertanto si ritorcerà contro di voi. Io non ci sto.» Aveva abbandonato la direzione e si era ritirata a vita privata.

Tuttavia adesso era lì, preoccupata, anche se non voleva ammetterlo, perché la situazione peggiorava ogni giorno di più. Dopo Giovanni, sarebbe toccato a Bruno di presentarsi agli inquirenti. Lui era certamente il più sprovveduto della famiglia. Grande amico di Giovanni, anche se di alcuni anni più giovane, da quando aveva sposato Margherita, della quale era perdutamente innamorato, era vissuto sotto l'ala protettiva dei Rangoni.

I pettegoli dicevano che il suo matrimonio non era stato completamente privo di interesse. Bruno, invece, era stato un brillante psicoanalista con uno studio bene avviato a Ravenna. Aveva conosciuto Margherita quindici anni prima, quando si era rivolta a lui per farsi aiutare dopo il naufragio del suo primo matrimonio. Si erano innamorati e avevano deciso di sposarsi. Nei mesi difficili, dopo la morte del suocero, aveva ceduto alle insistenze della moglie ed era entrato nelle aziende della famiglia abbandonando il suo lavoro. I risultati erano stati disastrosi e adesso era inquisito, come il cognato Giovanni.

Margherita, la più giovane dei figli Rangoni, era una donna bellissima, ma fragile e indecisa. La sua insicurezza la rendeva diffidente e non le consentiva di vivere serenamente.

Quanto a Spartaco, unico maschio della nuova generazione dei Rangoni, figlio di Miranda e di Giuliano Serandrei, era laureato in legge e aveva conseguito un master alla Columbia University. Dopo la morte del padre, aveva preferito lasciare le aziende di famiglia e andare a lavorare in uno studio legale a Ravenna.

Era convinto di non possedere il talento innato del nonno, né l'abilità del padre. Inoltre era consapevole che, con le sue sole forze, non sarebbe riuscito a districarsi nel ginepraio di debiti e di inimicizie che la famiglia aveva collezionato.

Mancavano le due figlie di Bianca e Giovanni. Stavano a Cambridge, nel Massachusetts, dove frequentavano la facoltà di biologia. Bianca, così volitiva e risoluta, non se ne era mai occupata. Il ruolo di madre non le era certo congeniale quanto quello di donna d'affari.

L'anziana signora, osservando i presenti che le avevano chiesto di riunirsi nella sua casa per parlarle, pensò che toccava a lei rompere il silenzio.

«Allora, chi comincia?» esordì.

Gli sguardi dei famigliari conversero su Bianca. Evidentemente le avevano affidato l'incarico di parlare a nome di tutti loro. Sul volto di Lena si delineò l'ombra di un sorriso. Si era già fatta un'idea del motivo di quella riunione e si chiedeva come avrebbero affrontato il discorso.

«Comincio io», disse la nuora accostandosi al marito e posando sulla sua spalla una mano protettiva. «Non mi sembra il caso di perderci in preamboli. Lei sa che si avvicina la scadenza imposta dal tribunale fallimentare per archiviare la procedura di insolvenza. Ieri abbiamo convocato l'assemblea per ricapitalizzare la Rangoni Chimica. Il nostro intento è quello di far sottoscrivere le nuove azioni della finanziaria dalle banche creditrici che, diventandone proprietarie, avrebbero mano libera nella vendita del patrimonio. Lei mi segue, vero?»

«Fino a un certo punto. Ma non credo sia questo il motivo della riunione», tagliò corto Lena.

«Ci stavo arrivando. Secondo Spartaco non dovremmo chiedere un risarcimento dei danni patrimoniali alle banche incaricate della risistemazione. Giovanni e io condividiamo questa idea. Margherita e Bruno non sono d'accordo. Dicono che ci siamo già fatti molti nemici, che questa procedura implica nuove spese e ci impedisce il dissequestro dei beni. Il nostro conto privato svizzero è stato completamente prosciugato. Ci occorrono soldi.»

«Questo lo avevo capito. Purtroppo, però, non posso aiutarvi. Ma vorrei farvi una proposta. Parliamo di lavoro invece che di miliardi, di risarcimenti, di dissequestri e di altre diavolerie.»

«Lavoro? Non capisco», disse Margherita.

«Già. Come potresti? Hai mai avuto la gioia di guadagnare una sola lira, nella tua vita? Usavi l'aereo privato per andare a Parigi a farti pettinare da Carita. Passavi da una festa all'altra e ti struggevi se il tuo nome non compariva sulle cronache mondane. Hai tormentato tuo marito perché entrasse nelle aziende di famiglia, abbandonando una brillante professione. I suoi guadagni, come psicoanalista, non erano sufficienti neppure per pagare le tue vacanze estive. Quanto a te, Miranda, hai speso miliardi in abiti, quadri, gioielli, viaggi intorno al mondo. Ti sei mai chiesta da dove venisse tutto quel fiume di denaro? Dal lavoro degli altri, naturalmente. Ma la cosa non ti riguardava. E tu, Giovanni, che cosa facevi quando, molto raramente, andavi in ufficio? Usavi il telefono per combinare partite di caccia con gli amici o spedizioni in California in compagnia di ragazze allegre. Proprio voi, adesso, venite a chiedere soldi a me. L'altro giorno ho ricevuto la visita di quel prete impiccione, come si chiama? Oh, sì: monsignor Salvati. Anche lui mi chiedeva soldi per i nostri parenti Baldini. L'ho messo alla porta. Io non do soldi a nessuno. È bene che lo sappiate. Rimboccatevi le maniche e mettetevi a lavorare.» Era la prima volta che parlava con tanta durezza ai suoi figli. Loro la guardavano ammutoliti. Soltanto Spartaco, quando la nonna tacque, le sorrise compiaciuto.

«Non sono venuta qui per farmi umiliare», sbottò Miranda, furibonda.

«Se c'è qualcuno che tu umili costantemente, quella sono proprio io. Mi consideri una demente, mi hai circondato di gente che mi spia per riferire a te. Mi hai tolto persino la macchina», ribatté seccamente Lena incominciando a tremare.

«Va' a prendermi un bicchiere d'acqua», ordinò al nipote mentre tentava di estrarre un tranquillante dalla scatoletta portapillole, che le scivolò dalle mani. Le pastiglie di colori diversi si sparsero sul tappeto. Bianca si chinò per raccoglierle.

«Ve l'avevo detto che la mamma si sarebbe agitata», li rimproverò.

«Come se io, invece, fossi tranquilla», ribatté Miranda. «Il patrimonio del babbo è andato in fumo. Ma tutti noi sappiamo che lei possiede molte terre in Sudamerica e in Australia. Inoltre, ha dieci navi che girano il mondo cariche di cereali», gridò esasperata.

«Smettila», l'ammonì il fratello. «Mamma fa quello che vuole del suo patrimonio.»

«Però, nella situazione in cui siamo, potrebbe aiutarci», intervenne Margherita.

«Non pensate che abbia motivi validi per ritenere che andrebbe in fumo anche il suo patrimonio se lo mettesse nelle nostre mani?» osservò Bruno, che fino a quel momento non era intervenuto nella discussione.

Lena aveva socchiuso gli occhi e fissava il pavimento. Vedeva scaturire dal tappeto, nel punto in cui Bianca aveva raccolto le pillole, una schiera di nanetti colorati che intrecciavano un allegro girotondo. Le loro barbe bianche le solleticavano le gambe. Erano allucinazioni da farmaci che da anni la perseguitavano e, nello stesso tempo, le facevano compagnia. Spalancò gli occhi e i nanetti sparirono.

«Vi rendete conto che vostra madre ha ragione a non darci niente?» insistette Bruno. «Per quanto mi riguarda, da anni sto vivendo in un modo assurdo. Ho nostalgia dei miei studi, dei congressi, dei miei pazienti. Perché non dovrei raccogliere il suggerimento di riprendere il mio lavoro? Non sarà facile ricominciare a cinquant'anni. Ma sono sicuro che alla mia ulcera non può fare che bene.»

«L'ulcera verrebbe a me. Non sono abituata alle ristrettezze. Trovo assurdo, ridicolo, grottesco e anche perfido il comportamento di mia madre», ribatté Margherita.

«Mi sento profondamente e ingiustamente ferita. Non ho chiesto io di nascere e di crescere nell'agiatezza», protestò Miranda e aggiunse: «Io dico che la mamma è impazzita».

«Perché non cerchi di farla interdire?» la sfidò Giovanni. «Non ti permetto di parlare in questi termini di nostra madre. Chiedile immediatamente scusa», gridò.

«Andate via, per favore», intervenne Lena con voce sommessa. «Non vi sopporto più. Comunque, la proposta di Spartaco di non intentare causa alle banche, in cambio di un loro gesto distensivo, mi sembra una buona mossa. Datevi da fare in questo senso», concluse stancamente.

«Quanto ai soldi, mamma?» tentò Margherita con un filo di voce.

«Dovrete aspettare che muoia. Non ci vorrà molto. Andatevene, per favore. Tutti, tranne te», disse rivolgendosi al nipote. «Ti devo parlare.»

3

ERA quasi l'una dopo mezzanotte e il ristorante stava chiudendo. I camerieri se n'erano già andati e Piero, il direttore, annotava sul diario i fatti salienti della giornata. Il locale aveva le pareti rivestite di legno scuro, luci soffuse, divanetti e poltroncine in pelle *capitonné*, tavoli bassi con tovaglie inamidate. Quando era ragazzo, Piero aveva lavorato a lungo in Inghilterra e al suo ritorno, in quell'angolo della vecchia Milano, alla confluenza tra la via Sant'Andrea e la via Spiga, aveva voluto ricostruire un ambiente raffinato e sobrio molto simile ai più tradizionali club londinesi. Da oltre trent'anni il suo ristorante era il punto di incontro per uomini d'affari, per signore dell'alta società, per personaggi famosi.

Piero compilava il suo diario, appollaiato su un alto sgabello, dietro il banco del bar, gli occhialini appoggiati sulla punta del naso, il bicchiere di whisky con ghiaccio a portata di mano. Suonò il telefono. Chi poteva essere, a quell'ora? L'uomo avvertì immediatamente un senso di inquietudine. Purché non sia successo qualcosa di grave, pensò, mentre sollevava il ricevitore.

«Caro Piero», esordì una voce che il direttore riconobbe subito, «sapevo di trovarla ancora sul lavoro. Io, d'altra parte, dormo poco. Così non si stupisca se la chiamo di notte.»

«Commendator Miserocchi, come sta? È un pezzo che non la vedo», rispose rassicurato.

«Non l'avrei disturbata a quest'ora, se non si trattasse di un caso eccezionale», spiegò l'interlocutore con il tono esitante dei vecchi.

Antonio Miserocchi, nell'immediato dopoguerra, era stato il primo in Italia a produrre cibi surgelati. In pochi anni, era riuscito a creare una fortuna che le sue industrie continuavano ad alimentare con utili da capogiro. Era un uomo schivo, scontroso, che detestava la mondanità. Aveva un occhio di vetro e il viso sfigurato da una vecchia ferita di guerra.

«Mi dica tutto, commendatore», lo invitò Piero, abituato all'eccentricità delle persone potenti.

«È per una prenotazione», rispose il vecchio.

«Per quante persone?» chiese Piero con tono professionale.

«Solamente due», precisò.

«Le riservo un tavolo tranquillo. Mezzogiorno o sera?»

«Mezzogiorno, ma vorrei prenotare tutto il *St. Andrews*. È per mercoledì della prossima settimana. Domani, se lei è d'accordo, le mando il mio architetto per un sopralluogo. Voglio che trasformi il suo ristorante in una serra piena di fiori. Dovranno sparire tutti i tavoli, tranne quello centrale. Per il pranzo mi affido a lei. Cibi leggeri, mi raccomando, e quella fagianella affumicata che lei fa venire dalla Scozia. Quella mi piace molto.» La voce di Antonio Miserocchi si era colorita di un tono allegro.

«Commendatore, mi faccia capire. Lei vuole tutto il locale soltanto per due persone?» Era la prima volta che gli veniva fatta una richiesta tanto singolare.

«Ha capito benissimo. Se è possibile, faccia sparire anche i suoi camerieri. Mi piacerebbe che fosse lei solo, mio buon amico, a fare gli onori di casa. È tutto», concluse l'anziano signore.

«D'accordo», rispose Piero, «avrà tutto quello che desidera.»

«Grazie.» Antonio Miserocchi riattaccò il ricevitore.

L'architetto, che si presentò il giorno seguente con due collaboratrici, era il famoso Sabelli Contini, un professionista di fama internazionale che accettava soltanto incarichi prestigiosi. Lavorarono l'intera mattina per effettuare misurazioni, studiare le luci, schizzare abbozzi.

Il martedì successivo, subito dopo la chiusura, davanti al ristorante si fermò un camion carico di fiori. Contemporaneamente arrivarono sei giardinieri e lo stesso Sabelli con alcuni arredatori. Lavorarono quasi tutta la notte. Il mattino seguente, quando Piero varcò la soglia del suo locale, stentò a riconoscerlo. Il pavimento in legno era stato ricoperto da un soffice tappeto di muschi. Le pareti erano state rivestite da spalliere di rose bianche. Un arco di rose rampicanti conduceva all'ingresso della sala dove il soffitto simulava un cielo terso. Azzurra era anche la tovaglia di finissima fiandra che addobbava l'unico tavolo, al centro del ristorante, preparato con piatti bianchi di porcellana, bicchieri di cristallo e argenteria antica.

L'anziana signora entrò nel *St. Andrews* poco dopo mezzogiorno. Piero l'accolse sulla soglia e ammirò la sua figura esile, e il volto ancora bellissimo.

«Credo che qualcuno mi stia aspettando», esordì Lena, guardandosi intorno stupefatta.

«Il commendator Miserocchi è arrivato poco fa», disse Piero offrendole il braccio.

Lena si avviò avvolta dal profumo intenso delle rose, calpestando il soffice tappeto di muschio.

«Sei un vecchio rincitrullito», esordì, raggiungendo Tognino seduto al tavolo apparecchiato per loro. Era commossa ma non voleva darlo a vedere.

«E tu sei la bisbetica di sempre», replicò il vecchio senza scomporsi. «Scusami tanto, se non mi alzo. Le mie gambe non me lo consentono dopo avermi portato fin qui» soggiunse, sorridendole intenerito.

Piero aiutò Lena a sedersi di fronte all'ospite. Non si era mai sentito tanto felice in quarant'anni di lavoro. L'incontro di quei due vecchi, nonostante la cornice stravagante e curiosa, non aveva nulla di artificioso.

Mentre la signora si sedeva, il direttore notò la spilla appuntata al polsino dell'abito. Un gioiello stupendo a forma di rosa, che era sicuro di avere già visto.

«Quanti anni hai, Tognino?» scherzò lei.

«Dieci più di te. Lo sai bene», rispose lui, contrariato.

«Sei proprio decrepito», concluse dolcemente allungando una mano per accarezzare la sua.

«Come è andato il viaggio?» si informò Tognino.

«Il tuo autista è stato perfetto. Ho dormito tranquillamente da Cotignola fino a Milano. Ho recuperato un po' del sonno che avevo perso durante la notte. Ero molto agitata a causa di questo nostro incontro», confessò la signora.

«A chi lo dici! Sono felice di vederti. Anche se, ormai, non riesco a mettere a fuoco il tuo viso. Vivo in un mondo di ombre», affermò tristemente.

«Meglio. Così non puoi notare quanto sia invecchiata», tentò di scherzare Lena.

«Per me, tu sei ancora come quand'eri ragazza», sussurrò Tognino.

Piero, che stava in piedi, in disparte, all'improvviso ricordò dove aveva visto la rosa di perle che la signora portava al polsino.

Era accaduto alcuni anni prima. Giuliano Serandrei, durante un pranzo di lavoro nel suo ristorante, l'aveva posata sul tavolo a cui era seduto, assieme a un mazzo di chiavi. Aveva estratto il tutto dalla tasca della giacca, perché non riusciva a trovare l'accendino. Il direttore aveva ammirato la bellezza di quel gioiello e si era chiesto come mai Serandrei lo tenesse in tasca. Avevano scherzato su quella spilla.

«Bella questa rosa», aveva commentato Piero. «L'ha presa sul banchetto del fiorista che sta qui fuori, dottore?»

«Sì. La regalano ai clienti affezionati», gli aveva risposto Giuliano, riponendola nella tasca.

«Che cosa bevi?» domandò Tognino.

«Acqua, mio caro. Possibilmente di buona annata», replicò Lena.

«Vedo che marciamo con lo stesso carburante», si compiacque lui.

Mentre Piero riempiva i bicchieri, lei si guardava intorno con aria trasognata: «Che meraviglia, Tognino! È come immagino il Paradiso, ammesso che ci sia. Nemmeno Spartaco ha mai fatto niente di simile per me», ammise lei in un sussurro.

«È quello che avrei voluto offrirti il giorno in cui ci siamo sposati», disse lui e aggiunse: «Invece abbiamo diviso soltanto miseria e sacrifici. Quando sono diventato ricco, tu non eri più mia moglie e Spartaco era molto più potente di me. Mi perseguita il rimpianto di non averti potuto dare quello che avresti meritato».

«Mi hai ridato la mia rosa. Come sapevi che la desideravo tanto?»

«Hai sempre amato tutto quello che ti veniva da Spartaco. Anche quella rosa, che io trovai in un pagliaio», rivelò.

«In un pagliaio? Ma che cosa mi racconti?» Lena era stupefatta.

«La verità, che allora non ti rivelai. Era un gioiello della contessa Sforza. Tutti, a quell'epoca, sapevano che la contessa e Spartaco si erano rifugiati in un pagliaio durante un temporale. La spilla era lì, sulla paglia. L'ho trovata io qualche giorno dopo, e l'ho consegnata a lui.»

«Ecco come l'ha avuta!» Lena rideva divertita. Se quella verità l'avesse scoperta sessant'anni prima, sarebbe andata in collera e di brutto.

«Spartaco tentò di restituirla alla legittima proprietaria. Ma la bella contessa rifiutò di riprendersela. La lasciò a lui per ricordo. E lui la regalò a te.»

«Ero ancora tua moglie, quando me la diede. Sapevi, e non mi hai detto niente.»

«Sarebbe cambiato qualcosa?»

«Onestamente, credo di no», rispose Lena dopo un attimo di silenzio.

«Lo vedi?» osservò lui e aggiunse: «Io, invece, non ho mai smesso di amarti e ho sofferto per il tuo abbandono. Ma i drammi che da giovani ci sembrano terribili, quando si invecchia diventano episodi che quasi non ci appartengono più», convenne Antonio.

«A volte, ripenso alla ragazza che ero. La osservo con gli occhi della memoria e mi dico che era un'altra persona, quasi un'estranea. Non so neppure che pensieri avesse quella bella ragazza che si credeva brutta e stupida. Nulla è rimasto in me della Lena che ti aveva sposato. E mi dico che se non fossi stata tanto dissennata avrei diviso con te la mia esistenza», ragionò Lena.

«Il destino segue strade imperscrutabili. Non sono poi così sicuro che siamo soltanto noi a decidere del nostro futuro», rifletté Tognino.

«È possibile. Ma ti garantisco che Spartaco l'ho voluto io, con tutta me stessa», confessò.

«Ne sei proprio sicura?»

«Come sono sicura che ho amato anche te, Tognino. Te lo giuro.»

«Questo non me lo avevi mai detto.»

«Anzi, ti confesserò che più di una volta sono stata sul punto di abbandonare Spartaco per ritornare da te. Non mi credi, vecchio stupido?» Si era protesa verso di lui per fargli una carezza.

«Perché non l'hai fatto?»

Lena non rispose. Disse invece: «Ti ho amato davvero, povero il mio Tognino. Sai una cosa? Mi piacerebbe incamminarmi con te lungo il viale del tramonto, mano nella mano come se avessimo ancora vent'anni. E devo dirti un'altra cosa: adesso che ho riavuto la mia spilla, non mi sembra più così importante. Adesso conti solamente tu».

Lena tese verso di lui una mano che Tognino portò, delicatamente, alle labbra. Dall'occhio sano scaturì una lacrima che gli rigò la guancia. «È valsa la pena di aspettare tutta una vita, per arrivare a questo, mia piccola Lena», disse in un sussurro.

Piero, in un angolo, li osservava. Non aveva sentito quello che si erano detti, ma seppe d'essere stato testimone della più singolare e commovente storia d'amore. Scivolò verso la porta della cucina per lasciarli soli. I due vecchi avevano tante cose di cui parlare.

Quella sera, non avrebbe trovato le parole adatte per descrivere, sul suo diario, quell'incontro straordinario. Forse avrebbe disegnato soltanto una rosa.

C'era una volta...

1

I CAMPI erano imbiancati di brina. Le zolle scricchiolavano aprendosi in mille piccole rughe sotto il peso del barroccio che Antonio Miserocchi guidava verso la casa del fattore. Scendevano precoci le ombre della sera. Avvolto nel tabarro nero, il cappello calato sulla testa, Tognino indossava dei guanti rudimentali, fatti con pelle di coniglio. Il suo respiro e l'alito della cavalla formavano nuvolette bianche nell'aria gelida.

Soffiava il vento di tramontana, che penetrava fin nelle ossa. Ginetta, la cavalla da tiro, aveva accelerato il passo in prossimità della stalla e l'uomo aveva dovuto frustarla per indurla a deviare dal solito percorso e dirigersi, invece, verso la casa di Sergio Caporali.

Aveva incrociato Spartaco, all'alba. Il sottofattore correva come il vento in sella a una moto con cui aveva sostituito la vecchia bicicletta. Quando l'aveva visto, aveva rallentato l'andatura, gridandogli: «Ti aspetto in ufficio, questa sera. Ti devo parlare».

Ormai erano passati più di due anni da quando Tognino era andato a vivere con Lena nella fattoria del conte Sforza. Era stato un periodo difficile, tormentato da disastrose gelate primaverili, da un uragano arrivato quando il grano era pronto per la mietitura, da piogge estive che avevano seriamente compromesso la maturazione dell'uva. Tuttavia, alla resa dei conti, i risultati erano stati meno catastrofici del previsto. Gli insetticidi, gli antiparassitari, i concimi e l'esperienza di Spartaco, unita a quella di Tognino, avevano arginato i danni.

Tognino lavorava nei campi dall'alba fino al tramonto. Il fattore gli aveva aumentato il salario e così Lena aveva potuto riprendere la scuola. La sua giovane moglie aveva conseguito la licenza elementare con ottimi voti e adesso frequentava, a Lugo, la scuola media inferiore per lavoratori. Tognino era fiero dei suoi risultati, e quando Lena si perdeva d'animo perché le donne della corte la guardavano con diffidenza, lui replicava: «Lasciale dire. Ti hanno sempre considerato diversa dalle altre ragazze e non te ne è mai importato niente. Adesso, perché ne patisci?»

«Perché sono una donna sposata e faccio fare una brutta figura a te, che sei mio marito», ragionava lei.

Le contadine erano spietate nei loro giudizi. Una donna come Lena, che non rientrava negli schemi abituali, suscitava indignazione. «Ci vorrebbe un uomo che la mettesse in riga, invece di quel poveretto che lei fa ballare sulla punta di un dito», dicevano.

Tognino non si curava dei pettegolezzi della corte e tirava diritto per la sua strada, felice di vivere con quella ragazza bella e intelligente. Quel giorno, però, aveva ricevuto una lettera da suo padre che lo aveva molto rattristato.

Non si erano più visti dal giorno della lite, nel casale di Cotignola. Ogni tanto Tognino mandava a sua madre un piccolo regalo accompagnato da un biglietto affettuoso. Lei gli rispondeva per ringraziarlo e univa qualche maglia di lana fatta a mano. Quella mattina, da Cotignola, era arrivata una lettera scritta su un foglio di quaderno, con una grafia stentata.

> Caro figlio, da quando ci hai lasciato, le cose sono andate per il verso storto. La nostra terra non rende come quando la lavoravi tu. Tua madre e io siamo due vecchi tristi e soli. Ci guardiamo in faccia e non abbiamo niente da dirci. Perché non ritorni a casa con la tua sposa? Rispondi presto. Il tuo babbo.
>
> Miserocchi Pompeo

Quelle parole gli ronzavano in testa da ore e avevano aperto una ferita nel suo cuore. Suo padre gli tendeva una mano e lui aveva il dovere di afferrarla e di tenerla stretta tra le sue, per farlo sentire meno solo. In quella lettera, che doveva essergli costata non poca fatica, c'era tutta la solitudine dei suoi genitori, disperati per il lungo abbandono. Era un'invocazione di aiuto che lui non poteva ignorare. Forse era arrivato il momento di lasciare l'azienda agricola del conte Sforza e di ritornare a casa a lavorare sulla sua terra. Questa decisione avrebbe reso felice Lena, che non viveva volentieri a Lugo. Tognino non aveva ancora individuato il motivo di questo scontento. Ogni volta che tentava di ottenere una spiegazione, lei si chiudeva come un riccio e affermava: «Non ha senso fare il servo sulla terra degli altri quando potresti essere padrone sulla tua».

Dapprima era stato l'orgoglio a impedirgli di ritornare sui suoi passi. In seguito, era stato totalmente assorbito dall'apprendimento delle nuove tecniche introdotte nell'azienda agricola da Spartaco. Ora che suo padre gli chiedeva di ritornare, lui era certo che, con le conoscenze acquisite, avrebbe potuto sfruttare al meglio la sua terra. Però, c'era qualcosa che lo faceva esitare. Per tutto il giorno si era chiesto quale fosse la causa delle sue perplessità. Avvicinandosi alla casa del fattore, finalmente realizzò, con sgomento, che il lavoro del contadino, il solo che sapesse fare, non gli piaceva affatto. Ricordò i ragionamenti scambiati con Spartaco quando, anni addietro, si ritrovavano insieme a vendere i loro prodotti al mercato di Lugo. Considerò che il solo aspetto dell'agricoltura che lo interessava davvero era quello commerciale. Preferiva vendere invece che coltivare. Il mondo dell'industria, legato alla lavorazione e alla conservazione dei prodotti agricoli, lo affascinava. L'idea che si potessero conservare, anche per un anno intero, pomodori, piselli, fagioli mantenendoli freschi come quando erano stati raccolti, lo entusiasmava.

Scosse il capo sconsolato. I suoi erano soltanto stupidi sogni. Si avvicinava il Natale e lui decise che sarebbe ritornato a Cotignola dai suoi vecchi e, forse, avrebbe preso in considerazione l'idea di restare per sempre con loro. Fermò il cavallo davanti all'ufficio del fattore, scese dal carro e bussò alla porta.

Venne ad aprirgli Spartaco. Il volto solare del giovane era illuminato da un gioioso sorriso.

«Entra», lo invitò. «Ho qualcosa per te», disse, tendendogli una rivista scientifica, scritta in una lingua che Tognino non sapeva decifrare.

Erano soli, in ufficio.

«Che cos'è?» domandò Tognino smarrito, togliendosi il tabarro. La stanza era piacevolmente riscaldata da una grande stufa Becchi in terracotta.

«Adesso ti spiego.» Spartaco si sedette alla scrivania, sulla poltrona del fattore e gli indicò una sedia, di fronte a lui. Quindi proseguì: «Ti ricordi quando mi dicevi che doveva esistere un modo per conservare i prodotti agricoli?»

«Ci ripensavo proprio mentre venivo qui. Sai, tanti anni fa, quando ero all'ospedale a causa del mio occhio, avevo letto una piccola notizia, su *La Domenica del Corriere*. Diceva che un tale, in Danimarca, aveva inventato una macchina che congela il pesce in pochi minuti e lo conserva intatto per molti mesi. Allora mi domandai: perché non conservare, con lo stesso metodo, anche la verdura o la frutta? Ogni tanto ci rimugino sopra e mi sembra che la congelazione sia una grande idea. Ammesso che sia realizzabile», spiegò Tognino.

«Lo è. Il mese scorso ero a Bologna, all'università. Ho passato qualche ora in biblioteca per documentarmi su un esame e mi è capitata sotto gli occhi questa rivista americana. Ho incominciato a sfogliarla e ho visto che c'era qualcosa di molto interessante. Neanch'io conosco la lingua, ma qualche termine scientifico l'ho imparato. Mi sono fatto tradurre l'articolo ed ecco qui: questo è il testo e questa la traduzione. Leggi e dimmi se non è fantastico», gli occhi di Spartaco brillavano di gioia.

Tognino incominciò a leggere: «Clarence Birdseye ha iniziato negli Stati Uniti le prime esperienze pratiche di surgelazione realizzando un impianto su scala industriale».

«Come vedi, lì si parla di surgelazione, che è un po' diversa dalla congelazione», fece notare Spartaco interrompendolo. Evidentemente quel testo lo aveva già imparato a memoria. E proseguì: «Spiega tutto: come funziona, come si applica alle sostanze biologiche e a quelle alimentari. Come agisce sulla morfologia della cellula e qual è l'effetto finale. Mi sembra una scoperta straordinaria. Te l'ho voluto dire perché mi sono ricordato dei nostri ragionamenti e del tuo interesse in proposito».

Il contadino sfogliò la rivista che riportava tabelle, diagrammi, dati assolutamente incomprensibili. C'erano formule più complesse e indecifrabili di un geroglifico egiziano.

«Non ci capirò niente. Non so neanche che cos'è una cellula», concluse sconsolato.

«Questo non è importante. Certe cose si imparano alla svelta. Portati a casa la traduzione e leggitela con calma. Alla fine, tutto quello che devi capire è se il tuo sogno può avverarsi. Tu volevi sapere se è possibile conservare gli alimenti. Bene, si può. Gli americani lo fanno già. Perché non potresti farlo anche tu? Devi andare in America, Tognino. Devi andare a lavorare in quell'industria di surgelati», affermò Spartaco con convinzione.

«Sei diventato matto? Perché dovrei fare l'emigrante? E poi ho la mia terra, la mia famiglia», disse pensando soprattutto a Lena, ma anche a suo padre che gli aveva scritto quella lettera straziante. «Perché non ci vai tu, in America?» ribatté.

«Ci andrò. Ho un amico, a Nuova York. È il notaio Bellerio di Bologna. Un paio di volte l'anno mi scrive e mi invita ad andare laggiù. Prima devo laurearmi. Ci vorrà qualche anno perché non posso dedicarmi soltanto allo studio. Devo anche lavorare. Ma tra poco lascerò l'azienda del conte», sparò la notizia come una cannonata.

«Lasci il tuo posto di sottofattore?» Tognino era stupefatto. «Allora sei proprio diventato matto.»

«Mica tanto. Ho avuto una concessione da una grossa azienda. Dal mese venturo incomincio a vendere concimi e fertilizzanti. Il sottofattore è un ruolo che mi va stretto. Ho bisogno di crescere. Non dirmi che non capisci, perché tu sei come me.»

Tognino annuì. Si infilò nella tasca della giacca i fogli che Spartaco gli aveva dato.

«Ci penserò su», disse. «Forse anch'io dovrò decidermi a compiere un atto di coraggio.»

2

LENA abbrustoliva sulla graticola le fette di polenta che lei e Tognino avrebbero mangiato per cena, irrorate di latte appena munto. Intanto, ripassava a voce alta la lezione di geografia. La piccola Antavleva la stava ad ascoltare. Erano iscritte alla stessa classe, ma la ragazzina andava a scuola tutte le mattine, invece Lena frequentava la «scuola festiva per lavoratori» e aveva le lezioni soltanto il sabato pomeriggio e la domenica mattina.

«Allora, dimmi quali sono le città del Piemonte», la interrogò la ragazzina. «Le voglio in ordine alfabetico», aggiunse.

«Le città del Piemonte sono: Alessandria, Asti, Cuneo, Novara, Torino, Vercelli», recitò Lena con scioltezza.

«Brava!» la lodò la piccola che controllava le risposte sul libro di testo. «Adesso dimmi gli affluenti del Po.»

«Gli affluenti del Po sono: la Dora Baltea e la Dora Riparia...»

Le loro voci sommesse si intrecciavano al ticchettio della sveglia, posata sul tracantò. Nella penombra della cucina, la fiamma del focolare proiettava, ingigantendole, le loro ombre sulle pareti. Dalle fessure della porta entravano spifferi di tramontana che si mescolavano al tepore diffuso dal camino e rinnovavano l'aria.

«Sei proprio brava, Lena», commentò la ragazzina. «Io dico che, all'interrogazione, prenderai dieci e lode.»

«Speriamo. Ci tengo tanto a fare bella figura. Anche perché il mio Tognino è molto contento quando mi danno un buon voto. È il solo modo che ho per ricompensarlo dei sacrifici che fa per me.»

«Lena, tu che cosa farai da grande?» domandò Antavleva.

«Ma io sono già grande! Ho diciott'anni e presto ne compirò diciannove», rispose Lena divertita.

«La mamma dice che se una donna non ha avuto figli, non può dire di essere cresciuta. Tu non hai figli, quindi sei ancora piccola.»

«Anch'io avrò dei figli, e spero che saranno meno pettegoli di te», scherzò Lena.

«Quando li avrai?»

«Quando Dio vorrà. Finora non me ne ha mandati.»

«La mamma dice: 'Lena è una strana donna. Sembra la figlia di un milord, non una contadina'. Tu sai che cos'è un milord?»

«Che cos'è un milord?» ripeté la ragazza pensierosa, passando velocemente in rassegna tutti i nomi degli animali che conosceva.

«È un signore molto ricco che vive in un castello in Inghilterra.»

«Davvero? Tu lo conosci?» chiese Lena incuriosita.

«No. Però il mio babbo dice che se il conte Arduino vivesse in Inghilterra, sarebbe un milord. Hai capito, adesso?»

«Quindi, secondo tua madre, io sembrerei la figlia del conte Arduino?»

«Dice che sei diversa da tutte le altre contadine. Ma la Romagna, si sa, è una terra di gente strana. Prendi il sottofattore. Anche lui è un tipo speciale. Tu non lo conosci perché non viene mai nella corte. Sai che sta studiando all'università di Bologna per diventare dottore in agraria?»

Lena, come sempre quando si parlava di Spartaco, non fece commenti. Guardò la fotografia posata sul tracantò, che la ritraeva accanto al marito. Provò a sovrapporre, con la fantasia, il viso di Spartaco a quello di Tognino. Era un gioco che, fino a qualche tempo prima, le riusciva bene. Da molti mesi, però, non funzionava più.

Meglio così, si era detta con un senso di liberazione. Tuttavia c'era sempre qualcuno che tirava in ballo Spartaco e lei finiva per pensare a lui anche quando non avrebbe voluto.

«Si è fatto tardi. Devi ritornare a casa», disse Lena alla piccola.

Intanto aveva disposto le fette di polenta abbrustolite dentro due grandi scodelle.

Antavleva prese dalla rastrelliera, accanto alla porta, la sua mantelletta di lana rossa e se la buttò sulle spalle. Lena le avvolse intorno al collo la sciarpa di lana e le calcò in testa un berretto che le copriva la fronte e le orecchie.

«Se incontri il lupo cattivo, tira dritto per la tua strada», le raccomandò, come sempre, con tono materno.

«E se incontro il principe Azzurro?» chiese Antavleva con aria scherzosa.

Un'ombra scura passò nei grandi occhi viola di Lena: «Quello è soltanto un'invenzione delle fiabe», dichiarò.

«Se esistesse davvero?» s'intestardì la bambina, ritta sulla soglia.

«Aspetterebbe che tu cresca prima di portarti via sul suo cavallo bianco.»

«Hai mai visto il principe Azzurro?»

Lena pensò a Spartaco. Poi rispose convinta: «Io ho incontrato Tognino. È lui il mio principe».

«Gli vuoi proprio bene», constatò la ragazzina, prima di allontanarsi correndo verso casa.

Lena richiuse la porta, si accostò al camino e sedette sulla panca, accanto al focolare.

Pensò a suo marito. Gli voleva bene, davvero. Non avrebbe mai immaginato che potesse esistere un uomo così buono. Il destino aveva voluto che il suo principe Azzurro avesse le fattezze di Antonio Miserocchi. Perfino la sua faccia, così poco gradevole, ormai non le sembrava più tanto brutta. Avrebbe voluto dargli dei figli ma, come aveva detto alla giovane amica, Dio ancora non gliene mandava. Perché?

Non osava farne parola con il marito, anche perché lui non aveva mai affrontato l'argomento. Lena incominciava a temere che qualcosa non funzionasse nel loro rapporto. Lui la prendeva raramente, soltanto quando il desiderio lo soffocava, controllando ogni gesto, ogni parola. L'accarezzava teneramente coprendola di baci leggeri, quasi non volesse infastidirla, poi la abbracciava timidamente. Pensando alla delicatezza di Tognino, quando facevano l'amore, la ragazza sorrise e, in quel momento, lui entrò in cucina con una folata di vento. Richiuse l'uscio, si liberò del tabarro e andò a sedersi accanto a lei, sulla panca del focolare.

«Che cos'è che ti fa sorridere, Lena?» domandò tendendo le mani verso la fiamma per scaldarsi.

«Pensavo a noi due», rispose e aggiunse: «Vorrei avere un figlio da te».

«Ne sei proprio sicura?» chiese Tognino esitante.

Lena annuì, lo sguardo fisso alle lingue di fuoco che guizzavano vivaci nel camino.

«Mi sembri ancora troppo giovane per affrontare una gravidanza. Portare un figlio in grembo è una fatica. Crescerlo è anche peggio. Tu mandi avanti la casa, vai a scuola e devi avere tempo per studiare. Con un figlio dovresti rinunciare a tante cose che ti piacciono», ragionò, accarezzandole la mano.

«Mi conosci da quando sono nata. Sono sempre stata forte come un animale da soma. Ho lavorato la terra, pulito la stalla, munto le vacche. Adesso, a volte, mi sento inutile. Desidero un figlio. Anzi, io credo che ne vorrò avere più di uno.»

Tognino sorrideva. La richiesta di Lena lo rendeva felice.

«Se è davvero così, lo mettiamo subito in cantiere», disse abbracciandola di slancio. «Vieni Lena, andiamo di sopra», le sussurrò prendendola per mano.

3

PARTIRONO presto, sul barroccio, la mattina di Natale. Tognino aveva scritto ai suoi genitori per avvisarli che avrebbero trascorso le festività con loro. Portavano in dono un cesto di arance, mandarini e caramelle. Un orcio di strutto con i ciccioli. Un pacco di zucchero e un panpepato. Un paio di bretelle nuove per Pompeo e uno scialle per Gentilina. Lena avrebbe rivisto anche la sua famiglia e per loro aveva comperato un chilo di cioccolato di Genova. Erano fieri di ritornare a Cotignola portando ai parenti tanti regali.

Tognino, sotto il tabarro, sfoggiava una giacchetta di lana che gli era stata regalata dal fattore. Lena indossava un cappotto di panno morbido: il primo della sua vita. Calzava eleganti stivaletti con il tacco. Glieli aveva regalati la moglie del fattore, ed erano quasi nuovi.

Lena e Tognino avevano parlato a lungo, nelle sere precedenti il viaggio, seduti davanti al camino. Soprattutto, aveva parlato lui, ragionando sull'età avanzata dei suoi genitori, sulla terra di famiglia che aveva bisogno di braccia robuste, sull'offerta ventilata da Sergio Caporali, che fosse lui a sostituire il sottofattore. Aveva valutato i pro e i contro dell'intera situazione.

Da quando si era saputo che Spartaco stava lasciando l'azienda agricola, Lena non sembrava più così desiderosa di ritornare a Cotignola. Però capiva i problemi del marito. Gli aveva detto: «Non sono così avveduta da poterti consigliare. Però una cosa la so: sul tuo pezzo di terra ricaverai soltanto quanto ci basta per vivere. A Lugo hai un salario assicurato, stai per diventare sotto fattore e un giorno, chissà, potresti prendere il posto di Sergio».

«Non diventerò mai fattore. Sergio ha due figli maschi che stanno imparando il mestiere. Uno di loro prenderà il posto del padre.»

«Be', non esiste soltanto l'azienda agricola del conte Sforza. Quando uno è bravo, la voce gira. Qualche altro padrone potrebbe farti un'offerta», aveva ragionato Lena.

Tognino sembrava perplesso e indeciso.

Ora, in viaggio verso Cotignola, cullati dal lento dondolio del carro, Tognino trovò il coraggio di dirle quello che, fino a quel momento, le aveva taciuto.

«Lena, ho un progetto di cui non ti ho mai parlato.»

«Bello o brutto?»

«Non lo so. Ci penso da tanto tempo. Si tratta di una tecnica straordinaria che è stata perfezionata negli anni e consente di conservare gli alimenti per mesi, come se fossero freschi. Si chiama surgelazione.»

«Spiegati meglio», lo sollecitò.

«È una lunga storia che incomincia in Norvegia nel 1855, con la surgelazione del pesce. Adesso, in America, surgelano anche la carne, la verdura e la frutta. I prodotti conservati in questo modo si chiamano cibi surgelati. È una tecnica moderna, molto interessante. Ti faccio un esempio. Pensa agli spinaci. Si coltivano, si raccolgono, si vendono al mercato. Quelli che restano li mangiamo noi, e se ne rimangono ancora dobbiamo buttarli perché marciscono. In America, invece, li surgelano e li sigillano in piccole confezioni che poi vendono nei negozi. E dopo mesi arrivano in tavola come se fossero stati appena raccolti.»

«Tutto questo traffico per degli avanzi?» domandò perplessa la ragazza.

«Che cos'hai capito? Si mette l'agricoltura al servizio dell'industria che serve la grande distribuzione. È una cosa nuova, miracolosa.»

«Ma tu, che cosa c'entri in tutto questo?»

«Niente. Però mi piacerebbe importare dall'America questa tecnica. Si potrebbero guadagnare molti soldi.»

«Tognino, queste sono cose da americani. Qui da noi, in Romagna, non funzionerebbe. Una donna vuole andare al mercato, scegliere la roba migliore, portarsela a casa, mondarla, lavarla, cucinarla a modo suo. L'Italia è fatta di gente come noi, che non ha in casa nemmeno la ghiacciaia. Che cosa ce ne facciamo degli alimenti surgelati, quando ci sono famiglie che non hanno neanche i soldi per comperare quelli freschi?» ragionò.

«I tempi cambiano.»

«In peggio. Stiamo attaccati alla terra. Lei non ci tradirà mai.»

«Forse è soltanto un sogno, Lena.»

«Però tu ti ci arrovelli. Non è così?»

«È vero. Mi piacerebbe andare in America con te e con i nostri figli, se ne avremo.»

«In America? Che cosa ti viene in mente?»

«Va bene. Non ci andremo. Però tanti l'hanno fatto e laggiù qualcuno si è arricchito.»

«E tanti sono morti di fame. Ma va' là, Tognino, non dirmene più, che per oggi ne hai dette abbastanza», rise lei.

Lui invece era molto serio e pensoso.

«Non abbiamo neanche i soldi per un viaggio così lungo», obiettò ancora Lena.

«Potremmo metterli da parte. Ci vorrà qualche anno. Ma un giorno, chissà. Succedono tante cose nella vita. Io mi sentirei di andare fino in capo al mondo, con te.»

«Per oggi dobbiamo solamente arrivare a Cotignola», tagliò corto lei, sapendo che da quel giorno avrebbe dovuto imparare a convivere con quel rovello del marito.

«Oggi parlerò con il babbo. Ci ho pensato e credo che non ci convenga lasciare l'azienda agricola. Sarebbe meglio convincere i miei a venire a Lugo, a casa nostra», annunciò Tognino.

«Vorresti fargli vendere la terra?»

«Pensavo di darla a mezzadria. Uno dei tuoi fratelli, per esempio, potrebbe essere interessato. Tu che cosa ne dici?»

«Per me sta bene», disse, mentendo su tutti i fronti. Non la convinceva l'idea di offrire a uno dei fratelli il terreno dei Miserocchi, perché sapeva che non avrebbe mai pagato il giusto. Soprattutto, non la entusiasmava l'idea di convivere con i suoceri nella piccola casa di Lugo che era appena sufficiente per lei, per Tognino e per un paio di figli, se fossero venuti.

Ma era Natale e non voleva, almeno per quel giorno, contrariare il marito.

4

TOGNINO e Lena seppero della disgrazia quando erano ormai a pochi chilometri da Cotignola. Lena aveva riconosciuto suo fratello Attilio che pedalava, in sella a una bicicletta, incontro a loro.

«Che cosa è successo?» domandò la ragazza con voce ansiosa, prima ancora di salutarlo.

«Il tuo babbo», aveva risposto Attilio, guardando Tognino.

Una mano di ghiaccio serrò il cuore del contadino, che abbandonò le redini e impallidì.

«Il mio babbo?» ripeté sgomento.

«Si è coricato ieri sera e stava bene. Stamattina non si è svegliato», spiegò il fratello di Lena. «Sono corso ad avvertirvi.»

Tognino smontò dal carro: «Dammi la tua bicicletta, così arrivo prima al casale».

Lena percorse i pochi chilometri che la separavano da Cotignola in compagnia del fratello che portava il carro. Da lui seppe i particolari del triste evento.

Quando entrò nella corte dei Miserocchi, trovò tutta la sua famiglia ad aspettarla: il padre, la sorella, i fratelli, le cognate, i nipoti. Fecero corona intorno a lei che era addolorata più per Tognino che per la morte del suocero.

«E dire che doveva essere una bella festa!» esclamò Erminia abbracciandola con un trasporto che Lena non le conosceva. Era invecchiata, la sua stizzosa sorella. Aveva i capelli grigi e le mancavano alcuni denti. Lena ricambiò l'abbraccio per cortesia, mentre osservava suo padre che si teneva in disparte e non assomigliava più all'uomo feroce e manesco che lei ricordava.

«Ma che eleganza! Sembri una donna di città», commentò Erminia squadrandola dalla testa ai piedi. Incespicava un po' nelle parole e puzzava di vino. Lena non se ne stupì. Molte contadine, amareggiate da una vita dura e difficile, finivano per darsi al bere.

Notò Luigia, la figlia più giovane di Erminia. Aveva un ventre enorme che il lungo scialle nero non riusciva a nascondere.

«Non sapevo che ti fossi sposata», disse andandole incontro.

«Ma quando mai?» urlò Erminia. «È quel Padreterno lassù che si è sbagliato. Invece di far ingravidare te che hai marito, ha fatto un regalo a questa scema», sbottò.

«Mi dispiace», le sussurrò Lena abbracciandola. «Lui ti sposerà?»

«È scappato in Francia», rispose Luigia, con un sorriso rassegnato. Non sembrava preoccupata per la sua condizione. Non era la prima e non sarebbe stata l'ultima, in quelle campagne, a partorire un figlio senza marito. C'erano donne che avevano parecchi figli, concepiti con padri diversi, e nessuno si scandalizzava per questo. Però, quando mancava un marito, era problematico sfamare tante bocche. Un nipote di Lena staccò dal carro il cavallo e lo condusse dentro la stalla. Lena avvertì su di sé lo sguardo di suo padre e gli andò vicino. Era invecchiato e aveva l'aria stanca.

«Ti trovo bene», commentò Pietro senza accennare un abbraccio.

«Voi come state?» domandò Lena.

«Meglio di Pompeo. E dire che era più giovane di me», osservò. Nella sua voce c'era un'incrinatura di sgomento.

Erano tutti lì, nel freddo della corte, a guardarsi un po' impacciati.

«Perché non entrate in cucina? Io raggiungo mio marito», propose Lena, precedendoli. I ragazzi, intanto, scaricavano il carro e portavano i pacchi dentro casa.

Lei salì le scale di legno ed entrò, con passo esitante, nella camera dei suoceri. Pompeo Miserocchi era disteso sul letto.

Indossava l'abito della festa. Sul comodino da notte brillava un cero acceso. Lo specchio del comò era stato coperto con un telo bianco. Tognino stava ritto ai piedi del letto, mentre sua madre sedeva al capezzale del marito, avvolta in uno scialle nero.

Lena si avvicinò a Tognino e lo prese per mano.

«Non ha neanche avuto la gioia di rivedermi», disse lui, con un filo di voce. Pensava a suo padre, uomo generoso e impetuoso, che non si era mai ubriacato e aveva sempre rispettato la moglie, alla dignità e al riserbo con cui era sempre vissuto.

La stanza era gelida. Lena rabbrividì. Lasciò la mano del marito per avvicinarsi alla suocera. Si chinò su di lei e la baciò.

«Venite di sotto, mamma. Qui dentro è così freddo», le sussurrò.

«Non posso lasciarlo da solo», rispose Gentilina. «Caro il mio Pompeo. Era così contento, ieri sera, sapendo che oggi i suoi figli sarebbero venuti a trovarlo. Quando ho spento il lume, mi ha detto: 'Gentilina, domani arrivano i ragazzi. Sarà un gran bel Natale'. Sono state queste le sue ultime parole. Il suo ultimo pensiero è stato per voi due. Nel pomeriggio mi aveva aiutato a preparare i tortellini. Era stanco quando è venuto a letto e si è addormentato subito. Io sono rimasta sveglia ancora un po', ma non mi sono accorta che aveva smesso di respirare. Forse non se n'è accorto nemmeno lui.»

Lena annuì, con aria grave. Poi si accostò al marito tendendogli il proprio fazzoletto perché si asciugasse le lacrime. Si sentiva di troppo in quella stanza. Forse Tognino e sua madre avevano bisogno di restare soli per piangere l'uno nelle braccia dell'altra e dividere un dolore che era soltanto loro.

Erminia si affacciò alla porta della camera, seguita da una nipotina. Portava scodelle colme di brodo caldo.

Lena sgusciò fuori e scese in cucina dove i suoi parenti avevano cominciato ad aprire i doni portati da Lugo. Provò una sorta di irritazione per la loro invadenza, per quel farla da padroni in una casa che non era la loro. Li guardò severamente.

«Vi ringrazio dell'aiuto che avete dato a mia suocera», disse. «Adesso mi sembra che qui si sia in troppi. Verrò io stessa a trovarvi. Magari più tardi», li congedò.

Entrò Erminia che riportava in cucina le scodelle ancora colme. Gentilina e Tognino avevano rifiutato il brodo. I bambini guardavano con occhi avidi la cioccolata che Lena aveva portato per loro. Qualcuno si era riempito le tasche di caramelle e di mandarini.

«Potete prendere tutto quello che volete», aggiunse Lena. «Noi non avremo voglia di festeggiare.»

«Anche lo strutto?» domandò Luigia che sentiva l'acquolina in bocca di fronte a quell'orcio pieno di grasso di maiale gelato, dove nereggiavano ciccioli abbrustoliti.

«Non vorrei che tuo figlio nascesse con una voglia di ciccioli», ironizzò Lena. Era sconcertata dall'avidità dei suoi parenti.

Se ne andarono in fretta, carichi di pacchi. Soltanto Pietro Baldini rimase seduto accanto al camino, mentre Erminia rimestava il paiolo sospeso sopra il fuoco.

«Stavo cuocendo il castrato. Quasi quasi mi porto a casa anche questo», ragionò ad alta voce.

«Ecco, brava», replicò Lena. Staccò la pentola dalla catena e la tese alla sorella.

«Allora ci vediamo questa sera, per la veglia», aggiunse Erminia, mentre reggeva con un panno la pentola bollente. «E voi, babbo, non venite via?»

Pietro non rispose. Se ne stava immusonito, accanto al fuoco. Lena richiuse la porta della cucina e trasse un sospiro di sollievo. Andò a sedersi sulla panca di legno, di fronte al padre.

«Volete parlarmi?» domandò.

«Sì e no», brontolò Pietro.

«Che cos'è che vi pesa sul cuore?» lo sollecitò.

«Mi pesa che ti ho costretta a sposare un uomo contro la tua volontà», sbottò, arrossendo di collera.

«È un po' tardi per recriminare, non vi sembra? Comunque, se vi può consolare, vi dirò che sono felice con Tognino», lo rassicurò Lena, con voce tranquilla.

«Ma avevi in mente un altro», osservò.

«È acqua passata.»

«Sono stato uno stupido», ammise sconsolato. «Quel tale di Lugo era davvero uno in gamba. In giro dicono tutti un gran bene di Spartaco Rangoni.»

«Mio marito è un uomo intelligente e stimato. Non si ubriaca mai e mi rispetta. Mi vuole molto bene», spiegò difendendo Tognino.

«Ho sentito che non lavori più la terra e, invece, vai a scuola. È vero?»

«Che volete farci, babbo, è un'altra delle mie balordaggini. Il fatto è che mi piace studiare. Lo faccio con passione, come quando coltivavo le mie rose. Mi credevate tonta e invece a scuola sono piuttosto brava. Comunque, quando avrò dei figli non avrò più tempo per studiare. Farò la mamma con molta gioia. Alla fine, come vedete, questa stramba di vostra figlia non è poi riuscita così male.»

«Se le cose stanno come dici, sono contento per te», concluse Pietro.

«E in casa Baldini, come vanno le cose?» domandò Lena più per cortesia che per reale interesse. Le era bastato rivedere la sua famiglia per rendersi conto che non c'era più niente che la legasse a loro. Aveva avuto ragione sua madre a insistere perché abbandonasse al più presto quella tribù sgangherata.

«Male», rispose Pietro. «Il marito di Erminia, ormai, vive con la Marilù, nella casa sopra il mulino. Si disinteressa completamente di Erminia e delle figlie. Tua sorella diventa sempre più acida ed è quasi sempre ubriaca. Mia nipote Luigia è gravida senza marito. Le sue sorelle, per fortuna, si sono sposate e i loro mariti sono operai a Ravenna. Loro lavorano alla manifattura dei tabacchi. Si dipingono la bocca e fumano sigarette. Dicono che, in città, usa così. La moglie di Attilio è malata di tubercolosi. L'hanno mandata in un sanatorio, a Sondalo. Non si sa se guarirà. I bambini, senza la mamma, non crescono bene. Tuo zio Eugenio ha un'ernia doppia e certi lavori non può più farli. E poi... e poi... è meglio chiudere questo rosario di disgrazie. Quand'era viva tua madre, le cose non andavano così male», disse con aria sconsolata.

«Babbo, perché non vi fermate qui con noi? Almeno per oggi. A Tognino farà piacere. E anche a me», lo invitò. «Verranno in visita tanti amici di Pompeo, che sono anche amici vostri. Farete quattro parole e vi distrarrete un po'. Che ne dite?»

«Vado a casa mia. Non ho più voglia neanche di chiacchierare. Ci vediamo domani, per il funerale.» Pietro si alzò dalla panca.

«Come volete, babbo», gli sorrise Lena, accompagnandolo alla porta. «Fate un buon Natale, almeno voi.»

«Però, se ti avessi dato in moglie a quel Rangoni...» brontolò Pietro mentre usciva.

Né lui né Lena si erano accorti che Tognino, alle loro spalle, aveva ascoltato le ultime battute del dialogo.

5

«CHE cos'ha detto il tuo babbo, a proposito di Rangoni?» domandò Tognino, il volto pallido, la voce livida.

Per la prima volta, da quando si era sposata, Lena ebbe un fremito di paura.

«Ha detto quello che hai sentito», rispose, cercando di controllarsi. Lo sapeva che, prima o poi, quella storia sarebbe venuta a galla e si maledisse per non avere avuto il coraggio di parlarne prima, apertamente, con suo marito. Adesso avrebbe dovuto dargli un altro dolore e quello non era certamente il momento più adatto. Quel giorno di Natale era proprio incominciato male ed era destinato a concludersi in modo anche peggiore.

L'uomo andò a sedersi sulla panca, accanto al focolare. Era intirizzito e lo vide rabbrividire mentre accostava le mani alla fiamma, per scaldarle.

Lena si tolse il cappotto, lo appese alla rastrelliera e si buttò sulle spalle uno scialle della suocera.

«Quello che ho sentito non mi piace», confessò Tognino, con voce incolore.

«Preparo qualcosa da mangiare», disse lei legandosi un grembiule sui fianchi. «Poi cercherò di far scendere la mamma. Si ammalerà se rimane ancora lassù, con quel freddo.» Parlava a raffica nella speranza assurda di cancellare le parole di suo padre.

«Dunque c'è ancora una ferita che sanguina», ragionò Tognino. «Adesso capisco perché non volevi che ti portassi a Lugo.

Ricordo ancora quella notte, quando sei saltata giù dal carro e mi supplicavi di riportarti qui. Io ti chiedevo una ragione, una sola, che giustificasse il tuo rifiuto a seguirmi. Tu non me l'hai data. Già, come potevi?»

Cadde un silenzio tra loro. Lena si sedette sulla panca, di fronte a lui, e fissò le lingue di fuoco che si levavano guizzando tra scoppi e faville. Tognino la fissava con l'occhio buono, come se volesse radiografarle l'anima.

«Ti sono sempre stata fedele», disse infine, sperando di placare la collera del marito.

«Una puttana può essere più fedele di una vergine», la sfidò con tono sarcastico.

«Sei offensivo e stupido», rispose lei, levandosi di scatto e strappandosi di dosso lo scialle.

Tognino scattò in piedi a sua volta, facendo traballare la panca. La agguantò per un braccio, facendole fare un giro su se stessa.

«Non dirmi che sono stupido. Lo sono stato, certo. Tu mi hai fatto credere quello che hai voluto. Adesso, però, voglio la verità. Pensavi a Spartaco, quando mi hai sposato?»

«Sì, sì, sì. Vuoi la verità? Eccotela servita. Quando ti ho sposato pensavo a Spartaco. Prima di sposarti pensavo a Spartaco. Ho continuato a pensare a Spartaco dopo il matrimonio per lungo tempo ancora.» Lena gli gridò in viso quelle parole terribili, guardandolo con aria di sfida.

«Ripetimelo», disse Tognino, con voce minacciosa. Le stringeva il braccio come se volesse spezzarlo.

«Ho detto che Spartaco ha riempito i miei pensieri prima, durante e dopo le nostre nozze. Adesso ti è chiaro il concetto?» urlò Lena, con tutto il fiato che aveva in gola.

Tutti gli equilibri saltarono e Tognino la colpì in pieno viso con un ceffone che la mandò a terra. I suoi occhiali volarono via e si infransero sul pavimento. Le lenti con le quali Lena aveva scoperto il mondo nuovo erano andate in frantumi.

Si rialzò stordita. La faccia del marito, già deturpata dalla ferita, era una maschera di dolore.

Incurvò le spalle coprendosi il viso con le mani, e incominciò a singhiozzare. «Perdonami, Lena. Ho perso la testa», balbettò.

Lena ripensò a tutte le botte che aveva preso quando era ragazza. Suo padre, sua sorella, i suoi fratelli, l'avevano picchiata sempre, con cattiveria. Non sarebbe più accaduto. Nessuno l'avrebbe picchiata, né insultata. Nemmeno suo marito.

Lui le andò vicino, allungando una mano per accarezzarla.

«Non toccarmi!» gli ingiunse.

«Ti supplico, Lena. Perdonami», la pregò.

«Ti ho detto di non toccarmi», gridò mentre si chinava a cercare i resti dei suoi occhiali, tastando il pavimento. Lui continuava a singhiozzare, disperato.

«Che cosa vuoi? Tu non sai niente di me», lo accusò. «Non hai la più pallida idea di quanto io abbia sofferto per le violenze che ho subìto. C'è sempre stato qualcuno, nella mia vita, che mi batteva anche solo per il piacere sadico di farmi del male. Senza un motivo. Quando mi hai sposata sapevi che non ti amavo. Non negarlo. E adesso mi insulti. Che cosa ti aspettavi da me se tu, per primo, non hai avuto nessun rispetto per te stesso e ti sei abbassato al punto da sposare una donna che non ti voleva?»

Si era alzata e teneva in mano i frammenti delle lenti che aveva recuperato. Tognino si era rifugiato in un angolo, accanto al tracantò, il viso nascosto dal braccio rialzato, e piangeva. Piangeva la morte di suo padre e il tradimento della sua donna. Piangeva per la sua bruttezza e per le sue frustrazioni.

«Piangi sulla tua meschinità. Mi hai comperata come una cosa. Vergognati», lo rimproverò Lena.

«Io ti volevo», replicò lui tra i singhiozzi. «Ero così innamorato che avrei fatto qualunque cosa pur di averti. Mi dici che non so niente di te, ma tu sai come ho passato le notti in solaio? Contavo le ore e pregavo che venisse presto il mattino per avere la gioia di rivederti. Ti desideravo con tutto me stesso e non osavo nemmeno sfiorarti con un dito. Mi dicevo che non ero degno di possedere una meraviglia come te. Quando ritornavo al casale, la sera, dopo una giornata di lavoro nei campi, e tu mi venivi incontro, benedicevo il cielo perché non eri scappata via da me. Tremavo al pensiero che potessi fuggire. Mi dicevo: Tognino sei brutto, povero, ignorante. Come può volerti bene quella piccola Madonna? Ti avevo messa su un altare. Se non mi avessi incoraggiato, non avrei mai diviso con te il nostro letto. Ma, lo giuro su Dio, non sapevo che tu amassi un altro. E per giunta il mio più caro amico.»

«Se lo avessi saputo, che cosa avresti fatto?» chiese la ragazza tristemente.

Lui non rispose e Lena proseguì: «Me ne vado, Tognino. Ti lascio. Non per fuggire con Spartaco, perché da tempo il tuo migliore amico non mi interessa più. Ma per prendere le distanze da te». Si infilò in tasca gli occhiali rotti e afferrò il cappotto.

Il marito la raggiunse e disse con un filo di voce: «Ti prego, Lena, perdonami. La gelosia mi ha reso più stupido di quanto sono. Non lasciarmi. Se hai ancora una briciola di bene per me, stammi vicino».

Lena provò una pena infinita per quell'uomo brutto e innamorato che l'aveva picchiata. Se fosse andata via, gli avrebbe spezzato il cuore e lo avrebbe coperto di vergogna. Pensò alla disgrazia che aveva colpito Tognino e Gentilina, al loro dolore.

«Non ti lascio», mormorò rassegnata.

«Riuscirai a dimenticare le cattiverie che ti ho detto?» le domandò esitante. Fu allora che si abbracciarono e piansero insieme. Eppure qualcosa nel loro rapporto, in quel giorno di Natale, si era incrinato per sempre.

6

SPARTACO si lasciò alle spalle la piazza Grande e s'inoltrò nel vicolo di Santa Cecilia. I suoi passi risuonavano sul selciato e sembravano rimbalzare da una facciata all'altra degli antichi palazzi che si allineavano ai lati della strada. Non c'era nessuno in giro.

Il cappotto blu, di buona lana inglese, la sciarpa calda e il cappello dall'ampia tesa non riuscivano a proteggerlo dal freddo pungente. Aveva in mano un vassoio di dolci, appena acquistati al bar pasticceria sotto i portici.

Raggiunse il portone di un'antica casa secentesca, ormai fatiscente, abitata da famiglie di bottegai e di artigiani. Spinse il portoncino e imboccò uno scalone di pietra serena che portava al primo piano. Poi, proseguì su una scala più stretta, con la ringhiera di ferro battuto, fino al terzo piano. Si fermò in fondo a un corridoio angusto, immerso nella penombra, davanti a una porta. Su una targhetta di ferro smaltato era scritto: «Ghelfi Emilio». Recuperò la chiave, sotto lo zerbino, e la infilò nella serratura. Aprì cercando di non fare rumore.

Lasciò la porta accostata, superò il piccolo vestibolo ed entrò in cucina.

Posò il pacchetto di dolci sul tavolo, poi si liberò del cappotto e del cappello, ma tenne la sciarpa. Faceva un gran freddo, la piccola stufa in ghisa di forma cilindrica, tirata a lucido con pasta d'argento, era spenta. La riempì di carta e di legna e, con uno zolfanello, appiccò il fuoco. Richiuse lo sportello e, attraverso le fessure, vide levarsi la fiamma. Allora riempì d'acqua un bricco per il caffè e lo mise sul piano della stufa. Poi si guardò intorno. La casa era abbastanza ordinata pur essendo abitata da uno scapolo. Spalancò la porta che dava sulla camera da letto perché il calore si diffondesse. Entrò e, come ogni domenica, prese dal cassetto del comò le lenzuola pulite e rifece il letto.

Ogni sabato sera Emilio Ghelfi partiva da Lugo per andare a Rimini dove aveva un'amante. La donna era sposata con un ferroviere che viaggiava sulla linea Roma-Vienna: partiva il venerdì per ritornare a casa il lunedì. Emilio lasciava le chiavi sotto lo zerbino per l'amico Spartaco, che poteva disporre di quell'alloggio discreto per gli incontri domenicali con Alberta, la maestrina di Lugo, che aveva conosciuto un paio di anni prima nella trattoria sotto le mura.

La loro storia, tra alti e bassi, durava da allora. In paese tutti lo sapevano, ma nessuno osava fare commenti.

Spartaco stava dando gli ultimi ritocchi al letto, quando Alberta entrò. Chiuse delicatamente la porta d'ingresso e lo raggiunse in camera.

«Ciao», lo salutò allegramente.

Spartaco le sorrise e le diede un piccolo bacio sulla guancia: «Ho messo l'acqua sul fuoco. Adesso beviamo il caffè e mangiamo i pasticcini, così ti riscalderai».

Alberta usava una lavanda che lui non amava. Per contrasto, gli ricordava il profumo di spigo e di rosa di una ragazza selvatica che non riusciva a dimenticare.

«È un'ottima idea», disse Alberta. Ritornò in cucina e accostò una sedia alla stufa. «Ho i piedi gelati», annunciò rabbrividendo.

Spartaco la raggiunse, le tolse le scarpe di vitello marrone e incominciò ad accarezzarle un piede.

«Adesso ti scaldo io», la rassicurò facendo scorrere le mani lungo la gamba fino a sganciarle i bottoni del reggicalze.

Lei lanciò un gridolino di piacere. Non si era ancora tolta il cappotto, né il berretto di lana che nascondeva la massa setosa dei suoi capelli color rame.

«Tieni giù le mani. Prima voglio sapere com'è andata la tua settimana.»

«All'università, il professor Perdisa ha tenuto una lezione memorabile. Ho preso appunti fino ad avere la mano anchilosata. Ho ricevuto una lettera di lode dal dottor Corbani per il fatturato del mese. Mia sorella Miranda ha avuto la febbre a quaranta e delirava. Ora sta meglio», la informò telegraficamente in modo scherzoso.

«Anche mio padre sta male. Ha una tosse spaventosa. C'è pericolo di una broncopolmonite. Questo freddo ci sta uccidendo», osservò lei pensierosa.

Era un febbraio particolarmente rigido e da settimane il termometro registrava valori di una decina di gradi sotto lo zero.

I contadini davano fondo alle scorte di legna per riscaldare le case. Nelle campagne erano morti molti vecchi e molti bambini. Malattie, fame e freddo avevano fatto dilagare la rabbia tra la gente che di tutto incolpava il «governo ladro». La propaganda fascista cercava di arginare lo scontento con la solita retorica e la realizzazione di alcune opere pubbliche. Non sempre gli animi si quietavano, ma le adesioni al partito erano quasi un obbligo.

Spartaco era riuscito a non schierarsi con i fascisti e neppure con l'opposizione silenziosa. Si rifiutava di parlare di politica e pensava soltanto a lavorare.

Nonostante il gelo, girava per la campagna con la sua motocicletta, dall'alba al tramonto, tra mercati e fattorie, vendendo i prodotti chimici dei quali aveva la rappresentanza.

Gli capitava spesso di sconfinare dal territorio che gli era stato assegnato, rubando clienti ad altri rappresentanti che inoltravano proteste alla direzione commerciale della ditta.

Il dottor Corbani, capo del settore, rispondeva ai reclami con lettere di scuse ed elogiava con altre il fatturato di Spartaco, che era di gran lunga superiore a quello degli altri agenti.

Ormai, il giovane Rangoni guardava all'agricoltura con l'ottica del commerciante. Il venerdì andava a Bologna per seguire le lezioni della facoltà di Agraria e riusciva spesso a frequentare anche la Borsa granaria.

Aveva fantasia, genialità, coraggio e una eccezionale resistenza alla fatica. Dopo una giornata di lavoro, passava la sera sui libri. Non si concedeva svaghi, tranne la domenica pomeriggio quando incontrava Alberta nella casa di Emilio.

La maestrina di Lugo era la sola pausa rilassante dopo una settimana fitta di impegni. Ma da qualche tempo Alberta mordeva il freno. Era innamorata di lui e avrebbe desiderato un fidanzamento in piena regola che Spartaco, invece, evitava accuratamente. Anche in quella gelida domenica di febbraio, dopo che ebbero fatto l'amore e lei si era rannicchiata tra le sue braccia, nel tepore del letto, Alberta gli sussurrò dolcemente: «Il babbo e la mamma avrebbero tanto piacere di conoscerti».

«Che bisogno c'è di fare tante cerimonie? Non stiamo bene insieme, noi due soli, senza tante complicazioni?» rispose tentando di svicolare.

«Le complicazioni le vedi solo tu. Basterebbe che parlassi con loro e dicessi che siamo fidanzati. Non farebbero obiezioni, mi devi credere. La mamma, come ben sai, sta sempre con la testa tra le nuvole. Suona i suoi *Notturni* di Chopin e va di casa in casa a insegnare *Le petit montagnard* e *Sur le lac de Côme* a dei piccoli mocciosi che non sono affatto interessati alla musica. Non sa mai quand'è ora di pranzo o di cena. A volte, penso che non si ricordi nemmeno che sono sua figlia. Il babbo, invece, mi vuole molto bene. Da buon militare, ama l'ordine e la disciplina e ci patisce nel sapermi innamorata di un uomo che non si fa avanti. Non mi rimprovera mai, ma mi fa sentire a disagio quando parliamo di te», si lamentò.

«Esattamente come tu stai facendo con me, adesso», replicò lui, con una nota di irritazione.

«Spartaco, lo so che non sei uno stinco di santo. La cosa non mi esalta, ma neanche mi deprime. Ci sono un sacco di donnine che fanno le graziose con te. Io ti prendo come sei. Però mi sembra ovvio che un giorno finiremo per sposarci», ragionò.

Invece di rispondere, lui scivolò fuori dal letto e, nudo com'era, andò in cucina a prendere un pacchetto che aveva in serbo per lei.

«È tuo», disse lanciandoglielo al volo.

Alberta lesse la scritta sulla carta del pacchetto, confezionato con cura e legato da un nastrino di seta rosa.

«L'hai preso da *Cazzola*, a Bologna? Fammi indovinare di che cosa si tratta. Ci sono! Fazzolettini di batista, ricamati a mano, per asciugare tutte le lacrime che piangerò il giorno in cui mi dirai addio», scherzò con ostentata disinvoltura.

«Sbagliato», rispose lui mentre si rivestiva.

Alberta scartò l'involucro ed esclamò felice: «Calze di seta! Mio Dio, che meraviglia. Farò morire d'invidia le mie amiche. Tu sei andato a Bologna, e tra le mille cose che avevi da fare hai trovato il tempo per pensare a me. Sei proprio un bel tipo, lo sai? Quando dubito del tuo amore, mi dimostri che sto clamorosamente sbagliando». Sembrava allegra ma un nodo doloroso le stringeva la gola. Spartaco sedette sul bordo del letto e, a voce bassa, senza avere il coraggio di guardarla in viso, le disse: «Non ti sposerò, Alberta».

«Lo so», annuì lei, con un filo di voce. «L'ho sempre saputo. Mai, neppure una volta, mi hai detto: ti amo. L'altra, chi è?» domandò a bruciapelo, scendendo dal letto e accingendosi a rivestirsi.

«È una che non c'è», rispose Spartaco pensando a Maddalena. Aveva sempre accuratamente evitato di incontrarla. Eppure la ragazza di Cotignola, che dondolava i piedi scalzi nell'acqua del Senio e amava le rose, era sempre nel suo cuore.

«Non merito una menzogna», protestò debolmente Alberta chinandosi per raccogliere le calze.

«Ti sto dicendo la verità», rispose lui afferrandola per le spalle e abbracciandola.

La guidò verso la cucina dove li avvolse il tepore confortevole della piccola stufa.

Spartaco riempì due tazzine con il caffè che era avanzato. Sedettero al tavolo. Entrambi rimescolavano lo zucchero facendo tintinnare la porcellana. Ognuno inseguiva i propri pensieri. Alberta risentiva la voce di Elena, l'amica del cuore che le era coetanea e aveva già due figli: «Se non riesci a incastrare un uomo prima dei trent'anni, non ti sposerai mai più», le ripeteva.

Alberta era ormai considerata una zitella senza reputazione e senza avvenire. Apparteneva a quella specie di giovani donne intelligenti, graziose e gaie che, come si diceva: «Tutti le vogliono, ma nessuno le piglia». Si sapeva che aveva avuto alcune storie compromettenti con uomini che l'avevano lasciata. La stessa direttrice della scuola elementare, che aveva passato la cinquantina e si vantava del proprio stato di «signorina illibata», la guardava con sufficienza e non si lasciava sfuggire l'occasione per umiliarla.

«Devo trovare un marito. A questo punto mi va bene chiunque, purché mi sposi», disse portandosi la tazzina alle labbra. «Ti avrei sposato per amore. Un altro lo sposerò per sopravvivere», concluse amaramente.

«Ti voglio bene, Alberta. Ti sarò amico per sempre. Sei una brava ragazza e sei generosa. Se dovessi pensare a una moglie, potrei sposare soltanto te. Ma sono innamorato di un'altra donna che non c'è», disse lui accarezzandole il viso.

«Non dire stupidaggini, Spartaco. Non ti si addice», replicò in tono aspro. «Non capisco di che cosa tu stia parlando e non lo capisci neanche tu.» Si era infilata il cappotto e si stava sistemando il berretto.

«Sai, c'è un tale che forse conosci anche tu. Ha quel bel negozio di scarpe sul corso. È vedovo. Da alcuni mesi fa il cascamorto. Ha la pelle grassa e i capelli unti. Ma credo che, se gli insegnassi a lavarsi, migliorerebbe molto. Mi sembra un brav'uomo. Tu che cosa ne dici?»

«Non vuoi più vedermi. È così?»

«Bravo. Dieci e lode», rispose avviandosi alla porta.

«Sei tanto arrabbiata con me?» domandò andandole vicino e abbracciandola con tenerezza.

«Sono arrabbiata solamente con me stessa, per la mia stupidità. Grazie per le calze di seta», lo salutò. «Ricordati di mettere la chiave sotto lo zerbino e ringrazia Emilio per la generosa ospitalità», aggiunse chiudendosi la porta alle spalle.

Spartaco non ebbe il tempo di reagire. Era completamente spiazzato. Si sarebbe aspettato una scenataccia da Alberta, invece lei lo aveva messo al muro con eleganza e un filo di disprezzo.

Gli venne l'impulso di rincorrerla per chiederle scusa. Il pensiero costante di Maddalena gli stava avvelenando la vita. Forse Alberta era davvero la donna giusta per lui.

Scese i gradini di corsa e la raggiunse sul portone del palazzo.

«Ti sposo, Alberta, se è questo che vuoi. Anche subito», dichiarò ansando.

«Va' all'inferno, Spartaco», replicò lei, decisa, e scappò via.

Spartaco si appoggiò al portone e realizzò che il buonsenso di Alberta lo aveva salvato da un clamoroso errore. Non c'era nessuna donna con cui desiderava dividere la sua esistenza. Nessuna, tranne Maddalena. Ma quella era perduta per sempre.

7

ERA una gravidanza difficile che la faceva soffrire. Non riusciva a trattenere il cibo. Era dimagrita e le forze l'avevano abbandonata. Ormai, si alzava dal letto raramente e con molta fatica. Si nutriva di pane secco ridotto in briciole, impastato con l'uovo, e di qualche mela. Antonio aveva allestito una branda in cucina, accanto al focolare che ardeva giorno e notte. Le donne della corte venivano a trovarla con piccoli doni e le suggerivano rimedi miracolosi che, regolarmente, non producevano nessun miglioramento.

Lena ascoltava paziente le loro chiacchiere e intanto, suggestionata dalle vecchie superstizioni contadine, annotava mentalmente i sinistri presagi che accompagnavano la sua gravidanza: il cigolare delle porte sui cardini, il fuoco che orientava la fiamma verso l'uscio di casa, gli aloni scuri lasciati dalla fede sull'anulare. Erano tutti presagi di disgrazia.

Un giorno, Gentilina, che ormai viveva con loro, rompendo l'uovo da mescolare con il pane secco, trovò due tuorli. Si fece un rapido segno della croce, mormorò una preghiera e buttò i due tuorli nel fuoco. «Devi indossare subito la camicia per il rovescio», le ordinò perentoria.

«Perché?» domandò Lena, spaventata.

«Ci sono degli spiriti cattivi che vogliono farti del male», spiegò la suocera. Lena eseguì senza fare commenti. Ormai viveva di ansie e di paure.

Una notte sognò sua madre. Aveva la faccia affilata e triste dell'agonia. Elvira guardava Lena senza parlare, ma gli occhi sbarrati esprimevano una disperata richiesta di aiuto. Lei avrebbe voluto aiutarla, ma una forza maligna le impediva qualsiasi movimento. Si svegliò con un urlo disperato e il cuore in tumulto. Era madida di sudore. Con mani tremanti alzò la fiamma del lume a petrolio. Fuori, nella corte, un cane ululava. Lena sapeva, dai racconti degli anziani che interpretavano segni e presagi, che il cane ulula alle ombre che insidiano la casa.

Si tirò in piedi e recitò un'Ave Maria. Poi, lasciò la cucina e salì faticosamente le scale. Aveva bisogno dell'abbraccio protettivo del marito.

«Tognino, ho paura», lo svegliò, infilandosi nel letto accanto a lui.

«Che cosa ti spaventa?» le chiese lui, prendendola fra le braccia.

«Tutto. Ho paura dei rumori, delle voci, delle ombre, di un soffio di vento», spiegò lei.

«Potevi chiamarmi, sarei sceso in cucina. Questa stanza è troppo fredda per te, povero pulcino», sussurrò lui. «Le donne diventano tutte un po' strane quando aspettano un figlio. Poi, quando il bambino nasce, passano tutte le paure. Sta' tranquilla», cercò di rassicurarla.

«So che la nausea e il vomito sono malanni inevitabili, nei primi mesi di gravidanza. Ma io sento che c'è qualcosa, in me, che non va per il verso giusto», confessò Lena preoccupata.

«Domani ti porto a casa il dottore», promise Tognino.

«Sarebbero soldi buttati. Il dottore non può fare niente in questi casi.»

«Allora, che cosa vuoi che faccia?»

«Niente di più di quanto stai facendo adesso. Tu mi parli e io mi sento più tranquilla», lo rassicurò sbadigliando e stirando le membra come un gatto. Si addormentò subito e Tognino la tenne fra le braccia. Da quando l'aveva schiaffeggiata, senza sapere che Lena era già incinta, Tognino non era più riuscito a liberarsi dai rimorsi. Aveva raddoppiato le attenzioni per Lena cercando di tacitare il senso di colpa che lo tormentava. Non riusciva a riprendere sonno e pensava alla vita difficile e monotona della campagna. I contadini, nella maggioranza dei casi, non sapevano ancora leggere né scrivere, morivano di tisi, di miseria e di alcolismo. Credevano nel malocchio, vivendo di paura e di stenti, schiavi del caldo, del gelo e di un padrone spesso avido e ottuso. Lui era un privilegiato, come tutti quelli che lavoravano per il conte Arduino, uomo onesto e di vedute ampie che consentiva ai suoi salariati di vivere decorosamente.

Tognino pensò al figlio che doveva nascere. Non sarebbe morto di stenti, perché lui percepiva un buon salario, possedeva la terra di suo padre che avrebbe reso qualcosa quando Attilio, il fratello di Lena, si fosse deciso a pagargli l'affitto, e non aveva rinunciato al sogno di un futuro migliore al di là dell'oceano.

All'alba, riportò Lena in cucina, tenendola in braccio come se fosse una bambina. Gentilina si era già alzata e stava preparando del semolino con il latte fresco.

«Lena ha bisogno di nutrirsi», disse al figlio, mentre lui la adagiava sul letto, accanto al camino.

Qualcuno bussò alla porta.

«Chi sarà mai, a quest'ora?» domandò Lena, svegliata da quel rumore.

Sull'uscio c'era Santina, la giovane moglie del capomungitore. Dietro di lei si profilava l'ombra scura e tozza di una vecchia.

«Ho fatto venire Donata, la 'segnona'. Lei sa che cosa fare per la vostra sposa», spiegò a Tognino, che aveva aperto la porta.

Donata era la donna più vecchia del paese. Si diceva che avesse cent'anni. Viveva sola, in un fatiscente casale, appena fuori dalle mura di Lugo. La chiamavano «segnona» perché tracciava segni sui corpi dei malati che, a volte, guarivano. A lei si affidavano i poveri che non avevano denaro sufficiente per pagare il medico, e i ricchi quando erano afflitti da mali incurabili. Donata non chiedeva compensi e viveva di elemosine. La sua fama, ormai leggendaria, era arrivata fino a Ravenna.

C'era chi diceva di averla vista volare sopra il tetto della sua casa, e chi raccontava di averla vista ballare con le streghe, nelle notti senza luna, nel bosco di robinie sulle rive del Santerno, il fiume da cui era stata tratta in salvo, ancora in fasce, adagiata dentro un cesto di giunchi. La trovò la madre del parroco della chiesa di San Francesco. Costui sentenziò che quella bambina era stata donata loro da Dio, pertanto la battezzò: Donata Dadio. Crebbe tra le sottane del prete e della sua anziana madre. Imparò il latino e le formule rituali per scacciare il diavolo dagli indemoniati. Sfogliando i vecchi testi che si trovavano in canonica, imparò a conoscere gli effetti benefici e quelli velenosi delle piante. Da ragazzina andava nei prati a raccogliere erbe officinali con cui preparava decotti, infusi e impiastri per curare i malanni del parroco e di sua madre. Cresceva poco in altezza e si allargava, invece, come un'oca all'ingrasso. Quando i suoi protettori morirono, lei era una giovane palla di strutto dalla vocina acuta. Scoprì che il parroco le aveva lasciato in eredità quel casale dove ora viveva. Vi si trasferì con le sue poche cose e incominciò a occuparsi dei malanni della gente.

Donata, dunque, entrò nella cucina dei Miserocchi e si accostò al letto di Lena. Chiese una sedia e vi si abbandonò con tutto il suo peso. Chiuse gli occhi e parve a tutti che si fosse addormentata.

Tognino, Gentilina e Santina se ne stavano in disparte, in silenzio. Lena aveva infilato gli occhiali, che suo marito le aveva regalato, e sgranava sulla vecchia i suoi grandi occhi viola.

Passarono alcuni minuti durante i quali nessuno osò fiatare. Poi la vecchia prese tra le sue una mano di Lena e incominciò a parlare: «Hai sette vite, come i gatti. Non ti ha ucciso il latte acido di tua sorella, né la febbre spagnola che ti ha indebolito la vista. Non ti ucciderà neanche questo figlio che porti in grembo senza volontà. Vomiti il cibo, perché vorresti vomitare lui. Lui lo sa e non nascerà».

Lena strappò la propria mano da quella della donna. Era offesa, indignata e impaurita allo stesso tempo. «Siete matta!» gridò. «Io voglio il mio bambino.»

Donata la guardò pensosa.

«Non è colpa tua. Non sempre si ha coscienza di ciò che si vuole veramente.»

Si chinò su Lena e nello sforzo di chinarsi, a causa della mole, il suo respiro divenne un fischio. Allargò una mano piccola e grassottella e misurò palmo a palmo il corpo di Lena, dalla fronte alle caviglie. Poi le fece allargare le braccia e misurò anche quelle da un polso all'altro. Con questi segni aveva tracciato una croce sul corpo della giovane. Un'altra croce, ma questa volta soltanto con il dito pollice, la tracciò sul ventre.

«Prima sarà, meglio sarà», disse.

«Che cosa?» domandò Lena allarmata.

Donata si alzò senza rispondere.

«Pensa a mangiare. Adesso non vomiterai più», concluse avviandosi alla porta.

Gentilina la seguì e le tese una moneta che lei rifiutò: «Non devo essere pagata perché non posso fare niente per lei». Dopo che se ne fu andata, Lena trangugiò una scodella di semolino e ne chiese un'altra. Si sentiva bene, come se fosse rinata, e non vomitò.

«È matta, la segnona», disse a Tognino. «Però adesso mi sento veramente bene. Vedrai che nostro figlio crescerà forte come un toro.» Le parole di Donata lo avevano turbato profondamente. Tuttavia si sforzò di sorridere: «Allora io vado a lavorare. Tu riguardati».

«Questa sera preparerò la cena, e sarà speciale», promise lei buttando via le coperte e alzandosi dal letto, piena di energie.

Gentilina si rifugiò accanto al fuoco e incominciò a pregare, sgranando il suo rosario.

Tognino partì con il barroccio carico di vecchi finimenti dei cavalli. Li portava al sellaio per farli riparare.

Venne Antavleva, con la sua cartella gonfia di libri e di quaderni. Le scuole erano chiuse a causa del gran freddo, ma gli insegnanti avevano assegnato agli scolari molti compiti da fare a casa. La ragazzina andava ogni giorno da Lena a studiare e, intanto, le faceva un po' di compagnia.

«Tu sei guarita!» esclamò vedendola in piedi, vestita di tutto punto e in procinto di rigovernare la cucina.

«Sembra di sì. Mi ha guarito Donata. È una vecchia strampalata, ma le sue mani sono veramente magiche», spiegò Lena.

«Fa miracoli! Lo dice sempre anche la mia mamma», convenne.

«Vai a scaldarti accanto al fuoco e sta' lì buona, con Gentilina. Io pulisco la cucina e dopo studiamo insieme», decise Lena, che si sentiva bene e aveva una gran voglia di muoversi.

«Sto leggendo un bellissimo romanzo. Si intitola *Melody e l'amore*. Me l'ha regalato la contessa Odette per Natale. Quando l'ho finito te lo presto», promise Antavleva.

Lena non l'ascoltava. Era felice e si mise a cantare mentre si accingeva a pulire il pavimento della cucina.

Canticchiava «signorinella pallida, dolce dirimpettaia del quinto piano». Nessuno aveva la radio e tantomeno il grammofono, eppure le donne finivano per imparare le canzoni in voga che arrivavano nelle campagne e nei casali più sperduti come portate dal vento. E con quelle canzoni ritmavano le lunghe giornate di fatica.

La voce chiara di Lena s'interruppe all'improvviso. Una fitta lancinante le aveva attraversato l'inguine.

Si ripiegò su se stessa emettendo un lamento.

«Sto male», sussurrò comprimendosi il ventre con le mani.

Gentilina e Antavleva si precipitarono su di lei.

«Che cosa ti succede?» domandò la suocera. Si rivolse alla bambina e le ordinò: «Vai a chiamare il tuo babbo. Bisogna portare subito Lena in ospedale».

Antavleva si infilò il cappotto e uscì di corsa.

Lasciò la corte e prese la via di casa. Piombò ansando nell'ufficio di suo padre, che sedeva dietro la scrivania e stava parlando con Spartaco.

«Lena sta male», annunciò spaventata. «Gentilina dice che bisogna portarla subito all'ospedale.»

Spartaco impallidì. Si alzò di scatto e aggredì la ragazzina con una raffica di domande: «Sta molto male? Che cosa è successo? Dov'è suo marito?»

«Tognino non c'è», rispose Antavleva, frastornata.

«Se mi prestate la vostra macchina, la porto io all'ospedale», propose Spartaco rivolgendosi al fattore.

8

Lena stava rannicchiata nel letto e Gentilina girava attorno al tavolo recitando preghiere per invocare l'aiuto del cielo sulla sua sfortunata nuora. Spartaco spalancò la porta della cucina e si precipitò al capezzale di Lena.

Ricordava una ragazza selvaggia che correva attraverso i campi con l'agilità di una lepre. Ora vedeva una donna pallida, tremante e spaventata come un passerotto ferito.

«Dov'è tuo marito?» domandò.

«È andato dal sellaio Quadelli», rispose Lena, in un soffio. «Che cosa ci fai qui?» aggiunse, stupita di vederlo.

«Sono venuto a prenderti», rispose chinandosi su di lei per sollevarla dal letto.

Gentilina la coprì alla meglio. Spartaco uscì nella corte e la adagiò con cautela sul sedile posteriore della Fiat che il fattore gli aveva prestato.

«Venite con me», ordinò Spartaco a Gentilina.

La donna ricordava quel giovane biondo per averlo visto qualche volta a Cotignola. Sapeva che era amico del figlio. Sedette in macchina, accanto al giovane, tenendosi ben stretta al sedile. Era terrorizzata da quel mezzo di locomozione semovente, mai sperimentato prima, ed era molto preoccupata per la sorte di Lena. Si rifugiò, come sempre nei momenti difficili, nella preghiera.

Spartaco guardava la strada davanti a sé, cercando di evitare le buche, e intanto pensava che, a dispetto della propria volontà, il destino aveva voluto che lui e Lena si incontrassero di nuovo. Quella mattina, infatti, avrebbe dovuto essere a Bologna e, invece, aveva improvvisamente cambiato programma perché voleva affrontare con il fattore un argomento che gli stava a cuore. Quando Antavleva aveva fatto irruzione nell'ufficio, lui stava esponendo a Sergio Caporali il progetto di una società per la lavorazione della canapa.

«Come stai, Maddalena?» le chiese quando erano ormai in prossimità dell'ospedale.

«Non lo so. Ho tanta paura», rispose piano.

«Stai tranquilla. Ti cureranno e ti faranno guarire», la rassicurò.

«Sono preoccupata per il mio bambino», precisò la ragazza.

Spartaco bloccò la macchina davanti all'ingresso del pronto soccorso.

«Siamo arrivati, Maddalena. Non muoverti. Ti porto dentro io», disse chinandosi su di lei. La prese tra le braccia e la sollevò delicatamente.

Gentilina li seguiva da vicino. Arrivò un'infermiera che spingeva una lettiga. «La metta qui sopra», disse a Spartaco. «È questa la contadina del conte Sforza?»

«Sì, è lei», rispose il giovane.

«Ha telefonato il fattore per avvertirci del suo arrivo», spiegò la donna.

Spartaco l'adagiò sul lettino volante. Nel corridoio, rischiarato da grandi finestre e riscaldato da imponenti termosifoni, l'aria era impregnata dell'odore dell'etere e dei disinfettanti.

«L'ostetrica è già stata avvertita e sta venendo a visitarla. Voi potete andare», disse l'infermiera rivolgendosi a Gentilina e al giovane.

«Voglio un dottore, non un'ostetrica», l'aggredì Spartaco.

«Si calmi», replicò la donna. «Lei è il marito?»

Spartaco scosse il capo.

«Allora, che cosa vuole? Se ne vada e faccia uscire anche questa contadina», gli ingiunse, alludendo a Gentilina.

«Ascolti», la bloccò Spartaco, per niente intimidito. «Questa ragazza sta male. L'ostetrica l'avremmo trovata anche vicino a casa. Io voglio un medico e voglio che la visiti immediatamente.» Aveva parlato con calma ma con estrema decisione.

L'infermiera non rispose e si allontanò indispettita. Quel contadino doveva avere un portafogli gonfio di denaro e lei non voleva storie con quella gente ignorante e vendicativa. Andò a chiamare il medico.

Gentilina si era avvicinata alla nuora e le accarezzava i capelli, con tenerezza materna. Lena era rassegnata a morire. Troppi sinistri presagi avevano accompagnato la sua gravidanza e se la morte era quel dolce mancamento delle forze, quel senso di spossatezza che induce al sonno, non era poi così terribile. Chiuse gli occhi e diede un addio alla vita che le aveva regalato un estremo abbraccio dall'uomo che non aveva mai dimenticato.

«Si è addormentata», disse Gentilina rivolgendosi a Spartaco. «Sarà meglio che le tolga gli occhiali.» Glieli sfilò con delicatezza e se li mise nella tasca del cappotto.

«Allora, chi è che fa i capricci, qui dentro?» La voce burbera era quella di un medico anziano, che Spartaco riconobbe subito: era il professor Vitali. Per anni aveva curato la sua sorellina Miranda.

«Si ricorda di me, professore?» gli chiese il giovane.

«Come potrei dimenticare il giovane Rangoni? È la tua sposa, questa?» domandò avvicinandosi a Lena e prendendole la mano per tastarle il polso. Il professor Vitali, ormai settantenne, era considerato un internista di grande talento e si diceva, a Lugo, che l'avessero confinato in quel piccolo ospedale a causa del suo pessimo carattere. Al Sant'Orsola di Bologna, quando vi lavorava, aveva l'abitudine di cacciare a pedate i medici incompetenti e le infermiere oziose.

«No, è la moglie di un amico. E questa è la suocera», spiegò Spartaco.

«Ha il polso debole», sentenziò il professore.

«Perde sangue. È incinta di tre mesi», osò intervenire Gentilina.

«Si tratta, quasi sicuramente, di un aborto spontaneo. Ora la faccio portare in ambulatorio per visitarla», aggiunse rassicurante, facendo cenno a un'infermiera.

«Che cosa le faranno?» chiese Spartaco, con tono apprensivo.

«Un raschiamento. In questi casi non c'è altra soluzione», spiegò il medico.

«È pericoloso?» domandò. Spartaco era preoccupato.

«Affiancherò il ginecologo e farò il possibile perché tutto si risolva bene», garantì. «State tranquilli, vi farò sapere qualcosa tra mezz'ora», si congedò.

Gentilina si rassegnò ad aspettare. Spartaco, invece, si allontanò promettendole di ritornare con Tognino.

Incontrò l'amico che, sul barroccio, stava andando al casale.

«Tua moglie si è sentita male», gli gridò dopo essere sceso dalla macchina e aver inseguito, a piedi, il carro del contadino.

«Come lo sai?» domandò allarmato e sospettoso insieme, mentre tirava le redini per costringere il cavallo a fermarsi.

«L'ho portata all'ospedale. C'è tua madre, con lei. Dai, smonta dal carro che ti accompagno lì con l'automobile.»

Tognino era impallidito.

«Dimmi tutto», esordì, non appena fu in macchina.

«Non so molto. È venuta la figlia di Sergio in ufficio a dare l'allarme. Il fattore mi ha dato la Fiat e ho portato Lena al pronto soccorso, con tua madre. Ho insistito per avere un medico e l'ha visitata il professor Vitali, il primario. Pare che si tratti di un aborto spontaneo», spiegò succintamente Spartaco.

«Ha avuto ragione Donata», commentò Tognino tristemente.

«Ma come? Tua moglie stava già male e invece di chiamare un dottore avete fatto venire la segnona?» Era indignato. Antonio avrebbe voluto spiegargli che non aveva avuto parte in quella storia, ma non se la sentiva di giustificarsi con Spartaco e, soprattutto, era più che mai convinto che la vecchia Donata avesse visto giusto. Lena non voleva un figlio da lui. Forse non voleva più nemmeno lui anche se, questo doveva riconoscerglielo, metteva tanta buona volontà nello svolgere il ruolo di moglie e di futura madre.

«Lena guarirà», concluse Tognino.

«Speriamo», borbottò Spartaco.

«So molte cose, io», continuò Antonio. «Anche quelle che mi hai taciuto a proposito di Lena.»

«E così, la vecchia storia è venuta a galla», constatò Spartaco.

Aspettò una replica che non venne.

«Non sono un buffone. Ho i miei principi», proseguì. «La tua donna l'ho sempre rispettata, anche quando non sapevo che si doveva sposare con te. E dopo, l'hai portata tu a Lugo. Comunque, dovresti ricordare che non sono mai venuto nella corte dove vivete e non ho mai accettato i tuoi ripetuti inviti a casa.»

«Già. Lei è una moglie fedele e tu sei un amico sincero», constatò tristemente Tognino nel momento in cui Spartaco fermava la macchina davanti all'ingresso dell'ospedale.

Gentilina corse loro incontro: «L'hanno portata in sala operatoria», disse al figlio mentre scendeva dall'auto. Spartaco mise in moto e se ne andò.

9

Lena si svegliò faticosamente dal sonno pesante provocato dal cloroformio.

Al suo capezzale c'era il medico, che le misurava la pressione, e una suora vestita di bianco.

«È una pianta esile, ma di legno solido», disse il medico. «Ne verrà fuori bene. Digiuno assoluto per quarantotto ore. Per la febbre, basterà una borsa di ghiaccio sul capo. Ogni due ore mandi un'infermiera a bagnarle le labbra.»

Lei aprì gli occhi. Le sembrò che il letto si capovolgesse e dopo vomitò sul guanciale.

«Molto bene», disse il medico. «Si sta liberando del veleno del cloroformio.»

Mani soccorrevoli la sollevarono e la ripulirono.

Si assopì e sognò di essere immersa in un immenso calderone dove sobbolliva una sostanza spumosa e calda che l'avvolgeva. Lottava per restare a galla, ma quella specie di denso brodo primordiale la risucchiava con forza. Chiedeva aiuto e la sua voce veniva soffocata da un muro di ovatta. Poi qualcuno le posò sulle labbra una pezza umida e fresca. Lei tentò di succhiare, perché aveva la gola riarsa.

Si assopì di nuovo e la svegliò il contatto di una mano ruvida e fresca sulla fronte. Aprì gli occhi. Vide Tognino.

«Come ti senti?» le domandò.

«Ho molto male alla testa e al ventre», rispose con voce flebile.

«Il peggio è passato», volle rassicurarla.

Lena annuì. Non aveva voglia di parlare ma la vicinanza del marito le faceva piacere.

«Ho sete», sussurrò.

«Non puoi bere fino a domani. Sono gli ordini del dottore. Adesso ti bagno le labbra.» Le posò una garza bagnata sulla bocca.

«Ti hanno fatto un raschiamento. Lo sai?» la informò Tognino.

Lena non voleva saperlo. In quel momento desiderava soltanto liberarsi dalla sofferenza e dalla sete. Le coperte le pesavano addosso. Sentiva la schiena a pezzi e le gambe le facevano male. Si riassopì quasi subito e Tognino se ne andò.

Ritornò il giorno dopo, all'ora delle visite.

Lena lo accolse con un sorriso. Si sentiva meglio e gli annunciò: «Oggi ho il permesso di bere una limonata con lo zucchero. Un cucchiaino per volta».

Il sole filtrava attraverso un finestrone ad arco, superando la barriera delle tende.

Tognino si sedette su una sedia, al suo capezzale.

«Dove sono i miei occhiali?» chiese la ragazza.

«Stai guarendo davvero», sorrise Tognino. «Eccoli», glieli porse dopo averli estratti dal cassetto del comodino. Volle infilarseli lei. Poi si guardò intorno.

Vide il camerone con il soffitto a volta e due file di letti dalle spalliere alte in ferro smaltato di bianco. Sulla parete di fondo era appeso un grande crocifisso. C'erano gruppetti di parenti che erano venuti a salutare le malate. I loro abiti scuri spiccavano nel candore della corsia rischiarata dal sole.

«Ti ho portato qualcosa da leggere», disse Tognino.

Lena lo guardò insospettita: «Questo significa che dovrò restare a lungo in ospedale?»

«Soltanto fino a quando la febbre se ne sarà andata. Intanto mia madre, la piccola Antavleva e tutte le donne della corte ti salutano», cercò di rallegrarla.

«Siete tutti molto buoni con me. E io non sono neppure riuscita a darti un figlio», concluse amaramente.

«Era destino, Lena. Tu non ne hai colpa», disse Tognino stringendole dolcemente una mano.

«Sono così mortificata», sussurrò mentre gli occhi le si riempivano di lacrime.

«Ci riproveremo. La prossima volta andrà tutto bene, vedrai», e aggiunse per rasserenarla: «Sta per arrivare la primavera. Stamattina ho visto qualche primula nei campi».

Entrò la suora battendo le mani per richiamare l'attenzione dei visitatori: «I signori parenti sono pregati di uscire. L'orario di visita è scaduto», annunciò perentoria.

Tognino si chinò per baciare la fronte di Lena e se ne andò.

La sera, venne a visitarla il professor Vitali.

«Ecco qui, la nostra malata. Come andiamo?» domandò affettuosamente tastandole il polso.

«Sto meglio, grazie. Però non riesco a leggere, mi fanno male gli occhi», si lamentò Lena.

«Guarda un po'... una contadina che legge libri», osservò stupito sedendosi sul bordo del letto. Le tastò di nuovo il polso, poi volle che Lena gli mostrasse la lingua e, infine, le sollevò le palpebre per guardare gli occhi.

«Mi sembra che andiamo bene», dichiarò. Si rivolse alla suora: «Domani le dia un brodo ristretto e una mela cotta ben zuccherata. Questa ragazza ha bisogno di nutrirsi».

«Quando potrò ritornare a casa?» domandò.

«Quanta fretta! Il chirurgo ti ha fatto una bella pulizia, ma dobbiamo essere sicuri che non subentri un'infezione.»

«Perché non sono riuscita a tenere il bambino?» domandò Lena dopo un attimo di esitazione.

«È difficile rispondere. Per questo tipo di problemi la natura femminile è ancora un mistero. Posso dirti, però, che in futuro potrai avere tutti i figli che vorrai. Sta' tranquilla e pensa solamente a guarire.» Prima di allontanarsi aggiunse: «C'è una visita per te. Non sarebbe l'orario, ma per questa volta...» concluse sorridendo.

Lena vide comparire sulla soglia della corsia la sagoma massiccia di Spartaco. Si guardava intorno un po' confuso e la suora, che stava uscendo con il primario, gli indicò il letto di Lena.

Lo vide avanzare verso di lei con passo esitante. Aveva in mano un fascio di rose bianche.

10

«VA' via, Spartaco», lo accolse con voce stanca, affondando la testa nel cuscino.

«Come sei pallida, Maddalena», sussurrò lui e aggiunse: «Non mi bastavano le rassicurazioni del professor Vitali. Dovevo vederti.»

«Mi metterai nei guai con mio marito», insistette Lena in un soffio.

«Tuo marito non c'entra con quello che provo per te», replicò prontamente Spartaco.

«Mi hai già rovinato la vita una volta. Non ti permetterò di farlo di nuovo», reagì la ragazza.

«Ascoltami, Maddalena.»

«No, ascolta tu, piuttosto. Una volta, di fronte al rifiuto di mio padre, sei scappato come una lepre. Non ero ancora sposata e tu ti sei riempito la bocca con paroloni da predicatore. Mi hai inchiodato alle mie responsabilità. Ricordi? 'Quando si dà una parola, bisogna mantenerla anche a costo della vita.' Be', io ho fatto un giuramento davanti a Dio e al prete. Bastava che tu allungassi una mano per avermi. Non lo hai fatto. Adesso è troppo tardi.»

«Perché non mi stai a sentire?» implorò lui. «Ero giovane. Credevo di poterti dimenticare. Non è stato così. Gli anni passano e io ti amo sempre di più. Sei come un'ossessione che mi avvelena la vita», le confessò.

Lena sentì una fitta dolorosa in mezzo al petto.

«Vieni via con me, Maddalena», propose di slancio Spartaco.

«Non posso costruire la mia felicità sulla sofferenza altrui», si difese lei.

«Ascoltami, amore mio. In questi anni ho fatto i salti mortali per evitarti. A volte ero a pochi passi dalla corte e scappavo via perché mi sentivo colpevole dei sentimenti che provavo per te. Da quando ti ho rivisto e ti ho portato in ospedale, non ho più pace.»

Lena, dolorosamente, si rese conto che anche lei non aveva mai smesso di amare Spartaco. Ma ormai non poteva più ritornare indietro.

«Vattene, Spartaco», ripeté debolmente. «Domani mio marito saprà che sei venuto qui. Tutti gli occhi dei presenti sono puntati su di noi. Qualcuna parlerà. Vuoi davvero che Tognino diventi la favola dei dintorni? Vuoi che si sparli di me? È questo che vuoi?» sussurrò Lena amaramente.

«Voglio che tu mi dica una cosa sola: che non mi vuoi bene. Se tu mi giuri di non essere innamorata di me, io sparirò per sempre.»

«Non cambierai mai», reagì la ragazza. «Non ti devo nessun giuramento. Lo capisci?»

«So che mi ami quanto io amo te. Capisco anche che devo andarmene e ti prometto che non ti cercherò più. Ma ti garantisco che se ci incontreremo ancora, non per nostra scelta, sarà un segno del destino che ci vuole insieme. Quel giorno ti porterò via con me, per sempre.» Si scostò dal letto per allontanarsi.

Lei alzò un braccio, spalancando la mano, come per afferrarlo.

«Spartaco!» lo chiamò ad alta voce, incurante di tante testimoni che sgranavano stupite i loro occhi.

Lui si voltò a guardarla.

«Io ti amo», sussurrò, gli occhi inondati di pianto.

La suora entrò in corsia e si avvicinò a loro.

«Questi fiori sono per la Madonna», le disse Lena, indicando il mazzo di rose posato sul letto.

«Questo signore è generoso e la Madonna gradirà la sua offerta. Ma lui non deve approfittare dell'indulgenza del primario. La mia malata ha bisogno di serenità, per guarire», disse la religiosa, guardando Spartaco con occhi severi.

«E di una ragione per vivere», replicò lui, tristemente. «Preghi per lei e anche per me, suora», proseguì Spartaco. «Ne abbiamo bisogno.»

Lena girò il capo sul cuscino per non vederlo andare via.

La suora era una contadina come loro. Veniva dalla provincia di Bergamo. Aveva preso i voti giovanissima, per sfuggire alla miseria e agli stenti. Anni di convento e di preghiera, prima di approdare all'ospedale di Lugo, le avevano insegnato a riconoscere i sentimenti veri e a rispettarli. Le era bastato uno sguardo per capire che tra la povera contadina e quel giovane c'era qualcosa di molto importante. Li commiserò, perché erano tutti e due infelici.

«Pregherò la Madonna per lui e anche per te», disse a Lena, accarezzandole una guancia bagnata di lacrime.

Tognino venne a trovarla il mattino seguente.

«Spartaco è stato qui», confessò lei.

Gli aveva già taciuto la verità una volta, non voleva mentirgli ancora. Suo marito non lo meritava. E poi l'avrebbe saputo da altri, e sarebbe stato anche peggio.

«Lo avevo avvertito di girarti alla larga», disse Tognino con voce opaca, serrando la mascella per contenere la collera.

«Lascia correre. Non verrà più», promise Lena.

Lui avrebbe voluto sapere che cosa si erano detti e, soprattutto, avrebbe voluto entrare nei pensieri di sua moglie per sapere se lo amava ancora. Perché se fosse stato così, e lui era quasi certo che lo fosse, non avrebbe potuto fare niente per tenersela vicina. Ma aveva anche paura di conoscere la verità. Fino a quando esisteva un dubbio, poteva tentare di difendere, con tutti i mezzi, il suo piccolo nucleo famigliare.

«Hai sentito quello che ti ho detto?» insistette lei.

«Sì, certo. Domani ti lasceranno ritornare a casa. Sei fortunata, Lena. Il dottore dice che ti sei ripresa bene. Il gran freddo è passato. Il sole, adesso, è tiepido e ti aiuterà a guarire», disse tutto d'un fiato, evitando di risponderle. E proseguì: «Domani verrò a prenderti con il barroccio. A casa ti aspetta il fuoco acceso e un pranzo speciale».

Per quel giorno sembrò che non avessero più nulla da dirsi.

Tognino se ne andò prima che scadesse l'orario delle visite. Lei lo guardò allontanarsi, provando una pena infinita per lui e per se stessa. Per arrivare all'ospedale, Tognino faceva sette chilometri a piedi all'andata e altrettanti al ritorno. Era un camminatore straordinario e non sentiva la fatica. Quel giorno, tuttavia, il lungo tragitto gli pesava. Si sentiva svuotato di ogni energia perché aveva letto nello sguardo di Lena lo strazio di un addio.

Tognino sapeva che, senza Lena, la sua vita non avrebbe più avuto nessun senso. Si chiese che cosa sarebbe cambiato se lui non fosse stato così brutto. Senza quella scheggia che lo aveva sfigurato, forse sarebbe stato più accettabile, non certo bello come Spartaco, ma neanche così deturpato da incutere paura. Tuttavia, non poteva fare niente per cambiare la sua faccia. Era stordito, disperato.

Procedeva come un automa attraverso i campi dove stavano crescendo i germogli del grano e una varietà infinita di piccoli fiori. Lontano, sullo stradone, passavano carri, carretti, trattori e automobili. Si fermò nella immensa distesa della campagna, si lasciò cadere sulle ginocchia e si mise a singhiozzare.

11

«VOGLIO lavorare, Tognino», disse Lena quando ebbe spento il lume sul comodino.

«Ma tu hai già tanti impegni», replicò il marito. Non alludeva solo al fatto che Lena andava a scuola con ottimo profitto, ma anche alle composizioni di fiori secchi che rivendeva al mercato. Aveva gusto e fantasia. Sapeva intrecciare i fiori con bacche colorate e nastri multicolori che presentava in vasi, in ghirlande, in mazzi. Piacevano molto alle signore di città che li acquistavano per ornare le loro case.

«Da quando tua madre si occupa della casa ho tanto tempo libero. Lo scorso inverno, mi parlasti di un sogno: andare in America. Ricordi?»

«Mi sembrava che non fossi d'accordo», rispose lui.

«Ho fatto i miei conti. Con quello che ci rendono i campi di Cotignola e con i miei piccoli risparmi possiamo aprire subito un conto in banca. Inoltre, da quando sei sottofattore, guadagni molto più di quanto ci serva per vivere e se anch'io trovassi un lavoro, in un paio d'anni potremmo accantonare una somma sufficiente per metterci in viaggio», ragionò.

Lena era fermamente determinata a lasciare Lugo. Le sembrava che, se avesse messo l'oceano tra lei e Spartaco, si sarebbe liberata di quel desiderio struggente che la ossessionava.

«Vedremo», disse lui. Ormai conosceva il motivo per cui Lena se ne voleva andare e le era grato per la devozione e per l'affetto che gli dimostrava. Da quando era uscita dall'ospedale non avevano più avuto rapporti, anche se erano trascorsi da un pezzo i quaranta giorni di astinenza prescritti dal chirurgo. Tognino non osava toccarla.

Si chiedeva, sempre più spesso, per quanto tempo ancora Lena gli avrebbe dato la gioia di vivere con lui. Era un pensiero graffiante che lo faceva sanguinare. «Adesso dormiamo», concluse chinandosi su di lei per darle un bacio sulla guancia.

Ascoltò il suo respiro lieve e le sussurrò: «Che Dio ti protegga, sempre».

Si svegliò all'alba e scese in cucina. Lena e sua madre stavano armeggiando intorno al focolare e intrecciavano discorsi con parole appena sussurrate e frasi tronche. La stanza profumava di cibo buono, di fuoco appena acceso, di fiori secchi appesi alle travi. Guardò le due donne che erano tutto il suo mondo d'amore. Pensò a suo padre e si rammaricò di non essere mai riuscito a dirgli quanto gli voleva bene. Non avrebbe fatto lo stesso errore con sua madre. Le andò vicino e la baciò sui capelli.

Gentilina si girò e gli sorrise mettendogli in mano una scodella di latte caldo.

Tognino si sedette al tavolo dove Lena aveva appoggiato i libri, tenuti insieme da una cordicella elastica. Era domenica e lei aveva scuola per tutta la mattina.

«Ti porto con il carro», le propose il marito.

«Non è necessario. Cammino volentieri», rispose lei.

«Devo già andare in stazione a ritirare una cassa che è arrivata ieri sera da Roma. È il pianoforte della contessa», spiegò.

«Un pianoforte!» esclamò la ragazza stupefatta. «Li ho visti soltanto nei film, al cinematografo. Sono enormi», era incuriosita e divertita da quella novità.

«Infatti, verranno due operai ad aiutarmi.»

«Mi porti con te?» chiese lei.

«D'accordo. Dopo ti accompagnerò a scuola», rispose Tognino.

Andarono alla stazione ma Lena non poté vedere l'enorme pianoforte a coda perché era protetto da un'intelaiatura di legno. Era stato scaricato da un vagone merci e occupava l'intero marciapiede della piccola stazione.

«Be', allora io vado a scuola, altrimenti farò tardi», disse Lena, delusa, mentre i tre uomini, a cui si era aggiunto un facchino, avrebbero faticato a lungo prima di riuscire a trasportare quella cassa gigantesca.

«Fate piano, mi raccomando», disse una voce di donna alle loro spalle.

Odette Sforza era venuta a controllare che il suo prezioso Bechstein non venisse danneggiato.

Lena, intimidita, sperò di non essere notata, mentre le passava accanto per uscire dalla stazione.

«Tu sei Lena, vero?» la fermò la contessa Sforza.

«Per servirla», rispose la giovane, accennando un inchino, un po' stupita che la nobildonna si ricordasse di lei.

«Hai un viso che non si dimentica», disse Odette con un sorriso cordiale.

Lena ammirò l'eleganza e la bellezza solare della contessa.

Ricordava le voci, circolate in passato, a proposito di una storia tra la nobildonna e Spartaco Rangoni. Provò una fitta di gelosia e constatò tristemente di non poter competere con lei.

«Con il suo permesso, signora contessa, io dovrei andare», cercò di defilarsi.

«Vai a scuola?» domandò Odette, indicando i libri che Lena portava sul braccio.

«Proprio così», rispose Lena, sentendosi a disagio per il modo in cui Odette la osservava.

«Allora ti accompagno», decise. Prima di allontanarsi ammonì i contadini: «Voglio che il mio pianoforte arrivi a Cotignola assolutamente integro».

Da alcuni mesi i conti Sforza avevano abbandonato la capitale per il piccolo paese della Romagna. Da lì, qualche volta, partivano per viaggi lunghi o brevi. Comunque, il conte Arduino sosteneva che a Roma l'aria si era fatta troppo pesante per le sue condizioni di salute. In realtà, voleva prendere le distanze dai fascisti e da Mussolini. I dissidenti venivano ferocemente puniti, quindi il conte Arduino, che non la pensava come le masse osannanti, aveva preferito allontanarsi dalla capitale adducendo come scusa la salute cagionevole. Così, poiché la casa di Roma era stata definitivamente chiusa, Odette aveva fatto trasportare a Cotignola il suo pianoforte.

«Che cosa studi?» domandò a Lena, prendendola sottobraccio. Non aveva dimenticato che Spartaco aveva dato, alla sua cavalla preferita, il nome di quella contadina. La storia la incuriosiva. Le mancavano i pettegolezzi dei salotti romani, ma trovava le storie di campagna ancora più vivaci, anche se i protagonisti non erano persone illustri.

«Devo dare l'esame di terza ginnasiale», rispose timidamente la ragazza.

«Sei straordinaria», commentò Odette, compiaciuta.

«Chi? Io? Non per contraddirla, signora contessa, ma non mi sento per niente straordinaria», obiettò Lena.

«Ammetterai che è un fatto insolito che una contadina studi il latino», spiegò la contessa.

«Lei ha messo il dito sulla piaga», replicò Lena, con un sospiro. «Ho molte difficoltà con i verbi irregolari. Per non parlare delle versioni dall'italiano al latino.»

Arrivarono davanti alla scuola dove stavano affluendo drappelli di studenti che salutarono Lena.

«Ti piacerebbe venire a lavorare per me?» chiese Odette.

«Un lavoro mi farebbe comodo. Ma noi abitiamo a Lugo. Cotignola è un po' lontana», replicò, tenendosi sulle generali.

«Potresti ritornare a Lugo tutte le domeniche. Ho bisogno di una cameriera personale.»

«Che cos'è una cameriera personale?» chiese Lena perplessa.

«Una persona che si occupa esclusivamente di me. È un mestiere semplice, non particolarmente faticoso», garantì Odette.

«E la mia scuola?»

«D'accordo, tornerai a Lugo il sabato e la domenica. Durante la settimana ti lascerò il tempo per fare i compiti e per studiare. Potrei anche aiutarti con i verbi irregolari. Che cosa ne dici?»

Il destino, in quel momento, bussava alla sua porta. Lena decise che avrebbe accettato. Tuttavia doveva salvare le apparenze.

«Prima di darle una risposta devo parlarne con mio marito. Grazie, signora contessa.» La salutò ed entrò nell'edificio.

12

«Così vorresti fare la serva», disse Tognino, con tono sprezzante.

«Non ho detto che voglio fare la ladra», replicò offesa.

Sedevano a tavola e mangiavano zuppa di castagne secche, le ultime rimaste dal passato inverno. Gentilina consumava il suo pasto, come sempre, accanto al focolare.

«Non mi piace che tu prenda ordini da qualcuno», osservò lui.

«E tu? Non è la stessa cosa per te?»

«Io ho un solo padrone: la terra. Io servo la terra, Lena. È un mestiere antico e nobile. Tu serviresti una persona sulla quale ci sarebbe molto da ridire, che Dio mi perdoni. È una donna viziata, capricciosa. So già che cosa stai per dire. Lei ti pagherà bene. Ma soltanto per avere il piacere di umiliarti. Ti offre denaro per comperare la tua dignità. Possibile che tu non lo capisca?»

«Capisco che tu non vuoi che me ne vada e ti arrampichi sulle parole per convincermi a rifiutare. Non sarebbe più semplice se tu mi dicessi la verità?»

«Te ne sei già andata da un pezzo, Lena», disse lui amaramente. «Anche se viviamo sotto lo stesso tetto e dormiamo nello stesso letto, tu sei lontana da me.»

Lena non rispose.

«Lasciale fare quello che vuole, Tognino», intervenne Gentilina. «Gli uccelli e le donne non si tengono in gabbia.»

«Avete ragione», sospirò Tognino. «Inoltre, ogni mestiere, anche il più umile, è degno di rispetto quando è fatto con onestà. So anche che vuoi usare i tuoi guadagni per assecondare il mio progetto di andare in America. Ma non dimenticare che i padroni sono volubili. Oggi ti vogliono, domani ti cacciano. Se dovesse succedere, ricorda che questa è la tua casa e io sono tuo marito. Siamo il punto fermo della tua vita. Il resto non conta. Dunque, va' dalla contessa. Verrò a prenderti il sabato, per accompagnarti a scuola, e ti riporterò a Cotignola la domenica. Così avrò anche un pretesto per vedere tuo fratello Attilio e chiedergli che cosa combina sui miei campi. Non ho ancora visto un centesimo dell'affitto che mi dovrebbe pagare.»

«Ti avevo avvertito. È più facile tagliargli un braccio che scucirgli un soldo», disse Lena. E soggiunse: «Grazie, Tognino. Ero certa che avresti capito».

La mattina, di buon'ora, il contadino attaccò il cavallo al barroccio, mentre Lena infilava nella borsa di tela i libri di scuola e qualche indumento. Nella corte si era sparsa la voce che andava a servizio nella casa del conte e le donne erano uscite di casa per salutarla.

Erano sempre state buone e premurose con lei, ma non l'avevano mai considerata come una di loro. Lena era troppo diversa. I suoi modi riservati, la sua figura acerba da eterna adolescente, la pazzia della scuola, tutto contribuiva a fare di lei un personaggio singolare. Come a Cotignola, anche a Lugo era considerata una specie di corpo estraneo nell'ambito della comunità agricola e sulla sua partenza nascevano già dei pronostici. «Un giorno andrà a stare a Roma con i padroni. È più adatta alla città che alla campagna», dicevano. «Quel poveretto di Tognino non la rivedrà più», sussurravano guardandolo con velato compatimento.

Venne anche la piccola Antavleva a salutarla.

«Mi mancherai», le sussurrò all'orecchio, abbracciandola.

«Che cosa dici? Non vado lontano. Sabato sarò di nuovo qui e, dopo la scuola, verrai a trovarmi», la rassicurò.

«Stai attenta, Lena. Il mio babbo dice che la contessa è una donna un po'... un po'...»

«Un po' che cosa?» sorrise Lena.

«Un po' estrosa», l'ammonì parlandole all'orecchio.

«E allora?» incalzò lei, divertita.

«Allora spero tanto che non ti faccia soffrire. Il mio babbo dice che il pane degli altri ha sette croste e poi ancora una.»

«Andrà tutto bene, stai tranquilla», la baciò su una guancia.

«Quando torni, mi racconti tutto?» chiese.

«Promesso. Adesso lasciami andare», disse Lena, staccandosi a fatica la ragazzina dal collo.

Mise la sua borsa sul barroccio, salutò Gentilina che piangeva e le raccomandò di aver cura di Tognino, durante la sua assenza. Partì seduta al fianco del marito.

Fu un viaggio interminabile. Tognino si era chiuso in un mutismo impenetrabile.

Quando il cancello dell'antica residenza si aprì per lasciarli passare, Lena trasse un sospiro di sollievo.

Si fece loro incontro un domestico, mentre lei si guardava intorno incuriosita. Era la prima volta che entrava nel grande giardino che quand'era bambina aveva occhieggiato soltanto da lontano. Ammirò le siepi tagliate con geometrica precisione, le aiuole fiorite, i convolvoli rosa e celesti che si arrampicavano esili lungo il tronco di una magnolia secolare. Era una festa di profumi e di colori che faceva da cornice alla facciata severa della villa. Al centro, una scala di pietra dava accesso all'entrata principale. Due cani, enormi e neri, ringhiavano ai piedi della scala. Un gatto li osservava con occhi da sfinge dall'alto del muro di cinta.

«Voi siete la nuova domestica della contessa?» chiese il cameriere, che indossava una giacca da lavoro a righe gialle e grigie. Parlava con accento meridionale. A Lena ricordò il suo insegnante di matematica che era solito ripetere: «Tre sono i grandi matematici della storia: Archimede, Pitagora e, il terzo, lo taccio per modestia». Sorrise e annuì.

«Lui è mio marito», disse mentre scendeva dal carro.

«Non dovevate passare di qui. Per la servitù c'è l'ingresso di servizio», fece notare il domestico. «Comunque voi, buon uomo, potete andare», aggiunse accompagnando le parole con un maestoso gesto di congedo.

«Macché andare! Venite dentro, Miserocchi», disse il conte Arduino che si era affacciato alla porta d'ingresso. «Tu, sistema il cavallo», ingiunse al domestico, che rispose al comando con un inchino.

Tognino e la moglie salirono la scala ed entrarono nel grande vestibolo lussuosamente arredato con mobili antichi.

«Venite, venite», disse il conte, «mia moglie dorme ancora», li informò mentre li precedeva nel suo studio. Era una stanza con le pareti interamente rivestite di legno scuro, divani in pelle, una scrivania «direttorio» e libri dappertutto, anche ammassati per terra.

I due contadini rimasero ritti, sulla soglia, mentre il conte si sedeva alla scrivania.

«Così questa è vostra moglie», disse il conte rivolgendosi a Tognino e aggiunse: «Sono contento che abbiate accettato di lasciarla un po' qui, con la contessa. Mia moglie si sente così sola, lontana dai fragori della capitale. Sedetevi. Vi faccio portare un vermut». Allungò una mano alla parete, dietro la scrivania, e tirò il fiocco di un lungo pannello di seta. Si udì un lontano scampanellio e arrivò subito una domestica, dall'aria matronale, che reggeva un vassoio con piccoli bicchieri e una bottiglia di liquore ambrato.

«Non si incomodi, signor conte», disse Tognino che, come Lena, era rimasto in piedi.

Ricevere in villa un dipendente e accoglierlo con tanta affabilità era un onore riservato a pochi. Soltanto il fattore veniva invitato, e unicamente per questioni di lavoro. Il conte preferiva andare personalmente nelle case dei coloni e, quasi ogni giorno, passava dall'ufficio del fattore.

«Accomodatevi», insistette indicando un divano, «dobbiamo parlare del servizio di vostra moglie e del salario.

«Immagino che vi dispiaccia separarvi dalla vostra Lena per cinque giorni la settimana», esordì. «Questo almeno è quanto mi ha riferito la contessa che è rimasta folgorata da questa figliola. Naturalmente ogni sabato mattina il mio autista la riaccompagnerà a Lugo e verrà a riprenderla la domenica sera.» Parlava di Lena come se fosse un oggetto di proprietà di

Tognino. «State tranquillo, Miserocchi, per quanto la riguarda. Il lavoro non è pesante e nessuno le mancherà di rispetto. Avete la mia parola», garantì mentre versava il vermut nei bicchieri.

«Lei è molto gentile, signor conte. La ringrazio», sussurrò Tognino.

«Non datemi del lei. Non le conoscete le disposizioni del Duce?» domandò portandosi il bicchierino alle labbra.

«Credo di no», rispose Tognino esitante.

«Il 'lei' è morto, amico mio. Un maestro di ginnastica, che si chiama Achille Starace, ha decretato che gli italiani devono adottare il 'voi'. Come qui, in campagna.» Parlava con un tono ironico dal quale traspariva la scarsa considerazione del nobiluomo per il nuovo regime.

«Farò come desiderate, signor conte», replicò Tognino, assolutamente indifferente alle disposizioni del regime. Assaggiò il liquore per dovere di ospitalità. Lena, invece, lo rifiutò spiegando garbatamente che l'alcol le dava alla testa.

Finalmente il conte si rivolse a Lena con un sorriso paterno. «Verrete pagata a settimana e se troverete che questo posto non vi si addice, lo direte a me e sarete libera di lasciarci quando vorrete.»

In quel momento Odette fece il suo ingresso nello studio. Entrò con aria gioiosa, portando con sé una folata di profumo e di giovinezza. Aveva la faccia ancora assonnata. I capelli biondi e ondulati erano graziosamente scomposti. Senza trucco era ancora più bella. Indossava una lunga vestaglia di seta lucida, color panna, chiusa in vita da una fascia alta e calzava babbucce in pelle bianca con il tacco alto.

«Buon giorno a tutti», esordì con voce melodiosa. Si accostò al conte, si chinò su di lui e lo baciò sulle labbra. Poi si rivolse a Lena: «Così sei venuta. Allora ti rapisco subito. Vieni con me», ordinò. Lena e Tognino erano scattati in piedi al suo ingresso. La contadina guardò il marito. Avrebbe voluto dargli un bacio, per salutarlo, ma non osò.

«Allora ci vediamo sabato», disse sottovoce, e arrancò con la sua borsa dietro alla giovane signora, inoltrandosi in un dedalo di sale e di salotti. Ricordò il racconto di Spartaco a proposito delle case dei ricchi. Non le aveva mentito. Per la prima volta nella sua vita, Lena vedeva stanze meravigliose con arredi preziosi, soffici tappeti, soffitti affrescati. Ovunque aleggiava un profumo indefinibile e penetrante che non aveva mai sentito.

Deve essere il profumo della ricchezza, si disse.

13

Lena si fermò sulla soglia di una grande camera da letto. Il pavimento, in legno, era coperto in parte da un tappeto dai delicati colori pastello. Il letto bianco, tutto pizzi e merletti, era incorniciato da candidi veli che scendevano da un baldacchino. Le tende, anch'esse bianche, erano raccolte ai lati di un'ampia vetrata che si apriva sul giardino.

«Su, entra», la incitò Odette.

«Non vorrei sporcare il tappeto», replicò lei, alludendo alle sue scarpe campagnole.

«Allora toglile», ordinò sbrigativa.

Lena posò a terra la sacca, si liberò degli stivaletti e pescò tra le sue cose un paio di zoccoletti bassi. Entrò timidamente nella stanza. Odette aprì un'altra porta a due battenti, laccata di bianco, con fregi dorati.

«Questo è il mio spogliatoio», annunciò.

C'erano due file di armadi che si fronteggiavano, un grande specchio sullo sfondo e un tavolino coperto di tulle bianco, sovrastato da una specchiera ovale. Il piano era occupato da una serie infinita di boccette multicolori, scatole, spazzole e pettini.

«Al mattino, appena mi alzo, faccio il bagno», disse Odette. «Dovrai prepararlo tu. Ora ti insegno. Spalancò un'altra porta e condusse Lena nella stanza da bagno. Anche di quella Spartaco le aveva parlato quando sedevano sull'erba, in riva al fiume. Non le aveva detto, però, che dai rubinetti scendeva perfino l'acqua calda. La vasca, smaltata di bianco, era immensa.

«Non hai mai visto una vasca da bagno?» le chiese Odette, leggendo lo stupore sul viso di Lena.

«Non così grande», rispose.

«Dunque, devi imparare a saggiare la temperatura così, immergendo il gomito», spiegò Odette mentre rialzava la manica della vestaglia e immergeva il braccio nella vasca. «Poi, devi prendere un cucchiaio di questi sali», aprì un grande barattolo di vetro dove c'erano cristalli giallastri che avevano un forte profumo di mimosa, «e li versi nella vasca.»

«Ho capito», concluse la contadina.

«Molto bene», sorrise Odette mentre si liberava della vestaglia e della camicia da notte che le scivolarono lungo il corpo, lasciandola nuda. Lena si chinò a raccogliere gli indumenti, ammirando, un po' intimidita, il corpo levigato e sodo della contessa. Aveva un seno alto e prorompente, fianchi arrotondati e il pube coperto da una folta peluria. Lei non avrebbe mai osato mostrarsi nuda. Non lo aveva mai fatto, nemmeno con suo marito. Pensò che i ricchi avevano proprio delle strane abitudini e ricordò la lezione dell'insegnante di lettere sui costumi dissoluti delle matrone romane.

«Prendi quella spugna», ordinò la contessa distraendola dalle sue riflessioni, «immergila nell'acqua e strofinami la schiena con forza, fino a quando vedrai che la pelle si sarà arrossata. Fa molto bene alla circolazione.»

Lena si arrotolò le maniche della camicetta e fece come le era stato chiesto. Non era un compito difficile, né faticoso.

«Sai di buono. Significa che ti lavi spesso. Di solito le contadine puzzano. Ho avuto una domestica che sosteneva che lavarsi è peccato. Una volta l'ho quasi costretta a fare il bagno e suo marito non l'ha guardata per un mese intero. Senza il suo odore, lei non lo attirava più. Non so se mi spiego.»

Odette chiacchierava a ruota libera e il suo parlare sembrava un canto.

L'aiutò ad asciugarsi con un grande telo di lino.

«*Frettes moi le dos*», disse Odette. Lena la guardò perplessa.

«È francese. Significa: friziona bene la schiena. Voglio insegnarti questa lingua bellissima. Ho vissuto a lungo in Francia. E là, qualche volta, sono stata felice.»

«La studio a scuola. Sono abbastanza brava con la grammatica, ma la pronuncia è un disastro.»

«Ti farò fare esercizio. Imparerai velocemente», rise Odette dirigendosi, nuda, verso lo spogliatoio. Aprì un mobile a cassetti.

«Qui c'è la mia biancheria. *Culottes, soutien-gorges, combinaisons*», elencò mostrando mutande, reggiseni, sottovesti. Impalpabili indumenti di seta rosata, azzurrina, bianca, rifiniti con pizzi delicati e ricamati tono su tono.

«Dovrai imparare a lavarli e stirarli. Non è così semplice. La seta è delicata e ci vuole niente a rovinarla. Tu non porti biancheria di seta, vero?»

«No, signora. Ho soltanto due camicie di lino che mi vengono da mia madre», replicò.

«Fammi vedere le tue mutande», disse, mentre incominciava a vestirsi.

Lena la guardò perplessa.

«Via, siamo tra donne», la sollecitò.

Lena si alzò la gonna, lentamente, fin sopra le ginocchia e mostrò i mutandoni bianchi trattenuti, sopra il ginocchio, da nastrini celesti che nascondevano l'elastico delle calze di cotone.

Odette aveva l'aria di divertirsi molto.

«*Mon Dieu!* Giovane come sei ti vesti ancora come nell'Ottocento. Quelle non sono mutande. Sono calzoni!» esclamò.

«Da noi ci si veste così», rispose Lena confusa. «Non abbiamo il tempo e nemmeno il danaro per seguire la moda.»

«Lena, svegliati! Non hai nemmeno vent'anni. Appartieni a una generazione nuova. Non credi che daresti qualche brivido in più al tuo sottofattore indossando una 'lingerie' meno antiquata?» la stuzzicò, maliziosa.

Lena avvampò.

«Adesso puoi scendere in cucina. Di solito facciamo colazione insieme, il conte e io. Tranne quando rientro tardi la notte. Allora dormo più a lungo e prendo il caffè qui, nel mio salotto», spiegò aprendo un'altra porta che si affacciava su una stanza, tappezzata a fiori, con piccoli divani in midollino colorato e tanti ninnoli graziosi.

«Dov'è la cucina?» chiese Lena.

«È vero. Non conosci ancora la casa. Esci di qui, scendi la scala di servizio e troverai la cucina. Presentati a madame Renée. È la cuoca. Viene da Salon, una cittadina della Provenza. È un'autorità in cucina. Devi trattarla con rispetto, anche perché ha un carattere molto difficile. Chiederai *le petit déjeuner pour madame*. Fammi sentire la tua pronuncia», la spronò.

Lena ripeté con la massima concentrazione.

«Bravissima», la liquidò con un sorriso compiaciuto.

Frastornata da tutte quelle novità, Lena faticò a trovare la cucina. Un locale immenso con utensili in rame lucente, grandi pentole in ebollizione, collane di cipolle e di aglio e ciuffi di erbe aromatiche che pendevano dalle travi del soffitto e infine lei, madame Renée, una creatura da fiaba.

Era la donna più imponente che avesse mai visto. La sovrastava di due spanne. Aveva il fisico di un lottatore e sul viso arrossato dal calore dei fornelli spiccavano baffi neri e irsuti. I capelli erano nascosti da una cuffia bianca che le copriva la fronte, fino alle sopracciglia. Parlava un italiano pittoresco, ricco di francesismi. Spiegò a Lena come allestire il vassoio della prima colazione: un centrino bianco, inamidato, da sistemare sul piano d'argento e un piccolo vaso di vetro blu con dentro tre narcisi gialli, perché il blu e il «jon» erano i colori preferiti da «madam la contess». La caffettiera, la lattiera, la zuccheriera, la burriera, la cocottiera erano di porcellana trasparente dipinta a mano. Lena li dispose sul vassoio seguendo le indicazioni della cuoca. Vi aggiunse una tazza, dei piattini, del pane tostato avvolto in un tovagliolo di lino e una coppetta con la marmellata di ribes rosso. Alla fine sembrò a Lena che quel vassoio fosse il trionfo della bellezza. E della inutilità. Ma, pensò, forse la bellezza sta proprio nell'inutilità. Salì le scale tremando per la paura di mandare in frantumi quel delicato universo di fragili oggetti di piacere.

Odette era già vestita e accuratamente truccata. Indossava un tailleur di lana azzurra e calzava scarpette rosa come la camicetta di seta che portava sotto la giacca. Stava parlando al telefono. Rideva divertita. Fece un cenno a Lena perché posasse il vassoio sul tavolino e un altro per liquidarla. Lei si avviò alla porta del salottino nel momento in cui Odette diceva: «Ci sa proprio fare con le donne. È un tipo rude che mi piace da impazzire. Ti porta a letto come se ti facesse un favore e si dimentica di te appena finito di fare l'amore. Ti assicuro che scopa come un dio. Nudo è bellissimo. Bisogna proprio che tu lo conosca, mia cara».

Fece una piccola pausa e riprese: «Sono stata con lui la notte scorsa. Oggi sono a pezzi. Come si chiama? Ha un nome anarchico, naturalmente, come tutti da queste parti. Si chiama Spartaco».

Lena avvampò. Sentì un tuffo al cuore e gli occhi le si riempirono di lacrime.

14

SPARTACO ricevette un cartoncino, stampato con caratteri svolazzanti, su cui era scritto: «Arduino e Odette Sforza di Monteforte sono lieti di invitarla a pranzo nella residenza di Cotignola, la sera del 15 maggio».

Lo lesse e rilesse con un certo stupore. Controllò l'indirizzo sulla busta. L'invito era proprio per lui. Lo mostrò a sua madre. «Voi che cosa ne dite?» le domandò.

«Che sei diventato una persona di riguardo. Il conte lo sa e ha piacere di averti ospite. Dopo tutto siete soci. Il magazzino della canapa, a Ravenna, è un affare che avete fatto insieme. Mi sembra naturale che ti inviti», ragionò la donna, che era molto orgogliosa dei successi del figlio.

Spartaco, dapprima, aveva proposto l'acquisto del canapificio a Sergio Caporali che aveva rifiutato perché comportava un cospicuo impegno di denaro. Spartaco, infatti, metteva a disposizione il suo talento, la conoscenza del mercato, le amicizie, ma non aveva soldi da investire. Sergio, tuttavia, ne aveva parlato con il conte Arduino che aveva subito aderito al progetto. Adesso il canapificio si stava rivelando un eccellente affare.

«Io non ci vado», tagliò corto il giovane.

«Penseranno che vuoi darti delle arie», lo ammonì la madre.

«È vero il contrario. Se accettassi mi sembrerebbe di mettermi in mostra. Non so come comportarmi con i signori, a meno che non si tratti di affari. Anche se vado all'università, resto un contadino. Viviamo in due mondi diversi, ed è giusto che sia così. Mi sembrerebbe un'invasione di campo. Riuscite a capirmi, mamma?»

«E delle tue frequentazioni con la contessa? Di quello non mi dici niente?» insinuò la donna.

«Mamma, per favore, adesso vi mettete anche voi a raccogliere pettegolezzi», replicò seccato.

«C'è sempre un fondo di verità in quello che sussurra la gente», replicò. «Comunque la cosa non mi riguarda. Anche se, ti dico la verità, mi piacerebbe vederti fidanzato con una brava ragazza», brontolò.

«Mamma», sbottò il giovane. «Il vostro è proprio un chiodo fisso. Non vi lasciate sfuggire occasione per ribadirlo», protestò.

«Già, anche perché tu non mi rispondi mai», insistette.

«Non sono fatto per il matrimonio. Punto e basta», tagliò corto e cambiò subito discorso. «Mi sembra molto fioca questa luce. Perché non mettete una lampadina più forte?»

Erano seduti, loro due soli, al tavolo di cucina. Miranda era già andata in città, dove imparava a ricamare presso una maestra che creava veri e propri capolavori per i corredi delle famiglie più facoltose. Il vecchio Rangoni era fuori nei campi. La famiglia, grazie a Spartaco, non aveva più problemi economici, eppure tutti continuavano a vivere modestamente, come avevano sempre fatto. Nessuno, nei dintorni, avrebbe potuto pensare che i Rangoni disponevano ormai di un cospicuo conto in banca, a Bologna, e che Spartaco stava addirittura trattando con il notaio Bellerio, negli Stati Uniti, per acquistare il palazzo bolognese sotto le due torri.

«Non cercare pretesti per cambiare discorso. La lampadina da quaranta candele basta e avanza, con quello che costa l'elettricità. Io dico che, se un giovane come te non cerca una brava ragazza da sposare, è perché ha una storia con una donna maritata», martellò.

«E se fosse?» la sfidò.

«Una donna sposata che tradisce il marito è una poco di buono», sentenziò.

«La donna maritata che ho in mente io, non tradisce il marito», replicò Spartaco.

«Allora è vero!» esclamò, avvampando di collera.
«Vero che cosa?»
«Che ami una donna sposata.»
«Sì», ammise lui chinando il capo.
«E io che avevo tirato a indovinare!» esclamò stupefatta.
«Be', adesso lo sapete. E, per favore, non fatene un dramma.»
«Allora è lei, la contessa!»
«Per dirvela tutta, la contessa è un passatempo. Non mi interessa.»
«Chi è, allora? La conosco?»
«Mamma, vi comportate come una moglie gelosa», sorrise lui.
«E sono gelosa sì. Ho fatto un figlio bello, sano, intelligente, istruito, con un avvenire, e me lo vedo rovinare da... da...» Non riuscì a continuare.
«Nessuno mi porta alla rovina. Ho troppo da fare per pensare alle donne, al matrimonio, a una famiglia. E poi una famiglia io ce l'ho già: ho voi, il babbo e Miranda.»
La donna trasse un sospiro di pena.
«Un giovane deve sposarsi e avere dei figli. Ci sono tante brave ragazze, qui intorno, con una buona dote e piene di virtù. Se lo sapesse il tuo babbo che ti perdi dietro a una malmaritata...»
«Non avete capito niente. Quella che vorrei per moglie non la vedo mai perché mi evita come se fossi il diavolo. È fedele a suo marito. Però, io sono innamorato di lei. Non posso farci niente. Non posso smettere di amarla, anche se lo vorrei tanto. Devo essere condannato per questo?»
«Allora pregherò il Signore perché te la tolga dalla testa. Intanto, fossi in te, accetterei l'invito del conte. In casa sua incontrerai delle persone importanti che ti possono essere utili per il lavoro», ragionò.
Quella mattina Spartaco andò a Bologna e, al termine delle lezioni all'università, andò in via d'Azeglio, nel più bel negozio d'abbigliamento maschile, dove acquistò un abito di lana inglese, una camicia di popeline, una cravatta di seta pura, calzini, scarpe e cappello. Aggiunse anche una sciarpa di seta bianca e un soprabito grigio.

Indossò addirittura il tutto per abituarsi a quell'abbigliamento nuovissimo e inusuale per lui.

Di recente aveva acquistato un'automobile, una Lancia di seconda mano, che teneva in un garage in corso Indipendenza, perché non osava ancora farsi vedere a Lugo in macchina. Se lo avesse fatto, avrebbe dato nell'occhio, mentre gli premeva restare nell'ombra.

Così, per ritornare a casa, prese il solito treno locale che sostava in tutte le stazioni. A Forlì, mentre guardava fuori dal finestrino, vide Antonio Miserocchi tra la gente che stava per salire. L'ultima volta che aveva parlato con lui era stato alla fine di febbraio, quando lo aveva accompagnato all'ospedale, da Maddalena. Non era stato un incontro amichevole. Adesso preferì evitarlo. Si alzò, attraversò velocemente la carrozza e scese dallo sportello opposto. Avrebbe aspettato il treno successivo. Si vergognò di se stesso e di quel suo nascondersi come un ladro. Non aveva nulla da rimproverarsi, tranne il fatto che amava sua moglie, ma questo l'amico lo sapeva già.

Uscì dalla stazione e, per ingannare il tempo, si mise a passeggiare lungo il corso alberato.

Sentì la tromba di un'automobile. Si voltò e riconobbe, alla guida dell'auto, il fattore del conte Sforza che lo raggiunse e fermò la macchina.

«Dove andate a quest'ora?» gli chiese Sergio dal finestrino aperto.

«Facevo due passi, aspettando il treno», rispose, accostandosi alla vettura.

«Allora salite. Vi porto a Lugo.»

Spartaco gli sedette accanto.

«Venite da un matrimonio?» gli chiese il fattore.

«Sono stato a Bologna per fare il solito giro.»

«Siete vestito da messa cantata», scherzò Sergio.

«Vi sembro ridicolo?» chiese Spartaco preoccupato.

«Non dico questo. Ma, caro Rangoni, noi siamo gente di campagna e indossiamo stivali, calzoni di velluto e giacchetta di lana.»

Spartaco pensò che il fattore aveva ragione. Lui stesso non si sentiva a suo agio con quegli indumenti addosso.

«Come va il lavoro a Ravenna?» domandò Sergio alludendo al canapificio.

«Non mi lamento, ma potrebbe andare meglio. Si dice sempre così, non è vero?» scherzò il giovane.

«Voi non vi sbilanciate mai. Ma le voci corrono e tutti sanno che siete in gamba», commentò il fattore. «Però, devo rimproverarvi. È un pezzo che non vi fate vedere in fattoria. Come mai?»

Spartaco non poteva certo confessargli che voleva evitare di incontrare Maddalena e Tognino. Preferì mentire.

«Sto allargando il giro dei clienti. Con voi non ho problemi. Se vi servono i prodotti, basta una telefonata», disse.

«Questo lo so. Ma speravo d'incontrarvi per una faccenda d'altro genere. Non so bene neanch'io da che parte prendere il discorso», tergiversò il fattore.

«Che cosa succede?» domandò Spartaco allarmato.

«È venuta in ufficio quella maestrina che voi conoscete», disse.

«Alberta?»

«Già. Vi cercava.»

«Che cosa voleva?» Spartaco si era dimenticato di lei.

«Non l'ha detto. Mi sembrava un po' triste. Vi voleva parlare.»

15

Era un vestito di voile, lungo fino a terra, con disegni a grandi ciuffi di papaveri scarlatti tra bionde spighe di grano su un fondo color tabacco. Aveva sei sottogonne, una per ogni colore e sfumatura dell'abito. Odette lo aveva ordinato a Milano, alla sartoria Ventura che aveva il manichino con le sue misure, per evitarle di provare gli abiti che le confezionava. Non appena le fu recapitato, volle subito che Lena l'aiutasse a indossarlo.

«Come mi sta?» chiese, eccitata come una bambina.

«Le sta a pennello, madame», la rassicurò Lena che non aveva mai visto un abito più bello.

Odette fece qualche piroetta davanti allo specchio, guardandosi compiaciuta.

«Ti piacerebbe provarlo?» la provocò.

«Non mi permetterei mai», si schermì Lena.

«Ottima risposta. Ci sono cameriere che, di nascosto, si provano gli abiti, e ti assicuro che è molto spiacevole per una signora. Anche se posso capirle, poverine. Forse, al loro posto, anch'io farei lo stesso. Chissà!» sospirò senza convinzione.

«Madame ha avuto cameriere di tutti i tipi», commentò la contadina.

«La sola che mi soddisfi davvero sei tu, mia cara», la lusingò.

Lena l'aiuto a slacciare la lunga fila di piccoli bottoni ricoperti con lo stesso tessuto dell'abito, sfilandoli da minuscole asole che formavano una smerlatura lungo il dorso.

«Ho fatto fare quest'abito per un'occasione speciale. Mio marito e io festeggiamo l'anniversario del nostro matrimonio. Questa sera andremo a Cesena, al *Teatro Bonci*, per la prima del *Tristano*. Verranno da Roma le mie amiche Nadia Barberini e Aurora Giovanelli. Saranno ospiti in villa. Siccome viaggiano senza domestici, dovrai occuparti di loro. Vedrai che saranno generose con le mance», volle rassicurarla.

«Non ha nessuna importanza, madame. Percepisco già un ottimo salario», replicò Lena che, quando il conte le allungava qualche moneta, la accettava arrossendo perché le sembrava di ricevere un'elemosina.

Per Odette, quella giovane contadina continuava a essere un enigma indecifrabile. Discreta, riservata, dotata di una straordinaria capacità di apprendimento, era tuttavia impenetrabile a qualsiasi confidenza. Non era neppure riuscita a capire se le fosse simpatica o se la odiasse. Sorrideva raramente, eppure aveva un'aria serena. Non le aveva mai offerto lo spunto per un rimprovero e sembrava impermeabile alle lodi. Le nascondeva qualcosa, ma non sapeva che cosa.

La osservò mentre riponeva nell'armadio l'abito nuovo. Odette la vedeva riflessa nello specchio di fronte al quale sedeva mentre si spazzolava i capelli.

«Daremo una cena per i miei amici romani. Il conte ha invitato anche un paio di milanesi. Dirigenti di un'azienda chimica importante, credo.»

Lena si affaccendava intorno a lei, raccogliendo indumenti sparsi un po' ovunque.

Odette proseguì: «Ci sarà anche il signor Spartaco Rangoni. Naturalmente tu lo conosci, vero?»

Lena, che stava piegando una camicetta, rimase per un attimo con un braccio a mezz'aria e non rispose.

«Ma certo che lo conosci. Era sottofattore nell'azienda di Lugo, fino a pochi mesi fa», insistette.

«In campagna ci si conosce tutti», rispose Lena evasiva.

«È un bel giovanotto biondo che non passa inosservato», puntualizzò e aggiunse: «Vuoi dirmi che non lo hai mai notato?»

«Non voglio dire niente», rispose la ragazza riponendo la camicetta in un cassetto che chiuse con un colpo secco. La storia tra Spartaco e la contessa la faceva soffrire, anche se si trattava soltanto di incontri occasionali. Lena era innamorata di quell'uomo che aveva respinto ed era gelosa di Odette, donna bellissima con la quale non avrebbe mai potuto competere.

«Tu e Rangoni siete le persone più singolari che ho incontrato in queste campagne. Sembrate quasi fuori posto nei vostri ruoli. Belli e alteri, direi. Sembrereste fatti l'una per l'altro», insinuò Odette con tono malizioso.

«La contessa dimentica che ho un marito. Da noi, in campagna, la fedeltà ha ancora un senso», osservò abbassando la voce.

Odette posò la spazzola sul tavolino della toilette e si voltò di scatto.

«Lena, *ça suffit*», sibilò.

«Uì, madam», rispose la giovane, consapevole di essersi spinta oltre il lecito.

«Dovrai scusarti per la tua impertinenza.»

«Chiedo scusa, contessa», replicò abbassando gli occhi.

«Puoi andare, per ora», ordinò Odette seccamente.

Quelle parole suonarono come una minaccia. Lena doveva pagare per la sua insolenza, ma non sapeva come e quando la contessa l'avrebbe punita.

Quando il conte Arduino l'aveva assunta, le aveva garantito che nessuno le avrebbe mancato di rispetto. E lei, onestamente, non poteva dire che Odette l'avesse maltrattata. Semmai era stata proprio lei, Lena, che con poche parole sferzanti l'aveva offesa. Come avrebbe potuto spiegare a Odette che era gelosa e che si odiava perché, nonostante tutto, continuava a coltivare nel suo cuore un sentimento proibito? Turbata e impaurita, la ragazza uscì dalla stanza e scese in cucina.

La cuoca era la sola persona con cui era riuscita a familiarizzare. A sua volta, madame Renée trattava tutti i domestici con distacco, tranne Lena. Stava preparando un battuto di lardo, cipolla e mandorle dolci. Il coltello andava su e giù, sul tagliere, con un ritmo e una rapidità sorprendenti. Lena sedette su uno sgabello, di fronte a lei.

«*Mon petit lapin*», le sorrise Renée guardandola con tenerezza.

«Ora ti faccio un *sabayon* squisito.»

«Siete un angelo, Renée. *Vous êtes un ange*», ripeté in francese.

«Fai progressi con la lingua. Ma non con l'umore», venne fatto di dire alla cuoca.

«Madame mi ha rimproverato», confessò Lena.

«Vuoi raccontarmi la *petite histoire*?» domandò con aria materna.

Lena non poteva confidarle l'accaduto, ma tentò di sapere fino a che punto Odette fosse vendicativa.

«Voi conoscete da tempo la contessa. È buona o cattiva?» domandò.

«Finge di divertirsi, ma è molto infelice», rispose la cuoca. «Dai cibi che mi vengono richiesti, riesco a capire gli umori dei miei padroni. Monsieur *le comte* è spensierato. Ama i piatti piccanti e ben conditi, anche se non sono l'ideale per la sua salute. Forse non ha voglia di vivere a lungo, ma certamente vuole vivere bene. *Madame la comtesse*, invece, vuole solo dolci. Ha bisogno di essere amata e ammirata. Non le basta la devozione del marito, poverina.»

«Questo l'ho capito anch'io», osservò Lena amaramente.

«Non badare al suo rimprovero. Tu ne soffri e lei, sicuramente, se ne è già dimenticata», la rassicurò mentre le porgeva una tazza di zabaione spumoso, dal profumo invitante.

Lena si rintanò nella sua stanza, al piano terreno della villa, poco distante dalla cucina. Si avvicinò alla finestra, protetta da una grata, e lasciò spaziare lo sguardo nel bellissimo giardino.

Poi, sedette sul letto, prese un testo scolastico dalla sua borsa e tentò di studiare. Era mercoledì, tra due giorni sarebbe ritornata a Lugo, da Tognino, pensò con sollievo.

Suo marito aveva ragione: non era facile lavorare per un padrone. Ma quando avessero avuto abbastanza soldi per andare in America, avrebbe dimenticato i sacrifici che aveva fatto.

Il suono del campanello la fece sussultare. Nel quadrante sopra lo stipite della porta si era accesa la luce che reclamava la sua presenza nell'appartamento di Odette.

Si alzò dal letto, si rassettò l'abito e lasciò velocemente la stanza.

«Questa sera aiuterai Cosimo a servire in tavola», le annunciò la contessa appena la vide.

Era la punizione che Lena aspettava e, se Spartaco fosse stato tra gli ospiti, sarebbe stata ben più pesante di un semplice castigo.

La ragazza si sentì perduta. Pensò di fuggire. Ma dove sarebbe andata? Scendevano le prime ombre della sera ed era impossibile mettersi in cammino per Lugo. In quel momento, desiderava soltanto ritornare a casa da suo marito.

«Al solito, non rispondi. Eppure non mi sembra una punizione chiederti un piccolo servizio, anche se non rientra nelle tue competenze», insistette Odette.

Lena le sorrise, sforzandosi di dominare la propria emozione.

«Infatti non lo è», replicò. Le era venuta un'idea folgorante.

16

«CON il suo permesso, signora contessa, vorrei andare in chiesa», disse Lena. Il vecchio parroco di Cotignola era la sola persona che potesse aiutarla.

«A quest'ora?» si stupì Odette.

Lena chinò lo sguardo e sperò con tutta se stessa che la donna non le negasse il permesso. In pochi secondi, infatti, aveva analizzato la situazione ed era giunta alla conclusione che, se si fosse rifiutata di servire in tavola, avrebbe scoperto i suoi sentimenti per Spartaco. Se avesse accettato, era molto probabile che la contessa avrebbe intuito l'attrazione che c'era fra loro due. Evidentemente Odette voleva sapere e quella cena serviva al suo scopo.

«Va bene. Se proprio non puoi farne a meno. Ricorda di ritornare per le sei. Dovrai aiutarmi a indossare il mio vestito», accondiscese Odette.

«Sarà fatto, madame», bisbigliò Lena e, dopo un frettoloso inchino, si precipitò fuori dalla villa.

Corse a perdifiato, arrivò alla chiesa, entrò e si diresse alla porta della sacrestia. Don Filippo, sempre più magro e allampanato, ne stava uscendo con un chierichetto per portare l'estrema unzione a un morente.

«Devo parlarvi», disse Lena affannata.

«Ancora tu!» sbottò il prete. «Non abiti a Lugo? Va' dal tuo par roco di laggiù.»

«Don Filippo, per favore, ho bisogno del vostro consiglio, adesso, subito», lo supplicò.

«Vieni dentro», si arrese il prete. «E tu va' fuori ad aspettarmi», ordinò al chierichetto. Sedette sulla cassapanca, sotto la finestra, e indicò a Lena una sedia. «Adesso calmati e dimmi che cosa c'è», esordì, bonario.

«Sono tre anni che fuggo da un uomo e faccio di tutto per non incontrarlo. Speravo di essere in salvo nella villa del conte Arduino e, invece, ho appena saputo che lui verrà a cena, questa sera, e io dovrò servire in tavola», confessò d'un fiato.

«Hai avuto rapporti adulterini con lui?» chiese il parroco, minaccioso.

«Questo mai. Voi mi conoscete e sapete che non ne sarei capace. Però lo amo tanto. Avrei voluto sposare lui, invece mi hanno costretta a sposare Tognino», spiegò tristemente.

«Quest'uomo è innamorato di te?» chiese il prete.

«Dal primo giorno in cui ci siamo conosciuti», rispose con un filo di voce.

«Il tuo cuore non è mai stato per tuo marito. Lo sai tu e lo so anch'io. Forse lo sa anche lui. Evidentemente il cielo aveva per te un disegno che abbiamo voluto ignorare, andando contro la volontà del Signore», ragionò con voce sommessa.

«Mi state dicendo che dovrei buttarmi tra le braccia di Spartaco?» esclamò Lena stupefatta.

«Dunque è il giovane Rangoni l'uomo che ti fa disperare», constatò don Filippo.

«Sì», mormorò Lena.

«Non ti sto incitando al peccato. Tutt'altro», spiegò il prete.

«E allora? Che cosa devo fare, don Filippo.»

«Se ti senti così fragile da non poter controllare le tue emozioni, ritorna da tuo marito», consigliò.

«Per dirgli che sono fuggita a causa di Spartaco? Vi sembra giusto che gli dia questo dolore?» domandò la ragazza.

Il prete tacque per qualche istante, quindi posò una mano sulla spalla esile di Lena.

«Ritorna alla villa e fai il tuo lavoro onestamente, come sempre. Se questa sera dovrai incrociare gli occhi dell'uomo che ami, fallo senza vergogna e senza paura. Dio legge nel tuo cuore e non ti abbandonerà», concluse alzandosi in piedi.

«Farò come dite. Scusatemi se vi ho disturbato», Lena si alzò per inginocchiarsi a terra.

«Per penitenza reciterai tre Pater, Ave, Gloria», decretò il parroco. «E chiedi aiuto a Dio. Lui saprà ispirarti.»

Tracciò su di lei il segno della croce.

Lena, in chiesa, pregò con intensità e convinzione, come mai prima d'allora.

Quando ritornò alla villa, era più serena perché aveva affidato a Dio la propria sorte.

«Brava, sei stata puntuale», l'accolse Odette, scrutandola con curiosità.

Lena accennò un inchino.

«Adesso che sei stata in chiesa, ti sei messa in pace con la tua coscienza?» chiese allegramente.

«Madame vorrà scusarmi se non rispondo», replicò Lena.

«Ma certo. Per quanto, un po' più di confidenza, tra noi, mi farebbe piacere.»

«Sono sempre stata scontrosa. Perdoni il mio pessimo carattere», ribatté Lena, mentre l'aiutava a indossare l'abito da sera.

«Controlla che le camere degli ospiti siano in ordine, mentre saremo a teatro, e che ci siano vasi di fiori ovunque. Mi affido al tuo buon gusto per decorare la tavola da pranzo.»

«Farò del mio meglio», la rassicurò Lena.

I conti Sforza e i loro ospiti ritornarono in villa che era quasi notte. Lena li vide arrivare dalla finestra della dispensa. Via via che si accostavano alla scala di pietra riconobbe Odette, il conte e, tra le signore e gli uomini in abito da sera, vide un giovane che indossava calzoni di velluto e stivali. «Spartaco!» sussurrò. Soltanto lui poteva presentarsi a una cena elegante vestito in quel modo.

Si pose accanto alla porta della sala da pranzo. Sapeva già quale sarebbe stato il suo compito. Cosimo le aveva spiegato come doveva cambiare i piatti: toglierli da sinistra e porgerli da destra.

Dalla cucina, una cameriera avrebbe portato i vassoi che Cosimo avrebbe preso in consegna prima di entrare in sala da pranzo.

Lena fece il suo ingresso quando gli ospiti avevano terminato il consommé.

Lo vide. Era seduto tra Odette e la contessa Giovanelli. La conversazione era animata e nessuno sembrava far caso all'abito campagnolo di Spartaco. Anzi, le donne avevano l'aria di ammirarlo, mentre gli uomini parlavano con lui come fossero vecchi amici.

«Ormai è deciso. La nostra azienda le offre la rappresentanza di tutti i prodotti per l'agricoltura», stava dicendo uno degli ospiti milanesi. «Sarà lei, signor Rangoni, a gestire la rete dei rappresentanti. L'ideale sarebbe un ufficio a Bologna. Ma questo sarà affar suo.»

«Chiedo la rappresentanza anche dei prodotti zootecnici. Quanto all'ufficio, dispongo già di una sede piuttosto prestigiosa, a Bologna, che potrei utilizzare, dividendo le spese, ovviamente», replicò Spartaco con disinvoltura.

«Signor Rangoni, qual è la sua posizione nei confronti del regime?» chiese una delle ospiti.

«Mi limito a prendere atto di alcuni aspetti positivi», spiegò Spartaco che non voleva sbilanciarsi. «Il regime ha potenziato le industrie, risanato il sistema bancario e fatto investimenti. A questo punto credo che ci sarà una contrazione degli stipendi che il fascismo compenserà con misure assistenziali e demagogiche», analizzò e aggiunse: «Andare verso il popolo è una strategia europea e mi sembra che in altri Paesi venga applicata con maggiore impegno. Perché...»

Vide Lena e non riuscì più a parlare. I commensali non capirono e, dopo qualche istante, ripresero il discorso dove lui lo aveva interrotto. Odette, invece, li aveva osservati attentamente e aveva colto, nello sguardo che i due giovani si erano scambiati, una intesa profonda. Ebbe la certezza che tra Spartaco e Lena ci fosse una storia d'amore in piena regola. Si ingelosì e, nello stesso tempo, si irritò profondamente. Nonostante la sua bellezza e la sua ricchezza, non era riuscita a sedurre quell'uomo che era, evidentemente, innamorato della ragazza. Si sentì umiliata e sconfitta. Lena, dal canto suo, aveva chinato lo sguardo e stava facendo il giro dei commensali, sostituendo i piatti, come Cosimo le aveva insegnato.

Quando la ragazza fu a portata di voce, Odette le fece cenno di chinarsi e le sibilò: «Sta' più attenta a quello che fai. Hai la disinvoltura di un elefante».

Lena, che non si aspettava un simile attacco e aveva i nervi a fior di pelle, ebbe un sobbalzo e urtò, con il piatto che aveva in mano, il calice della contessa. Il vino inondò la tovaglia e il prezioso abito di Odette che si alzò di scatto e disse con aria gelida: «Cretina! Non sai nemmeno fare la cameriera».

I commensali ammutolirono.

Spartaco si alzò, si avvicinò a Lena e le sorrise. Le tolse di mano il piatto che aveva causato l'incidente e lo posò sul tavolo. La prese per mano e le disse a voce alta, in modo che tutti potessero sentire: «Non si aspetti delle scuse, signora Miserocchi».

Odette arrossì e reagì prontamente: «Lei si sbaglia, signor Rangoni. Mi sono comportata male, Lena. Riuscirai a perdonarmi?» chiese con voce limpida, quasi gioiosa.

Lena non rispose e seguì Spartaco che la condusse fuori dalla sala da pranzo e dalla villa.

Odette si sedette ed esclamò con aria sconsolata: «L'ho fatta grossa davvero! Come potevo immaginare che la mia cameriera fosse l'amante del signor Rangoni?»

17

«NON ti lascio più», le disse Spartaco, varcando il cancello della villa. Le trattative di lavoro concluse a tavola probabilmente non avrebbero avuto un seguito, dopo quell'uscita di scena. Ma non gliene importava niente. In quel momento per lui esisteva soltanto Maddalena e il loro amore.

Era arrivato in moto, da Lugo. L'aveva posteggiata accanto alla cancellata, assicurandola a un palo con una catena e un grosso lucchetto. Trovò soltanto la catena: era stata tranciata e il suo prezioso mezzo di locomozione era sparito.

«Boia d'un mondo!» imprecò e aggiunse preoccupato: «Adesso come ti porto a casa?»

«Quale casa?» domandò Lena, esitante. C'era il casale della sua famiglia, a meno di un chilometro, e quello di suo marito, che era abitato dal fratello Attilio. C'era anche la casa nella corte dell'azienda agricola di Lugo. Ma nessuno li avrebbe accolti. Così ripeté: «Quale casa?»

«La mia», rispose Spartaco.

Lena scosse la testa e si avviò a piedi lungo la strada che portava in paese. Spartaco la raggiunse e l'afferrò per un braccio: «Dove vuoi andare?»

«Da don Palandrana», rispose decisa, «è il solo posto dove mi sento sicura.»

Lui annuì. Le circondò le spalle, tenendosela vicina, e si incamminò con lei. Poi cominciò a ridere.

«Be', che cosa c'è di tanto buffo?» chiese Lena stupita.

«Non la immaginavo così, la mia prima notte con te. In mezzo a una strada, senza sapere dove andare, come fossimo due vagabondi», spiegò divertito.

«Già. Che cosa saremmo, secondo te?» chiese la ragazza.

«Due tipi in gamba, mia dolcissima Maddalena. Siamo un uomo e una donna che finalmente si sono ritrovati e non si lasceranno più. Te l'avevo promesso, ricordi?»

«Sei il solito sbruffone. Io ti lascerò appena il prete mi avrà aperto la porta della canonica.»

«È tutto da vedere», la sfidò lui.

Il parroco si affacciò alla finestra del primo piano, svegliato nel pieno del sonno dal suono insistente del campanello.

«Sono io, don Filippo», disse Lena.

«Io chi?» domandò il prete che distingueva soltanto due figure, nell'oscurità.

«Sono Lena», disse la giovane.

La finestra si chiuse e, poco dopo, la porta della canonica si aprì. L'anziano sacerdote si presentò con il lume in mano. Indossava una camicia da notte di cotone grezzo lunga e bianca, calzava babbucce malandate e i radi capelli erano scompigliati.

Guardò i due giovani con severità.

«Lui è Spartaco», disse la ragazza.

«È questo il risultato delle tue preghiere e delle tue riflessioni?» le domandò il parroco con tono burbero.

«Non è come credete», intervenne Spartaco. «Maddalena è stata umiliata ingiustamente dalla contessa. L'ho portata via. Ma non sappiamo dove passare la notte, anche perché mi hanno rubato la moto.»

Intanto era arrivata, alle spalle del parroco, l'anziana perpetua.

«Che cosa c'è? Che cosa succede?» domandò assonnata.

«Va' via», le ingiunse don Filippo.

«È Lena Baldini», esclamò la donna, riconoscendola. «E lui? Chi è?» domandò incuriosita.

«Ti ho detto di andare via, vecchia ficcanaso. Tornatene subito a letto», ordinò. Poi, rassegnato, spalancò la porta della canonica. «Venite dentro», disse ai due giovani.

«Allora, vi ascolto», trasse un lungo sospiro di rassegnazione sedendosi su una poltrona sgangherata.

«Voglio portare Maddalena a casa mia», spiegò Spartaco.

«Penso che suo marito non sarà d'accordo. E neanch'io lo sono, dal momento che proprio io l'ho sposata con Tognino.»

«Voglio sposarla», dichiarò Spartaco.

«Sarà difficile. Ha già un marito.»

«La Chiesa consente l'annullamento del matrimonio. Mi sono informato», incalzò Spartaco.

«Oh, sì. *Impotentia coeundi, impotentia generandi*... vizio di consenso... Gli appigli ai quali aggrapparsi per svicolare dalla Legge di Dio sono tanti. Ma il Signore dice di non desiderare la donna d'altri. Allora, come la mettiamo? Voi due siete in peccato mortale e io non sarò mai vostro complice», ragionò don Filippo.

«Noi non abbiamo fatto niente di male», intervenne Lena.

Il sacerdote si impietosì. I due innamorati, oltre al castigo biblico, rischiavano l'ostracismo di Tognino, delle famiglie e dell'intera comunità. Tutte le porte si sarebbero chiuse per loro.

Don Palandrana sapeva bene che nell'adesione di Lena a quel disgraziato matrimonio con Tognino c'erano gli elementi per sciogliere il nodo che li univa. Lui stesso aveva favorito, un tempo, i maneggi tra la defunta Elvira e Gentilina Miserocchi nella convinzione di fare del bene e contribuire alla sistemazione di una brava ragazza, un po' strana, con un bravo ragazzo, brutto da far paura. Forse avrebbe fatto bene a non celebrare mai quel matrimonio. Se Lena e Spartaco avessero commesso adulterio, sarebbe stata, in parte, colpa sua.

Guardò quel giovane bello, intelligente, intraprendente e disse: «Ti presterò la mia bicicletta. Così potrai ritornare a casa tua». Poi si rivolse a Lena: «Quanto a te, questa notte dormirai con la perpetua. Si dice, e spero sia vero, che la notte porta consiglio».

«Domani verrò a prenderti, amore mio», promise Spartaco. «Ti giuro che questa volta nessuno riuscirà a separarci.»

«Sciacquati la bocca, prima di fare dei giuramenti sacrileghi», gli intimò il parroco. «Adesso va' a dormire. Un giorno o l'altro imparerai l'umiltà. E guai a te se farai del male a questa povera ragazza.»

Spartaco pedalò nella notte. All'alba era già fuori ad aspettare Tognino. Sapeva che sarebbe uscito dalla corte per andare nei campi. Quando lo vide arrivare, appoggiò la bicicletta al tronco di un albero e gli andò incontro facendo grandi gesti perché il contadino fermasse il carro.

Tognino tirò le redini e il cavallo rallentò.

«Devo parlarti», lo affrontò Spartaco.

«Salta su», lo invitò Antonio, «ho fretta.»

Spartaco prese la rincorsa e saltò agilmente sul carro, rimanendo in piedi, vicino all'amico.

La mattina era fresca. Piccole nuvole screziate si rincorrevano nel cielo turchese. Le allodole cantavano nell'aria chiara.

Spartaco aveva il cuore che gli batteva forte, nel petto.

«Che cosa c'è?» Antonio ruppe il silenzio.

Spartaco lo guardò dritto negli occhi e disse: «Maddalena viene a vivere con me».

Tognino fermò il cavallo, legò le briglie alla sponda del carro e saltò a terra. L'amico lo imitò.

«Non sono sicuro di avere capito bene.» Sapeva che Lena era a Cotignola, nella villa del conte Arduino.

«Mi dispiace, Tognino. Ci siamo rivisti, ieri sera. Io non la lascio più, questa volta.» E aggiunse: «Ci sono cose che non dipendono da noi».

«Certo», replicò Antonio. «Che cosa possiamo fare noi se il destino decide diversamente?»

«Dici bene», sostenne Spartaco. Gli sembrava che il peggio fosse passato.

Tognino si avvicinò all'amico.

«Potrai mai perdonarmi?» chiese Spartaco, esitante.

«No. Non potrò mai perdonarti», rispose Tognino e con un pugno, pesante come un martello, colpì il naso di Spartaco, che si fratturò con uno scricchiolio sinistro. Sferzò altri colpi micidiali su quella faccia insanguinata e gli assestò un altro pugno al torace. L'uomo che aveva distrutto la sua famiglia e la sua vita cadde tramortito al suolo.

Il conte Arduino fu testimone di quella drammatica sequenza. Veniva in macchina da Cotignola e vide Tognino picchiare a sangue il giovane Rangoni. Fermò l'auto e scese di corsa per soccorrere Spartaco che respirava a fatica. Non fece domande. Si limitò a dire: «L'avete quasi ammazzato. Ve ne rendete conto?»

Tognino non rispose.

«Aiutatemi a metterlo in macchina», ordinò il conte. «Se lo portassi all'ospedale, ridotto com'è, avreste dei guai.»

Spartaco si lamentò debolmente mentre veniva sollevato dai due uomini e disteso sui sedili posteriori della vettura.

«Lo porterò a casa mia», decise il conte.

«Mi dispiace», sussurrò Tognino e si allontanò.

18

Il parroco di Cotignola aveva trascorso la notte in un burrascoso dormiveglia, chiedendo al Signore la grazia di un'illuminazione. Voleva salvare il matrimonio di Lena senza dannarsi l'anima perché, se l'unione con Tognino era stata un errore, quella con Spartaco sarebbe stata un disastro.

Di prima mattina, celebrò la messa invocando un segno dalla divina provvidenza che arrivò con le sembianze della contessa Sforza.

«Sono venuta a riprendere Lena», annunciò la donna, con un sorriso smagliante.

Il parroco la guardò sospettoso. Sapeva di non consegnare Lena nelle mani di una persona integerrima. La vita dissoluta di Odette non era un segreto nemmeno per lui. Eppure doveva ammettere che era una donna generosa e prodiga di aiuti per i parrocchiani poveri. In ogni caso, preferiva affidare la giovane contadina alla contessa piuttosto che a Spartaco.

«Sia lodato Gesù Cristo», sospirò con un senso di sollievo.

«E sempre sia lodato», recitò Odette.

«Vado subito a chiamarla», disse il parroco, uscendo dalla sacrestia.

Lena comparve di lì a poco, quasi sospinta da don Palandrana.

«Vieni. Ti riporto in villa», annunciò la contessa.

La ragazza non si mosse.

«Non ho nessuna intenzione di ritornare da lei, madame», disse.

Odette non voleva discutere davanti a quel sant'uomo del parroco. Così si chinò sulla ragazza e le sussurrò: «Nemmeno se ti assicuro che lui è in villa e ti aspetta?»

Anche Lena aveva passato una notte infame. Aveva pianto tutte le sue lacrime mentre la perpetua russava soffiando come un mantice. Si rendeva conto che il suo amore per Spartaco andava contro tutte le regole. Si sentiva colpevole, ma non vedeva l'ora che ritornasse a prenderla.

«Lo aspettavo qui», replicò sottovoce.

Odette approfittò di quell'istante, in cui le difese di Lena si erano allentate, per salutare il parroco e condurla fuori dalla chiesa.

«Non è potuto venire», spiegò Odette. «Ha avuto un piccolo contrattempo. Sali in macchina, prima che tutto il paese si raduni intorno a noi», tagliò corto.

Lena vide le donne, appena uscite dalla chiesa, che la osservavano incuriosite. Capì che era meglio assecondare la contessa.

Il «piccolo contrattempo» la spaventò a morte. Spartaco sembrava sul punto di rendere l'anima a Dio. Era disteso su un letto, al primo piano della villa, in una stanza riservata agli ospiti. Un medico gli stava fasciando il torace, per proteggere un paio di costole incrinate, e gli aveva medicato il viso, gonfio e tumefatto.

«Sei arrivata, finalmente», balbettò lui, «va tutto bene, stai tranquilla, siediti qui vicino a me.»

Lena guardò il naso incerottato e gli occhi semichiusi da vaste ecchimosi: «Tognino ha picchiato forte», constatò. Odette l'aveva informata di tutto, lungo la strada.

La reazione violenta di suo marito, in un certo senso, le aveva fatto piacere. Sarebbe stato peggio se avesse subìto passivamente la loro decisione.

«Come sta, dottore?» chiese al medico che aveva terminato la fasciatura.

«Se la caverà con qualche giorno di letto», diagnosticò.

Lena lo curò con amore. Gli preparava bevande fresche che gli faceva bere con l'aiuto di una cannuccia di paglia. Cambiò gli impacchi di ghiaccio, le bende, i cerotti e lavò le escoriazioni con acqua ossigenata, seguendo le indicazioni del dottore.

Di tanto in tanto Spartaco si assopiva e lei si abbandonava ai suoi pensieri, distesa su una piccola dormeuse, ai piedi del letto. Aveva lasciato dietro di sé la sicurezza di una casa e di un focolare, un marito devoto che l'amava. Non aveva più nulla, tranne le promesse di Spartaco. Il presente era dominato da una passione che poteva svanire al primo colpo di vento e da un uomo a lungo desiderato ma troppo irrequieto per garantirle la certezza di cui aveva bisogno. La loro storia non era ancora incominciata e già temeva che lui potesse lasciarla per inseguire una nuova avventura. Il giudizio della gente le bruciava sulla pelle e si immaginava le occhiate di disprezzo riservate alle adultere quando avesse lasciato la villa.

La generosa ospitalità dei conti Sforza la metteva molto a disagio. Non era più la cameriera di Odette, ma non era neppure un'ospite a pieno titolo. Si muoveva con mille cautele. Usciva dalla camera quando era certa di non incontrare nessuno e soltanto in cucina, con madame Renée che le voleva bene, osava parlare.

«Dovresti essere felice, *mon petit lapin*», le diceva la cuoca. «Finalmente puoi stare vicina all'uomo che hai sempre amato. Il tuo è stato un gesto molto coraggioso.»

«Coraggio e buonsenso non sempre vanno a braccetto. Mi sento in bilico tra un passato che non mi appartiene più e un futuro che non riesco a prevedere», osservava Lena.

«Lasciati andare, lasciati vivere. Non stare sempre sulle spine. Impara a rilassarti. Soprattutto, non guardare il mondo come se fosse soltanto pieno di insidie.»

A volte si addormentava vinta dalla stanchezza e dalla tensione, ma bastava un lieve movimento di Spartaco per svegliarla. Lui faceva rapidi progressi e aveva ripreso a mangiare.

Una sera, Odette bussò alla porta della loro camera. Non avendo ottenuto risposta, entrò in punta di piedi.

Spartaco dormiva e Lena si era assopita, seduta accanto al letto.

«Vieni con me», le ordinò, svegliandola dolcemente.

Lena si alzò di scatto. Il piccolo *abat-jour*, sul tavolino da notte, schermato con un foulard, diffondeva una luce rosata. Odette le fece cenno di seguirla.

«Andiamo giù, in salotto», le disse, precedendola.

La villa era immersa nel silenzio. La pendola, nell'atrio, batté undici rintocchi.

«Ho preparato della cioccolata», esordì Odette. Sul tavolino basso, tra i due divani, c'era un vassoio con la cioccolatiera e due grandi tazze di porcellana bianca.

«Siediti. Dobbiamo parlare», disse mentre afferrava il manico di ebano del bricco e versava nelle tazze il liquido denso e profumato.

«Ti sembra abbastanza dolce?» domandò, dopo che Lena ne ebbe assaporato un sorso.

«M sembra perfetta, madame», rispose la ragazza.

«Per favore, smettila di chiamarmi madame. Non sei più la mia cameriera. Vorrei invece che diventassimo amiche», propose Odette e proseguì: «Vedi, Lena, tu e io apparteniamo a due diversi tipi di donna. Io utilizzo il mio corpo come uno strumento di seduzione. Faccio di tutto per essere ammirata e desiderata. Tu, invece, affascini gli uomini con il carattere spigoloso, con la tua natura introversa e complessa, con la tua bellezza della quale non sei consapevole. A me piace che gli uomini si innamorino di me, ma con Spartaco non ho avuto successo, perché lui amava un'altra. L'ho sempre saputo. Volevo scoprire il gioco e ci sono riuscita.

«Tu e io non saremo mai rivali. Lo capisci?»

Lena ascoltava senza interloquire.

«Un giorno, con il passare degli anni, io perderò ogni attrattiva per gli uomini. Tu invecchierai e potrai sempre suscitare dei desideri», concluse Odette, amaramente. E riprese: «Se tu ami Spartaco, accettalo così com'è. Ritornerà sempre da te, come io non abbandonerò mai mio marito».

Lena avrebbe voluto farle molte domande, ma era turbata da quella donna che si dimostrava così diversa da come l'aveva sempre considerata. Chiese invece: «Perché sta facendo tutto questo per noi?»

«Mi piacete entrambi, e rispetto i vostri sentimenti. Inoltre, Spartaco è un uomo di valore, ha talento e avrà molto successo. Lui e il conte, adesso, hanno un'attività in comune.»

«Non lo sapevo. Mi sta dicendo che il conte Arduino e Spartaco sono soci?»

«Proprio così. Mio marito ha messo il capitale, Rangoni l'idea. Insieme hanno dato vita al Canapificio Romagnolo. Ora capisci perché possiamo essere amiche? Verrà un giorno in cui tu, probabilmente, sarai molto più ricca di me.»

«Le ricchezze non mi interessano», dichiarò Lena.

«Tuttavia i soldi sono utili. Lasciatelo dire da me che non ho mai attribuito molto valore al denaro. Comunque, per ora abiterai in villa con Spartaco, fino a quando lui non avrà trovato una sistemazione conveniente per entrambi.»

«Non so che cosa dire. Sono confusa», replicò Lena, commossa da tanta generosità.

Odette trattenne uno sbadiglio.

«Ora penso che andrò a dormire. E tu farai bene a seguire il mio esempio.»

Lena quella notte sognò rondini che volavano dentro e fuori da una piccola casa piena di rose.

19

Una notte scoppiò un temporale furibondo con poderose raffiche di vento che squassavano gli alberi e fischiavano tra le imposte. Lena aveva paura dei temporali violenti. Così s'infilò nel letto di Spartaco. Lo fece con molta cautela per non svegliarlo.

«Ti sei decisa, finalmente», la sorprese lui.

«Credevo che dormissi», quasi si scusò, sentendosi scoperta.

«Sono un buon simulatore», confessò. Allungò un braccio e l'attirò a sé.

«Sei un bugiardo e un traditore», replicò lei. «Come ti senti?»

«Come un leone in gabbia. Ogni movimento mi fa soffrire. Ma ho tanta voglia di amarti.»

«Allora non muoverti. E non parlare. Farò tutto io. Come posso e come so», disse cominciando ad accarezzarlo.

Il corpo di Spartaco emanava sempre il profumo gradevole delle more selvatiche. E Lena inventò l'amore in quella notte percorsa dal temporale, un amore che sbocciò splendido come sbocciano nel cielo d'estate i fuochi d'artificio. Era proprio così che se l'era immaginata, a sedici anni, la sua prima notte d'amore con lui. Poi si rannicchiò nel calore del suo corpo e si addormentarono insieme.

Lena sognò suo marito. Lo sguardo mite del suo occhio buono non le rimproverava niente e fu presa dal rimorso, anche perché Tognino era come una spina nel cuore. Se Spartaco era il compagno che aveva sempre voluto, Antonio era l'uomo che aveva sposato. Nonostante tutto continuava a considerare il matrimonio, per tradizione atavica, un vincolo indissolubile, sebbene troppi tangibili segni avessero indicato a lei e al marito il tramonto della loro unione.

Se avesse fatto un censimento tra le coppie dei contadini, avrebbe scoperto, ammesso che già non lo sapesse, che erano pochi i matrimoni che si reggevano sull'amore. Le mogli stavano con i loro uomini per un sacco di motivi che non avevano niente da spartire con la comunione dei sentimenti. C'era il bisogno di appartenenza, c'era la paura dei pregiudizi, la necessità di sopravvivere e l'esempio da impartire ai figli. C'erano donne che imploravano dal cielo una vedovanza che le liberasse dai maltrattamenti, dalle angherie, dall'egoismo del marito, dal suo fiato saturo di vino, dalle troppe gravidanze che le riducevano allo stremo delle forze. Eppure trovavano ancora la voglia di cantare, di ballare sull'aia nelle sere di festa, di accapigliarsi con altre donne per futili motivi, di denunciare le trasgressioni della vicina. Questo era il mondo di Lena e lei lo aveva sempre rifiutato. Fino alla decisione estrema di lasciare il marito per inseguire un sogno. Spartaco indovinò i suoi pensieri e il suo abbraccio si fece più tenero.

«Possiamo essere felici soltanto in due», le disse. «Tognino soffrirà. Poi si rassegnerà. Il tempo è un grande medico e cura tanti dolori.»

«Se lo dici tu, sarà così.»

«Appena riesco ad alzarmi dal letto, ti porto via da qui. Andremo a Bologna», le disse.

«Così lontano?»

«Là, nessuno ti conosce. La gente, in città, si fa gli affari propri e non chiacchiera come nei paesi.»

«Così non mi butteranno la croce addosso. È questo che vuoi dire?»

«Non mi fa piacere che qualcuno pensi male di te, amore mio.»

«Oh, la gente! Me ne importa così poco di quello che pensano gli altri.»

«Ma nella nostra vita, l'opinione degli altri avrà un peso. Te ne renderai conto anche troppo presto», l'avvertì.

Lena lo scrutò con aria pensosa.

«Dov'è finito quel ragazzo biondo che lasciò cadere sul mio grembo una rosa?» osservò.

«Dov'è finita quella ragazzina acerba e spaventata che fuggì via scalza, la prima volta che mi vide, come se avesse visto un orco?» replicò.

«Siamo cambiati, Spartaco.»

«Siamo cresciuti, Maddalena.»

«Io però ti amo come allora e, come allora, non sempre sono d'accordo sulle cose che dici.»

«Allora sarà una bella lotta, perché io sono uno che, quando si mette in testa una cosa, arriva fino in fondo.»

«L'avevo notato e sento il dovere di avvertirti: nel lavoro le decisioni saranno solo tue. In casa sarà tutt'altra musica.»

«Sì, padrona», sorrise lui. E soggiunse: «Aiutami ad alzarmi. Sono stanco di poltrire in questo letto. Mi puntello a te e vediamo se riesco a tirarmi in piedi».

Era smagrito in quei giorni di letto e di digiuno. Il viso era ancora ammaccato e il torace fasciato gli faceva male. Eppure a Lena sembrava l'uomo più bello del mondo. Gli avvolse intorno al corpo nudo la coperta di seta del letto e lo aiutò a muovere i primi passi. Poi sbottò in una allegra risata.

«Mi sembri uno di quegli antichi romani che ho visto al cinematografo», commentò.

Lui la ghermì con un braccio e la baciò a lungo, appassionatamente.

«Sei la mia ossessione, Maddalena. Non smetterò mai di dannarmi per te», le sussurrò all'orecchio. «Ti amo», disse con aria adorante.

Lena si scostò da lui e gli dedicò un'occhiata minacciosa.

«Devo avvertirti di una cosa ancora. Se mai ti verrà in mente di fare il galletto con altre donne, fa' in modo che io non lo sappia mai, perché potrei ridurti molto peggio di quanto abbia fatto Tognino.»

Spartaco non ebbe dubbi sulla fermezza di questo proposito e seppe che da quel momento la sua vita sarebbe stata una sfida continua non solo nel lavoro, ma anche con la sua donna.

20

Pochi giorni dopo, Lena e Spartaco lasciarono la villa di Cotignola. L'autista del conte doveva accompagnarli a Bologna, ma Spartaco volle prima fermarsi a Lugo, per salutare sua madre. Lena lo aspettò in macchina.

Nella corte trovò sua madre che accudiva i polli.

«Mi hai fatto stare in pensiero», lo aggredì, vedendolo arrivare. Il conte Arduino le aveva telefonato per avvertirla che suo figlio era via per lavoro. La notizia non l'aveva tranquillizzata. «Sparisci per una settimana e adesso ti presenti con la faccia coperta di lividi.»

«Ho avuto un piccolo incidente», tentò di minimizzare.

«Che cosa ti è successo?» lo interrogò preoccupata.

«Entriamo in casa. Vi spiegherò», tagliò corto lui.

Sedette al tavolo di cucina, mentre sua madre incominciò ad affaccendarsi. Gli mise davanti del pane appena sfornato, un piatto di formaggio, una bottiglia di vino e il bicchiere. Come tutte le madri riteneva che il modo migliore e più immediato per prendersi cura di un figlio e dimostrargli amore fosse nutrirlo.

«Intanto mangia», disse. «Sei pallido e magro.»

«Ho fatto a botte con un amico. Per questo non sono ritornato a casa. Per non spaventarvi», spiegò d'un fiato.

«Figuriamoci se fosse stato un nemico», brontolò lei.

«Mamma, perché non vi mettete un momento tranquilla?»

«Com'è andata la faccenda?» lo affrontò sedendosi di fronte a lui.

«Gli ho portato via la moglie e lui si è arrabbiato», confessò.

«Me lo sentivo che, prima o poi, ti saresti messo nei guai», lo rimproverò osservandolo con apprensione.

«La donna del mio amico è la stessa di cui vi avevo parlato. Andremo a vivere insieme», annunciò.

«Non è vero. Non posso crederlo», bisbigliò la madre, stupefatta.

«Non vi ho mai mentito. So di darvi un dispiacere, ma non condannatemi prima di avere conosciuto Lena. È qui fuori, in macchina, che aspetta», la supplicò.

Sua madre lo guardò severamente: «Avevo un figlio di cui andavo orgogliosa. Adesso mi vergogno di te. Non hai un briciolo di timor di Dio? Ti sei preso la moglie di un altro».

«Non parlate così. Voi non la conoscete.»

«E non la conoscerò mai. Ha rovinato mio figlio e la mia famiglia.»

«Io la sposerò, un giorno, e sarà la madre dei miei figli», si ribellò Spartaco.

La donna si alzò di scatto e disse: «Non voglio più vederti. Vattene!»

Spartaco andò verso la porta, ma quando fu sulla soglia si voltò a guardare la madre.

«Se lasciassi Maddalena per farvi piacere, vi maledirei per il resto dei miei giorni. È una ragazza straordinaria e, per molti versi, vi assomiglia. Un giorno ci perdonerete», disse. Salì al piano superiore, riempì una valigia con libri e indumenti. Quindi ridiscese.

«Dove andrai?» gli chiese sua madre, con la voce tremante.

«A Bologna.»

«Nella casa del notaio?»

«Così saprete dove trovarmi», rispose sorridendole.

Lei, a quel punto, spalancò le braccia e lui vi si rifugiò di slancio. «Facciamo in modo che il babbo e Miranda non sappiano, almeno per il momento», suggerì la madre. «Dirò che ti sei trasferito a Bologna per il tuo lavoro. Quando passi di qui, vieni a trovarci», gli raccomandò tra le lacrime. Poi, aprì un cassetto ed estrasse una lettera che gli porse: «È arrivata in questi giorni».

Spartaco lesse il nome del mittente: Alberta Benini. Infilò la busta nella tasca dei pantaloni e raggiunse Lena che lo scrutò con apprensione.

«Non ha voluto vedermi, vero?» domandò.

«Un giorno ti conoscerà e cambierà idea», la rassicurò.

In automobile, per tutto il viaggio fino a Bologna, si tennero per mano, ognuno chiuso nei propri pensieri.

L'autista fermò la macchina davanti a un piccolo palazzo, sotto le due torri. Aiutò Lena a scendere mentre Spartaco apriva il portone. Scaricò i bagagli e salutò i due giovani ricevendo una buona mancia.

Spartaco mostrò a Lena gli uffici al piano terreno: «Qui c'era lo studio del notaio, in questo salotto prendevo la cioccolata che mi preparava Giacinta, la sua governante. È stata lei a indurlo ad andare in America. Un giorno prenderemo un piroscafo e andremo a trovarlo, a Nuova York. Da Bologna mi muoverò meglio sulle varie piazze del Nord. Potrò frequentare più lezioni all'università e stringere rapporti con i mercanti alla Borsa del grano. Durante il giorno mi vedrai poco. Ma ogni sera ritornerò da te. E adesso andiamo di sopra. Devi vedere la nostra casa».

La scala di pietra aveva una balaustra in ferro battuto ed era rischiarata da un lucernario con vetri colorati.

Lena trovò la cucina linda e spaziosa. C'era un enorme frigorifero Bosch, le credenze laccate di bianco, il lavello in marmo con acqua corrente calda e fredda, una cucina economica a gas. Si affacciò al balconcino che dava su un cortiletto umido, tutto cemento e ombra, rallegrato da una pianta di glicine in piena fioritura.

«Dov'è la camera da letto?» domandò a Spartaco, esitante.

«Ce ne sono quattro. Abbiamo due bagni e una stanza guardaroba. Vieni con me.» La prese per mano. Sprizzava gioia ed entusiasmo.

I mobili delle camere erano severi. Letti con testiere alte di legno scuro, materassi ancora arrotolati, coperti di drappi, armadi immensi e vuoti. Le tappezzerie avevano perso colore e portavano ancora i segni dei quadri che erano stati tolti.

Lena si guardava intorno, smarrita.

«Adesso usciamo, amore mio», disse lui, abbracciandola. «Ci sono negozi molto belli, a Bologna. Compreremo tutto quello che ci serve. Così i fornitori incominceranno a conoscere la signora Rangoni.»

Lena sedette sul bordo d'un letto e lo guardò desolata. «Io non ho un soldo. Non posso aiutarti.»

Spartaco sedette vicino a lei. Estrasse un portafogli di pelle scura e glielo mise in mano.

«Aprilo e guarda», le disse.

Era pieno di banconote da cento lire, grandi come lenzuola.

Lena era confusa: «Non sapevo che avessi tanto denaro...»

Lui affondò una mano nella tasca della giacca ed estrasse una spilla.

«Tieni, Maddalena, è il mio primo regalo per te.»

Lena ammirò quella bellissima rosa di perle e di pietre verdi che luccicavano come stelle.

«È una rosa di Damasco!» esclamò felice. «È stupenda. Dove l'hai presa?» domandò, e aggiunse: «Mettimela qui, al polsino della camicetta».

«Ti porterà fortuna», rispose brevemente, evitando spiegazioni imbarazzanti.

Lena sorrise: «Ne avremo bisogno». Nella sua voce c'era una nota di tristezza. Ma ero molto innamorata e non le sembrava ancora vero di poter vivere, finalmente, con l'uomo che aveva tanto desiderato.

Quando si posseggono migliaia di miliardi

1

«QUANDO si posseggono migliaia di miliardi», disse Antonio Miserocchi, «si possono avere guai altrettanto smisurati.»

«Come è capitato a mio padre», osservò Spartaco Serandrei.

«Lo so», ammise Antonio. «Giuliano era un tipo scomodo. Tirava dritto per la sua strada senza tenere conto dell'opinione degli altri.»

«Lei lo ha conosciuto bene?»

Il vecchio annuì. I rintocchi di un'elegante pendola settecentesca risuonarono nella stanza.

«È l'ora delle medicine», affermò Tognino con disappunto. «Sono diventato un divoratore di veleni.»

Si alzò dalla poltrona e, con la sua andatura un po' rigida, raggiunse la porta che comunicava con la stanza accanto.

Spartaco si guardò intorno. Le poltrone e i divani del grande studio erano rivestiti di nappa nera. Il pavimento era coperto da una moquette bianca. Anche i mobili, pochi ed essenziali, erano laccati di bianco. L'intero appartamento occupava l'attico di un grattacielo nel centro di Milano e una parete a vetri offriva una splendida vista sulla parte ottocentesca della città.

Aspettando il ritorno di Antonio, il giovane si alzò per osservare due fotografie collocate sulla scrivania. Nella prima erano ritratti un uomo, una donna e un soldato. L'uomo reggeva una valigia di fibra. La donna indossava un abito da contadina. Il soldato, al centro, appoggiava le braccia sulle loro spalle. Tutti e tre guardavano l'obbiettivo con timore.

«Pompeo, Gentilina e Tognino, prima che una granata gli devastasse la faccia», disse Spartaco a voce alta.

L'altra fotografia, color seppia, ritraeva Tognino e Lena vestiti a festa. Il fotografo, con opportuni ritocchi, era riuscito a nascondere le cicatrici dal volto di Antonio. Lena era bellissima.

«Quello era il mio mondo d'amore», lo sorprese il vecchio ch'era rientrato nello studio.

«Fotografie magnifiche», osservò Spartaco.

«Persino io ho un aspetto quasi gradevole», scherzò.

«Mia nonna è fantastica.»

«Era bella, tua nonna», sussurrò Antonio, con nostalgia, mentre si abbandonava su una poltrona.

«Crede che il nonno fosse geloso di lei?» domandò Spartaco, a bruciapelo.

«Spartaco Rangoni era un tipo speciale», spiegò. «O lo amavi o lo detestavi. Aveva molti difetti. Era dispotico, autoritario e detestava essere contraddetto, soprattutto se aveva torto. Ma se qualcuno sbagliava, era disposto a concedergli molte attenuanti», spiegò Antonio.

«Non era un interlocutore facile», osservò il giovane.

«Il tuo babbo gli somigliava. Si stimavano reciprocamente, proprio perché avevano molti tratti del carattere in comune.»

«Me li ricordo, quando ero bambino. Due galletti litigiosi, sempre pronti ad azzuffarsi», disse il giovane.

«I romagnoli sono strana gente. Rangoni e Serandrei erano capaci di tutto, quando s'infuriavano», disse il vecchio.

«E la nonna, com'era?» domandò Spartaco.

«Un generale. Comandava tutti a bacchetta e nessuno osava contraddirla. Quando s'impuntava su una cosa, era impossibile riuscire a fermarla. Un caratteraccio, te lo assicuro. Ma generosa e leale. Un'intelligenza viva. Una capacità di apprendimento eccezionale. E poi era bellissima. Un uomo non poteva guardarla senza subire il suo fascino», ricordò.

«Lei ne era innamorato, vero?»

«Io l'amo ancora», confessò Antonio, piano. «Ci siamo rivisti, recentemente. Lo sai. Avevamo tante cose da dirci, ma non ci è bastato il tempo. Chissà se la rivedrò ancora. Non ho mai creduto nell'aldilà. Eppure mi sorprendo a immaginare un mondo oltre la vita, in cui Lena e io camminiamo tenendoci per mano.»

«Dovrebbe vedersela con il nonno», osservò Spartaco sorridendo.

«Già. È da lui che è partito il nostro discorso. Porti il suo nome e gli assomigli molto. Tua nonna stravede per te. Può darsi che abbia ragione. Vuole che ti aiuti, per quanto mi è possibile, a risollevare le sorti della vostra famiglia.»

«Non credo di essere così geniale, come crede la nonna», osservò il giovane.

«Se Lena sostiene che tu vali, io le credo», decretò il vecchio.

«Spero tanto che abbiate entrambi ragione», replicò Spartaco, poco convinto.

«Stammi a sentire, figliolo. Ho passato i novant'anni e non posso sprecare il poco tempo che mi resta. Ho un mal di schiena che mi fa impazzire. Mi curano con il cortisone. Dosi che stroncherebbero chiunque. Su di me hanno poco effetto. Però mi consentono di muovermi. Posso ancora uscire di casa ogni giorno e fare la poca strada da qui agli uffici della banca. Lena vuole che mi occupi di te. Io ci metterò tutto il mio impegno. Tu dovrai fare altrettanto. Per me è una scommessa con la vita. Per te, è il tuo futuro.»

«Da che parte incominciamo?» domandò Spartaco.

«Ho studiato nei dettagli la situazione», disse Antonio. «In sintesi, la tua famiglia ha un'esposizione di seimila miliardi. Le vostre società, oggi, hanno un valore di circa tremila miliardi. Ne mancano altrettanti per andare in pareggio.»

«Appunto. Mi chiedo anche chi pagherà gli interessi passivi. La nonna, nel corso di una riunione di famiglia, ha detto chiaro e tondo che non tirerà fuori un soldo. Anche se a me ha fatto intendere il contrario», disse Spartaco.

«Lo so. Vuole disfarsi delle sue società e io ho trovato gli acquirenti. Porterebbe a casa duemila miliardi», rivelò il vecchio.

«Davvero c'è qualcuno disposto a pagare questa cifra?» si stupì il giovane Serandrei.

«Ti spiegherò tutto nei dettagli, in seguito.»

«C'è un altro punto importante. Le azioni che due anni fa mio padre aveva acquistato a un prezzo intorno alle cinquemila lire, oggi valgono meno di mille lire. Una stima da furfanti», s'infervorò Spartaco. «La quotazione reale, oggi, lo so con certezza, è intorno alle tremila lire. Se fosse possibile rivalutarle, potremmo riscattare dalle banche l'intero pacchetto, estromettendo le varie finanziarie che ci stanno addosso.»

«Hai visto i tabulati che Lena mi ha mandato?»

«Visti, analizzati e memorizzati», rispose prontamente.

«Allora saprai che le banche che controllano il vostro gruppo hanno perso, fino a oggi, milleseicento miliardi. Dunque, sono disposte a trattare.»

«Con chi? Non lo faranno mai con i Rangoni», disse Spartaco.

«Ve l'hanno giurata, lo so. Ma tu ti chiami Serandrei. Sei il figlio di Giuliano, non dimenticarlo», sorrise il vecchio.

«Sono troppo giovane per essere considerato affidabile e sono assolutamente sconosciuto nel mondo della finanza», ragionò.

«Io, invece, sono conosciuto e stimato. Che coppia formeremo, tu e io! Tra noi due ci sono settant'anni di differenza. Quasi un secolo, te ne rendi conto?»

«Lei crede davvero che potremmo essere un'accoppiata vincente?» domandò Spartaco, dubbioso.

«Ti svelerò un segreto. Attraverso la Banca Rurale Italiana di cui sono il presidente, io controllo le quotazioni dei titoli del mercato agroalimentare. Il mio progetto è quello di indurre il mercato a riqualificare i vostri titoli. I capitali di Lena confluiranno nella mia banca. Le banche creditrici cederanno a noi il venti per cento dei vostri titoli che, sommati al trentotto attualmente in vostro possesso, ti permetteranno di riavere la maggioranza, rilanciando le quotazioni della Rangoni Chimica. Le banche saranno felici di non rimetterci l'osso del collo e le finanziarie resteranno con un pugno di mosche. Come vedi, basta fare qualche spostamento di miliardi per rilanciare una partita che sembrava perduta», sorrise il vecchio.

«E poi?» chiese il giovane.

«Imparerai a camminare con le tue gambe, e starai sempre dietro le quinte, come faceva tuo nonno.»

«Lui sapeva come muoversi e, da buon mercante, metteva spesso a rischio la sua fortuna. Poteva farlo perché non doveva rendere conto a nessuno.»

«È necessario che ti insegni qualche trucco. Adesso, però, te ne devi andare, perché ho esaurito la mia scorta di energia», brontolò il vecchio.

Spartaco lo guardò perplesso. Dovevano affrontare ancora tanti problemi. Il più immediato era la mancanza di liquidità. La famiglia non gli avrebbe mai consentito un'ingerenza negli affari senza un'adeguata contropartita. Antonio Miserocchi parlava di titoli, di vendite, di acquisti: ma alla base di tutto doveva esserci un accordo con gli zii e con sua madre. Possibile che Miserocchi non se ne rendesse conto?

«So che cosa vuoi dirmi», soggiunse Tognino, infastidito. «Non è facile vedersela con i Rangoni, soprattutto quando si coalizzano. Bene, questo sarà il tuo banco di prova. Se la spunti con loro, il resto sarà facile. Voglio proprio vedere come te la caverai.»

«Non daranno la loro fiducia a me, il figlio di Giuliano, che ritengono responsabile del disastro», ragionò.

«Tu hai la nonna dalla tua parte. E lei ha molte risorse. Questo dovresti saperlo», disse, con aria ammiccante.

«Soltanto per vaghi accenni», osservò Spartaco.

«Datti da fare, figliolo. Ricorda che Lena vuole solo te a capo del nuovo assetto famigliare. Personalmente, ti consiglio di adottare l'antico metodo del bastone e della carota. Sono sicuro che ce la farai. Quando avrai le loro deleghe, ritorna a trovarmi. Insieme, tu e io, porteremo avanti l'azione più clamorosa di salvataggio economico degli ultimi cinquant'anni.»

Spartaco lasciò lo studio di Tognino, tormentato da molti dubbi. Innanzitutto doveva riunire la famiglia. Poi, doveva vincere la loro diffidenza e ottenere il mandato a operare. Se esisteva un modo per avere il loro consenso, lui doveva trovarlo. Per il momento si rendeva conto di avere un unico vantaggio: la famiglia annaspava in cerca di ossigeno.

Suo padre gli aveva insegnato che, per ottenere qualcosa, bisogna darne un'altra in cambio.

Camminava, pensieroso, lungo le vie del centro. Doveva trovare un appiglio per imporsi, ma non sapeva in quale direzione muoversi.

Nel momento in cui attraversava una strada, quasi correndo, prima che il semaforo scattasse sul rosso, gli venne in mente un nome: Stefano Benini.

Da sempre, era un personaggio di cui, in famiglia, si parlava raramente. Chi era in realtà questo Benini, cui il nonno aveva regalato l'enorme complesso del canapificio ravennate? Di lui, se ricordava bene, suo padre parlava in modo lusinghiero. Lo zio Giovanni gli era amico. Quando gli affari avevano preso il verso sbagliato, né Giuliano né Spartaco lo avevano coinvolto. Una volta suo padre aveva detto: «Stefano e la sua attività non si toccano».

Perché? Lui lo aveva incontrato negli uffici del nonno. Era un bell'uomo dall'aria dolce, con una gran testa di capelli ramati. Doveva avere all'incirca l'età di sua madre.

Una volta, ed era appena un ragazzino, fece il suo nome e la nonna lo zittì con un'occhiataccia. Perché?

Perché proprio adesso gli era venuto in mente Stefano Benini?

Era sicuro che dietro quel personaggio ci fosse una vicenda che la famiglia voleva tenere segreta. Era necessario che lui ne parlasse con Lena.

C'era una volta...

1

Lena, a poco a poco, prendeva confidenza con la nuova casa di Bologna. La città era bella e le piaceva, ma ripensava spesso alla sua terra, alle campagne assolate e, soprattutto, a Tognino

Seduta davanti al secrétaire, in camera da letto, chiuse il libro che stava leggendo e prese in braccio Micia, una gattina di pochi mesi che dormiva ai suoi piedi. Gliela aveva regalata la moglie del fornaio. Era un batuffolo di pelo morbido che le saltellava intorno tutto il giorno tendendole agguati. Quando Lena andava a letto la sera, la raggiungeva con un balzo e le insinuava il musetto fra il collo e la spalla, facendo le fusa. Poi, si acciambellava sul cuscino e si addormentava. Micia era la sua compagnia. Spartaco andava a lavorare presto, il mattino, e rincasava quando era buio.

Prima di uscire, le lasciava sulla credenza della cucina i soldi per la spesa. Quel denaro le bruciava le mani e acuiva il suo disagio psicologico.

Lena era tormentata dai sensi di colpa. Viveva un ruolo clandestino che non le si addiceva, si sentiva responsabile dell'infelicità di Tognino e accettava quel denaro che non si guadagnava con il suo lavoro.

Perché è tutto così complicato e difficile? si chiese, accarezzando Micia. Il viso deturpato di Antonio Miserocchi la perseguitava come un'ossessione. Avrebbe voluto rivederlo almeno una volta. Le pesava la viltà di quella fuga improvvisa da Cotignola, senza una parola né un messaggio per lui.

D'un tratto, posò a terra, delicatamente, la gattina. Prese carta e penna e incominciò a scrivere:

Caro Antonio, ti ho voluto e ti voglio molto bene. Sei stato un marito dolce, tollerante, comprensivo. Meritavi una moglie migliore. Vorrei rivederti per chiederti perdono e dirti addio. Mi piacerebbe conservare il nostro ritratto, tra i miei ricordi più cari.

Tua Lena

Rilesse le poche righe che aveva steso di getto e aggiunse il suo indirizzo di Bologna. Poi fu colta da un dubbio. Certamente quella lettera non sarebbe piaciuta a Spartaco.

Non voleva che si ingelosisse e non voleva fare niente di nascosto. Appallottolò il foglio e lo gettò nel cestino dei rifiuti. Si mise a riordinare la stanza, pensierosa. Si affacciò alla finestra per scuotere gli abiti che Spartaco aveva abbandonato su una sedia.

Mentre sbatteva, per eliminare la polvere, un paio di pantaloni, vide svolazzare fuori da una tasca una busta che volteggiò nell'aria e cadde nel cortiletto.

Lena si fiondò al piano terreno seguita frettolosamente da Micia. Si chinò e si trovò tra le mani una lettera per Spartaco, spedita all'indirizzo di Lugo. La grafia era arrotondata e graziosa. Sul retro della busta c'era il nome del mittente: Alberta Benini.

«Questa non me l'aspettavo», sussurrò Lena prendendo in braccio la gattina.

Rivolgendosi a Micia, disse: «Tu che cosa ne pensi? Sarebbe tanto scorretto se la leggessimo?»

Ricordò un insegnamento della contessa Odette: «La corrispondenza è sacra. Mio marito non leggerebbe mai una lettera indirizzata a me».

Risalì le scale e ritornò in camera da letto. Sedette di nuovo al secrétaire, appoggiando la busta davanti a sé.

Si chiedeva chi fosse questa Alberta Benini e ricordò un pettegolezzo della piccola Antavleva. Un giorno, la figlia del fattore le aveva detto: «Il sottofattore ha una morosa».

«La cosa non mi riguarda», aveva tagliato corto lei.

«Neanche a me. Lo dico tanto per chiacchierare. E poi perché la conosco», aveva insistito la bambina.

«Vleva, smettila di ficcare il naso negli affari degli altri», l'aveva ammonita Lena.

«È una storia che si sa. Lei è una maestra che insegna nella mia scuola. Si chiama Alberta. È molto simpatica. Pensa che, durante l'intervallo, invece di fare comunella con le altre maestre, gioca con noi.»

Lena aprì la busta e lesse il messaggio che conteneva:

Spartaco carissimo, ho assolutamente bisogno di vederti. Dall'ultima volta in cui siamo stati insieme, non ho più avuto tue notizie. Nell'azienda del conte Sforza mi dicono che non ti si vede più. A casa non oso cercarti perché non saprei che cosa dire a tua madre. Ti prego, fatti vivo. Ti aspetto.

Tua Alberta

Con calma, Lena ripiegò la lettera e la rinfilò nella busta. Rimase seduta, i grandi occhi viola sgranati sul nulla. Sentì nascerle dentro una gran rabbia che aumentava attimo dopo attimo. Infine, serrò un pugno e lo picchiò con violenza sulla ribaltina dello scrittoio.

Micia si spaventò e con un balzo corse a nascondersi sotto il letto. Ripescò dal cestino la lettera che aveva scritto ad Antonio. La spianò energicamente con il palmo della mano, poi la chiuse in una busta. Scrisse l'indirizzo di Tognino e uscì di corsa per andare a impostarla.

Spartaco non meritava particolari riguardi.

Quando rincasò, sfogliò il giornale, che aveva comperato, cercando la pagina degli annunci economici. Intendeva trovarsi un lavoro. Con quello che aveva imparato in casa del conte Arduino, poteva offrirsi come guardarobiera. Prese nota di alcuni indirizzi, pregustando la gioia di disporre di uno stipendio che le avrebbe restituito la sua indipendenza. Non voleva più i soldi di Spartaco. Lui rincasò per l'ora di cena. Nell'ingresso si liberò della borsa, del cappello, della giacca e poi salì di corsa le scale chiamandola: «Amore mio, dove sei?»

Lena lo aspettava sulla soglia della cucina. Non rispose al suo saluto e non gli restituì il bacio che lui le diede.

«Mi nascondi qualcosa?» domandò lui, sfoderando il più smagliante dei suoi sorrisi.

«Tu che cosa ne pensi?» rispose lei.

Spartaco annusò l'aria e, scherzosamente, disse: «Non sento profumo di minestrone. Il mio amore non ha preparato la cena. È così?»

«Raccogli giacca e borsa», ordinò lei, decisa.

«Perché?» trasecolò lui.

«Perché questa sera non mangerai in questa casa e questa notte non dormirai nel nostro letto», rispose.

«Se è uno scherzo», reagì, «avvertimi immediatamente. Sono in casa mia, tu sei la mia donna, esigo una spiegazione.»

«Eccola», replicò lei, mettendogli in mano la lettera di Alberta Benini.

Spartaco si sentì perduto.

«Dove l'hai trovata?» chiese, cercando di prendere tempo.

«Niente interrogatori. E soprattutto non voglio scuse. Quello che ho letto mi basta», affermò la ragazza.

«Sono assolutamente innocente. Credimi, Lena», tentò.

«Devi liquidare questa faccenda. Dopo potrai ritornare a casa.»

Spartaco si ritrovò sul pianerottolo e sentì il rumore secco del catenaccio della porta d'ingresso chiuso dall'interno.

«Sei una belva!» le gridò, mentre scendeva le scale, ben sapendo che lei lo avrebbe sentito. Era un castigo ingiusto. Alberta era ormai così lontana dai suoi pensieri, che si era persino dimenticato di quella lettera che sua madre gli aveva consegnato quando era partito per Bologna con Lena.

Nel vestibolo aprì la porta che immetteva negli uffici e si preparò a passare la notte su una poltrona. E per giunta a stomaco vuoto. Ma, prima, telefonò a Lugo.

2

«OH, Spartaco, finalmente!» esordì la maestrina, rispondendo al telefono. «Mi trovi per caso. Sono quasi sempre all'ospedale, dal babbo. Sta molto male. Non si è più ripreso dalla broncopolmonite dello scorso febbraio.»

«Mi dispiace. Che cosa posso fare per te?» domandò lui, che non riusciva a individuare un nesso tra la richiesta di aiuto di Alberta e la malattia del suo babbo.

«Per me, niente. Per mio padre, molto. Lui ci teneva tanto che io e te ci sposassimo. Ti chiedo, se puoi, di recitare una piccola commedia, perché possa morire in pace. Basterà che tu gli dica che stiamo per sposarci. Vuoi farmi questo piacere?» lo supplicò.

Spartaco provò un senso di sgomento all'idea di dover mentire a un moribondo.

«Alberta, noi due ci siamo lasciati da mesi. Che senso ha questa messinscena?» domandò aggrappandosi alla speranza che la ragazza rinunciasse al progetto.

La sentì sospirare. Non gli rispose.

«E va bene. Verrò all'ospedale di Lugo, domani mattina, e farò quello che vuoi», replicò, senza troppa convinzione.

La mite arrendevolezza della maestrina di Lugo non gli lasciava presagire niente di buono.

Il giorno seguente, all'ospedale, si rese conto che l'anziano padre stava davvero per rendere l'anima a Dio. Con il poco fiato che ancora gli restava, ringraziò Spartaco che, sposando sua figlia, avrebbe offerto una vita regolare al nipotino che lui non avrebbe avuto la gioia di vedere.

«Aspetti un figlio?» domandò Spartaco, mentre lasciavano l'ospedale.

«Tuo», si affrettò a precisare Alberta.

Lui si sentì preso in trappola. Ripensò all'ultima volta in cui si erano visti, in un gelido pomeriggio di febbraio, nell'appartamento di Emilio Ghelfi. I conti tornavano.

Spartaco guardava quella bella ragazza dai capelli rossi che gli era completamente estranea. Era bella, ma non gli piaceva. Non gli era mai piaciuto il suo profumo dolciastro.

«Perché non mi hai detto subito che eri incinta?»

«Lo sai oggi. Che differenza fa?»

«Che cosa ti aspetti da me?» la interrogò a sua volta.

«Qualunque cosa tu decida, per me andrà bene», rispose Alberta, con voce triste. «Ho lasciato la scuola per evitare una decisione che mi avrebbe esclusa dal corpo insegnante. Ora non si nota, ma tra un mese il mio stato sarà più che evidente.»

Per Alberta, Spartaco avrebbe fatto quello che poteva, ma non l'avrebbe sposata. Per quella ragazza con la quale aveva amoreggiato per tre anni, non provava ormai nessun sentimento. Se era vero che biologicamente il figlio che portava in grembo era suo, emotivamente non riusciva a considerarlo tale.

«Ti riaccompagno a casa», le disse, invitandola a salire sulla sua Lancia.

«Ti ricordi quando mi hai proposto di sposarti e io ti ho mandato al diavolo?» gli chiese, prendendo posto sull'auto.

«Già», rispose evasivo, sperando di chiudere il capitolo dei ricordi.

«Se fossi stata meno stupida, adesso non mi troverei in un guaio così grave», si lamentò.

Aveva perduto lo smalto della donna evoluta che decide freddamente della propria vita. La sua faccia, un tempo astuta e allegra, adesso aveva l'espressione della faina scaltra. Misurava le parole e i gesti e girava intorno alla sua preda, pronta a ghermirla nel momento più favorevole.

Spartaco, indebolito dal senso di colpa, sentiva il peso di una situazione che avrebbe cambiato la vita di Alberta.

Tra i contadini, una ragazza madre era un fatto sgradevole, ma non rappresentava un dramma. Invece in città, nella cerchia della piccola e media borghesia, dove il moralismo prevaleva sulla moralità, la maestrina sarebbe stata giudicata molto severamente.

Le avrebbero dato l'ostracismo e il figlio, nato fuori dal matrimonio, sarebbe stato considerato un bastardo. La maestrina bella, vivace, allegra che aveva suscitato scandalo per certi suoi comportamenti disinvolti, sarebbe stata bollata a fuoco.

«Ma non eri in procinto di farti sposare da un venditore di scarpe?» le ricordò Spartaco. «Mi avevi parlato di quel vedovo che stravedeva per te.»

Alberta non volle seguirlo su quel terreno.

«Tu non pensi che esista la possibilità di programmare una vita insieme? Tu e io, dico», tentò timidamente.

Spartaco fece una manovra brusca per evitare un sasso al margine della strada.

«Adesso non sono più libero», dichiarò. «Ammesso che prima lo fossi. Mi dispiace, Alberta. A questo punto è inutile arrampicarsi sulle parole per dirti che non ti sposerò mai. Non ero innamorato di te allora e non lo sono adesso. Però ti aiuterò. Questa è una promessa», disse con accento sincero.

Fermò l'automobile davanti alla sua casa.

«Ne sono sicura», puntualizzò, accarezzando l'elegante cruscotto in radica di noce. «Ora che sei un uomo importante, saprai come offrirmi un sostegno.»

«Nonostante le apparenze, sono ricco soltanto di debiti», replicò lui. «Ma non è questo il punto. Lasciami qualche giorno per riflettere. Mi farò vivo molto presto», promise.

La salutò pensando che gli errori che appartengono a un passato ormai dimenticato possono ripresentarsi all'improvviso per ritorcersi contro chi li ha commessi.

La sua relazione con Alberta era stata una vicenda cui non aveva mai attribuito molta importanza. Per anni l'aveva considerata una piacevole distrazione dalle fatiche del lavoro e dello studio.

Adesso si era trasformata in un problema grave che avrebbe dovuto necessariamente affrontare. Anche perché coinvolgeva un innocente che cresceva nel grembo di Alberta. Temeva le reazioni di Maddalena. Conosceva il suo pessimo carattere e aveva paura di perderla.

Si fermò sulla provinciale, entrò in un'osteria e telefonò a Cotignola.

«Sono Rangoni. Vorrei parlare con la contessa», disse a Cosimo, il domestico del conte Sforza.

3

ODETTE si affacciò alla sommità della scala di pietra, mentre Spartaco fermava la macchina sullo spiazzo inghiaiato del giardino.

Indossava un pigiama di seta a righe bianche e rosa, di taglio maschile, che esaltava la sua femminilità.

Da un anno aveva rinunciato a tagliarsi i capelli, e le ciocche lunghe e arricciolate le incorniciavano l'ovale del viso. Nel riflesso del sole mattutino, sotto la seta leggera, Spartaco indovinò la rotondità eccitante dei seni e le cosce lunghe e affusolate. Il pigiama, allora, era considerato un indumento audace, per una donna, e Spartaco convenne che non suscitava pensieri casti.

«Signor Rangoni, la credevo a Ravenna con mio marito. Uscendo, il conte mi ha detto che vi sareste visti al canapificio», insinuò Odette, appoggiando le mani sulla balaustra della scala.

«Ero di strada. Per questo mi sono fermato», rispose lui, osservandola dal basso, senza muoversi.

«Un impulso? Una riflessione? Oppure nostalgia?» domandò con tono malizioso.

«Le tre cose insieme. Suona bene come risposta?» replicò.

«Avrei preferito la terza versione. Sa com'è, signor Rangoni, a noi donne piace lasciare un segno nei cuori più duri», incalzò con aria allusiva.

«Non si lasci ingannare da certe durezze, contessa. Scoprirebbe che sono di burro. Un minimo di calore e si squagliano», tenne botta lui.

«Mi consiglia di fare una prova?» lo stuzzicò, e soggiunse: «La prego, salga. Stavo facendo colazione. Perché non mi fa compagnia?»

Spartaco la raggiunse, mentre lei lo osservava con le braccia conserte e un sorriso carico di allusioni.

«Amico mio, lei ha un'aria depressa. Azzardo un'ipotesi?» lo provocò.

«Sbagliata», disse lui.

«Ma se non ho nemmeno parlato!»

«Maddalena non c'entra», tagliò corto.

«Oh, mon Dieu! Allora siamo proprio nei guai», gli sussurrò con aria complice, quasi a fior di labbra.

Odette si girò di scatto e lo precedette nella veranda che si affacciava sul giardino ed era ravvivata da splendide piante ornamentali. Al centro, un tavolo ovale era allestito per la prima colazione. Spartaco apprezzò l'aroma invitante del caffè e del pane tostato cui si aggiungeva il profumo delizioso di croissant appena sfornati. Odette lo invitò con un gesto a prendere posto di fronte a lei.

«Che cosa ti succede?» sussurrò, passando dallo scherzo alla confidenza, mentre allungava le braccia e le intrecciava intorno al collo di Spartaco. Lui si protese a sfiorarle le labbra con un bacio.

«Così va meglio», convenne lei. «Adesso bevi il caffè. E ti consiglio questa gelatina di ribes. L'ha fatta Renée. Se vuoteremo il vasetto ne sarà lusingata.»

Mangiarono in silenzio, per quanto Odette fremesse di curiosità. Voleva sapere che cosa avesse spinto l'amico a quella visita inattesa.

«Sono in un guaio», disse lui, infine, dopo essersi acceso una sigaretta.

«Donna di picche o di cuori?» domandò lei. Aveva un'aria assorta.

«È una carta che stava in un vecchio mazzo, ormai dimenticato», replicò lui, con rabbia.

«Le carte vecchie si bruciano. Se le abbandoni da qualche parte, ammuffiscono e puzzano. Non lo sapevi?» tentò di scherzare. Ma capiva che Spartaco era preoccupato.

Le raccontò la storia di Alberta Benini. Odette lo ascoltò con attenzione.

«Sei davvero sicuro di essere tu, il padre?» domandò. Non voleva insinuargli dei dubbi, ma era bene affrontare la questione partendo da dati certi.

«Credo di sì. Ma non è così importante. Io mi sento responsabile come se lo fossi», replicò in tono deciso.

«Che cosa ti aspetti da me? Un aiuto? Un consiglio? Adesso hai Lena, perché non gliene parli?» osservò Odette.

«Allora la conosci poco. Sarebbe capace di dirmi che il mio dovere è di sposare la maestrina. Maddalena conosce soltanto il bianco e il nero. Non ci sono colori intermedi nella sua tavolozza. Capisci che cosa voglio dire?»

«Perfettamente. La sua disapprovazione mi brucia ancora sulla pelle», commentò Odette, anche se, per quanto si sforzasse, non riusciva mai a sentirsi veramente colpevole. «Così, oltre al problema di questo figlio illegittimo, dovrai affrontare anche la piccola Lena. Non ti invidio, amico mio», dichiarò con aria convinta.

«Hai un suggerimento da darmi?» le domandò lui guardandola negli occhi.

«Un aborto?» suggerì lei con voce esitante.

Spartaco sembrò riflettere per alcuni interminabili secondi, mentre la parola «aborto» restava sospesa nell'aria con il suo carico di violenza.

«È escluso», disse infine. «Non sarò mai complice di un gesto così perverso.»

«D'accordo. Niente aborto e, mi sembra di capire, niente matrimonio riparatore. Hai idea del tipo di vita che si prospetta per questa povera maestrina?»

«È proprio perché so come vanno certe cose, che sono venuto a chiedere aiuto a un'amica. Vivremmo tutti meglio se la gente fosse più tollerante. Ma non è così. Alberta avrà una vita difficile. E francamente mi dispiace», spiegò Spartaco.

«È necessario che questa ragazza sparisca da Lugo al più presto. Io non ho mai avuto figli, anche se qualche volta li avrei desiderati. Una donna incinta mi commuove sempre. Ospiterò

Alberta in questa casa e la proteggerò dalla curiosità della gente. Sono sicura che il conte non avrà obiezioni», decise Odette di slancio.

«Sarebbe una soluzione momentanea. In seguito, troverò una casa per lei, a Ravenna, e farò in modo che possa condurre una vita decorosa», disse lui, e aggiunse: «Perché fai tutto questo, Odette?»

«Per te, naturalmente. Gli amici sono sacri e io li aiuto, se posso. Inoltre, sono tanto egoista da credere fermamente che, un giorno, se mai ne avessi bisogno, qualcuno aiuterà me.»

«Sei una donna straordinaria. Come potrò mai sdebitarmi?»

«Dopo tutto, che cosa ti ho dato che tu non mi abbia già reso?» ironizzò lei. Poi si fece seria: «Da quando ti sei messo con Lena, io qui mi annoio moltissimo. Sei il solo maschio praticabile, da queste parti. Se non arrivano ospiti da altre città, non so come passare la giornata. Ho perduto il piacere di viaggiare. Forse sto invecchiando. Comunque credo che questa tua amica con il pancione sarà un piacevole diversivo. E non è escluso che riesca anche a trovarle un marito. Questo genere di intrighi mi riesce benissimo. Ti ho mai raccontato di quella volta in cui ho favorito le nozze tra l'infermiera di mio padre e il mio insegnante di pianoforte? Avevo appena dieci anni e seguivo gli sguardi timidi che i due si scambiavano, quando s'incontravano in casa nostra. Un giorno esplosi. 'Che cosa aspettate a baciarvi?' domandai. Che tu ci creda o no, lei esplose in lacrime e lui la baciò. Si sposarono dopo poche settimane e io feci la damigella d'onore. Il loro è stato un matrimonio ben riuscito», raccontò.

«Odette, perché parli tanto?» le chiese piano. Sapeva che la contessa si sforzava di mascherare l'attrazione che provava per lui. In quel momento, anche lui la desiderava. Lei, con un sorriso scanzonato, si alzò dalla tavola, lo raggiunse, si chinò su di lui e lo baciò. Poiché Spartaco aveva insinuato una mano sotto la giacca del pigiama, lei si liberò agilmente dalla sua presa.

«Il conte penserà male di te, se lo farai aspettare», lo avvertì.

Spartaco corse come il vento verso Ravenna, dove lo aspettava una giornata di contrattazioni con gli acquirenti di una grossa partita di canapa, e dubitava molto delle capacità del conte Sforza di spuntare il prezzo migliore. Era troppo signore per riuscire a tenere testa a certi commercianti, capaci di ogni astuzia.

Dopo l'incontro con Odette, si sentiva alleggerito di un peso. Non riusciva ancora a far tacere la sua coscienza, anche se gli sembrava di avere fatto il possibile per sistemare Alberta. Tuttavia, lo consolava sapere che di lì a poco la maestrina sarebbe stata sotto l'ala protettrice di Odette.

Ora si chiedeva come affrontare Maddalena. Doveva dirle la verità o tacere? Prima di arrivare in città aveva deciso: nessuna confessione, almeno per il momento.

4

Lena chiuse a chiave il portone di casa e si avviò lungo il portico. Aveva fretta e camminava di buon passo. L'appuntamento con l'agenzia di collocamento per il personale domestico era fissato alle dieci del mattino nel centralissimo vicolo dei Fusari. Arrivò puntuale, allo scoccare del decimo rintocco del campanile della vicina piazza Maggiore.

Salì al primo piano di una scala angusta, fra muri sporchi, in parte scrostati e in parte costellati di scritte oscene. Quelle che denigravano il regime venivano cancellate ogni giorno dal portiere che non voleva guai con la polizia.

Suonò il campanello di una porta a doppio battente. C'era una targa di ottone: «Cavalier Amor Arfini. Collocamento domestico».

Il cavalier Amor risultò essere una donna di stazza superiore a quella di Renée, la cuoca di Odette. Solo che questa era bionda ossigenata, più vicina ai sessant'anni che ai cinquanta, le labbra grandi e sporgenti dipinte con un rossetto scarlatto, sbavato qua e là. Gli occhi celesti, appesantiti dalle palpebre vizze, denunciavano una vita intensamente goduta. Aleggiava intorno a lei un vago aroma di tabacco da fiuto e aveva, sulla punta del naso, tracce della polverina color cannella.

La donna cavaliere sedeva dietro un tavolo addossato a una parete, nell'anticamera quadrata, rischiarata da una lampadina fioca che pendeva dal soffitto a travi. Lungo il perimetro del locale erano allineate sedie di legno intagliato, un po' sgangherate. Alcune erano occupate da donne con i volti tristi. C'erano anche due giovanotti dall'aspetto non propriamente virile.

«Mi chiamo Maddalena Baldini. Sono venuta per quel posto di guardarobiera», si presentò.

La donna la guardò come un poliziotto avrebbe potuto osservare un possibile criminale. Concluse che quella ragazza non era uguale alle altre. Sembrava più una signora che una domestica. La sua figura era troppo slanciata e flessuosa, lo sguardo era troppo intelligente. L'abito, modesto, indossato da lei sembrava elegante. Infine c'era quella spilla, portata in modo stravagante su un polsino, che aveva tutta l'aria di essere un gioiello importante.

«Documento», disse tendendo una mano grassoccia.

Lena le consegnò la carta d'identità. La donna prelevò una scheda da un classificatore posato sulla scrivania e vi annotò i suoi dati. Poi le restituì il documento e tese nuovamente la mano verso di lei.

«Referenze», soggiunse.

«Non ne ho. Ma se sono necessarie, potrei procurarmele», replicò pensando a Odette.

«Ultimo posto occupato», martellò il donnone, guardandola con diffidenza.

«Ultimo e unico», recitò Lena che aveva capito come funzionava l'interrogatorio. «Contessa Odette Sforza di Monteforte. Cotignola», rispose scandendo bene le parole.

«Siedi lì, con le altre», le ordinò.

Solo i due giovanotti le sorrisero con aria complice.

Le donne la osservavano con curiosità e diffidenza. Ogni ragazza che entrava, per loro era una rivale e, quindi, una nemica.

Lena si rese conto, con stupore, di guardare allo stesso modo quelle che arrivarono dopo di lei. In quell'anticamera c'era un intenso scambio di sguardi che dicevano molto più delle parole.

Era una lotta disperata per la sopravvivenza. Lena lo dedusse dalle guance scavate, dalle suole delle scarpe bucate, dai piedi gonfi di fatica, dai rammendi degli abiti. Istintivamente coprì con una mano il polsino dell'abito per nascondere la sua rosa. Brillava così intensamente, nello squallore di quell'anticamera, che temeva di accrescere l'ostilità delle compagne.

Inoltre, tenendo la mano sulla spilla, le sembrava di attivarne il potere benefico. Anche lei, come le altre, voleva un lavoro. Non perché le mancasse il cibo, ma per affermare la propria indipendenza.

Scoprì, con un senso di sollievo, che le richieste di occupazione erano molte, perché il cavalier Amor Arfini, a un certo punto, guardò il cronometro che portava al polso e annunciò: «Tra poco incominceranno ad arrivare le signore. Si accomoderanno in salotto e voi entrerete nell'ordine che stabilirò io».

Il donnone biondo tolse dalla tasca della giacca una scatoletta metallica. L'aprì con un movimento deciso e pizzicò tra il pollice e l'indice della mano sinistra una presa di tabacco. Con maestria, riuscì ad ammucchiare la polverina bruna sul polpastrello del pollice. Aspirò il tabacco con la narice di destra, e poi con quella di sinistra. Chiuse la scatoletta, socchiuse gli occhi, trasse un respiro profondo e, infine, starnutì sonoramente dentro un fazzoletto dal colore incerto. A quel punto, il suo viso s'illuminò di soddisfazione, mentre dalla porta d'ingresso entrava una signora.

Era sulla quarantina. Indossava un tailleur blu a pallini bianchi e calzava un cappello dalla cupola minuscola e dalla tesa ampia, leggermente abbassata sugli occhi.

Il cavalier Amor Arfini si alzò con un'agilità insospettata, le andò incontro con un sorriso untuoso e la fece accomodare nel salotto.

Quindi, fece un cenno a uno dei due giovani. Il prescelto si alzò e, ancheggiando sui fianchi, con piccoli passi aggraziati, sparì nella camera accanto.

Rispuntò pochi minuti dopo, il bel viso imbronciato, l'andatura più nervosa. Fece un cenno di saluto a tutti e bisbigliò al compagno, che in quel momento gli passava accanto per affrontare a sua volta il colloquio: «Ti avverto, è insopportabile».

Le aspiranti cameriere sentirono e si scambiarono sorrisetti divertiti. Il cavalier Amor fulminò le candidate con un'occhiataccia.

Lena non riusciva a deridere gli omosessuali. Ce n'erano un paio anche a Cotignola. Uomini infelici che facevano i contadini e sognavano l'avanspettacolo. Erano persone gentili, premurose Lavoravano tutto il giorno e la sera, invece di andare all'osteria si chiudevano in casa a leggere le biografie delle attrici e delle cantanti alla moda. Nei giorni di carnevale, vestivano finalmente gli abiti delle madri o delle sorelle. Certo, non ostentavano la loro diversità come quei due giovanotti. La gente li rispettava anche per questo. I contadini sapevano che non era colpa loro se Dio li aveva fatti con il corpo di un uomo e l'anima di una donna. A Lena non piacque la smaccata ostentazione dei due camerieri. La mise sul conto delle bizzarrie di una grande città.

Il secondo cameriere uscì dal salotto con un sorriso raggiante.

«Mi ha preso», disse con aria di trionfo all'indirizzo del cavaliere.

La signora in tailleur lasciò il salotto e confabulò, a bassa voce, con la proprietaria dell'agenzia. Le mise in mano dei soldi e uscì ringraziandola.

Il turno di Lena giunse con l'arrivo di una signora piuttosto anziana, vestita con austerità, il volto seminascosto da una veletta punteggiata di piccoli pois di velluto nero. La incontrò nel salotto dove troneggiavano un divano dissestato e un grande vaso riempito con fiori di celluloide collocato sopra un tavolino traballante.

La signora sedeva impettita e Lena rimase in piedi davanti a lei.

Venne osservata a lungo, dai capelli alla punta delle scarpe, attraverso un paio di occhialini che la signora teneva, con una mano, appena sopra la punta del naso.

«Perché porti gli occhiali?» domandò infine, con voce incolore.

«Sono miope», rispose Lena.

«E senza referenze», sottolineò la donna che, alzata la veletta, mostrava il viso butterato dal vaiolo.

«Ho spiegato al cavalier Arfini che posso farmele spedire», ribadì la ragazza.

«Per ora non mi interessano. Tuo marito che cosa fa?»

Lena ebbe un attimo di perplessità. Poi decise che non era il caso di raccontare la storia della sua vita a una sconosciuta.

«Il bracciante, signora», si limitò a dire.

«Signorina, prego», ci tenne a sottolineare. E incalzò: «Tu che cosa sai fare?»

«So lavare e stirare gli indumenti delicati. Riesco a fare discreti rammendi. All'occorrenza so servire in tavola e sono piuttosto brava in cucina. Non disdegno di pulire i pavimenti e sono così forte da spostare un armadio da sola», rispose con estrema serietà.

«Soprattutto sai vendere il tuo articolo», esclamò la signorina divertita. «Ti metterò subito alla prova. Mi accompagnerai a casa», decise alzandosi e chiudendo a scatto gli occhialini.

«Se la signorina permette, vorrei sapere quanto percepirò di salario e se sarò pagata a giornata o a settimana», disse Lena con voce ferma.

«Ti terrò in prova per due settimane. Se sarò soddisfatta, ti assumerò e definiremo lo stipendio. Ti occuperai della biancheria di mio fratello, che è docente universitario, e della mia, che ho dedicato la vita alla rieducazione delle fanciulle traviate», declamò con aria grave.

Lena ebbe compassione per quelle povere peccatrici alle prese con la terribile educatrice. Date le circostanze, decise che era più opportuno informarla della sua situazione «irregolare».

«Spero non voglia rieducare anche me, signorina. Le dico subito che sono separata e vivo con un uomo che, ovviamente, non posso sposare.»

L'anziana signorina tornò a sedersi. Riaprì, con uno schiocco, i suoi occhialini per scrutarla meglio.

«Che tipo è, questo uomo?» chiese sospettosa.

«Un giovane onesto che si arrabbierebbe molto se sapesse che vado a servizio. In realtà, io non accetto di essere mantenuta. Ognuno ha il proprio orgoglio, signorina», tagliò corto Lena, dando per scontato che la donna l'avrebbe rifiutata.

Invece la vide sorridere: «So apprezzare la schiettezza», la rassicurò e aggiunse: «Andiamo».

Quello che raggiunse era un appartamento immenso al primo piano di un palazzo che si affacciava sulla Montagnola. Arredato con mobili massicci, di legno scuro, con intagli elaborati. C'erano librerie in ogni stanza. Quadri cupi, di soggetto religioso e gabbiette di canarini appese alle imposte della cucina, dove una ragazza sciatta stava abbrustolendo sul fuoco le zampe di un pollo spennato

In sala da pranzo, una donna scarna stava in bilico su una scala e ripassava con un panno umido le gocce di cristallo di un grande lampadario di Boemia. Nello studio del professore, un giovane riordinava pile di grossi volumi: era l'archivista.

Non c'era una stanza guardaroba e, spiegò la signorina, gli armadi erano nelle camere da letto e lungo il corridoio di servizio. La biancheria veniva lavata, rammendata e stirata in cucina, che definì il *refugium peccatorum* della casa.

«Il professore è docente di diritto canonico», la informò ancora. «Ha la mania delle camicie immacolate, che cambia due volte al giorno. La nostra vecchia guardarobiera non ce la faceva più a stare in piedi per tante ore. Inoltre, i suoi occhi non erano più quelli di una volta, con le conseguenze che puoi ben immaginare.» Sospirò, alzando gli occhi al cielo, e proseguì: «In cucina ci sono due camicie nel mastello. Lavale e stirale. Per oggi è tutto quello che ti si chiede. Se il lavoro sarà fatto a puntino, ti presenterai domani mattina alle sette e mezza».

Lena affrontò il puzzo delle zampe di pollo bruciacchiate e lavò velocemente le camicie di batista di cotone aiutandosi con il sapone di Marsiglia. Le strizzò dentro un panno pulito. Sciolse in una ciotola scaglie d'amido in acqua tiepida, vi intinse polsini e colletti e incominciò a stirare. Il ferro, riempito di carbonella, era pesante e, di tanto in tanto, lei lo faceva oscillare per ravvivare le braci.

In meno di un'ora le camicie erano pronte per essere indossate. La signorina Donadoni, così si chiamava, controllò il lavoro dell'aspirante cameriera.

«Mi sembra discreto», concluse mentre i suoi occhi esprimevano compiacimento per un lavoro eseguito a regola d'arte. «Ti aspetto domattina. Lavorerai fino all'una. Dal lunedì al sabato. La domenica è giornata di riposo e non ti verrà pagata, naturalmente», decise. Quindi, stabilì uno stipendio più che soddisfacente.

Lena rifece la via di casa come se avesse avuto le ali ai piedi. La signorina Donadoni, in fondo, non le dispiaceva. Si chiese come avrebbe reagito se avesse visto il palazzo in cui abitava con Spartaco.

«Lena, sono qui», si sentì chiamare mentre apriva il portone.

Si voltò e, da un pilastro del portico, spuntò la figura inconfondibile di Antonio Miserocchi.

5

«TOGNINO!» esclamò Lena e le chiavi le caddero di mano. Si chinò a raccoglierle mentre lui la raggiungeva. Antonio calzava gli scarponi neri tirati a lucido, i calzoni di fustagno grigio con la piega ben stirata, la camicia fresca di bucato era un po' lisa sulle punte del colletto e la giacchetta nera era stata spazzolata a dovere. Un cappello dalla tesa larga gli ombreggiava la parte devastata del viso. Accennò un sorriso timido.

«Ti ho appena spedito la mia lettera e sei già qui. Com'è possibile?» si stupì la ragazza.

«Non sapevo che mi avessi scritto. Sono diversi giorni che manco da casa. Io... sono venuto a salutarti. Parto per l'America», replicò sottovoce.

Stavano in piedi, sotto il portico che correva lungo tutta la via, impacciati come due ragazzini al loro primo incontro.

«Così, ti sei deciso», osservò lei.

«Mia madre viene con me», disse.

«Come sta Gentilina?» domandò Lena temendo di vederla spuntare. Si sarebbe vergognata di guardare negli occhi quella donna gentile e affettuosa che aveva avuto per lei soltanto parole buone.

«Sta bene e ti saluta. Mi sta aspettando alla stazione. Oggi prendiamo il treno per Genova.»

«Ti avevo scritto per mandarti il mio indirizzo, perché... come hai fatto a sapere che abito qui?» si stupì.

«Riesco sempre a sapere tutto delle persone che mi interessano», rispose.

Lena ricordò una frase identica pronunciata da Spartaco, quando si erano incontrati la prima volta. Possibile che fossero così uguali i due uomini della sua vita?

«Che cos'altro diceva la tua lettera? Non la riceverò mai», disse Antonio.

«Non lo so più. Sei molto arrabbiato con me?»

«Non sarei qui, se lo fossi. Sei una brava ragazza, Lena. E sei stata una buona moglie», le sussurrò.

«Desidererei conservare la nostra fotografia, quella che stava sul tracantò», chiese lei esitante.

«È la sola cosa che mi resta di te. Non potresti lasciarmela?» domandò arrossendo.

«Porto ancora la tua collana di granati», disse Lena e si slacciò il colletto della camicetta. Nel fare quel movimento, Tognino notò la spilla a forma di rosa che lei portava al polsino. La riconobbe. Era il gioiello di Odette.

«Te l'ha regalata lui?» le chiese indicandola.

«Sì. È una cosa di poco conto», minimizzò Lena. «Roba finta.»

Tognino sorrise abbassando gli occhi.

«Allora io andrei», disse.

«Buona fortuna, Tognino. Con tutto il cuore. Perdonami, ti prego», gli sussurrò con gli occhi pieni di lacrime.

Lui le sfiorò la guancia con una carezza.

«Ti saprò dire dove sono, in modo che tu sappia dove trovarmi, se per caso avessi bisogno di me», replicò.

Si lasciarono così. Lena rimase con le chiavi in mano a guardarlo mentre si allontanava lungo il portico. Entrò in casa, barcollando. Una parte importante della sua vita era finita per sempre. Adesso aveva davvero tagliato i ponti con il passato e cancellato definitivamente le poche certezze concrete che le venivano dalla terra, dal mutare delle stagioni, dal focolare acceso, dal calore delle stalle, dai racconti dei vecchi, dalle veglie estive sull'aia. La gattina le corse incontro, festosa. Lena la prese in braccio, affondò il viso nel suo pelo e singhiozzò, disperata.

Fu grata alle ombre della sera che annunciavano l'imminente ritorno di Spartaco.

Sentì sbattere il portoncino d'ingresso al piano terreno. Lui salì le scale fischiettando un motivetto in voga e, non appena la raggiunse, l'abbracciò teneramente. Poi fiutò l'aria.

«Lasagne?» chiese.

«Tagliatelle con il ragù», lo corresse Lena.

Si sedettero a tavola e, di tanto in tanto, lei gli lanciava un'occhiata interrogativa. Non aveva dimenticato la lettera di Alberta, ma non voleva affrontare per prima l'argomento. Tra un boccone e l'altro Spartaco le parlò di lavoro.

«Verranno gli imbianchini a rinfrescare i muri degli uffici, domattina. La settimana prossima ci sarà il nuovo personale che ho già assunto per mandare avanti la rappresentanza dei prodotti agricoli e avrò bisogno del tuo aiuto, amore mio», le disse.

«Davvero? Che cosa vuoi che faccia?» La entusiasmava l'idea di rendersi utile.

«Dare un'occhiata agli operai perché non combinino malestri e facciano velocemente il lavoro. Li pago a ore e non vorrei che se ne approfittassero», spiegò.

«Ci penserò io a farli filare», lo rassicurò. Ma fece subito marcia indietro. «Domani mattina non posso. Sono occupata altrove. Mi dispiace.»

«Dove devi andare?» domandò guardandola con sospetto.

«Ho trovato un lavoro, tanto per occupare il tempo e guadagnare qualcosa», spiegò.

Spartaco sbatté la forchetta sul piatto con un gesto violento che la fece sussultare.

«Mi credi davvero incapace di mantenere la mia donna?» sbottò.

«Non fare più scatti del genere con me. Non voglio essere mantenuta da te, né da nessun altro. Ho sempre lavorato e continuerò a farlo, cascasse il mondo», affermò decisa.

«Ma non ti rendi conto che sono un uomo ricco?»

«Anche se tu fossi il re, io ho la mia dignità. Non voglio dipendere da te per comperare un paio di scarpe. E se volessi farti un regalo? Dovrei pagarlo con il tuo danaro?»

La collera di Spartaco svanì di colpo e le sorrise.

«Maddalena, amore mio! Io diventerò l'uomo più ricco d'Italia. Vuoi davvero che abbia una moglie che lavora?»

«Bum! L'hai sparata davvero grossa. Comunque non sono tua moglie.»

«Ho affidato la pratica a un avvocato. Il tuo matrimonio verrà annullato.»

«In che modo? Tognino è partito oggi per l'America.»

«Tu come lo sai?»

«È venuto a trovarmi.»

«Che cosa ha fatto?» s'ingelosì Spartaco.

«Come osi sottopormi a un interrogatorio, quando io avrei il diritto di sapere com'è finita la storia con Alberta Benini. Ammesso che sia finita.»

«Dunque era qui che volevi arrivare.»

«Perché? Chiedo troppo?»

Erano di nuovo ai ferri corti.

«Alberta Benini è acqua passata. Non ci importunerà più. Gradirei anzi che il suo nome non venisse più pronunciato.»

«Per me sta bene. Purché la partita sia chiusa per davvero.»

«Sai qual è la tua forza, Maddalena?» domandò lui scuotendo il capo.

«Dimmelo tu.»

«Io ti amo. Sei così bella che non posso guardarti senza avvampare di desiderio. Sei così forte, che non riesco a tenerti testa. Sei così leale, che mi fai sentire un malfattore. Eppure, in coscienza, so di essere un uomo onesto. Ma tu vali molto più di me», confessò.

«Tu sai come lisciarmi il pelo, ma non mi faccio incantare dai tuoi svolazzi. Dovresti saperlo.»

«Quando ci sposeremo, ti regalerò un diamante stupendo.»

Lena non sapeva che cosa farsene di un diamante e non credeva proprio che Spartaco potesse diventare così ricco come diceva. Ma era l'uomo che il destino aveva messo sulla sua strada e lei era felice di appartenergli, anche perché sapeva che non avrebbe mai smesso di amarla.

6

In una fresca notte di fine estate, mentre Lena e Spartaco erano immersi nel sonno e si tenevano abbracciati nel grande letto austero che era stato dei genitori del notaio Bellerio, il telefono al piano terreno del palazzo squillò. Suonò a lungo prima che lo sentissero. Quella chiamata notturna non faceva presagire nulla di buono.

Entrambi scesero a precipizio le scale. Spartaco sollevò il ricevitore e udì la voce di sua madre.

«Che cosa c'è, mamma?» domandò cercando di conservare la calma.

«Miranda sta male», disse la donna, tra i singhiozzi.

«Che cos'ha?» incalzò spaventato.

«Non sappiamo. L'abbiamo portata qui, all'ospedale. È grave, Spartaco.»

«Parto immediatamente», disse lui, senza fare altre domande.

Lena era già risalita e stava allineando sul letto qualche indumento da mettere in una borsa da viaggio.

«Che cosa è successo?» gli domandò in un soffio.

«Mia sorella... l'hanno portata all'ospedale», rispose, vestendosi.

Spartaco parlava spesso di lei con molto affetto. Lena non l'aveva ancora conosciuta, ma sapeva che era una ragazza mite, sensibile, molto legata al fratello.

«Vuoi che ti accompagni a Lugo?» si offrì lei.

«Voglio che ti riguardi, amore mio», disse lui. «Qualunque cosa sia, non potresti fare niente.»

Sul portone di casa, Lena lo abbracciò.

«Fammi sapere», implorò.

Risalì lentamente le scale. Si sentì improvvisamente sola in quel grande, austero palazzo ripiombato nel silenzio della notte. Si rimise a letto, ma non riuscì a prendere sonno. I Rangoni non l'avevano mai voluta vedere. Il loro atteggiamento la lasciava del tutto indifferente. Spartaco, invece, ne soffriva.

A volte le diceva: «Appena avremo un figlio, le cose cambieranno, vedrai». Lena capiva che per lui era molto importante il consenso della sua famiglia.

Adesso era incinta di tre mesi, e quando lui lo aveva saputo aveva pronosticato: «Questo figlio ci aiuterà ad avvicinare i miei genitori».

Lena si alzò dal letto, andò in cucina, prese dal frigorifero la bottiglia del latte, ne versò un po' in un pentolino di alluminio che mise sul fornello a gas. Quando fu caldo, versò il latte in una scodella, ci intinse il pane e incominciò a mangiare. Micia saltò sul tavolo per reclamare la sua parte di zuppetta.

Da quando era arrivata a Bologna, era la prima volta che trascorreva la notte da sola. Si passò una mano sul ventre che incominciava ad arrotondarsi. Ripensò alle traversie della prima gravidanza. Questa volta non aveva avuto nausee, né altri malesseri. Stava benissimo e si sentiva forte come una leonessa. Si chiese se sarebbe nato un maschio oppure una femmina. Era curiosa di vedere questo bambino che le cresceva dentro.

La signorina Donadoni le aveva regalato un manuale sulla maternità. Per ingannare il tempo, dal momento che non aveva più sonno, Lena incominciò a sfogliarlo.

Si appassionò tanto alla lettura che, quando il telefono suonò al piano di sotto, realizzò che erano le sette del mattino e il sole si era già levato lambendo appena i tetti della città.

«Non tornerò a casa prima di questa sera», le annunciò Spartaco.

«Non hai altro da dirmi?» chiese lei.

«Miranda è morta. Una meningite fulminante», spiegò piangendo.

«Mi dispiace. Mi dispiace tanto», balbettò lei.

«Non aveva ancora diciott'anni, ed era una creatura stupenda», commentò. Poi aggiunse: «Mia madre è distrutta, mio padre è come istupidito».

«E tu sei disperato. Lo so. Non preoccuparti per l'ufficio. Lo aprirò io. Resterò in casa tutto il giorno, nel caso tu abbia bisogno di me», lo rassicurò.

«Ti ringrazio, Maddalena. Cerca di stare serena, almeno tu», le raccomandò.

Lena chiamò subito la signorina Donadoni per avvertirla che quel giorno non sarebbe andata a lavorare.

L'anziana signorina, con il passare del tempo, si era affezionata a lei. Il suo carattere scorbutico nascondeva una natura buona e generosa.

Non appena aveva saputo della gravidanza di Lena, aveva incominciato a tormentare il fratello perché muovesse le sue amicizie nel mondo ecclesiastico al fine di ottenere più rapidamente l'annullamento del matrimonio di Lena con Antonio. Ed effettivamente, smentendo le previsioni dell'avvocato bolognese, a cui Spartaco si era rivolto, la pratica Miserocchi-Baldini procedeva speditamente.

«È molto importante che tu possa regolarizzare la tua posizione», le diceva l'anziana zitella. «Non solamente per te stessa, ma anche per il figlio che verrà.»

Quella mattina, sentendo al telefono la voce della sua protetta, si allarmò.

«Che cosa posso fare per te?» le chiese.

«Farmi avere a casa le camicie del professore. È morta mia cognata e non so quando potrò ritornare da lei», spiegò Lena.

La sera, Spartaco arrivò a Bologna. Il suo viso era una maschera di dolore.

Piangeva come un bambino, parlando della sorella.

«Era così buona e mite. Aveva sofferto tanto da bambina per la sua gamba malata, ma crescendo era diventata un fiore. Perché quel Dio buono e caritatevole l'ha fatta morire?»

Passò ore a raccontarle vecchie storie di Miranda, parlando di lei con infinita tenerezza.

«Verrò a Lugo con te, per il funerale», decise Lena, di slancio.

Poi, confezionò una fascia di panno nero da infilare sulla manica della giacca di Spartaco.

Il mattino seguente, prima di partire, comperò per sé un abito nero.

La morte della giovane aveva richiamato intorno alla famiglia Rangoni una gran quantità di persone. La cittadina era tappezzata di manifesti funebri che annunciavano il decesso di Miranda e l'orario del funerale.

Fu così che Lena conobbe i suoceri, due poveri vecchi distrutti dal dolore. Fu lei a tendere per prima le braccia alla madre di Spartaco, che la tenne stretta a sé. Poi le disse: «So che aspetti un figlio. Spero che tu abbia una bambina che mi ricordi la mia Miranda».

7

LENA si svegliò trafitta da un dolore lancinante alle reni. Annaspò con la mano cercando il contatto rassicurante del corpo del suo uomo, che dormiva accanto a lei. Il dolore passò subito, seguito da un senso di benessere, così irreale, da farle credere di aver sognato.

Si riaddormentò e riaprì gli occhi quando la sveglia, sul comodino di Spartaco, suonò.

«Ferma quell'aggeggio», implorò lui, coprendosi la testa con il cuscino.

Lei si alzò e, con la sua andatura un po' appesantita, andò a spalancare le persiane del balcone. Restò senza fiato a causa di un'altra fitta pungente e rapida.

Si accostò a Spartaco e gli strappò il cuscino dal viso.

«Credo che stamattina, invece di scendere in ufficio, dovrai sbrigarti a chiamare la levatrice.»

Lui si gettò fuori dal letto e la guardò con apprensione: «Hai le doglie?»

«Qualcosa ho, anche se adesso è tutto passato», lo rassicurò mentre lui stava già vestendosi.

«Allora, le hai o non le hai?» insistette ansioso.

«Adesso vado a prepararmi un bel caffellatte», rispose avviandosi verso la cucina.

«Faccio in tempo a farmi la barba?» gridò lui.

«No», rispose lei con voce strozzata. «Credo proprio che sia arrivato il momento.»

La raggiunse in un attimo: «Non muoverti. Sta' ferma e aspetta che io ritorni». Era in preda al panico.

Fece i gradini a quattro per volta, imprecando contro la levatrice che non aveva il telefono in casa ma, per fortuna, abitava nella casa accanto.

La levatrice dormiva profondamente dopo una notte passata a vegliare una puerpera. Spartaco dovette bussare a lungo prima che la donna si svegliasse. Afferrò al volo l'inseparabile valigetta e seguì di corsa quell'uomo spaventato che urlava frasi incomprensibili.

Nel frattempo, Lena si era trascinata in camera da letto.

Soffocando gemiti di dolore, tolse dal letto la coperta e mise sul materasso di lana un grande telo cerato e, sopra questo, una traversa imbottita che aveva confezionato lei stessa. Poi coprì il letto con un lenzuolo immacolato, sperando che Spartaco e la levatrice arrivassero alla svelta. Le fitte alle reni diventavano sempre più insopportabili e frequenti. Riuscì a stendersi sul letto e sentì un liquido tiepido scivolare lungo le cosce mentre il dolore delle contrazioni le toglieva letteralmente il respiro.

Quando Spartaco e la levatrice fecero irruzione nella sua stanza, il bambino era già nato. La levatrice tagliò il cordone ombelicale e si occupò della madre e del neonato.

«È una bella bambina», annunciò.

«Si chiamerà Miranda», disse Spartaco chinandosi su Lena per baciarla. «Grazie, amore mio. Sei stata fantastica.» Aveva gli occhi lucidi di commozione.

Lena, dopo il parto, piangeva spesso, senza un motivo apparente, tanto che Spartaco decise di chiamare un dottore.

«Sua moglie sta benissimo», decretò il medico. «Non deve dar peso alle lacrime. Non so bene perché, ma tutte le donne piangono, dopo aver avuto un bambino. Lei, signor Rangoni, deve fare in modo che questa mammina si nutra bene: carne rossa, verdura fresca, vinello schietto e tanta frutta. Così il suo latte diventerà ricco di sostanze che aiuteranno la piccina a crescere forte e sana.»

La levatrice, dopo il parto, aveva fasciato strettamente il ventre di Lena con una benda elastica che le dava fastidio.

«È proprio necessario?» aveva chiesto lei.

«In campagna le donne non usano certi accorgimenti che, invece, sono molto importanti. I suoi organi, signora, sono stati compressi per mesi, per far posto alla bambina che diventava sempre più grossa. Adesso il suo pancino deve riassestarsi», spiegò la donna.

Con quella fasciatura, Lena faticava persino ad alzarsi dal letto.

La signorina Donadoni accorse in suo aiuto portando con sé una strana creatura. Era una delle sue «ragazze traviate», che aveva riportato sulla buona strada.

Si chiamava Serafina, detta Finny. Era alcolizzata quando la signorina la raccolse su una panchina dei giardini Margherita, e aveva soltanto vent'anni. L'aiutò a disintossicarsi, le trovò un alloggio presso un istituto di suore e un lavoro presso una fabbrica di dolciumi. Finny adesso lavorava dodici ore al giorno per un misero salario, ma era serena e si era rivelata una creatura dolcissima.

«Niente più fabbrica, adesso», aveva detto la signorina a Finny. «Andrai a lavorare nella casa di una coppia di persone agiate e perbene.»

A Lena aveva assicurato: «Puoi fidarti di lei come di te stessa».

«Lei ha fatto molto per me», le disse Lena. «Non potrò mai sdebitarmi.»

«Io ho sempre bisogno di qualcuno da proteggere», aveva replicato la zitella. «So bene che dovrò trovarmi un'altra guardarobiera che non sarà brava come te. Tu mi hai dato molto più di quanto io ti abbia reso. Dunque, niente ringraziamenti.»

Quando furono sole, Lena e Finny si guardarono studiandosi a vicenda. E si piacquero. Finny era una creatura minuscola dallo sguardo dolce.

«Quanti anni hai?» le chiese Lena.

«Venticinque. E lei?»

«Sono poco più giovane di te.»

«È tanto bella», replicò la ragazza con ammirazione.

«Hai lasciato un lavoro sicuro per venire ad aiutarmi. Ma io non so fino a quando potrò tenerti con me», le disse Lena con franchezza, pensando che una domestica fosse un lusso che non si sarebbe potuta permettere.

Finny la guardò con occhi ridenti.

«Dio vede, Dio provvede», rispose. «Se la signorina Donadoni mi ha mandata da lei, avrà avuto le sue buone ragioni.»

Finny rimase con Lena per oltre trent'anni. Quando morì, Lena era al suo capezzale ad assisterla, come una sorella.

Pochi giorni dopo, Spartaco arrivò a casa portando una gabbietta con due tortorelle.

«Per te, amore mio», le disse, baciandola con tenerezza.

«Tortore!» esclamò Lena.

«Ti portano un dono», precisò.

Una di loro aveva legato al collo, con un nastrino bianco, un anello di diamanti.

«Ti avevo fatto una promessa. Ricordi?»

«Dove hai preso tutti questi soldi?» chiese lei, preoccupata.

«Non pensarci. Fidati di me. Non l'ho ancora pagato. Non tutto, voglio dire. Ma godo di molto credito», spiegò mentre Lena sfilava l'anello dal collo della tortora.

Spartaco glielo infilò all'anulare.

«Questo è l'anello di fidanzamento. Un giorno, spero presto, avrai al dito anche la fede.»

«Non so perché continuo a credere a uno spaccone come te», sorrise, ammirando lo splendore puro del diamante.

Il battesimo di Miranda venne celebrato con grande sfarzo. Organizzò tutto Odette, che si offrì di fare da madrina. C'erano tre automobili. Sulla prima salì lei, che teneva in braccio la neonata, con il marito. Spartaco e Lena erano sulla seconda. I vecchi Rangoni presero posto sull'ultima.

Il battistero della chiesa di San Petronio era stato ornato di rose bianche e Lena, durante il battesimo, si commosse e pianse. Odette, che la osservava, notò la spilla a forma di rosa che portava al polso. Si lasciò sfuggire un sorriso e guardò Spartaco, che le rispose con un'occhiata significativa.

Lena accolse come una benedizione la fine della cerimonia, del pranzo che ne seguì e di tutti i convenevoli, perché era ancora indebolita dal parto e desiderava solamente isolarsi nella sua casa con la piccola Miranda.

I vecchi Rangoni ritornarono a Lugo in treno. I conti Sforza, invece, si fermarono all'*Hotel Baglioni* dove avevano prenotato una suite. Lena si spogliò dell'abito elegante, si sedette su una sedia in cucina e prese ad allattare la sua bambina. Finny si dava da fare lavando pannolini e rassettando le stanze. Spartaco guardò Maddalena con infinita tenerezza e pensò che era diventata ancora più bella. Ammirò l'incanto, la delicatezza e la forza di quel quadro che aveva davanti a sé. Capì perché la maternità avesse ispirato tanti artisti nel creare le loro opere.

Andò in camera da letto e prese dal cassetto del secrétaire la sua macchina fotografica. Ritornò in cucina e disse: «Non ti muovere. Voglio fare una fotografia a te e alla piccola».

Lena pescò un fazzolettino dalla tasca della vestaglia e coprì il seno nudo.

«È un sacrilegio, Maddalena», protestò lui.

«Il seno è mio e non intendo ostentarlo», dichiarò con fermezza. La fotografia che Spartaco scattò, entrò nell'album di famiglia: Lena china sul capino arrotondato di Miranda, coperto da una cuffietta di pizzo, mentre la piccola succhiava il latte dal seno materno.

La pendola, in sala da pranzo, batté quattro rintocchi.

«Accidenti, sono in ritardo», esclamò Spartaco.

«Dove devi andare?» domandò Lena, con aria tranquilla

«Ho un impegno. Ci vediamo per cena.»

Uscì correndo. Scese in ufficio a dare alcune disposizioni ai due impiegati che lavoravano per lui, prese in consegna un foglio con l'elenco delle telefonate e, quindi, inforcò la bicicletta e si avviò lungo i vicoli della città.

Si fermò in prossimità di una palazzina liberty. In cima al portoncino un'insegna a bandiera portava la scritta: *Albergo del Tritone*.

Spartaco assicurò la bicicletta a un palo ed entrò nel piccolo atrio.

Il portiere gli sorrise.

«La signora è già salita», gli sussurrò.

«Quale camera?» chiese lui.

«La solita, naturalmente», rispose l'uomo con aria professionale.

Odette era sul letto. I suoi indumenti erano sparsi ovunque, nel disordine che le era abituale. Fumava una sigaretta e leggeva un racconto di Čechov, *La signora col cagnolino*.

«Credevo che non saresti venuto», lo accolse.

«Scusami. Ho avuto da fare.» Come poteva spiegarle che, ammirando Maddalena, si era dimenticato di lei?

Lei spense la sigaretta, chiuse il libro e batté piccoli colpi sul letto, con il palmo della mano.

«Qui. Presto», lo spronò con aria gioiosa.

Fecero l'amore e poi giacquero esausti, senza parlare. Si sentiva il ronzio di una mosca imprigionata da una tenda e le voci dei passanti sulla strada.

Odette si stiracchiò e disse: «Vorrei conoscere quel genio che ha inventato l'amore, per fargli un monumento».

Quel piccolo albergo, pulito e discreto, era il rifugio per i loro sporadici incontri furtivi.

«Sei una forza della natura, Odette», convenne Spartaco.

«Mica tanto», replicò. «Non ho più fatto l'amore dall'ultima volta in cui siamo stati insieme.»

«Ma non mi dire», replicò Spartaco, con ironia.

«Non ho nessuna ragione di mentirti. È proprio così, che tu lo creda o no.»

«Che cosa ti è successo?»

«Francamente non lo so. Qualche volta penso di essermi innamorata di te. Poi scaccio questa ipotesi con un senso di orrore. È escluso che io possa essere fedele a un uomo. Devo anche dirti che oggi mi sento in colpa nei confronti di Lena. È come se la tradissi», ragionò. «Ti desideravo davvero. E poi mi sono detta che non potrai avere Lena per molto tempo. Quindi, perché perdere una buona occasione?»

Spartaco si alzò e incominciò lentamente a rivestirsi.

«Se ti fermi a Bologna, forse domani possiamo rivederci», le propose.

«Credo che ritornerò a Roma. Ho voglia di un po' di mondanità.»

«Così mi lasci.»

«Troverai presto qualcuna che ti consolerà», rispose incominciando, a sua volta, a rivestirsi.

Lui le si accostò e le prese il viso tra le mani: «Guardami negli occhi. Non è vero che ti sei innamorata di me».

«E se fosse? La cosa non ti riguarda. Adesso sei tutto preso da quella piccola creatura. Sei gonfio d'orgoglio paterno. Sei perso dietro la tua donna e...» Lasciò la frase in sospeso.

«Che cos'altro volevi aggiungere?»

«Ti dimentichi che Alberta Benini ha un figlio che ieri ha compiuto sei mesi», sussurrò.

«Non me ne sono dimenticato. Come potrei, se provvedo a mantenerli entrambi, lui e la madre.»

«A volte il danaro è un modo per tacitare la coscienza. Scommetto che non sai neppure come si chiama, quel bambino.»

«Non potevi scegliere un momento peggiore per ricordarmelo», brontolò lui. Le diede un bacio distratto su una guancia e scomparve dietro la porta.

8

NEL canapificio ravennate, il ragionier Augusto Torelli era il personaggio di spicco, nel senso che rispondeva in prima persona dell'andamento dell'impresa ai due soci che si limitavano a impartirgli le direttive. Se un cliente non pagava, se un ordine non veniva evaso, se c'erano problemi con gli operai, se arrivavano partite di canapa lavorata male, la responsabilità ricadeva interamente su di lui. Augusto era un dirigente attento e scrupoloso che, la mattina, arrivava in ufficio per primo e, la sera, era l'ultimo a uscire. Lavorava a volte anche la domenica, senza pretendere gli straordinari. Considerava il conte Sforza e il signor Rangoni come esseri superiori ai quali offrire un'obbedienza assoluta. Le sue frasi abituali erano: «Il conte ha detto che si deve fare così». Oppure: «Il signor Rangoni ha detto che si deve fare così». Tanto che, in quel piccolo universo romagnolo che amava cogliere gli aspetti caratteristici di ogni individuo per riassumerli con un soprannome, lui era chiamato il ragionier «Farecosì».

Aveva da poco compiuto i trentacinque anni. Era approdato a Ravenna, dalla lontana Taranto, quando aveva vent'anni, per occupare un posto di impiegato di terza categoria presso i Monopoli di Stato. Aveva un diploma di ragioneria e, a quell'epoca, era un bel ragazzo dalla pelle bruna, i lineamenti forti, la capigliatura corvina. Era andato ad abitare in una camera ammobiliata e metà del suo magro stipendio la spediva a Taranto, ai genitori, che avevano altri nove figli da mantenere.

Dopo tre anni, era stato promosso alla seconda categoria superiore, con un conseguente scatto di stipendio, e allora si era deciso a comperare una moto che gli consentiva di spostarsi più agevolmente, la sera, per andare al cinematografo. Non che fosse un appassionato di film, ma nei cinema aveva modo di rimorchiare un compagno per la sera. Era un uomo prudente e viveva la sua diversità con grande discrezione. Da quando i fascisti avevano dato l'ostracismo agli omosessuali, le sue cautele erano raddoppiate. Gli sarebbe tanto piaciuto poter fare l'amore in un letto. Ma non aveva mai osato. I campi di notte, intorno a Ravenna, erano l'unico luogo sicuro per le sue trasgressioni. Parsimonioso com'era, rifiutava di pagare prestazioni. Sceglieva sempre uomini discreti, rispettabili padri di famiglia che, come lui, erano costretti a nascondere la loro inclinazione. Ora che il regime aveva messo una tassa sugli scapoli, il ragionier Augusto Torelli incominciava a considerare l'opportunità di trovare una buona moglie.

Una donna semplice e senza pretese cui offrire una rispettabilità per celare meglio il suo segreto. Si atteggiava a uomo rude e non disdegnava di guardare le belle ragazze, scimmiottando gli atteggiamenti dei giovani eterosessuali.

Spartaco lo scovò al Monopolio, dove aveva conoscenze; aveva sentito parlare di lui in termini elogiativi.

«Le offro una volta e mezzo lo stipendio che percepisce dallo Stato», gli aveva detto. Aveva bisogno di un giovane sveglio cui affidare la gestione del canapificio.

«Perché dovrei lasciare il certo per l'incerto? Questo è un posto sicuro. Il suo, con tutto il rispetto, non so se lo è altrettanto», aveva replicato il ragioniere.

Spartaco era convinto che ogni uomo avesse un prezzo e quello che aveva prospettato ad Augusto Torelli era bassissimo, se si valutavano nel giusto modo le sue capacità professionali e organizzative.

«Perché qui dentro non farà mai carriera. So come vanno le cose negli organismi statali. Io le darò un incentivo ogni anno, se farà bene il suo lavoro», gli aveva risposto.

Fu così che il ragioniere di Taranto divenne la persona più importante del canapificio.

Spartaco gli affidava anche alcuni compiti che esulavano dal lavoro. Uno di questi consisteva nel preparare ogni mese una busta con danaro contante da infilare nella cassetta delle lettere della signorina Alberta Benini, che viveva con l'anziana madre e un bimbo in fasce in un piccolo appartamento in via Trieste, vicino al porto.

Il ragioniere assolveva con molta discrezione questo incarico, che gli dava una certa consolazione perché lo induceva a concludere che non era soltanto lui ad avere un segreto da nascondere.

Spartaco capitò in ufficio in un orario che non era quello di lavoro.

Si sedette di fronte alla sua scrivania e stette lì, per qualche istante, a guardarlo senza parlare. L'uomo si innervosì e ripassò mentalmente gli ultimi eventi, chiedendosi se il giovane padrone intendesse rimproverargli qualcosa.

«Come mai, a trentacinque anni e con un buono stipendio, lei non ha ancora preso moglie?» gli chiese a bruciapelo.

«Io, veramente, ho sposato il mio lavoro», rispose dopo una breve riflessione. «Lei non mi avrebbe trovato in ufficio, a quest'ora, se non fosse così. Tuttavia, se me lo consente, devo confessarle che ho preso in esame questa eventualità. Ma non è semplice trovare una brava ragazza che si accontenti di un compagno che ha poco tempo da dedicare a una moglie», spiegò misurando le parole.

«Se questa brava ragazza gliela presentassi io, raccomandandogliela e assicurandole che non avrebbe motivo di pentirsi di questa scelta?» lo stuzzicò.

«Non ho capito se si tratta di una possibilità oppure di un ordine. Se lei mi dice di fare così, io eseguirò», rispose prontamente.

«Ragioniere, non meniamo il can per l'aia. Io conosco benissimo il vero motivo della sua misoginia, se così vogliamo chiamarla.»

Il ragioniere arrossì violentemente.

«Ecco, io... veramente...» balbettò, quasi sul punto di piangere.

«Non si preoccupi, per l'amor di Dio. Le ho chiesto solo se vuole prendere in considerazione l'idea di sposarsi. Ci pensi su, questa notte, e decida per un sì», disse alzandosi e lasciandolo solo.

Andò in centro, entrò in un bar e telefonò ad Alberta.

«Puoi uscire fra cinque minuti?» le domandò.

Alberta non lo aveva più visto né sentito dal giorno in cui l'aveva accompagnata da Odette, a Cotignola. Dove, per altro, era rimasta soltanto per un breve periodo, il tempo per consentire a Spartaco di trovarle una sistemazione dignitosa. In seguito, comunque, fu Odette a occuparsi degli aspetti pratici, fu lei ad andarla a trovare, fu lei ad accompagnarla all'ospedale perché il parto si presentava difficile, e fu sempre lei a fare da madrina al battesimo, imponendo al piccolo il nome di Stefano. Si chiamava Stéphane un giovane innamorato di cui serbava un bellissimo ricordo.

«Sei proprio tu!» la sentì esclamare, con un filo di voce.

«Allora esci?» insistette lui.

«Sì, certo. Che domanda! Mi precipito.»

Quando arrivò davanti alla casa di via Trieste, Alberta era già sul portone che lo aspettava.

«Andiamo a mangiare qualcosa», disse lui aprendo la portiera della macchina.

La condusse in un'osteria sul porto. C'era una gran confusione ed ebbe la certezza che nessuno avrebbe badato a loro.

Chiamò il cameriere pensando a come si sarebbe giustificato con Lena per essere stato fuori così a lungo. Sarebbe arrivato a Bologna nel cuore della notte.

Intanto, osservava Alberta che era pienamente consapevole di essere sottoposta a un esame, ma non si scompose.

Era un po' ingrassata e il viso le si era addolcito, dopo la maternità. Nel suo sguardo brillava ancora una luce scaltra, appena attenuata da un vago senso di noia e di delusione.

Era una donna di trent'anni che si rassegnava a invecchiare, covando certamente dei rancori. Non si sarebbe stupito se lei gli avesse rinfacciato di avergli dedicato gli anni migliori della sua vita. Sicuramente avrebbe cercato di farlo sentire in colpa. Ma non ci sarebbe riuscita. Spartaco si sentiva ingannato da Alberta, che per tre anni aveva intrattenuto con lui una relazione ben sapendo che non era innamorato di lei. Inoltre, accettava il suo danaro senza battere ciglio e qualche volta, con richieste spedite in busta chiusa con la scritta «Riservata e personale» gli sollecitava ulteriori finanziamenti perché: «Il bambino è stato poco bene e ho dovuto pagare il medico», oppure: «Il bambino cresce a vista d'occhio e ha bisogno di indumenti nuovi», e ancora: «L'inverno è molto freddo e vorrei comperare una pelliccia».

Spartaco pagava senza fare obiezioni anche quando certi esborsi comportavano dei sacrifici.

«Allora?» lo spronò lei, nel momento in cui un cameriere portò in tavola un gran piatto di pesce alla griglia.

«Vorrei sapere, molto francamente, se hai un uomo. Bada che non smetterei per questo di aiutarti, come ho sempre fatto», precisò lui.

«È una domanda assurda, scusa la franchezza», replicò seccamente Alberta. «Ho trent'anni, un figlio e una madre a carico mio. Non ho più amici, non ho più un lavoro, non ho più denaro. Se volessi frequentare un uomo, sarebbe lui a tenermi lontana, data la situazione in cui mi trovo.»

«Non volevo una predica, volevo soltanto una risposta. La risposta è no?»

«Esattamente», disse.

«Ti sposeresti se ti presentassi la persona giusta?»

«Giusta per te, oppure per me?» rispose ironica.

«Io non c'entro. Questo mi sembra chiaro, ormai.»

«Non hai mai espresso neppure una volta il desiderio di vedere il piccolo Stefano. Più chiaro di così.»

«Stiamo parlando tra persone concrete. Ho l'uomo giusto per te.»

«Posso sapere chi è?»

«Il ragionier Augusto Torelli. È un mio dipendente.»

«Lo conosco. Lo vedo quando infila le tue buste nella cassetta delle lettere. È un bell'uomo.»

«Bello, forse. Uomo, ne dubito. È comunque una persona gentile e sono certo che sarebbe un buon padre per il bambino. Un figlio ha bisogno di un padre. E tu, soprattutto per tornare tra la gente, hai bisogno di un marito.»

«Tu sei convinto che i soldi possano comperare la felicità.»

«Non dico la felicità, ma qualcosa che le assomiglia», puntualizzò Spartaco.

«E se rifiutassi?»
«Non succederebbe niente. Ti aiuterei come ho fatto finora. Ma pensaci e fa' in modo che la risposta sia sì.»
Alberta si mise a ridere. Una risata amara, la sua. Era una donna vulnerabile, nonostante tutto.
«Qualunque decisione prenda in contrasto con i tuoi progetti, si ritorcerebbe contro di me. Ti conosco troppo bene, Spartaco, per sapere che se hai avuto questa idea, è quella giusta. Dunque, farò come vuoi. Un giorno, forse, potresti desiderare di vedere tuo figlio e non ti sarà possibile, perché avrà un altro padre.»
«Non ho detto che dovrà avere il cognome di Torelli. Continuerà a chiamarsi come te, Benini», tagliò corto Spartaco.
Nonostante tutto, quello di Alberta con Augusto fu davvero un buon matrimonio e il piccolo Stefano crebbe chiamando papà quell'uomo un po' strano che aveva per lui una grande tenerezza.
Ma la storia di quel figlio, nel corso degli anni, si riseppe. Anche la famiglia di Spartaco ne fu informata. Il figlio primogenito, mai riconosciuto, fu un'ombra che gravò come una minaccia sulla famiglia. Anche se nessuno osò mai parlarne apertamente, né Stefano fece mai allusione alle proprie origini.

Una notte al «Grand Hotel» di Milano

1

LENA, come sempre, stava rintanata nella sua poltrona, quando l'infermiera le passò la comunicazione.

«Il signorino Spartaco, per lei», annunciò porgendole il telefono portatile.

La gatta, disturbata nel sonno, abbandonò pigramente le ginocchia della padrona.

«Dove sei?» lo aggredì. Era di pessimo umore, perché aveva trascorso il pomeriggio aspettando che lui si facesse vivo e, per ingannare l'attesa, si era annoiata davanti al televisore.

«Sono ancora a Milano, nonna. Non arrabbiarti, per favore», rispose il giovane che si sentiva in colpa per non essere ritornato a Cotignola, come le aveva promesso.

«Non dirmi che sei ancora con Antonio», obiettò Lena.

«L'ho lasciato da un pezzo. Ma sono rimasto a Milano perché devo vedere una persona», spiegò. Poi il suo tono si fece confidenziale: «Passerò la notte in città».

Lena emise un sospiro di rassegnazione.

«C'è di mezzo una donna, vero?»

«Per me è molto importante.»

«Beati voi giovani! Ti aspetterò domani.»

«Contaci. Anche perché dovrai chiarirmi qualcosa a proposito di Stefano Benini», insinuò il nipote.

«È stato quel vecchiaccio a farti il suo nome?»

Spartaco sorrise a quella definizione di Antonio Miserocchi.

«Lui non c'entra. L'idea è mia. Potrebbe essere la chiave per ottenere consensi dai tuoi figli.»

«Così, stai imparando l'arte sottile del ricatto», osservò lei.

«Avevo capito che si trattasse della difficile arte della persuasione», corresse il tiro.

«Non fare il patacca come tuo nonno», lo rimproverò.

«Ci proverò. Allora ci vediamo domani», promise.

Telefonava da un appartamento del *Grand Hotel et de Milan*, dove aveva preso alloggio, la mattina, prima di incontrarsi con Antonio Miserocchi, e dove lo avrebbe raggiunto Sara, la donna di cui era innamorato.

Spartaco e Sara si erano conosciuti due anni prima, quando Giuliano Serandrei era ancora vivo. Era stato proprio suo padre a presentargliela. Allora la famiglia Rangoni stava affrontando i primi guai con la giustizia. Alcuni confidenti avevano avvertito Giuliano di indagini sotterranee sull'azienda chimica della famiglia.

«Lei è Sara Conti, cronista giudiziaria. Scrive per *Opinioni*», così Giuliano gliela aveva presentata, ricevendola nel suo ufficio, dopo che lei aveva insistito per intervistarlo.

Lei aveva tutto per far innamorare un giovane di ventisei anni. Possedeva il fascino delle donne belle, intelligenti e sensibili, fra i trenta e i quarant'anni, che hanno vissuto intensamente.

Era alta quanto Spartaco, incredibilmente sottile, elegante e colta.

Prima di concedere un'intervista, Giuliano voleva sapere tutto sul conto del cronista. Così, aveva mostrato al figlio una specie di scheda informativa della signora Sara Conti. Milanese, trentacinque anni, una laurea in filosofia. Sposata con Roberto Calcaterra, avvocato civilista di successo. Un matrimonio in giovane età. Lei aveva diciott'anni, lui ventidue. Praticamente erano cresciuti insieme, ma seguendo strade divergenti. Avevano due figli: sedici e quattordici anni.

Spartaco si aspettava di incontrare una giornalista pronta a sparare domande a raffica piene di trabocchetti, secondo lo stereotipo dei cronisti d'assalto. Invece, si trovò davanti un viso dolcissimo, illuminato da uno sguardo intenso e un po' malinconico.

Misurava le parole e, con calma, cercava di capire le risposte di Giuliano.

Era molto più interessata alla personalità di Giuliano che non alle sottili trame dei suoi giochi finanziari.

Spartaco la osservava mentre intervistava suo padre e ricordò i versi di una poesia: «Vado e vengo dal Monte Bianco per cercare il mio amore: si chiama Sara e assomiglia a Parigi».

Quando l'articolo di Sara uscì su *Opinioni*, risultò essere il migliore scritto su Giuliano Serandrei. Com'era nel suo stile, Giuliano le mandò a casa una conca d'argento inglese, d'epoca, colma di fiori. Sara tenne i fiori e gli rimandò la conca, con un biglietto: «La ringrazio per i fiori. Davvero non doveva. Quanto al resto, è bellissimo ma non posso accettare regali».

Giuliano si arrabbiò, considerandolo un affronto. «Ma chi si crede d'essere!» sbottò. Spartaco, invece, apprezzò il comportamento di Sara. Come il nonno e il padre, anche lui era convinto che ognuno avesse un prezzo. Quello di Sara doveva essere molto alto.

La rivide per caso a Cortina d'Ampezzo. Lei era con il marito e i figli, lui con un'attricetta ambiziosa, che aveva una gran voglia di accasarsi bene.

Andarono a cena insieme e, mentre l'avvocato Calcaterra prese a corteggiare l'attrice, Spartaco e Sara parlarono a lungo e tra loro nacque un sentimento profondo.

Si amarono, con mille patemi, molti mesi dopo. Lei non aveva mai tradito il marito, anche se da un pezzo aveva smesso di amarlo.

«Non lascerò mai Roberto», gli disse. «Detesto il suo egoismo e il suo cinismo da professionista rampante. Però è il padre dei miei figli. Loro sono già abbastanza sbandati. Reagirebbero negativamente a una separazione. Hanno bisogno di regole da rispettare e devono sapere che anche i genitori le rispettano. Ho sempre fatto in modo che Roberto tenesse fuori di casa le sue evasioni sentimentali. Non sarò io, dunque, a infrangere i patti.»

Aveva idee chiare e precise a proposito della famiglia. Una determinazione maturata in anni di riflessioni sofferte e di delusioni seguite ai primi entusiasmi giovanili.

Quando parlava di sentimenti, che fossero suoi o di altri, lo faceva con pudore e con delicatezza.

Spartaco andava scoprendo molte affinità tra Sara e sua nonna. Era sicuro che, se si fossero conosciute, avrebbero immediatamente fraternizzato. Perché Sara, come la nonna, era un cumulo di contraddizioni che a volte sfociavano nell'ipocrisia. Entrambe, però, esigevano che certi princìpi venissero rispettati.

Si raccontava, in famiglia, di un'amante del nonno per la quale il Corsaro aveva preso una sbandata. La nonna, anche in quella occasione, era stata categorica. «Fuori dalle mura domestiche, puoi fare quello che vuoi. Ma quand'è ora di cena, non c'è amante che tenga. Dovrai essere a tavola con me e con i nostri figli. Se ti va bene, è così. Altrimenti, esci per sempre da questa famiglia.»

Il nonno, a quell'epoca, aveva circa sessant'anni e continuava a essere innamorato di Lena, la sola donna che gli stesse veramente a cuore. Aveva liquidato l'amante con la generosità che gli era abituale ed era rientrato nei ranghi, come un soldatino.

Un giorno Spartaco disse a Sara: «Ti comporti come una piccolo-borghese, ancorata agli schemi del secolo passato. L'apparenza innanzi tutto. Credi davvero che i tuoi figli siano così stupidi da non capire che il legame tra i loro genitori è finito da tempo?»

«Voglio che imparino a rispettare gli impegni. Se vanno a scuola e studiano con profitto, lo devono a questo insegnamento fondamentale. Se non avessi il polso di ferro e una determinazione più che assoluta, i miei figli sarebbero per strada a drogarsi», aveva tagliato corto Sara.

Da allora l'argomento era stato accantonato. Si vedevano raramente. Quando gli impegni di lavoro e quelli della famiglia lo consentivano. Ma quando s'incontravano, erano felici.

Le telefonò dopo l'incontro con Antonio Miserocchi. Lei era al giornale e aveva molto lavoro da smaltire prima che la giornata terminasse.

«Posso dedicarti la notte», annunciò.

«Non mi dire! Non siamo mai stati insieme tutta una notte», rispose Spartaco, incredulo.

«I ragazzi sono in gita scolastica. Torneranno domani. Roberto è a un congresso e io sarò tua», spiegò a bassa voce per non essere sentita dai colleghi.

Lo raggiunse in albergo alle undici di sera. Spartaco aveva fatto preparare una cena fredda: scampi al limone, verdure alla piastra e macedonia di frutta. Il tutto accompagnato da acqua minerale perché erano entrambi astemi.

Sara lo guardò con l'aria colpevole che lui ben conosceva. Tuttavia, gli occhi le brillavano e le guance erano accese di piacere.

«Che cosa ho fatto di buono, ultimamente, per meritarmi queste ore con te?» gli domandò mentre Spartaco l'abbracciava.

Lui respirò il suo profumo di mughetto.

«Credo che siamo due bravi ragazzi che si meriterebbero qualcosa di più dalla vita», replicò.

«Parla per te. Io sto vivendo la mia stagione migliore, anche se tormentata. Ogni volta che ti incontro mi sembra che si rinnovi un miracolo. Quando la nostra storia finirà, ricorderò sempre questi momenti come un dono del destino», gli sussurrò lei.

«Io sono paziente, Sara. Aspetterò il giorno in cui farai un falò delle tue dannate regole e allora potremo vivere insieme», dichiarò.

Parlarono a lungo. Spartaco era felice di aprirsi con lei che sapeva ascoltarlo e capirlo. Ma gli piaceva anche farsi raccontare dell'infanzia di Sara, dell'adolescenza, dei primi amori. Sara seguiva da due anni il processo nel quale erano implicati alcuni componenti della famiglia Rangoni, ma evitavano, di proposito, qualsiasi accenno al riguardo.

Lei avrebbe potuto sfruttare la loro intimità per avere notizie di prima mano. Non lo aveva mai fatto. A sua volta, Spartaco avrebbe potuto conoscere, tramite lei, indiscrezioni e informazioni più o meno ufficiose. Non le aveva mai chiesto niente.

Quella notte, invece, quando stavano per addormentarsi, Sara buttò là una frase, come per caso.

«Stamani ho sentito che tua zia Margherita sta cercando di cedere in blocco agli americani la sua quota della Rangoni Chimica», disse, trattenendo uno sbadiglio.

Spartaco s'irrigidì e quasi balzò fuori dal letto.

«Stai parlando della American Tate di Alfred Zatler?» le chiese, sforzandosi di restare calmo.

«Non ne sapevi niente?» domandò Sara.

«Forse non sarei qui con te, adesso, se avessi avuto sentore di una notizia simile.»

«È soltanto una voce che ho raccolto nei corridoi del tribunale. Io non so niente di economia. Se questa voce fosse attendibile, sarebbe davvero tanto importante?» gli chiese.

«Significherebbe smembrare quello che rimane del patrimonio del nonno. Sono vent'anni che gli americani cercano di prendersi la nostra torta. È escluso che possa consentire a mia zia di fare una cosa del genere.»

Sara si addormentò. Lui rimase immobile, nel letto, a pensare, ascoltando la musica che veniva trasmessa, in sordina, dall'impianto di filodiffusione. La voce vellutata di Elvis Presley cantava: «*Love me tender, love me sweet...*»

Da quella notte, ogni volta che pensò a Margherita, Spartaco ricordò quelle note. E le detestò.

2

La cameriera inseguì Spartaco mentre saliva, a due a due, i gradini del palazzetto di Cotignola.

«Signorino, mi perdoni», lo bloccò quand'era sul pianerottolo. «Non deve entrare in camera della signora. Sta dormendo», disse parlando sottovoce.

Il giovane la guardò con aria perplessa.

«La nonna mi sta aspettando», spiegò, riprendendo a salire.

«La prego. La notte scorsa, sua nonna non ha chiuso occhio. L'infermiera ha detto che era molto agitata. Nemmeno i tranquillanti sono serviti a sedarla. Adesso, finalmente, sta riposando. Se lei la sveglia, sarà uno straccio per tutto il giorno e ci farà impazzire, come sempre quando non recupera le sue ore di sonno», si lamentò la donna.

«Capisco», disse Spartaco, tornando sui suoi passi. «Aspetterò che si svegli. Mi porti del caffè, per favore.»

Andò in salotto dove trovò Pina, l'infermiera. Stava sulla poltrona di Lena e compilava dei cruciverba, mentre la gatta, acciambellata sopra il televisore, le lanciava sguardi d'odio, perché era inteso, tra Lena e la bestiola, che la poltrona era dell'animale, quando lei non l'occupava. La donna si levò in piedi, confusa, come se fosse stata sorpresa a commettere una cattiva azione.

«Posso esserle utile, dottore?» chiese.

«Sì. Sparisca», rispose Spartaco che detestava, quanto Lena, l'infermiera imposta da sua madre alla nonna.

Pina lasciò il salotto camminando sulle punte dei mocassini bianchi, per non fare rumore. Sapeva di essere considerata una delatrice, tuttavia attribuiva la malevolenza di Lena e di suo nipote al pessimo carattere dei due.

Inoltre, nutriva una specie di timore reverenziale per quel giovane, scarsamente comunicativo, che riusciva a imporsi persino sulla signora Miranda e sapeva essere tenero soltanto con la nonna, una vecchia stramba e intrattabile.

Avrebbe sacrificato un mese di stipendio per sapere che cosa stessero tramando i due. Quando stavano insieme, parlavano fitto fitto, sottovoce, e in quei momenti, stranamente, la vecchia Lena dimenticava la propria malattia. Lei, qualche volta, aveva tentato di origliare alla porta, giustificando la sua curiosità con l'ordine perentorio di Miranda: «Deve riferirmi tutto». Ma non era mai riuscita a carpire neppure una parola dei loro discorsi.

Entrò la cameriera portando il caffè in un bricco d'argento. Spartaco, che si era accoccolato sul solito sgabello, accanto al cassettone della nonna, stava sfogliando un pacco di quotidiani, soffermandosi soltanto sulle pagine economiche. Cercava una conferma alle parole di Sara sulla cessione in blocco della quota di Margherita alla American Tate di Zatler, il miliardario dello stato del Mississippi che da tempo brigava per avere il controllo della Rangoni Chimica. Non trovò traccia di quella notizia. Se davvero sua zia aveva deciso di vendere, poteva già esserci una trattativa in corso. Conosceva Zatler e la sua determinazione. Da anni cercava di estromettere i Rangoni dal campo agroalimentare. La guerra risaliva ai tempi del nonno, ma Zatler non era mai riuscito a spuntarla con lui. Ora, probabilmente, stava sfruttando il disaccordo all'interno della famiglia e aveva scelto di circuire il personaggio più debole e avido: zia Margherita. Eppure gli informatori americani non avevano inviato alcun segnale in proposito.

Rammentò un insegnamento di suo padre: «Ricorda che è sempre indispensabile verificare le informazioni pagando gente che controlli i nostri informatori che, come tutte le spie, sono corruttibili». Morto Giuliano, la famiglia si era dimenticata di questo saggio accorgimento.

Il guaio consisteva nel fatto che la famiglia, con la morte di suo padre, aveva perso una guida. Ognuno voleva agire di testa propria, compresa sua madre. Tutti miravano soltanto ai soldi e non avevano capito che si era chiusa definitivamente l'epoca delle vacche grasse. Era necessario fare dei sacrifici e ritrovare quell'unità famigliare che li aveva resi tanto potenti. Ora che il vecchio Miserocchi gli aveva garantito il suo appoggio, era più che mai indispensabile che Spartaco avesse il comando del gruppo.

La nonna entrò in salotto quand'era da poco passato mezzogiorno. «Ti ho fatto aspettare a lungo. Perdonami», disse, andandogli vicino per essere baciata.

Sembrava in forma e di buon umore.

«Ho pensato che potremmo, almeno per oggi, andare a mangiare fuori», suggerì, con aria ammiccante.

«Nonna, ci sono cose molto gravi di cui dobbiamo parlare», l'avvertì il giovane.

«Appunto. Lontano da queste mura che hanno orecchie», spiegò e soggiunse: «Hai avuto almeno una notte piacevole? Vorrei conoscerla questa donna che ha il privilegio di essere la tua amante».

«Guarda che non mi incanti con la tua disponibilità. Ti conosco anche troppo bene e so che, se te la presentassi, la faresti a fette.»

«Mi sembra ovvio. Sei il mio unico nipote e sono molto gelosa di una sciacquetta che ti vuole per sé.»

«Ecco, lo vedi? Non sai neppure chi sia e sei già prevenuta», osservò il nipote, mentre l'aiutava a scendere le scale.

«Che cos'ha di speciale? È bella? È ricca? Fa bene l'amore?» indagò con tono salottiero.

«È soprattutto sposata, nonna», ammise lui.

«Mio Dio! La storia si ripete. Con il passare degli anni, assomigli sempre di piu a tuo nonno», commentò scuotendo il capo.

La cameriera era nell'atrio e li osservava perplessa.

«Riferisci alla mia guardiana che sto andando a pranzo con mio nipote», annunciò la nonna, in tono ironico.

«Dove ti porto?» chiese Spartaco, quando furono in macchina.

«C'era una volta, e c'è ancora, una trattoria sotto le mura di Lugo. Da ragazzo, tuo nonno andava lì a ballare, qualche volta.

Non con me. Io non ci sono mai andata. Con una maestrina che si chiamava Alberta Benini. È morta e sia pace all'anima sua. Suo figlio, invece, è vivo e vegeto. Ed è un brav'uomo. Pare sia figlio del Corsaro», spiegò d'un fiato.

«Parli di Stefano Benini, vero?»

«Appunto. Visto che il personaggio ti incuriosisce, tanto vale chiarire subito la cosa.»

«Hai detto: 'Pare sia figlio del Corsaro'. O lo è, o non lo è.»

«Per anni negò che quel figlio fosse suo. Prima di morire, in un memorabile pomeriggio d'estate, mentre camminavamo lungo la riva del Senio, mi parlò di Stefano e ammise d'essere lui il padre», spiegò Lena.

«Esiste qualche documento, in proposito?»

«Ben custodito in cassaforte. Con le ricevute di tutte le somme di danaro che Spartaco inviava regolarmente alla maestrina per il mantenimento suo e del ragazzo. E poi ci sono le lettere di Odette Eskenazy. Lei mi aveva raccontato nei particolari la storia di Alberta, di suo figlio Stefano e di Augusto Torelli, che aveva sposato la maestrina quando il bambino era già nato. Augusto era una persona corretta e per molti anni è stato l'uomo di fiducia di tuo nonno», raccontò.

«A ventinove anni scopro di avere un nuovo zio», constatò.

«Poco male. Però i miei figli lo sanno da un pezzo e alla morte di tuo nonno hanno temuto le rivendicazioni di Stefano Benini sull'eredità. Ne avrebbe tutto il diritto. Ti pare?»

«E lui si fece avanti?»

«Assolutamente no. Ma potrebbe sempre farlo», ammise.

«Credi che la mamma e gli zii temano questa eventualità?»

«Ma certo. Altrimenti, perché ti sarebbe venuto in mente il suo nome? Se non puoi averli dalla tua parte con la ragione, devi usare la forza. O il ricatto», suggerì Lena.

«La persuasione, nonna», la corresse Spartaco, sorridendo.

«Sono una vecchia ignorante e mi riesce difficile giocare con le parole. Uso quelle più dirette per esprimere un concetto. Quindi smettila di correggermi. E fermati, per favore», gli ordinò, mentre attraversavano il centro di Lugo.

«Qui c'è una banca, non il ristorante», osservò Spartaco.

«Appunto. È l'ora della mia medicina e il direttore della banca è così gentile che mi offrirà un bicchiere d'acqua per mandare giù la mia pastiglia. Intanto, tu aprirai una cassetta di sicurezza e prenderai una busta che contiene i documenti relativi a Stefano Benini.»

Spartaco offrì il braccio alla nonna per sorreggerla. Mentre entravano in banca venne assalito da un nuovo dubbio.

«Hanno vuotato tutte le nostre cassette di sicurezza. Ordine della magistratura. Ricordi? Quei documenti, quasi di sicuro, sono già stati acquisiti agli atti», le fece notare.

«La cassetta è a nome di Maddalena Baldini, che non è e non sarà mai inquisita. Contiene anche un sacco di gioielli. Erano di Odette. Me li aveva affidati in tempo di guerra. E sono ancora lì», spiegò Lena con un sorriso.

«La contessa è ancora viva?» si stupì il nipote.

«Oh, mio Dio! Quante cose devi ancora sapere. È morta nel '42. In un campo di sterminio nazista. Lei era ebrea e l'arrestarono. Sembrava che presagisse la sua fine, quando mi affidò quel patrimonio», raccontò mentre il direttore della banca si faceva loro incontro, premuroso.

Li invitò nel suo ufficio, offrì loro da bere, evitò accuratamente qualunque accenno alla attuale situazione dei Rangoni. Si offrì di accompagnare Spartaco nel sotterraneo per prelevare la cassetta di Lena e la portarono insieme nel suo ufficio. Dopo, il direttore si ritirò discretamente, lasciandoli soli.

Lena aprì la cassetta con mano tremante e affidò al nipote i documenti relativi a Stefano Benini.

«Infilali nella tua borsa», gli ordinò. «Aggiungi anche questi.»

Erano tre pelli di daino arrotolate e legate con lo spago. Contenevano i gioielli di Odette. Spartaco richiuse la borsa, con cura. Poi andarono al ristorante che Lena volle visitare in tutte le sue parti, prima di sedersi a un tavolo.

Di fronte a un piatto di tagliatelle emiliane, Spartaco le parlò delle intenzioni di Margherita.

«È proprio con l'acqua alla gola, povera ragazza», commentò Lena.

«Credi che la minaccia di coinvolgere un nuovo erede basterà a fermarla?» chiese il nipote.

«Conoscendola, direi di no», rispose con aria distratta. Si guardava intorno cercando di immaginare come fosse quel posto quando lei aveva diciott'anni e Spartaco lo frequentava in compagnia di Alberta Benini. Doveva essere cambiato ben poco da allora, nonostante gli anni, le guerre e la tecnologia moderna. In cucina la ghiacciaia aveva ceduto il posto a un grande frigorifero. La pompa a mano della fontana di pietra era stata sostituita con un rubinetto e i lumi a petrolio con la luce elettrica. Ma il bancone era ancora di zinco, come usava allora, i tavoli di legno massiccio e le sedie un po' traballanti erano sicuramente degli anni Trenta.

L'aria era piacevolmente fresca tra quelle mura antiche e il giardino, rallegrato da una pergola di vite canadese, custodiva il segreto delle serate giovanili di Spartaco Rangoni.

«Chissà se fioriscono ancora i capperi, sulle mura», osservò, parlando più a se stessa che al nipote. E soggiunse: «Ti ho raccontato di tuo nonno che andava a raccoglierli, da bambino, e li rivendeva ai ristoranti?»

«Sì, me l'hai detto. Ma è di Margherita che dobbiamo parlare», si spazientì, richiamandola alla realtà.

«Tua zia è molto sensibile ai gioielli. Di fronte alle cose che luccicano, perde la testa. Potrei dissuaderla dai suoi progetti, ammesso che li coltivi davvero, in cambio di una manciata di quelle pietre della povera Odette», affermò.

«Scordatelo. Lo zio Giovanni verrebbe a saperlo e anche mia madre. Reclamerebbero la loro parte», osservò Spartaco con un realismo ammirevole per la sua età.

«E se così fosse? Non me li porterò certo nella tomba. E poi, i miei figli sono molto più ragionevoli di quanto tu non creda.»

«Ne sei davvero sicura?»

«No. A volte li vedo come vorrei che fossero. Com'è difficile tenere unita una famiglia quando ci sono di mezzo i soldi», si rammaricò.

«Tu vieni da una famiglia ricca soltanto di miseria. Non mi sembra, dai tuoi racconti, che foste molto uniti», le fece notare Spartaco.

«Non parlarmi dei Baldini o mi andrà il cibo di traverso», lo minacciò.

«Ecco, lo vedi? I soldi non c'entrano.»

«Già, i miei figli assomigliano molto ai Baldini. Tua madre, in particolare. Però il danaro guasta, credimi. Tuo nonno e io non siamo mai stati tanto felici come quando eravamo poveri. Comunque, adesso sono stanca e dovrai riportarmi a casa», ordinò.

«Nonna, è necessario che tu riunisca la famiglia», l'ammonì.

«L'ho già fatto. Verranno da me questa sera, dopo cena. Tieni tu i documenti e i gioielli, perché quelle mercenarie che mi ritrovo in casa frugano dappertutto», brontolò mentre ritornavano verso Cotignola.

Spartaco sapeva che quella riunione sarebbe stata decisiva. Doveva giocare bene le proprie carte se voleva spuntarla con i parenti, compresa sua madre. Questa prospettiva lo innervosiva. La nonna se ne accorse.

«Sta' calmo, ragazzo. Andrà tutto bene, vedrai. In fondo non aspettano altro che qualcuno che gli levi le castagne dal fuoco.»

«Ma non si fidano di me», obiettò.

«Hai la mia fiducia e quella di Tognino. È più che sufficiente», lo rassicurò.

«Come mai il tuo primo marito sa tutte queste cose, così segrete che nemmeno i tuoi nipoti conoscono?» s'incuriosì.

«Dalla fine della guerra, quando lui ritornò in Italia, siamo spesso rimasti in contatto. Dopo tutto era stato il nonno ad aprirgli la strada, quando Tognino emigrò negli Stati Uniti. Lo raccomandò al vecchio notaio Bellerio. E lui non ha mai dimenticato questo favore.»

«Ci sono altre cose che devo sapere? Ogni volta che apri la bocca, te ne esci con una storia nuova», esclamò Spartaco.

«La vita di Spartaco Rangoni è stata molto più complessa e misteriosa di quella di Antonio Miserocchi. Nemmeno io, che gli sono vissuta accanto fino alla fine, la conosco per intero. Ci sono ampie zone che rimarranno nell'ombra. Ricordo la sua ultima telefonata da Chicago. Mi annunciò: 'Maddalena, prepara i cappelletti in brodo. Ci vediamo domani'. Era euforico come sempre quando, dopo qualche giorno di assenza, stava per ritornare a casa. E poi aggiunse: 'Ti ricordi quando siamo scappati da Bologna a causa della guerra?' Non lo avevo certo dimenticato, ma non capivo perché mi facesse quella domanda a quarant'anni di distanza. Così glielo chiesi e lui mi diede una risposta sibillina: 'Credo che dovremo scappare di nuovo'. Tuo nonno non diceva mai niente per caso. Ripensai a quelle parole quando, dopo poche ore, mi avvisarono della disgrazia.»

«Sapevo che durante la guerra il nonno aveva fatto il militare a Bologna», osservò Spartaco.

«Certo. Ma io andai a Lugo, con i miei figli. A Bologna piovevano bombe come coriandoli e ci rifugiammo nel casale dei Rangoni. Convivevamo con le devastazioni, le miserie, la morte. Eppure per me sono stati anni felici. Quasi mi vergogno a dirlo, ma fu proprio così.»

C'era una volta...

1

L'ITALIA entrò in guerra a fianco della Germania. La notizia raggelò Spartaco e tutti quelli che non credevano alla retorica del regime e all'esaltazione di una «guerra lampo».

«I miei affari andranno a rotoli», disse a Lena, una notte in cui non riusciva a prendere sonno, un po' perché il piccolo Giovanni, il secondogenito appena nato, aveva scambiato la notte per il giorno, e un po' perché era molto preoccupato.

«Non essere così catastrofico. Me l'hai insegnato tu che la terra non conosce i governi ma solo le stagioni, e che la gente mangia tutti i giorni. Dunque, continuerai a vendere concimi, mangimi e canapa», ragionò lei, anche per tranquillizzare se stessa.

«Ho sempre tenuto le distanze dalla politica, ma oggi ho dovuto prendere la tessera del fascio. È un rospo che non riesco a digerire», confessò amaramente.

«Era davvero necessario?» chiese Lena.

«Ho ricevuto delle minacce, a Ravenna. Lettere anonime che mi accusano di essere un sovversivo e un antifascista.»

«Oh Signore! Quando è successo?»

«È una storia che va avanti da mesi. Non te ne ho mai parlato perché mi sembrava inutile spaventarti. E poi il conte Sforza ha sempre minimizzato le cose. Diceva che era inutile preoccuparsi di un manipolo di cialtroni. Adesso anche lui è preoccupato.»

Lena si era alzata dal letto, aveva preso in braccio il suo bambino e s'era messa a ninnarlo, dopo avergli infilato tra le labbra un succhiotto intriso di zucchero.

«Fammi capire. Ora che ti sei iscritto al fascio, qual è il problema?»

«Intanto non mi va che qualcuno mi dica da che parte devo stare. Essermi iscritto al fascio è una vergogna che la mia coscienza non riesce a tollerare. Poi loro sanno come la penso e credono alla mia fede fascista come tu credi agli asini che volano. Finora non mi hanno toccato perché ho amici influenti. Ma verrà il momento in cui anche loro saranno costretti a chinare la testa e non potranno più aiutarmi.»

«Il conte che cosa dice?» lo interrogò.

«Lui l'ha fatta grossa. Gli hanno messo in mano la tessera e lui l'ha restituita dopo aver tracciato una croce sul fascio littorio.»

«Oh Signore! Questa è grossa davvero. Lo sa quello che rischia?»

«Sì. Ma dice che alla sua età non gli importa più niente di niente.»

«Non pensa a sua moglie?»

«Odette è sparita, nascosta da qualche parte per via delle leggi razziali. Ti ho già raccontato che hanno scoperto che sua madre è ebrea.»

«Purtroppo. Che cosa possiamo fare, Spartaco?»

«Non lo so. Per adesso ti prego di tornare a letto. Il bambino si è addormentato. Mettilo qui, in mezzo, tra noi due. E stiamo vicini, amore mio», disse lui.

Lena s'infilò nel letto e stettero a lungo in silenzio, rimuginando pensieri.

«Mamma, ho sete.» La vocina veniva dalla camera accanto, dove dormiva Miranda, che aveva ormai quattro anni. Probabilmente il pianto del fratellino l'aveva svegliata e ora reclamava la sua parte di attenzioni.

«È possibile che questi due marmocchi non ci lascino mai in pace?» si spazientì Spartaco, alzando la voce.

«Dici a me?» lo interrogò la bambina, affacciandosi in camicia da notte sulla soglia della loro camera.

«Sì, dico a te. Giovanni è piccolino, ma tu sei abbastanza cresciuta per arrangiarti da sola», la rimproverò il padre.

Miranda esplose in un pianto dirotto.

«Non è giusto. Giovanni sta nel lettone con voi e io devo stare da sola.»

«Dio, dammi la pazienza di sopportarla», implorò Lena che si sentiva impotente di fronte ai continui capricci della bambina.

«Dai, vieni anche tu nel lettone e smettila con questi piagnistei.» Come sempre, Spartaco si lasciava ricattare da quella figlia per la quale stravedeva.

Con due balzi Miranda fu sotto le coperte, svegliando Giovanni che si era appena assopito.

«Lo vedi che cosa hai combinato!» sbottò Lena. Era nervosa e preoccupata quanto il marito. «Se Giovanni continua a strillare finirà per svegliare anche la povera Finny che corre tutto il giorno per stare appresso a voi due», si spazientì.

«Io scendo a dormire in ufficio», disse Spartaco, lasciando il letto e afferrando un cuscino.

«No, babbo, per favore. Voglio stare vicino a te», lo supplicò Miranda. «Prometto che starò buona, non darò calci e mi addormenterò subito.»

«Ne dubito», brontolò il padre. «Tua madre e io non abbiamo mai un momento di pace, con te», replicò con finta severità.

«E quando 'facete' l'amore?» domandò lei, con una vocina angelica.

Spartaco e Lena non riuscirono a trattenere una risata. I guai furono dimenticati e il sonno ristoratore li colse abbracciati.

Fu un sonno breve, perché il trillo del telefono li svegliò di soprassalto. Lena ricordò subito un'altra volta in cui il telefono aveva preso a trillare nel cuore della notte, annunciando una disgrazia. Anche stavolta disse, coprendosi il viso con le mani: «È successa una disgrazia e io non la voglio conoscere». Ma intanto si era alzata e tallonava il marito che si stava fiondando nell'ingresso. Ora avevano in casa una derivazione del telefono d'ufficio.

Spartaco sollevò il ricevitore e lei gli stava quasi incollata alle spalle. I bambini, per fortuna, continuavano a dormire.

Spartaco ascoltò la voce dell'interlocutore. Fece alcune domande, poi sussurrò: «Parto immediatamente».

Lena lo guardava, muta. Lui la prese per mano e la condusse in cucina. «Fammi un caffè, amore mio.» Si mise a sedere al tavolo prendendosi la testa tra le mani.

Lei osservò quell'uomo che aveva da poco compiuto trent'anni e che da due anni era finalmente diventato suo marito. Era sempre bellissimo e biondo, forse era ancora più desiderabile di quando si erano conosciuti. Ma il suo sorriso aveva perso lo smalto ironico di un tempo. Il suo sguardo era diventato più grave, la bocca aveva una piega amara che spariva soltanto nei momenti in cui stavano insieme loro due, escludendo il resto del mondo.

Non osò fare domande. Si affaccendò intorno al fornello. L'acqua si scaldò subito nella piccola «napoletana» che lei rigirò e posò su un vassoietto di metallo cromato, insieme con la zuccheriera e la tazzina. Mise il tutto sull'incerata a fiori del tavolo di cucina e si sedette di fronte al marito.

«Era Cosimo», spiegò lui. Lena ricordava bene il cameriere del conte Sforza che le aveva insegnato a servire in tavola.

«Il conte Arduino è morto. L'hanno ammazzato», soggiunse con un filo di voce.

«I fascisti?» azzardò Lena.

Spartaco annuì.

«È stato a cena a Ravenna, in casa di amici. È rientrato tardi, in macchina. Lo hanno aspettato fuori dalla villa. Lui è sceso dalla macchina per aprire il cancello e in quel momento gli hanno sparato due colpi. Uno alla schiena e uno alla testa. Gli hanno fracassato il cranio. Sono fuggiti su una moto. Gli spari hanno svegliato la servitù, che è corsa fuori. Cosimo, alla luce di una torcia, ha visto che gli assassini, prima di scappare, hanno messo in mano al conte la tessera del fascio dove lui aveva tracciato la croce. Hanno firmato il delitto, capisci?» spiegò ed era sul punto di piangere.

«È terribile», commentò Lena, tremando.

«*Mala tempora currunt*», ripeté Spartaco, ricordando le parole premonitrici del notaio Bellerio. Quanti anni erano passati dal loro ultimo incontro? Una decina, almeno. A quell'epoca lui aveva creduto di poter stare fuori dai giochi del regime. Adesso si rendeva conto che il fascismo aveva partorito mostri che si annidavano ovunque e aggredivano chiunque non la pensasse come loro.

Lena versò il caffè nella tazzina, lo zuccherò abbondantemente e lo rimestò facendo tintinnare il cucchiaino contro la porcellana. La pendola in anticamera ticchettava sommessa. La paura incombeva su di loro ed era una presenza tangibile.

«Era un uomo buono, che amava la vita e non aveva mai fatto male a nessuno», disse ancora Spartaco. «Vado a Cotignola. Preparami i vestiti. Parto subito», aggiunse, dopo aver bevuto il caffè.

«Ti accompagno», propose Lena.

«Non voglio che i bambini rimangano soli», obiettò lui.

«C'è Finny», lo rassicurò.

«Non mi fido ugualmente. Ho dei brutti presentimenti», si lasciò sfuggire. Poi l'abbracciò. «Ti voglio tanto bene, Maddalena. Bisognerà cercare Odette per avvisarla.»

«Non ho idea di dove sia», disse Lena.

«In villa qualcuno saprà dove trovarla», osservò Spartaco.

Lena, ormai da tempo, era convinta che le disgrazie non vengono mai sole.

La pendola batté quattro rintocchi e lei stava ritornando a letto quando il telefono trillò di nuovo.

«Mi perdoni se l'ho svegliata, signora Rangoni», disse una voce maschile.

«Chi parla?» gridò quasi angosciata.

«Sono Torelli, chiamo da Ravenna», spiegò l'uomo e aggiunse: «Vorrei parlare con suo marito».

«Non c'è. Mi dica subito che cosa è successo», incalzò lei.

«Il magazzino della canapa ha preso fuoco. Adesso è tutto un rogo», annunciò con la voce rotta dall'emozione.

«I fascisti», sussurrò Lena e pensò che era davvero la fine di tutto.

2

C'ERANO i carabinieri della stazione di Cotignola, in villa. Il corpo del conte Arduino Sforza di Monteforte era già stato portato all'Istituto di medicina legale di Ravenna. I domestici erano spaventati e confusi. L'arrivo di Spartaco li rincuorò. Era la sola persona in grado di ristabilire una parvenza di ordine nel caos di quella notte.

Era un'alba livida di ottobre. Nubi gigantesche come galeoni, coda di un temporale violento che aveva allagato i campi e coperto di fanghiglia la strada, correvano nel cielo.

Trovò un paio di cronisti che approfittavano dello stato confusionale della servitù per porre domande indiscrete. Li mise alla porta con garbo e determinazione. Due gendarmi piantonavano la villa in attesa dei superiori che sarebbero arrivati più tardi per ulteriori accertamenti.

Giunse il professor Silvio D'Antoni, legale del conte. Era un anziano docente di diritto penale dell'Università di Bologna. Portò la notizia dell'incendio del canapificio, a Ravenna. Spartaco era sconvolto. Fece alcune telefonate a Ravenna e a Bologna. Poi, si ritirò con l'avvocato nello studio del conte.

«Hanno ammazzato lui e colpito me al cuore», sintetizzò dopo un lungo silenzio.

«Sono tanto impudenti d'aver lasciato, in entrambi i casi, la loro firma», precisò D'Antoni. «L'incendio dei magazzini è chiaramente doloso. Hanno trovato due bidoni di benzina, con cui hanno appiccato il fuoco.» E proseguì: «Le dico subito, signor Rangoni, che l'omicidio del conte verrà archiviato come opera di ignoti e l'incendio sarà definito accidentale».

«Noi sappiamo che non è così», protestò menando un pugno sul bracciolo della poltrona.

«E allora? Se volesse dichiarare la verità firmerebbe la sua condanna a morte. Fino a questo momento le è andata bene. Si sono limitati ad avvertirla, signor Rangoni», ragionò il legale.

«Perché ammazzare questo anziano gentiluomo, il cui unico torto è stato quello di prendere le distanze dal fascismo? Era una persona squisita», obiettò Spartaco.

«Io credo che lui sapesse a che cosa andava incontro. Forse, quei due colpi di pistola li ha cercati per concludere un'esistenza che non gli piaceva più. Era un signore, nato e vissuto da uomo libero. Non si riconosceva più in questa volgarità imperante», spiegò l'avvocato.

Entrò Cosimo, il volto disfatto dal dolore. Portava il vassoio con la colazione.

«Chi avvertirà la contessa?» domandò il domestico.

«Sapete dov'è?» chiese Spartaco.

«No, signore. Ma conosco il nome di un amico del signor conte che dovrebbe sapere dov'è nascosta la signora», sussurrò nel timore che un nemico invisibile potesse sentirlo. E proseguì: «Qualche volta il conte e la signora si incontravano. Lo so perché lui me lo diceva. L'ultima volta è stato un mese fa».

Spartaco e l'avvocato si consultarono con uno scambio di occhiate.

«Datemi l'indirizzo», concluse Spartaco. «Ci penso io.»

Quando furono di nuovo soli, D'Antoni mise in guardia Spartaco.

«Credo che lei sia sotto sorveglianza. Sicuramente è spiato da tempo e d'ora innanzi non la perderanno d'occhio un solo istante. Se si incontrasse con la contessa Sforza, vi arresterebbero entrambi. Odette è ricercata come figlia di un'ebrea e su di lei cadrebbe l'accusa di nemico del popolo. Se ne rende conto?»

Spartaco pensò a Maddalena e ai suoi figli. Aveva già rischiato troppo e non poteva spingersi oltre.

«Crede di potersene occupare lei, professore?» chiese.

«Non ci penso neppure. Qualche anno fa ho dovuto iscrivermi al fascio per continuare la professione e l'insegnamento. Sono bocconi amari da digerire. Tra i miei stessi allievi ci sono ragazzi che mi provocano sperando di farmi cadere in trappola. Alcuni li ho dovuti promuovere sebbene siano degli autentici somari. Ho perduto da un pezzo la mia dignità. Eppure, tengo duro e vado avanti come posso. Vede, signor Rangoni, io sono fermamente convinto che il fascismo abbia firmato la sua condanna a morte con questa guerra. Annienterà il nostro Paese, ma sarà sconfitto. E allora noi, umiliati e offesi, ritorneremo a far sentire la nostra voce. Perché questo avvenga, è nostro dovere restare vivi, aver cura di noi stessi e delle nostre famiglie, crescere i nostri figli nell'ideale della libertà, perché saranno loro la società di domani.»

«Ma da qui a domani, come sopravviveremo?» chiese Spartaco tristemente.

«Cercando di non nuocere agli altri. Aiutando chi ha bisogno, non mostrando la vergogna che intanto proviamo. Non siamo liberi di agire, ma grazie al cielo ci rimane la libertà di pensare», disse l'avvocato.

«Dunque, se io non posso cercare Odette e lei neppure, chi lo farà?» domandò Spartaco angosciato.

«Le brutte notizie arrivano sempre dovunque. La contessa lo saprà dai suoi amici. E spero che sarà tanto saggia da non farsi vedere», concluse.

Spartaco e l'avvocato diedero disposizioni all'anziano domestico perché chiudesse la villa e licenziasse il personale.

Quando Spartaco arrivò a Ravenna e vide il canapificio ridotto a un cumulo di macerie annerite, scoppiò in lacrime.

«Ci hanno buttato sul lastrico», gli disse Augusto Torelli, che si aggirava da ore in mezzo a quel disastro, non sapendo che altro fare.

Per qualche ora Spartaco rimase come annichilito, incapace perfino di commentare l'accaduto. Poi capì che doveva reagire.

«Caro Torelli, troveremo un'altra sede e sarà più grande e più bella. La canapa, accidenti, è un materiale di cui c'è un gran bisogno e non sarà questo incendio a metterci in ginocchio» decise, trovando persino la forza di sorridere.

«Se appiccassero il fuoco anche alla nuova sede?» domandò il ragioniere impaurito.

«Non lo faranno, Torelli. Ha la mia parola», dichiarò Spartaco che aveva deciso di fare tesoro dei consigli del professor D'Antoni.

«È successo tutto in una notte. Il conte prima e il magazzino dopo», commentò amaramente l'uomo.

«La notizia del conte è già arrivata in città?» si stupì Spartaco.

«È sul giornale. Non l'ha visto?» Gli tese il quotidiano locale che, in prima pagina, raccontava di un «delitto efferato per mano di ignoti». Spartaco lesse l'articolo. Il cronista accreditava la versione di un assassinio a scopo di rapina. Dell'incendio, neanche una riga. Chiamò Maddalena da un telefono pubblico.

«Occupati tu dell'ufficio», le disse. «Io starò tra Ravenna e Cotignola per alcuni giorni.»

«Prendo la macchina e ti raggiungo», propose Lena, angosciata. Recentemente aveva preso la patente e Spartaco le aveva regalato una Balilla.

«Non farlo, Lena. È troppo pericoloso. Resta a casa e abbi cura di te e dei bambini», le ordinò.

3

QUELLE che seguirono furono giornate frenetiche. Spartaco dovette recarsi all'ufficio di polizia e fingere di credere alla tesi dell'incendio accidentale. Dovètte rivolgersi a un notaio per sciogliere la società, essendo deceduto il conte Sforza, e ne costituì una nuova a responsabilità limitata. Augusto Torelli venne nominato amministratore unico, mentre Spartaco risultava essere un semplice dipendente. Era stato Torelli a trovare un capannone in prossimità di quello distrutto, mentre Spartaco riuscì a ottenere dei prestiti da alcune banche.

Si incontrò ancora con l'avvocato D'Antoni, a Cotignola. Erano stati convocati dal notaio Zoboli per assistere alla lettura del testamento di Arduino Sforza. Il conte aveva disposto che la villa rimanesse aperta e gestita da Cosimo, nell'eventualità che sua moglie Odette potesse un giorno ritornare ad alloggiarvi. L'eredità, in blocco, era suddivisa tra Odette e i suoi due figli. C'erano lasciti per Cosimo e per tutta la servitù. Erano ricordati i contadini di Lugo e i poveri della parrocchia. A Spartaco, il conte donava un bosco in Toscana, in prossimità di Pontassieve, in località Le Caldine, con le servitù annesse.

Quella fu una sorpresa che lo colse impreparato. Non era mai stato da quelle parti e non riusciva a spiegarsi la ragione di un lascito così singolare. A che cosa poteva servirgli un bosco, in Toscana, quando lui si occupava di canapa e di fertilizzanti?

Spartaco si ripromise di andare a vederlo con Maddalena, non appena le cose avessero ripreso a funzionare.

Da Ravenna, la salma del conte venne riportata a Cotignola e, in un pomeriggio d'autunno, vennero officiati i funerali.

Tutto il paese vi partecipò. C'erano anche degli amici venuti da tante parti d'Italia. Mancavano i figli, che erano stati informati del decesso con un cablogramma, e Odette. C'erano poliziotti in borghese mescolati tra la gente. Ma erano così smaccatamente riconoscibili da non impressionare nessuno. Il feretro venne collocato nella cappella degli Sforza. Don Palandrana, sempre più vecchio e più stanco, parlò, con voce tremula e fioca, delle qualità di quel signore di «stampo antico» che era sempre stato tanto generoso con gli umili e il cui esempio di rettitudine sarebbe stato un «faro» nella vita di ognuno.

Poi la folla si sciolse e il cancello del cimitero venne chiuso. Spartaco salutò tutte le persone che conosceva e fece per risalire in macchina. Il vecchio Cosimo gli si avvicinò e disse ad alta voce, per farsi sentire dai presenti: «Signor Rangoni, è quasi buio, ormai, e sono così malfermo sulle gambe. Posso chiedervi la cortesia di essere accompagnato in villa?»

Lui contava di ritornare a Bologna prima di notte, ma non se la sentì di negare quel piccolo aiuto al fedele servitore che, prima di salire in macchina, aggiunse: «Vi chiederei anche un po' di aiuto per sistemare alcune piante nella serra. Il giardiniere ci ha lasciato e, da solo, con le mie poche forze, non riesco a spostarle».

«Lo farò, Cosimo. Ma non gridate tanto. Non sono sordo come voi», replicò Spartaco sorridendo.

Il domestico sedette in macchina e sussurrò: «Volevo essere certo che quella spia fascista mi sentisse. Infatti, vedete, se ne sta andando. È necessario che veniate a casa».

«Perché?»

«Lo scoprirete da voi. Ma prima assicuratevi che non ci seguano», replicò.

Non li seguì nessuno. Entrarono insieme nell'atrio della villa. Odette spuntò da dietro una colonna. Lui la guardò come se avesse visto un fantasma.

Era l'ombra della donna esuberante e spiritosa che aveva conosciuto e della quale, a modo suo, aveva subìto il fascino.

«Ciao, Spartaco», gli sorrise.

Cosimo si dileguò nel seminterrato, lasciandoli soli.

«Odette! Come stai?»

«Male. Lo vedi.» Continuava a restare nell'ombra.

«Sei in pericolo, qui», osservò lui, preoccupato.

«Qui... altrove... non ha più nessuna importanza. Sono braccata ovunque», rispose con indifferenza. E soggiunse: «Qui, forse, sono più al sicuro che altrove. Sono così stupidi che non penserebbero mai che abbia avuto la sfrontatezza di ritornare a casa mia».

Spartaco mosse alcuni passi verso di lei. Vide il suo viso di un pallore lunare, gli zigomi prominenti sulle guance scavate, le palpebre azzurrine. Un fazzoletto a fiori, legato sotto il mento, secondo la foggia contadina le nascondeva i capelli. Indossava una giacca da uomo troppo grande e una gonna arricciata di cotone scadente. Calzava scarpe basse, maschili.

«Quando sei arrivata? E come?» La voce di Spartaco era accorata.

«Volevo salutare Arduino, un'ultima volta. Non mi è stato possibile. Sono arrivata qui la notte scorsa. Ho viaggiato in terza classe fino a Bologna. È stata Lena a venirmi a prendere alla stazione, ieri sera. Mi ha portato in macchina fino a pochi chilometri da qui», rivelò Odette.

«Non è possibile! Maddalena ha fatto questo?» Spartaco non riusciva a credere che sua moglie avesse rischiato tanto per assecondare la follia della contessa.

Dal canto suo, Odette avrebbe voluto spiegargli che esiste una solidarietà tra donne che travalica il buonsenso e la paura, che sfida le leggi, soprattutto quando sono inique. Lena l'aveva lasciata sul limitare di un boschetto di faggi, a tre chilometri da Cotignola. Poi, aveva invertito la marcia ed era ritornata a Bologna, mentre lei, tagliando per i campi, aveva raggiunto la villa, entrando dall'ingresso di servizio.

Nessuno l'aveva notata. Nemmeno i due poliziotti addormentati che stazionavano in prossimità dell'ingresso principale. Cosimo l'aveva accolta e rifocillata, informandola nei dettagli del delitto che Odette aveva appreso da un amico di Firenze. Da tempo, Odette aveva trovato rifugio in un casale nel bosco delle Caldine, sopra Pontassieve. L'amico del conte Arduino, quando aveva qualcosa da comunicarle, si addentrava in quel bosco vestito da cacciatore, e in quel modo Odette era stata informata dell'ultimo, drammatico evento.

Era più di un anno che non rimetteva piede nella villa e aveva quasi dimenticato il senso d'agiatezza che vi si respirava.

Si era aggirata per le stanze e per i saloni rischiarati dalla luna, perché Cosimo temeva di richiamare l'attenzione dei poliziotti se avesse acceso le luci.

Odette era entrata nel suo appartamento e si era sdraiata sul letto che aveva diviso, felicemente, con il marito. Aveva pianto, ricordando com'era stata spensierata e allegra la sua esistenza. Aveva spalancato gli armadi e passato in rassegna gli abiti eleganti e costosi, simboli di una stagione perduta. Aveva aperto le boccettine dei suoi profumi, svitato i barattoli delle creme e intinto i polpastrelli nelle paste dense, vellutate. Si era incipriata con il piumino di struzzo. Aveva affondato le mani nei cassetti della sua biancheria e, alla fine, non aveva resistito al desiderio di un bagno ristoratore. Poi aveva di nuovo indossato i suoi panni da contadina.

Non era più Odette Eskenazy, sposata Sforza di Monteforte. Un documento, che suo marito aveva pagato a caro prezzo, la identificava come Agnese Ridolfi, nata a Pontassieve, trentasei anni, nubile, di professione perito avicolo.

Non sarebbe più ritornata nel bosco in Toscana. Alcuni amici la aspettavano sul lago di Como per farla passare in Svizzera, dov'erano ad attenderla i suoi parenti. Loro si erano rifugiati in un paesino sopra Bellinzona, ormai da due anni. Odette non aveva voluto seguirli per non lasciare Arduino. Lui l'aveva supplicata di fuggire, ma lei non aveva voluto ascoltarlo. Fino a quando fosse restata in Italia, avrebbe avuto la possibilità di vederlo, anche se i loro incontri erano sporadici e fuggevoli. Ora, però, non c'era più niente che la trattenesse.

Quell'uomo gentile che era stato suo marito era morto. Il suo mondo fatto di eleganza, di frivolezza, di cultura, di raffinatezza si era frantumato.

Imperavano l'arroganza, la volgarità, le persecuzioni, l'autarchia, gli odi, le delazioni e, soprattutto, la guerra.

Quando la famiglia Eskenazy aveva trovato asilo in Svizzera, Odette aveva proposto al marito di raggiungerli. «Non voglio andarmene», aveva deciso lui, «sarebbe un gesto vile. Resterò sulla terra che mi appartiene da generazioni e continuerò a pensarla alla mia maniera. Nessuno oserà toccarmi. Gli Sforza di Monteforte sono un simbolo da queste parti e nessuna ideologia, per quanto perversa, potrà mai calpestarlo.»

Infatti lo avevano ammazzato.

Nel viaggio da Bologna a Cotignola, Odette e Lena si erano parlate a lungo. La contessa le aveva consegnato tre involti di pelle di daino pieni di gioielli, dicendole: «Mettili al sicuro. Se dovessi morire, saranno tuoi». Lena, in seguito, li chiuse in una cassetta di sicurezza della piccola banca di Lugo.

Odette sorrise a Spartaco.

«Tua moglie ha fatto questo, per me», confermò.

«L'ho sempre saputo che è un'incosciente», borbottò Spartaco mentre pensava a quello che sarebbe potuto accadere se la polizia le avesse fermate e avesse scoperto che sua moglie viaggiava con la figlia di un'ebrea.

«Lena è una donna straordinaria. Potrai sempre fidarti di lei», lo corresse Odette.

Spartaco spalancò le braccia e le sorrise. «Vieni qui, povero pulcino. Sul mio cuore.»

La tenne stretta a sé, in un abbraccio dolcissimo. La tensione e le emozioni che entrambi avevano accumulato negli ultimi giorni, lentamente si sciolsero e piansero insieme, come due bambini spaventati e soli.

Spartaco la prese in braccio e la portò nel salotto.

La spogliò e la adagiò sul divano.

Si amarono con una dolcezza infinita. Presagivano entrambi che quello sarebbe stato il loro ultimo incontro.

Restarono a lungo avvinghiati, sul piccolo divano, senza parlare.

Quando la pendola batté dieci rintocchi, Odette gli chiese: «Puoi riportarmi a Bologna? C'è un treno che parte a mezzanotte e arriverà a Como domani mattina. Lì, troverò un amico che mi aspetta per farmi passare il confine».

«Hai del danaro, con te?» chiese Spartaco.

«Ne ho tanto da potertene offrire, se ti serve», lo rassicurò. Gli mostrò la giacca e gliela fece tastare. Le banconote erano nascoste nella fodera.

Cominciarono a rivestirsi.

«Lo sai che il bosco delle Caldine mi appartiene? Me lo ha lasciato tuo marito, per testamento», le comunicò.

«Pensava che saresti andato a vederlo e mi avresti trovata», ragionò lei.

«Era sicuro che ti avrei aiutata. Quindi lui sapeva che lo avrebbero ucciso.»

«È probabile», rispose Odette, con un sospiro di pena.

«Vorrei che questa guerra finisse presto. Dura ormai da due anni e diventa sempre più cruenta», osservò Spartaco.

«Lo spero anch'io. Purché non vincano i tedeschi. Sarebbe la fine dell'Europa e di ogni libertà. Dal mio rifugio, tra i boschi, ho saputo cose terribili. È in atto uno sterminio di massa. Ebrei, omosessuali, nemici del Reich vengono trucidati a migliaia in quelli che i tedeschi chiamano 'Campi di lavoro'. Forse è già incominciata l'agonia del nazismo e del fascismo, a dispetto della retorica che esalta le loro vittorie. Sarà un'agonia lunga e terribile. Molti innocenti moriranno, ma alla fine Hitler sarà sconfitto», sussurrò Odette.

Spartaco avrebbe voluto condividere le sue speranze, ma non ne era così sicuro. Come non poteva credere ai campi di sterminio.

La nascose sul fondo della Lancia, ai piedi del sedile posteriore.

La portò fuori da Cotignola e arrivarono a Bologna appena in tempo perché lei non perdesse il treno.

«Sei stato caro con me. Te ne sono grata», proruppe lei.

«Abbi cura di te, Odette, e fammi avere tue notizie, quando sarà possibile.»

In quel momento, sentirono entrambi che non si sarebbero più rivisti. Odette fu arrestata alla frontiera e i suoi documenti falsi non la salvarono. Venne riconosciuta, mandata in un lager dove fu massacrata come milioni di altre persone. Questo, però, si seppe molti anni dopo, quando la guerra finì, il nazismo crollò e in Europa riprese a soffiare il vento della libertà.

4

LENA era ancora alzata. Stava dando l'ultima poppata al piccolo Giovanni quando Spartaco rincasò.

«È partita?» gli chiese, alludendo a Odette.

«L'ho lasciata alla stazione», rispose e aggiunse: «Tu lo sapevi che l'avrei riportata a Bologna?»

«Ne ero sicura. Spero che riesca ad arrivare in Svizzera», disse, staccando il bambino dal seno.

«Odette ha molti amici. Non le accadrà niente di male», replicò lui per smentire sinistri presagi.

«Ti ho preparato il letto nella stanza degli ospiti», annunciò.

«Che cosa mi stai dicendo, Maddalena?» domandò lui con aria smarrita.

«Sto solamente abituando Giannino a dormire di notte. Se me lo tengo vicino, nel letto, lui sta più tranquillo. Se lo metto nella culla, incomincerà a strillare e sveglierà anche Miranda. Tu hai bisogno di riposare dopo il trambusto di questi giorni», rispose con un sorriso rassicurante.

Lena cambiò le fasce del piccolo, gli infilò tra le labbra il succhiotto e lo sistemò nel lettone.

Mentre Spartaco faceva un bagno, lei mise del latte a scaldare sul fuoco e sistemò su un piattino dei biscotti fatti in casa. Si preparava a parlare a lungo con suo marito.

Spartaco si presentò in pigiama. Si era lavato e sbarbato ma era stanco e sfiduciato. Toccava a lei raccogliere i suoi cocci.

«Hai preparato il latte con il cacao. Grazie, amore mio», disse lui.

«Inzuppaci i biscotti. Sentirai che buono!» lo invitò Lena, augurandosi che i bambini non si svegliassero, almeno per qualche ora. Parlavano sottovoce e sentivano il ticchettio della pioggia sul balcone. Pesanti tende di rasatello nero oscuravano le finestre per impedire alla luce accesa di trapelare all'esterno. Con i bombardamenti era entrato in vigore l'oscuramento notturno che richiedeva una serie di accorgimenti.

«Maddalena, che cosa succederà della nostra vita?» chiese lui.

«È un momento difficile», disse Lena, «ma passerà. Io sono sicura che torneranno il sole e la pace. Intanto bevi il latte. Ti farà bene.»

«Non riesco a rassegnarmi. Il conte assassinato, il canapificio bruciato, Odette in fuga, le bombe che distruggono le nostre case...»

Spartaco aveva gli occhi arrossati e lucidi. Soffriva per gli ultimi avvenimenti, ma soprattutto per Odette che era ormai un povero animale braccato, con molte probabilità di finire in trappola.

«Tu pensi a lei», ragionò Lena, «e ci penso anch'io. Quando sono andata a prenderla alla stazione, ieri sera, quasi non la riconoscevo.»

«Sai, mentre facevo il bagno mi è venuto in mente un episodio di tanti anni fa. Una volta mi trovai con Odette a Forlì, al mercato del bestiame. C'era una zingara che voleva leggerle la mano. Odette, me lo ricordo bene, gliela porse promettendole del danaro in cambio della buona sorte. Quella fece una smorfia e le disse: 'Non vedo niente, bella signora'. E soggiunse: 'Che il Signore la benedica'. Odette la prese in ridere considerando la stupidità della donna che aveva rinunciato a una cospicua offerta. Ora penso che la zingara avesse letto sulla sua mano un tragico destino», raccontò Spartaco, mentre sorseggiava il latte.

«Ciò che consola, nei momenti bui, è la certezza che ritornerà il sereno. Pensa alle cose positive della nostra vita. Hai due figli belli e sani, una moglie che ti ama, un lavoro ben avviato, la prospettiva di una laurea a lungo desiderata...» lo rincuorò.

«Ho soprattutto te, amore mio, che sai aiutare le persone che ami nei momenti difficili. Ed è anche vero che mi sono abbuffato di biscotti come non se ne trovano più in circolazione, in questi momenti di miseria. Cos'altro potrei chiedere?» la interruppe, tentando di scherzare.

«Potrebbe davvero andare molto peggio di così», lo rimproverò Lena.

«Potrebbe anche andare molto meglio. Potrebbe non esserci la guerra, al Duce potrebbe venire un infarto e il suo amico 'baffetto' potrebbe essere ammazzato...» ironizzò lui, accalorandosi.

«Ssst! Non alzare la voce o sveglierai i bambini. E poi devi smetterla di dire peste e corna dei fascisti.»

«Non posso sfogarmi nemmeno con te?»

«A che serve? Hanno avuto la bontà di mandarti degli avvertimenti inequivocabili. Dunque dovrai agire di conseguenza. Tanto più che adesso ti hanno spedito una letterina», disse Lena estraendo dalla tasca della sua vestaglia la cartolina-precetto con cui l'esercito lo chiamava a combattere per la patria.

Spartaco lesse la convocazione e ammutolì.

«Hai quasi un mese per prepararti e muovere le tue pedine», gli suggerì decisa.

«Quali pedine?» chiese, smarrito.

«La gente influente che conosci e che ti stima ti aiuterà. Non farai la guerra. Non voglio restare vedova, anche perché non troverei mai un uomo splendido come te. Adesso ti farai una bella dormita e domani ti darai da fare», lo incoraggiò.

«Ti pare che, con una botta simile, possa dormire?» brontolò, mentre tentava di soffocare uno sbadiglio.

«Nel tuo latte ho messo una dose robusta di valeriana. Dormirai come un angioletto, Spartaco», lo rassicurò Lena.

Dormì davvero tutta la notte e si svegliò il giorno seguente, quand'era ora di pranzo. Si sentiva ritemprato, come non gli accadeva da tempo. Mise subito in pratica i consigli di Lena.

Quando andò sotto le armi, venne assegnato agli uffici di una caserma vicina a casa. Poté continuare a occuparsi dei suoi affari, riuscì a laurearsi e portò la famiglia, al sicuro dalle incursioni aeree, nel casale di Lugo dove vivevano i suoi genitori.

Lì diventò padre per la terza volta. Lena partorì una femmina che venne battezzata con il nome di Margherita, perché nacque in primavera, quando le piccole margherite bianche punteggiavano i prati come fiocchi di neve.

Nel '44 una bomba demolì l'antico palazzotto di Bologna. Ma il canapificio di Ravenna lavorava a pieno ritmo sotto la direzione del ragionier Torelli. Il cibo scarseggiava e Lena s'era messa ad allevare polli con la suocera. La famiglia Rangoni e i loro amici non patirono mai la fame.

Spartaco festeggiò la fine del conflitto e la caduta del fascismo con una sbornia solenne. Poi riprese a lavorare.

5

LENA si affacciò sulla corte richiamata dai grugniti disperati di una scrofa e dagli strilli delle sue figlie.

«Che cosa avete combinato, questa volta?» gridò, prima ancora di constatare il fatto.

Giovanni, che era quasi in età scolare, aveva attaccato un rudimentale carrettino, costruito da lui utilizzando delle assicelle in legno, al collo di una scrofa. Ci era montato sopra e con una bacchetta di salice frustava il dorso dell'animale che correva terrorizzato sulle tozze e grasse zampette, lungo il perimetro della corte, grugnendo tutta la sua disperazione. Miranda, che aveva seguito attonita i complessi preparativi di quel nuovo gioco del fratellino, quando aveva visto l'animale partire al galoppo aveva incominciato a strillare. Margherita, che gattonava appena e non parlava ancora, aveva pensato di imitare la sorella grande, gridando a sua volta la sola parola che sapeva pronunciare: mamma.

Lena si precipitò sul figlio, lo sollevò dal carretto e gli assestò un paio di scapaccioni.

«Lo sai che potrebbe azzannarti, se si inferocisse?» gridò mentre liberava la povera bestia dal rudimentale carretto.

Giovanni incominciò a piangere, non tanto per i ceffoni quanto perché era stato privato del suo nuovo gioco. Miranda saltellava intorno a loro applaudendo e cantando: «San Giovanni non fa inganni, ma Giannino fa il cretino». Margherita continuava a strillare.

«Siete una tribù di selvaggi», li rimproverò Lena. Intanto Giovanni, indispettito dalla filastrocca di Miranda, aveva afferrato le sue trecce e le tirava con forza, mentre lei si difendeva urlando e tirando calci. Margherita, che si era aggrappata alle gambe della madre, ricevette un calcio che la fece urlare con più vigore. I cani, attirati dal trambusto, incominciarono ad abbaiare dimenando la coda e tenendosi, comunque, a debita distanza. Le galline starnazzavano e il gallo, eccitato dal frastuono, lanciò il suo chicchirichì, scuotendo la cresta paonazza e i lunghi bargigli. Lena si portò le mani ai capelli, disperata.

«Qualcuno mi salvi! Io divento matta», implorò.

«Be', che cos'è questo macello?» Spartaco era entrato nella corte sul suo motorino.

Tutti tacquero e gli sguardi si concentrarono su di lui. Anche i cani si erano subito calmati e gli andavano incontro per festeggiarlo.

Lui appoggiò il motorino a una colonna del portico e si chinò a prendere in braccio Margherita, che aveva il viso coperto di terra inzuppata di lacrime. Poi si accostò a sua moglie.

«Ciao, amore mio», le disse, baciandola su una guancia. «I nostri ragazzi si comportano così tutto il giorno?» le domandò.

«Più o meno», rispose Lena, con aria rassegnata. E aggiunse: «Comunque, la cena è pronta».

«Loro hanno mangiato?» s'informò.

«Certamente. Erano anche stati strigliati a dovere ed erano lucenti come specchi. Guardali ora», sorrise Lena.

Finny uscì sulla corte e Spartaco le affidò Margherita, mentre Miranda si accostò al padre, guardandolo con occhi adoranti.

«E tu, che cosa vuoi?» le chiese.

«Un bacino, babbo», supplicò, con un filo di voce.

«Un bacio e una caramella a te e un altro bacio e un'altra caramella a Giovanni», annunciò Spartaco che si gonfiava di orgoglio quando vedeva i suoi figli.

Nella cucina del casale di Lugo, la tavola era apparecchiata per quattro. I bambini cenavano con i genitori e i nonni soltanto la domenica. Le altre sere, gli adulti, cenando, discutevano di lavoro.

La cucina economica era stata sostituita da fornelli elettrici. Spartaco aveva imposto quel nuovo marchingegno perché non si fidava delle bombole a gas che, qualche volta, esplodevano provocando disastri.

Sua madre aveva travasato il minestrone di verdure dentro una zuppiera di maiolica faentina e la pose, con un mestolo, al centro del tavolo. Il padre era già seduto e sminuzzava con le mani un pezzo di pane ricoprendo il fondo del suo piatto. Spartaco passò accanto alla mensola dov'era il ritratto della sorella. La fotografia che la ritraeva ancora ragazzina era stata abbellita con una ghirlanda fatta con alcune ciocche dei suoi capelli. Lui, come ogni sera, sfiorò con i polpastrelli il vetro che proteggeva l'immagine e si fece un segno di croce. Poi sedette con gli altri.

Aveva ripreso, come un tempo, a viaggiare con il treno e il motorino, dal momento che la sua Lancia e la Balilla di Lena erano state requisite dai tedeschi durante la ritirata. Sapeva che non le avrebbe riviste mai più. Erano tempi difficili. Non c'erano soldi, il cibo scarseggiava, le campagne si erano spopolate, l'agricoltura stava andando in rovina e c'era un gran bisogno di tutto. Anche il canapificio era in difficoltà, nonostante l'oculata conduzione del ragionier Augusto Torelli, e Lena aveva impegnato il suo brillante, che Spartaco le aveva regalato quand'era nata Miranda, per pagare gli stipendi dei tre operai.

Fortunatamente per Lena, i genitori di Spartaco si erano rivelati suoceri premurosi. Soprattutto la mamma, che l'aveva tanto osteggiata prima di conoscerla, era diventata una presenza affettuosa e solidale. Entrambe amavano Spartaco, ma senza gelosia. Certo, la vecchia Rangoni aveva tratto un sospiro di sollievo quando il figlio e la nuora avevano benedetto la loro unione con il matrimonio, dopo che la Chiesa aveva riconosciuto nullo il legame con Antonio Miserocchi. Antonio, in quel periodo, viveva nel Canada dove aveva ricevuto una quantità di documenti da firmare per chiudere definitivamente il capitolo con Lena. Aveva fatto tutto quanto poteva per facilitare lo scioglimento delle loro nozze, firmando atti non sempre benevoli nei suoi confronti e, in alcuni punti, assolutamente menzogneri. Sapeva che quelle bugie non gli venivano da Lena né dal vecchio amico, ma erano puntelli giuridici suggeriti dagli avvocati rotali.

Lena gli scriveva qualche volta per parlargli di sé e dei bambini. Tognino era sempre vago e succinto nelle risposte. Ma dalle poche righe traspariva la gioia di poter ancora, in qualche modo, continuare a stare in contatto con lei. I Rangoni, compreso Spartaco, sapevano di questo scambio di corrispondenza. Apprezzavano la lealtà di Lena e rispettavano la sua amicizia per un uomo che apparteneva a un passato lontano.

L'atmosfera, in famiglia, era serena. I problemi erano condivisi da tutti. Così, anche quella sera, mentre consumavano la minestra, ragionarono sulle difficoltà del momento e sulle prospettive future.

«Le campagne stanno andando in malora», disse il vecchio Rangoni. «Tranne il nostro fondo, che ci sfama tutti e ne resta anche per gli altri, tutto intorno c'è solo desolazione.»

«La terra, adesso, si può comprare con due soldi, se ci fosse il denaro», ragionò Spartaco.

«Con tutto il bisogno di canapa che c'è, dovresti incominciare a guadagnare di più», commentò la madre.

«Per quello che ho in mente io, non è sufficiente vendere bene la canapa. Ci vuole altro. E credo anche di sapere che cosa», disse lui, mentre finiva la minestra.

«Che cos'hai in mente?» domandò Lena, che si era alzata dalla tavola per sparecchiare.

«Legname da costruzione. La gente ha bisogno di ricostruire le case. E io ho la legna. Tanta. Basta andare a prenderla e rivenderla ai cantieri», disse.

«Parli del bosco delle Caldine?» puntualizzò Lena, ricordando il lascito del conte Arduino.

«Proprio quello. Oggi sono andato a vederlo. Ci sono lecci e cipressi a non finire. Materiale straordinario per costruire», spiegò. «Servono camion per trasportarlo e mano d'opera per segare le piante. Un camion ce l'ho già. Quello di Emilio Ghelfi. Ne servono altri due, come minimo.»

«Non abbiamo denaro per comprarli», osservò la madre.

«Maddalena, mi daresti la tua spilla?» chiese Spartaco.

«Me l'avevi regalata come un portafortuna da cui non avrei mai dovuto separarmi», obiettò lei.

«È solo un prestito. Resta tua, te lo giuro sui nostri figli. Devo solamente impegnarla. Con quello che mi daranno comprerò due camion di seconda mano. È questione di pochi giorni, forse un mese, e riavrai la tua rosa, il brillante e qualcosa d'altro. È una promessa. Me la presti?» insistette.

«Come potrei dirti di no?» sorrise Lena, con rassegnazione. «Intorno a noi c'è gente che si è privata di ben altro», sospirò.

Andò a prendere la spilla di cui adesso conosceva il valore, e la diede a Spartaco che se la infilò in tasca con un'occhiata riconoscente.

Quella notte, Lena lo sentì rigirarsi nel letto e penò per lui. Fosse stato un uomo diverso, con la laurea in Agraria che aveva brillantemente conseguito, avrebbe potuto insegnare in una scuola, ottenendo uno stipendio esiguo, ma regolare. Oppure, con le sue conoscenze e la stima di cui godeva, avrebbe potuto assumere la direzione di un'azienda agricola. Aveva tutti i numeri per occupare un posto importante. Ma Spartaco aveva bisogno di prospettive più ampie. Non erano i guadagni ad attirarlo ma gli orizzonti che il denaro gli avrebbe aperto.

Allungò una mano verso di lui e gli accarezzò una spalla.

«Non faccio dormire neanche te, amore mio», sussurrò Spartaco.

«Scendo in cucina e ti faccio un caffè», propose lei. «Ho già capito che questa notte non ce la fai a restare a letto.»

«Voglio comperare la terra, Maddalena», disse.

«Quale?»

«Tutta quella che posso. Non importa se qui o in capo al mondo. Ma la terra mi chiama e io la desidero come desidero te. Venderò il legname e guadagnerò tanto danaro da comperare qualche centinaio di ettari. Poi inventerò qualche altra cosa per comperarne ancora, ancora e ancora.»

Lena si era infilata la vestaglia. Scese in cucina, mentre Spartaco si rivestiva.

Era riuscita a procurarsi del caffè vero barattandolo con uova e burro. Lo teneva da parte per il marito che le era grato per quel gesto d'amore.

Bevvero il caffè insieme, in piedi, davanti alla finestra che si apriva sulla distesa sconfinata della campagna.

Albeggiava e la terra bruna si tingeva di riflessi dorati. I galli levarono il loro canto nell'aria immobile.

Spartaco le circondò le spalle con un braccio e insinuò una mano nella scollatura della vestaglia, accarezzandole un seno. Dopo tre gravidanze, Lena conservava la figura sottile e sinuosa di quando era ragazza.

«Sono irrimediabilmente innamorato», sussurrò lui.

«Di me o della terra?» domandò Lena, con aria scherzosa. Era piacevole quella loro intimità, nella cucina deserta, fatta di sussurri e di carezze.

«Di tutte e due. Di terra, non se ne produce più. Voglio averne più che posso, finché è disponibile. E non nascerà nemmeno più un'altra Maddalena. Per questo non mi stanco di desiderarti», disse. Posò la tazzina sul davanzale della finestra, attirò a sé la moglie e la baciò con passione.

Quella mattina Spartaco andò a Ravenna a impegnare la spilla di Lena e acquistò due camion. Partì con il ragionier Torelli e con Emilio Ghelfi. Ognuno guidava un automezzo. Arrivarono a Pontassieve che era mezzogiorno, percorrendo strade tortuose lungo l'Appennino. Comperarono pale, accette, picconi e seghe. Reclutarono un paio di braccianti sul posto e incominciarono a demolire il bosco. Quando ritornarono a Lugo, era notte alta e i camion erano vuoti. Avevano venduto il legname nei cantieri che incontravano lungo la strada del ritorno. Via via che vendevano, intascavano i soldi.

Dopo una settimana di lavoro massacrante, Spartaco disimpegnò la rosa di sua moglie e l'anello con il brillante. Lavorava dalle diciotto alle venti ore al giorno, dormendo quattro ore per notte. Era infaticabile e nessuno dei compagni riusciva a tenergli dietro. Affittò altri camion e assoldò altri operai. Nel volgere di pochi mesi comperò l'azienda agricola del conte Sforza che i suoi figli avevano messo in vendita. La prese in società con Sergio Caporali. Erano cinquemila ettari di terra che lui conosceva palmo a palmo e festeggiò l'avvenimento, come sempre, in famiglia, preoccupandosi soprattutto che la notizia non si risapesse. Soltanto le banche dovevano esserne informate, perché contava sui prestiti per riprendere il lavoro nel campo agroalimentare. Ma questa volta non gli interessava più avere una rappresentanza. L'agricoltura doveva riprendere in grande stile e lui aveva due obiettivi: un'industria chimica che producesse fertilizzanti e mangimi e il commercio dei cereali da semina.

«L'economia del nostro Paese deve ripartire dall'agricoltura», disse a Lena. «Io ormai conosco tutti, nel settore, e so come muovermi. Presto lasceremo il casale e ritorneremo a vivere a Bologna.»

«Scordatelo», dichiarò Lena con piglio deciso. «Già una volta ho abitato in città. Adesso, dalla campagna non mi muovo più. Qui sono le mie radici e le tue. Siamo contadini, Spartaco. Non dimenticarlo mai.»

«E i nostri figli? A loro non pensi?»

«Perché mi fai questa domanda così stupida? È proprio perché non perdano di vista la terra che li voglio qui. Impareranno più cose nei campi di quante ne possano imparare per le strade di una città.»

Spartaco sapeva che quando Lena decideva una cosa, niente l'avrebbe smossa dal suo convincimento.

«Dovranno pur andare a scuola. Avere degli amici. In questo casale siamo troppo isolati», obiettò.

«Ritornerei volentieri a Cotignola. È là che sono cresciuta, è là che ci siamo incontrati. Mi piacerebbe andare qualche volta sull'argine del Senio, con te. C'è un palazzetto, sulla piazza della chiesa, che mi piaceva tanto, quando ero bambina. Ci abitava il veterinario. Adesso è un po' malmesso. Andrebbe ristrutturato.»

«Così, avevi già un progetto, in mente!»

«Dico che è una cosa che si può fare», insistette lei.

Spartaco sorrise. Sarebbe stato più semplice, per lui, abitare a Bologna. Dal centro dell'Emilia gli sarebbe stato più comodo spostarsi verso Milano o verso Ravenna. Ma già troppe volte le aveva imposto la propria volontà e sapeva che ora era arrivato il momento di fare qualche concessione.

Fu Lena a occuparsi dell'acquisto e della ristrutturazione di quella grande casa. Quando vi si trasferì con la famiglia, le poche persone che ancora la conoscevano osavano appena salutarla. Lena non aveva ancora trent'anni. Era una giovane donna semplice ed elegante, guardata con rispetto e ammirazione.

6

SPARTACO e il ragionier Torelli scesero dalla carrozza-letto alla stazione Termini di Roma. Erano le sette e mezzo del mattino. L'appuntamento al ministero era fissato per le nove.

«Abbiamo tutto il tempo per andare al bagno pubblico a lavarci e cambiarci», constatò Spartaco.

«Io, veramente, avrei già fatto tutto nel mio scompartimento», disse il ragioniere che non se la sentiva di affrontare quel luogo ignoto, né di mettersi sullo stesso piano del principale. Erano anni che affiancava Spartaco, dividendo con lui fatiche e apprensioni, eppure ci teneva a conservare una certa distanza.

«Allora mi aspetterà nell'ingresso», tagliò corto Spartaco. «E si faccia portare un cappuccino. Il cappuccino che fanno qui a Roma è migliore di quello che beviamo lassù, dalle nostre parti», osservò e aggiunse: «Tenga la mia cartella, per favore», concluse mentre varcavano la soglia del bagno, rivestita di mattonelle bianche. Vi aleggiava un'aria calda e umida, che aveva l'odore delle saponette Lux e della brillantina Linetti.

Un giovane in camice bianco si preoccupò di prendere in consegna i suoi indumenti. Lui entrò in una cabina di un lindore assoluto. L'acqua calda emanava nuvole di vapore nella vasca in ghisa smaltata.

«Vuole che aggiunga dei sali da bagno, signore?» chiese l'inserviente.

«Voglio che ci metta una bella dose di amuchina. Qui sembra tutto pulito, ma non si sa mai», spiegò Spartaco.

Avrebbe preferito fare un bagno al *Grand Hotel*, ma gli sembrava uno spreco affittare una stanza solo per fare il bagno. L'incontro al ministero sarebbe durato pochi minuti e, subito dopo, avrebbe ripreso il treno per tornare a casa. Era lontano da Cotignola da tre giorni e gli mancava la sua famiglia.

Quando gli sembrò di essersi levato di dosso la stanchezza di una notte insonne passata in treno, si rivestì con cura, vaporizzò un po' di colonia Atkinsons sul fazzoletto e sulle mani e si sentì pronto per affrontare il ministro.

«Dottor Rangoni, il ministro non è ancòra arrivato, ma non tarderà. Posso farle servire un caffè, nell'attesa?»

La donna che gli parlava aveva un marcato accento inglese. Spartaco pensò che doveva avere più o meno l'età di Maddalena. Era più alta di lui di alcuni centimetri. Ostentava rotondità giunoniche su un vitino da vespa. I capelli dorati le accarezzavano il collo, arricciandosi sulle punte. Gli occhi erano di un azzurro intenso e le labbra grandi e ben disegnate erano dipinte con un rossetto color ciclamino.

«Io sono Elaine Foster, la segretaria», lo informò, tendendogli la mano.

Spartaco gliela baciò con disinvoltura.

«Lui è il ragionier Torelli, mio assistente», lo presentò.

Arrivò un valletto portando due caffè. Torelli rifiutò gentilmente.

«Sarebbe il terzo, da stamattina», si scusò. «Il mio sistema nervoso non me lo consente.»

Spartaco non gli badò. Era totalmente preso dalla bellezza di Elaine che, a sua volta, non sembrava indifferente a quel bell'uomo dall'accento romagnolo e dai modi squisiti.

«Sono arrivata in Italia alla fine della guerra», spiegò. «Ero ausiliaria dell'esercito di Sua Maestà. Facevo l'interprete. Non sono più ritornata in Gran Bretagna.»

«Questo significa che le piace l'Italia. Mi sembra ovvio», disse Spartaco.

«Sono innamorata del suo Paese», sorrise lei.

«E forse di qualcuno che vive qui», insinuò lui.
«Forse», replicò Elaine.
«Se la invitassi a pranzo, accetterebbe?»
«Se lo facesse, dottor Rangoni, dovrei rifiutare. Il ministro si concede un panino verso l'una e riprende immediatamente a lavorare. Oggi la sua agenda è fitta di appuntamenti fino alle otto di questa sera», spiegò.
«A quel punto è quasi ora di cena, a Roma. E lei cenerà volentieri, dopo una giornata di digiuno», tentò.
«Si può fare», sorrise lei.
Spartaco si chinò verso Torelli.
«Prenoti subito una suite al *Grand Hotel*. Lei può ritornare a Ravenna, dopo l'incontro con il ministro. Io passerò la notte a Roma», sussurrò.
«L'avevo capito, dottore», rispose il ragioniere, il viso improntato alla più assoluta serietà.
Entrò il ministro. Vide Spartaco e lo riconobbe. Come poteva dimenticare quel giovane imprenditore che era stato così gentile da fargli avere, a casa, un servizio da tè in argento massiccio, come augurio natalizio?
«Venga, dottore. Si accomodi», lo invitò. «Mi scusi se l'ho fatta aspettare. Stamattina sembra che niente vada per il verso giusto.»
Spartaco amava quegli opulenti palazzi romani che trasudavano storia, arte e tradizione. Gli piacevano molto meno gli occupanti, che vivevano di intrighi, di intrallazzi, parlavano per allusioni e quando facevano una concessione legittima riuscivano a farla sembrare un favore. Lui, almeno in questa occasione, doveva adeguarsi, perché il problema che stava affrontando era fondamentale.
Spartaco aveva un modo di esprimersi piuttosto conciso e diretto che metteva spesso a disagio gli interlocutori dei palazzi romani. Da mesi il governo aveva stanziato soldi a fondo perduto per il commercio alimentare. Secondo i suoi conti, la cifra che gli spettava sarebbe stata sufficiente a coprire gli interessi bancari. Quei soldi gli servivano presto e invece glieli facevano sospirare.
«Siamo alle solite, signor ministro», esordì prendendo posto

con Torelli davanti alla scrivania dell'uomo da cui dipendeva lo sveltimento della sua pratica.

«Non ha ancora ricevuto i fondi», disse il ministro. «Lo so. Ma la burocrazia ha i suoi tempi.»

«Anche i cereali che viaggiano per l'oceano hanno i loro. E i produttori americani che hanno riempito le navi e si fidano di me hanno i loro tempi. In Italia non c'è mais, né orzo, né avena, né soia. I cereali che produciamo sono carissimi e non hanno mercato. Io importo migliaia di tonnellate a un costo di due terzi inferiore a quello nazionale. Ora la domanda è: vogliamo dar da mangiare a tutti, in questo nostro dissestato Paese?»

«Rangoni, la risposta è ovvia.»

«E allora bisogna che qui si sbrighino a darmi una mano. Gli americani ci stanno aiutando, e molto, fornendoci merci con un certo credito e a condizioni agevolate. Ma alla fine bisogna pagare se vogliamo che il grano continui ad arrivare sulla tavola della gente.»

«Lei ragiona da commerciante. Io le parlo da politico. Vede, dottor Rangoni...» cercò di placare la foga di Spartaco.

«Mi perdoni se la interrompo, ma perché lei mi aiuti, è necessario che io le chiarisca un concetto. Qui si sta facendo di tutto, tranne incoraggiare chi lavora per produrre benessere. Lei mi definisce un commerciante. Io mi definisco un mercante. E dei mercanti i nostri politici hanno un'opinione sbagliata, se me lo consente. Dove c'è il mercante c'è la luce della libertà. Dove il mercante non esiste, c'è l'oscurantismo. La civiltà e il benessere nascono dove i mercanti lavorano a pieno ritmo. Marco Polo ne è l'esempio più clamoroso. Non per niente Venezia è stata una grande repubblica. Le grandi città marinare erano tali perché agevolavano il lavoro dei mercanti. La civiltà del Mediterraneo è nata grazie a loro. I Fenici, gli Assiri, gli Egiziani, tutte le popolazioni della Mezzaluna Fertile, hanno fatto grande Roma e il suo impero con le loro navi cariche di cereali. Le navi che fino a poco tempo fa hanno solcato i mari trasportando armi e soldati hanno portato morte e miseria. Le navi che viaggiano adesso, cariche di grano, portano cibo e benessere per tutti. Io sono un mercante, signor ministro. Sono attualmente il solo, in Italia, ad avere contratti agevolati con gli americani. Sono il solo che può sfamare questo Paese. Crede davvero che i tempi della burocrazia possano andare d'accordo con i miei?» La domanda di Spartaco rimase sospesa in quello studio opulento per alcuni secondi. Poi il ministro sollevò il ricevitore e compose un numero.

«Vogliamo accelerare i tempi con quei soldi che abbiamo promesso a Rangoni? Quando? No, subito. Il dottor Rangoni non lascerà il mio ufficio se non avrà la certezza dell'immediato versamento», ordinò con tono deciso.

Spartaco rivolse un sorriso ammiccante a Torelli, che non si stupiva più della capacità di convincimento del suo principale. Era stato così anche quando l'aveva costretto a prendere moglie. Quando lasciarono il ministero, il problema che si trascinava da mesi era stato risolto e mentre Augusto Torelli riprendeva il treno per Ravenna, Spartaco Rangoni scendeva al *Grand Hotel* e telefonava a Lena.

«Non ritornerò per questa sera. Ci vediamo domani. Tu e i ragazzi mi mancate molto», le disse.

Poi si fece portare con un taxi da *Bulgari*. Comperò un bracciale per sua moglie e una trousse d'oro per Elaine. Gli piaceva compensare adeguatamente le donne che gli offrivano un momento di trasgressione.

Ma ci restò malissimo quando l'inglesina rifiutò il suo regalo.

«O sei un tipo speciale, o vuoi molto di più», le disse, quando lei stava per andarsene. «Lo scoprirai tu», replicò lei, sfiorandogli il collo con un bacio.

«Sai, io non ho molto tempo per queste scoperte», confessò Spartaco.

«Nel mio caso, sì. Tornerai spesso a Roma e le serate di un uomo d'affari rischiano di essere tristi, senza un'amica come me», sorrise lei.

Il giorno dopo, nel mettere a lavare la biancheria del marito, Lena trovò sul colletto della camicia una traccia di rossetto color ciclamino.

7

«FINNY! Finny!» La voce di Lena aveva toni acuti mentre chiamava la domestica che era diventata parte integrante della famiglia.

Finny era nello scantinato, trasformato in lavanderia, e salì di corsa al primo piano, in camera da letto.

«Eccomi, signora», si presentò mentre si asciugava le mani e le braccia con il grembiulone che le fasciava i fianchi.

Lena era ritta, al centro della camera, e tendeva verso di lei una camicia di Spartaco, mostrando il risvolto del colletto.

«Guarda un po' qui», le disse.

Finny guardò e poi alzò lo sguardo su Lena.

«Be', che cosa vedi?» chiese con aria aggressiva.

La donna rinserrò il collo nelle spalle.

«Vedo che è roba da lavare», rispose con aria tranquilla.

«Non fare l'ingenua con me. O io devo cambiare occhiali da vista, o questa è una macchia di rossetto color ciclamino. Delle due, l'una. Quale, Finny?» incalzò Lena. Era terribilmente arrabbiata.

Sulla soglia della camera fece capolino il viso curioso di Miranda.

«È rossetto, signora», rispose laconica la domestica.

«Rossetto volgare», sibilò Lena. «Quante volte hai trovato del rossetto sulle camicie del dottore?»

«Questa è la prima volta», garantì Finny.

«E sarà anche l'ultima», sentenziò Lena, consegnandole la camicia incriminata e gli altri indumenti da lavare.

Finny ridiscese le scale e incrociò lo sguardo divertito di Miranda.

Spartaco rientrò da Ravenna all'ora di cena. Trovò sua moglie particolarmente vivace ed elegante.

«Ciao, amore mio», le disse Spartaco, baciandola come sempre.

A tavola si intrecciò una discussione vivace tra loro. A volte intervenivano Giovanni e Miranda. Margherita, che aveva appena cinque anni, faceva sentire la sua opinione tamburellando il cucchiaio sul piatto.

«Sono stati buoni i ragazzi?» chiese Spartaco.

«Angelici», rispose Lena.

«Da non credere», replicò lui.

«Forse devono contrastare qualche diavoletto», incalzò lei, con un sorriso divertito.

Miranda osservò alternativamente la madre e il padre e poi si nascose la bocca con una mano per soffocare una risatina.

«Davvero c'è qualche diavoletto qui intorno?» osservò Spartaco. Pensava che Lena volesse scherzare.

«Eccome! Veramente è proprio qui, a tavola con noi», disse Giovanni credendo che si trattasse di un gioco.

«Sì, sì, c'è un diavoletto», interloquì Margherita che non capiva che cosa stesse succedendo, ma avvertiva una certa eccitazione nell'aria.

Spartaco, che si riteneva innocente come un agnellino, osservò i figli e la moglie con aria perplessa. Sentiva che c'era qualcosa di strano nell'aria, ma non riusciva a individuarne la ragione.

«Adesso, ragazzi, mi sembra ora di chiudere con questi scherzi», intervenne Lena. «A letto tutti e tre, di corsa», ordinò.

Di solito, quando Lena li mandava a dormire, nascevano le polemiche. Quella sera, misteriosamente, scattarono sull'attenti come soldatini addestrati e salirono nelle loro camere.

«Ma che cos'hai fatto, ai ragazzi?» le chiese Spartaco, quando furono soli. «Non li ho mai visti così disciplinati.»

«Arriva sempre un momento, nella vita, in cui i figli diventano più maturi e smettono di fare i selvaggi», ragionò Lena alzandosi da tavola. Raggiunse l'ingresso di casa, seguita da Spartaco. Prese uno spolverino di seta dall'attaccapanni e se lo infilò.

«Dobbiamo uscire?» domandò lui.

«Io esco. Tu starai a casa a fare il buon padre di famiglia», disse Lena, con aria pacata.

In quel momento Spartaco notò la valigia accanto alla porta.

Agguantò la moglie per le spalle e la fronteggiò.

«Maddalena, mi dici che cosa sta succedendo?»

«Vado via», rispose lei, con calma. «Adesso tu, oltre a fare il grande uomo d'affari, dovrai anche accudire la casa e prenderti cura dei figli. Con me, tu hai chiuso», affermò perentoria.

Agguantò la valigia, spalancò la porta d'ingresso e uscì sulla piazza dov'era parcheggiata la sua automobile.

«Tu devi essere diventata matta», sbottò Spartaco, incredulo.

«Non ancora, ma potrei diventarlo se accettassi le tue trasgressioni», replicò mentre apriva la portiera e gettava di slancio, nell'interno della macchina, la valigia.

Spartaco l'afferrò per un braccio.

«In nome del cielo, mi spieghi di che cosa stai parlando?»

«Non prendermi in giro, perché non lo sopporto. È inutile che io ti spieghi cose che tu sai meglio di me», sibilò Lena, divincolandosi dalla sua stretta.

«Allora stai facendo sul serio», esclamò lui, allarmato.

«Addio, Spartaco. Cerca almeno di essere un buon padre, visto che non sei riuscito a essere un buon marito», sentenziò Lena.

Sedette al posto di guida, accese il motore e partì. Lui rimase istupidito a guardare la macchina che attraversava la piazza deserta e spariva in un vicolo.

«Boia di un boia schifoso», sbottò togliendosi la giacca e gettandola a terra. Maddalena se n'era andata con l'altezzosità di una regina, facendolo sentire un verme, e lui non sapeva perché. Si guardò intorno smarrito. C'era Miranda, sulla porta di casa, che gli sorrideva e con un gesto della mano lo invitava a entrare.

«Tu che cosa ci fai, qui? Fila di sopra», l'aggredì.

Maddalena lo aveva colto in contropiede e lui non era riuscito a trattenerla. Si chiese come aveva potuto essere così stupido da lasciarla andare. Doveva assolutamente inseguirla e riportarla a casa.

«Babbo!» Miranda insisteva nel chiamarlo.

«Ti ho detto di sparire», le ingiunse con un urlaccio.

«Devo parlarti», insistette. Era in camicia da notte e non osava uscire sulla piazza.

«Che cosa vuoi?» le chiese raggiungendola.

«La mamma ha scoperto tutto», disse lei, trattenendo un sorriso di soddisfazione.

«Tutto che cosa?» incalzò lui, che non capiva.

«Sei ritornato da Roma con una camicia sporca di rossetto color ciclamino», spiegò Miranda.

Spartaco, finalmente, capì. Ricordò la bella Elaine Foster, le sue labbra, la notte d'amore nella stanza al *Grand Hotel*.

«Oh cribbio!» sbottò, dandosi una manata sulla fronte.

«La mamma era furibonda», sottolineò la figlia, guardando il padre con adorazione.

«Pensavo che fosse impazzita! Tua madre ha ragione», sussurrò, in preda al panico.

«Non ti sembra che sia meglio così? Finalmente potremo stare insieme, io e te, caro babbino», miagolò abbracciandolo.

«Ma come, tua madre scappa e tu, invece di disperarti, sei felice?» si stupì lui.

«Vedrai che prima o poi ritorna», lo rassicurò Miranda. «Ma intanto, sai che pacchia stare per un po' senza i suoi rimbrotti! Com'era la signora con il rossetto color ciclamino?»

«Di che cosa t'impicci? Non c'è nessuna signora. Chiaro? E adesso fila a dormire o prenderai quattro sculacciate», minacciò con un tono che non ammetteva repliche. Poi, chiamò Finny.

«Eccomi, dottore», disse la domestica.

«Dov'è andata mia moglie?» l'aggredì.

«Non me l'ha detto.»

«Ma tu sapevi che se ne voleva andare?» incalzò.

«Io mi faccio i fatti miei», rispose burbera.

Da Finny non avrebbe cavato una sola parola. Non si sentiva in colpa per la sua trasgressione, non era la prima e non sarebbe stata l'ultima. Era arrabbiato con se stesso per aver trascurato ogni cautela, portando dentro le mura di casa un segno tangibile della sua avventura. Doveva trovare sua moglie, perché non riusciva a concepire di vivere un solo giorno senza di lei.

E doveva trovare il modo per farsi perdonare.

8

SE il vecchio parroco di Cotignola fosse stato ancora in vita, Lena sarebbe corsa da lui per sfogare la sua gelosia e la sua delusione. E lui, ne era certa, le avrebbe indicato il modo giusto per smaltire la rabbia e non lasciarsi sopraffare da decisioni avventate. Rimpiangeva la semplicità contadina di don Palandrana, che coniugava il buonsenso con la parola del Signore e trovava sempre un modo per aiutare il suo gregge. Ricordava ancora quando l'aveva accompagnata a Ravenna a comperare il suo primo paio di occhiali da vista. E quando l'aveva strapaz zata, rifiutandole l'assoluzione, perché non si comportava da buona sposa con il povero Tognino. E quando l'aveva accolta nel momento in cui lei aveva deciso di mettersi con Spartaco. Le era stato vicino più d'un padre, nei momenti difficili della sua esistenza. Ma quel vecchio burbero e buono se n'era andato e il giovane parroco che era venuto a sostituirlo, secondo Lena, aveva più bisogno d'aiuto che capacità di aiutare. Così doveva cavarsela da sola. E, sul momento, non aveva trovato altra soluzione se non quella di mettere una certa distanza tra lei e suo marito. Ma era più arrabbiata con se stessa che con lui, perché le sembrava assurdo far dipendere la propria serenità dal comportamento di Spartaco.

Si era messa con lui, pur sapendo quanto gli piacesse correre dietro alle sottane, ma avendo anche la consapevolezza che egli era profondamente innamorato di lei. Anche adesso era certa che se

Spartaco avesse dovuto scegliere tra lei e le più belle donne del mondo, avrebbe sempre scelto lei. Ma questo non bastava a placare la gelosia. Inoltre, non poteva consentirgli di vivere a modo suo.

Arrivò a Bologna che era quasi notte. Aveva prenotato una stanza all'*Hotel Baglioni*.

Appena fu in camera disfece il bagaglio, mise in ordine gli indumenti nell'armadio, si preparò per la notte e gustò un piacere che non provava da molto tempo: essere sola, in una stanza accogliente, dovendosi preoccupare unicamente di se stessa. Niente figli urlanti, niente sveglia sul comodino, nessuna incombenza domestica. Si infilò tra le lenzuola immacolate di un letto comodo, accese la lampada sul tavolino da notte a aprì un libro che aveva acquistato qualche giorno prima. Si intitolava *La buona terra*, l'autrice era Pearl Buck. Si immerse nel racconto d'una terra lontana, nei personaggi femminili così palpitanti e veri. Si riconobbe nei loro sentimenti e alla fine si addormentò, vinta dalla stanchezza.

Si svegliò perché qualcuno stava bussando alla porta. Scese dal letto barcollando e aprì.

C'era un cameriere che le sorrise.

«La signora ha chiesto la sveglia per le nove. Se permette le servo la colazione.» Sospinse un carrello nella stanza, preparato con porcellane e argenti, fiori e giornale. Lena si fece da parte per lasciarlo entrare e si accorse che dietro di lui c'era una processione di fattorini. Ognuno reggeva due cestini di rose bianche.

«Per lei, signora», proseguì il cameriere. Trasse una busta dalla tasca della giacchetta bianca e gliela consegnò. «Un messaggio da parte di un signore che l'aspetta nell'atrio», soggiunse.

«Mi ha scovata!» brontolò Lena. Non sapeva se essere felice o piangere di rabbia. Aprì il biglietto. Riconobbe la grafia inconfondibile di Spartaco: «Ti ho cercato a lungo, amore mio. Posso salire e chiederti perdono?»

«Riferisca a quel signore che dovrà aspettarmi ancora», disse al cameriere. Pensò che era stata una sciocca a fermarsi a Bologna. Quella città, come Ravenna, faceva parte del suo territorio e non accadeva nulla di cui lui non potesse essere informato. Si guardò intorno: la sua camera era un mare di rose, ma Lena non era ancora pronta per rivedere Spartaco e perdonarlo.

Ignorò la colazione, si rivestì velocemente e rifece la sua valigia, poi telefonò al portiere.

«Sono la signora Rangoni. C'è mio marito?» chiese.

«Sì, signora. Desidera parlargli?»

«Gli dica che può salire. La porta della camera è aperta», precisò, prima di riagganciare.

Spartaco si precipitò nella stanza. Sentiva il cuore in gola, per l'emozione. Lena se n'era andata soltanto la sera prima e gli sembrava di non vederla da anni. Aveva tremato all'idea di perderla. Lena era la parte più preziosa della sua vita. Così aveva telefonato ad amici e parenti, per cercarla. Nessuno l'aveva vista. Non era a Cotignola, né a Lugo, né a Ravenna. Aveva dovuto sorbire una reprimenda di sua madre. «Che cos'altro poteva fare una brava ragazza come Lena se non andarsene?» La vecchia Rangoni, ormai, stravedeva per lei. Poi aveva pensato a Bologna. L'idea dell'*Hotel Baglioni* gli era venuta come una folgorazione. Più d'una volta Lena gli aveva detto: «Mi hai sempre parlato di questo albergo meraviglioso. Mi piacerebbe passarci una notte».

Aveva chiamato il portiere: «La sua signora è scesa da noi ieri sera. Devo passare la comunicazione?»

«La lasci riposare», aveva risposto Spartaco, sollevato. Era partito da Cotignola all'alba. A Bologna aveva tirato giù dal letto un fioraio e aveva fatto incetta di tutte le rose bianche di cui disponeva. Poi, era andato all'albergo ed era iniziata la paziente attesa. Non dubitava di riuscire a farsi perdonare. Era fermamente deciso a non tradirla mai più. Sarebbe stato meraviglioso riappacificarsi. Avrebbe mandato a monte tutti i suoi impegni per quella giornata e sarebbero stati insieme, abbracciati, nello stesso letto, fino all'indomani.

La porta della camera era spalancata. Lena non c'era. Aveva lasciato il biglietto di Spartaco sul letto. Sotto il suo messaggio, lei aveva stilato la risposta. «Non mi incanti più. Deciderò io se, e quando, perdonarti.»

Lena era scappata dalle scale, mentre lui usciva dall'ascensore.

«Suo marito è appena salito», le disse il portiere.

«Lo so. Quando scende gli presenti il mio conto», rispose. Si infilò in macchina e ripartì.

Questa volta, ne era certa, lui non l'avrebbe ritrovata.

Arrivò a Milano nelle prime ore del pomeriggio. Lungo la via Emilia aveva trovato un traffico notevole e la strada era un susseguirsi di camion che lei superava con difficoltà. La sua Topolino non aveva una grande ripresa. Ma le piaceva guidare e non sentiva la fatica di quel lungo tragitto. Conosceva poco il capoluogo lombardo. C'era stata un paio di volte con Spartaco e, insieme, avevano alloggiato all'*Hotel Gallia*. Così, scartò subito l'idea di fermarsi lì. Ma non sapeva dove andare, né come muoversi nel traffico caotico di Milano. Allora parcheggiò la sua Topolino alla stazione, prese un taxi e ordinò: «Mi porti nel migliore albergo del centro».

Il taxista la lasciò al *Grand Hotel* di via Manzoni.

«Qui ci veniva Giuseppe Verdi», le spiegò. «Si troverà bene anche lei.»

Lena ebbe un piccolo appartamento grazioso e confortevole. Si fece servire il pranzo in camera, poi telefonò a Cotignola. Le rispose Finny.

«Come stanno i miei figli?» chiese.

«Non sono mai stati così buoni, signora. Non osano nemmeno fiatare. E lei, come sta?»

«Non mi sono mai sentita meglio», rispose in tono allegro. «Credo che questa mia vacanza sarà salutare per tutti.»

«Il dottore è tornato da Bologna. Si è chiuso nello studio. Lo chiamo?» domandò la domestica.

«Non voglio parlargli.»

«Si arrabbierà quando saprà che lei ha telefonato e non gli ho passato la comunicazione.»

«Finny, mio marito ci sta ascoltando. Sento il suo respiro», ironizzò Lena.

«Infatti. Da dove chiami?» urlò Spartaco rivelando la sua presenza.

«Hai letto il mio messaggio?» chiese lei, con voce dolcissima.

«Certo che l'ho letto. M'hai messo nel sacco come un burattino. Dimmi dove sei. Ti vengo a prendere e chiudiamo con questa buffonata», si spazientì lui.

«Non ho voglia di discutere. Ho solo bisogno di riflettere», replicò Lena e chiuse la conversazione.

Poi chiamò un altro numero, in città.

«Sono arrivata», disse. «Perché non mi raggiungi al *Grand Hotel et de Milan*? Ceneremo insieme.»

Lena, quel pomeriggio, andò da un parrucchiere suggeritole dal portiere. Comperò alcuni vestiti in una sartoria di via Montenapoleone, ritornò in albergo e si agghindò con cura. Quando scese per la cena, Antonio Miserocchi la stava aspettando a un tavolino del bar.

Non si vedevano da dodici anni, da quando lui era andato a salutarla a Bologna, prima di partire per gli Stati Uniti. Oltre a Tognino c'erano altri clienti nel bar dell'albergo, e tutti la guardarono ammirati. Il suo ex-marito era quasi irriconoscibile. Vestiva in modo elegante e il suo viso sembrava migliorato. Lei gli tese la mano e lui la baciò.

«Sei una meraviglia, Lena», la accolse commosso.

«Che cos'hai fatto alla tua faccia?» domandò lei, incuriosita.

«Si chiama chirurgia plastica. In America ricostruiscono facce devastate anche più della mia. Il risultato non è straordinario, ma sono un po' migliorato», spiegò lui.

«Ti trovo benissimo e sono contenta di rivederti», sorrise Lena.

«Non ci speravo. Ti ho scritto due anni fa e non mi hai più risposto.»

«Non mi sentivo ancora pronta per incontrarti», disse lei. «Adesso sto cercando di mettere ordine nei miei pensieri. Sono stati anni difficili. Prima la guerra, poi i figli, poi tante altre cose ancora», soggiunse.

«Spartaco lo sa che sei con me?» domandò.

«Non ancora. Se ci tieni, posso dirglielo.»

«Conoscendolo, penso che non gli piacerebbe saperlo», osservò lui.

I clienti del bar osservavano quel brutto uomo e quella bellissima donna con malcelata curiosità. I loro sguardi infastidivano entrambi. Lui fu sul punto di proporle un invito a casa sua. Lei stava per dirgli di salire nel suo appartamento. Entrambi decisero che sarebbe stata un'intimità fuori luogo.

«Andiamo a tavola e cerchiamo un tavolino un po' appartato», propose Lena. «Così potremo chiacchierare in pace. Voglio sapere tutto di te.»

Fu una cena interminabile e bellissima. Avevano tutto un passato da rievocare e un presente ricco di promesse. Antonio era diventato un industriale molto quotato. In Italia nascevano centri commerciali in cui venivano venduti i prodotti Lenagel, alimenti surgelati confezionati negli omonimi stabilimenti di Antonio.

«Mio marito lo sa che hai immortalato il mio nome sul tuo marchio?» gli chiese.

«Credo che la cosa lo abbia perfino lusingato», la informò.

«Non me ne hai mai fatto parola», si stupì Lena.

«Suppongo non ti abbia neppure detto che devo a lui una parte del mio successo», la informò. «Quando sono arrivato negli Stati Uniti mi è venuto in aiuto un suo amico, il vecchio notaio Bellerio. Mia madre è morta in casa sua, mentre io lavoravo in Canada. Quando sono tornato in Italia, nel '48, mi ha presentato le persone giuste per iniziare la mia attività», rivelò.

«Spartaco ha fatto questo per te?» si meravigliò lei.

«Davvero non lo sapevi?»

«Ti sono grata, Tognino, di avermene parlato. Sai, ultimamente, mi sono un po' irritata con lui», spiegò Lena.

«È un tipo che fa arrabbiare tanta gente. Ma vedi, io credo di averlo capito. Lui è divorato dal bisogno di possedere. Il bisogno di possesso è un demone che non gli dà pace. Se potesse, comprerebbe il mondo. Siamo stati insieme in Ungheria, l'anno passato. Io comperavo carne e ortaggi da surgelare, lui grano. Ha acquistato i raccolti di dieci anni. Ti rendi conto? Vuole tutto quello che vede», spiegò.

«Anche le donne», sussurrò Lena a fior di labbra.

«Vuole assicurarsi l'immortalità. È così, credimi.»

Parlarono a lungo di lui. Lena capì più cose di Spartaco in una serata con Antonio che in dieci anni di vita con lui. Adesso era pronta a ritornare a casa e a perdonarlo.

9

Lena incontrò Giuliano, per la prima volta, nella bottega del farmacista, a Cotignola.

Finny si era ammalata e il medico le aveva prescritto alcuni medicinali. Lei mise sul banco la ricetta e premette ripetutamente il campanello da tavolo, perché la bottega era deserta. Le piaceva quell'ambiente, rimasto immutato negli anni, con gli scaffali in legno di quercia a intarsi, le scritte latine incise nelle cornici, i grandi vasi di ceramica colorati che facevano da sempre bella mostra di sé in cima alle scaffalature. La farmacia apparteneva alla stessa famiglia da generazioni. Il dottor Alcide Serandrei, attuale proprietario, era un farmacista all'antica. Disponeva di un laboratorio attrezzato dove preparava infusi, sciroppi, unguenti, pasticche e tisane, mettendo in pratica, oltre alle nozioni apprese all'Università di Pavia, gli insegnamenti del nonno e del padre. Alcide apparteneva a una famiglia numerosa. Per tradizione, le femmine sposavano medici e i maschi diventavano farmacisti aprendo negozi in diverse città della Romagna. Lui stesso aveva avuto sette figli. I maschi, naturalmente, studiavano tutti a Pavia.

Comparve un giovane, dall'aria un po' trasognata, con un libro in mano.

«La signora desidera?» chiese con piglio professionale. Un attimo dopo, avendo riconosciuto Lena, le sorrise cordialmente.

«Il dottore non c'è?» domandò lei.

«Il babbo stamattina è andato a Ravenna», spiegò il ragazzo. «Io sono Giuliano, il figlio più piccolo», scherzò. «E lei è la signora Rangoni. La conosco.»

«Davvero? Non ricordo di averti mai visto prima d'ora», si stupì lei che aveva una memoria di ferro per le fisionomie.

«Io sì. Mi ricordo di lei da quando ero bambino e stavo dietro il banco con il babbo. La guardavo perché era la signora più bella del paese.»

«Grazie. Sei davvero gentile», sorrise Lena. «Però continuo a non ricordarmi di te.»

«È naturale. Qui ci sono stato poco. Ho fatto il ginnasio e il liceo in Svizzera e durante le vacanze i miei genitori mi mandavano in Inghilterra», spiegò il giovane.

«Infatti non hai l'accento delle nostre parti», osservò Lena. «Adesso, che cosa fai?» s'incuriosì.

«Mi sono iscritto a Farmacia, ma ho concluso poco. In un anno non ho dato neanche un esame. Avevo in programma una vacanza in California e invece il babbo mi ha tagliato i viveri. Dovrò passare l'estate a Cotignola.»

«Ti sei preso un anno sabbatico. Farai qualche mese di penitenza e in ottobre ricomincerai a studiare», ragionò Lena con il buonsenso e l'esperienza di una madre. «Anche la mia Miranda quest'anno è in castigo. È stata rimandata in due materie e mio marito ha deciso che non farà un solo giorno di mare», spiegò.

«A volte passo davanti al suo giardino, in bicicletta, e la vedo con sua figlia. È molto carina. È stato davvero un piacere poterle parlare.»

Lena osservò gli occhi azzurri e ridenti del giovane, che contrastavano con la piega un po' amara delle labbra, gli zigomi alti e il naso deciso, la pelle dorata dal sole, la figura atletica. Era un bellissimo ragazzo. E aveva voglia di chiacchierare.

«Così hai messo gli occhi su mia figlia», commentò Lena con aria scherzosa. Lo vide arrossire.

«Veramente sono incuriosito da lei, che è così diversa dalle donne di queste parti. Assomiglia a un'attrice americana che mi piace molto.»

«Non vado mai al cinema. Ma conosco i giovani e credo che tu stia cercando di adulare la madre per arrivare alla figlia. Ricordi quel vecchio proverbio francese: *Un compliment fait a une femme n'est jamais perdu*?»

Entrò altra gente in farmacia e la conversazione si chiuse lì. Prima di andarsene Lena gli disse: «La prossima volta che passi davanti al mio giardino, sei invitato a entrare».

«Mi chiamo Giuliano, signora», disse lui, tendendole la mano.

Lei gliela strinse e gli sussurrò: «Ho quarant'anni, figliolo. Riserva le tue attenzioni alle ragazzine come Miranda. Loro vanno matte per i tipi come te».

Tornò a casa di corsa pensando a lui. Le piaceva quel ragazzo dalla parlantina sciolta. Miranda si portava in casa molti amici. Erano quasi tutti vacui, parlavano molto di soldi ed erano terribilmente arrivisti. Era sicura che Giuliano Serandrei fosse diverso.

Lena fece un'iniezione a Finny che si lamentava per i forti dolori addominali. Aveva un attacco di colite spastica. Nel giro di un paio di giorni sarebbe andato tutto a posto, aveva assicurato il medico. Ma intanto Lena aveva un gran lavoro, in casa, senza il suo aiuto. Nonostante le insistenze di Spartaco, si rifiutava di assumere una seconda domestica. Veniva una contadina, ogni giorno, per i lavori più pesanti e questo, secondo lei, era più che sufficiente. Inoltre, in quel periodo, non c'erano neppure i due figli minori. Giovanni era a Lugo, ospite di Sergio Caporali. Sua figlia, Antavleva, era diventata giornalista e aveva sposato un collega con il quale lavorava a *Il Resto del Carlino*. Entrambi avevano preso qualche giorno di vacanza e stavano in campagna, nell'azienda agricola. Giovanni li chiamava zii e aveva molta simpatia per loro. Quanto a Margherita, Spartaco aveva insistito per mandarla in un college, in Inghilterra. La ragazzina aveva una spiccata attitudine all'apprendimento delle lingue straniere. Il suo profitto scolastico era eccellente e Spartaco contava di inserirla presto nei suoi affari.

Aveva già pianificato il futuro dei suoi figli. Giovanni si sarebbe laureato in Agraria, come lui, e si sarebbe occupato delle loro aziende agricole, Margherita avrebbe affiancato il padre nella conduzione commerciale, Miranda, che era la negazione di tutto, avrebbe sposato un abile uomo d'affari, capace di integrarsi con la famiglia.

Lena si augurava che la figlia maggiore trovasse un buon marito, non importava che fosse un contadino o un professionista, purché l'amasse così com'era, con i suoi molti difetti e le sue poche virtù. A diciott'anni, Miranda non era una gran bellezza. Era alta e longilinea come sua madre, ma aveva seni troppo pesanti, lineamenti troppo marcati e un carattere insopportabile. Era costantemente innamorata di ragazzi che non la prendevano assolutamente in considerazione e piangeva continuamente, incolpando Lena dei propri insuccessi amorosi.

«Tu non mi lasci uscire la sera, mi impedisci di andare a ballare, mi costringi a portare vestiti impossibili. Inoltre, tratti male i miei amici. Tu non mi vuoi bene. Stravedi per quello scemo di Giannino e quella smorfiosa di Margherita», l'accusava in continuazione. Lena tentava, senza successo, di indurla a ragionare. E quando Miranda diventava isterica e strillava come una gallina spennata, Lena, esasperata, le assestava un paio di schiaffoni. Miranda si rifugiava piangente tra le braccia del padre che l'adorava e assecondava tutti i suoi capricci.

Ora Lena stava pensando a Giuliano come possibile fidanzato per quella sua figlia sgangherata. Non le disse niente. Se gliene avesse parlato, Miranda non lo avrebbe neppure voluto conoscere. Rifiutava tutto quello che le veniva dalla madre. Lena decise di trascorrere più tempo in giardino. Un occhio al libro che stava leggendo, e un altro alla strada dove sperava di vedere passare il ragazzo in bicicletta. Il giorno dopo, verso il tramonto, Giuliano passò davanti al loro giardino. E si fermò.

Miranda, seduta al tavolo di pietra, ripassava di malavoglia un capitolo di storia. Sentì la voce di sua madre: «Ciao, Giuliano. Perché non entri?» Si era alzata dalla sedia a sdraio e percorreva con calma il vialetto coperto di ghiaia, per andare ad aprire il cancello di ferro battuto.

Miranda lo vide, mentre appoggiava la bicicletta all'inferriata che cingeva il giardino. Indossava calzoni corti, di cotone leggero, che mettevano in mostra due gambe perfette, forti e abbronzate, e una maglietta di cotone azzurro che faceva risaltare le spalle e il torace da nuotatore. Aveva in mano una racchetta da tennis.

«È sicura che non disturbi, signora Rangoni?» chiese lui, entrando.

«Forse disturbi mia figlia che sta studiando. Io, invece, mi annoiavo e sono felice di fare due parole con te», disse e aggiunse: «Ti presento Miranda. Lui è Giuliano, il figlio del farmacista».

La ragazza aveva sgranato gli occhi su di lui e non osava fiatare.

«Siediti», incalzò Lena. «Berresti del tè ghiacciato?»

«Grazie, volentieri», accettò Giuliano.

Lena entrò in casa e, dalla finestra della cucina, guardò verso il giardino. I due giovani avevano incominciato a chiacchierare.

«Signore, ti prego, fa' che nasca una storia e che vada a buon fine», pregò rivolgendo un'occhiata al crocifisso di legno che stava in una nicchia, accanto al frigorifero.

Fu un amore a prima vista, quello tra Miranda e Giuliano.

Un giorno, molti anni dopo, lui le disse: «Ho sposato Miranda perché sapevo di sposare in blocco la famiglia Rangoni e soprattutto te, mia adorata». Giuliano Serandrei amò la suocera per tutta la vita come si ama un sogno.

Quando aveva qualche ora di tranquillità, andava a cercarla per il piacere di chiacchierare con lei. Si capivano e avevano sempre tante cose da dirsi.

Ma fu soprattutto Spartaco a invaghirsi di quel farmacista laureato con centodieci e lode, capace di tenergli testa nel lavoro con una tenacia e un senso degli affari assolutamente eccezionali.

Giuliano rivelò la statura di un grande manager e dopo la morte del Corsaro, nell'arco di dieci anni, rivoluzionò l'intero assetto imprenditoriale e finanziario della famiglia, portando il nome dei Rangoni ai vertici dell'economia mondiale.

Fu un marito fedele e un amico leale per la famiglia, nonostante le diffidenze di alcuni membri. Fu un capo generoso con i suoi collaboratori, che non sempre ripagarono la sua fiducia.

Se Spartaco era stato divorato dal bisogno di possesso, Giuliano, invece, fu divorato dal bisogno di successo. La ricerca costante di applausi e consensi gli fece commettere alcuni clamorosi errori e gli creò nemici potenti che lo punirono duramente, come avevano punito il Corsaro.

Mentre viaggiava, a bordo della sua Ferrari, sull'autostrada tra Milano e Bologna, morì per lo scoppio di un pneumatico. Un incidente troppo banale per essere credibile.

10

«L'AGRICOLTURA è l'unica attività al mondo che può moltiplicare la ricchezza. È un miracolo della natura che si perpetua dalla notte dei tempi, da quando l'uomo ha seminato il primo chicco di grano e ha raccolto una spiga. Semini un quintale di grano e ne raccogli dieci», ragionò Spartaco.

«Non credi che sia arrivato il momento buono per tirare i remi in barca e lasciare che gli altri lavorino per te?» gli chiese Lena.

Era una bella domenica di giugno e loro camminavano, a fianco a fianco, tenendosi per mano, a piedi scalzi, lungo la riva del Senio. Spartaco si era arrotolato i calzoni fino a metà polpaccio. Era bello calpestare l'erba punteggiata di fiori, ascoltare il fruscio dell'acqua nel torrente e il ronzio degli insetti. Il rumore del traffico, sulla provinciale, arrivava attutito.

«Che cosa farei senza il mio lavoro? Mi vedi girare per casa tutto il giorno senza fare niente?» s'indignò.

«Non intendevo questo. Lo sai bene. Io stessa non sopporterei d'averti intorno tutto il tempo. Dico solamente che potresti lasciare più spazio ai ragazzi. Hai quasi sessant'anni. Sei uno degli uomini più ricchi del mondo e, tuttavia, lavori dalle sei del mattino a mezzanotte. Non conosci sabati né domeniche. Possiedi terre nei quattro continenti. Hai fatto cose strabilianti. Non ti pare che basti?» incalzò Lena.

«Lo sai come diciamo da queste parti: 'Il commerciante e il

porco si pesano dopo morti'. Se ho fatto cose buone o cattive, lo sapranno i nostri figli e i nipoti», ragionò lui.

Sedettero all'ombra di frondose acacie, sulla riva del torrente.

«Ti hanno già pesato e tutti ti rispettano», insistette Lena. «Ti rendi conto che questa è la prima domenica, dopo secoli, che riusciamo a stare un po' insieme e a scambiarci quattro parole?»

«Ti rendi conto, Maddalena, che questo è il posto dove ci siamo incontrati per la prima volta? Quanto tempo è passato, da allora?»

«Una vita, Spartaco. Il mondo è così cambiato, intorno a noi. Anche questo paesaggio non è più lo stesso», sospirò Lena.

«Tu sei rimasta la stessa. Non hai una ruga, sei selvatica e scontrosa come allora», le sorrise lui.

Lena osservava una coccinella rossa che si arrampicava lungo un filo d'erba. Allungò un dito per toccarla e lei volò via.

«Spartaco, non divaghiamo. Se oggi mi hai condotto qui, in mezzo ai prati, significa che hai qualcosa di importante da dirmi», osservò lei.

«Gli americani mi fanno paura», sussurrò. «Il nostro gruppo non ha alleati. Siamo liberi come l'aria, ma vulnerabili. È in atto una guerra tra le grandi compagnie del grano. Da qualche anno i margini operativi sui mercati internazionali si vanno riducendo e l'Italia è un boccone ghiotto che quelli della American Tate vogliono mangiarsi. Stanno facendo di tutto per mettermi sotto. Sono arrivati al punto di mandarmi forniture colossali piene di vermi, invece che di grano. A Chicago hanno comprato i nostri informatori e ho dovuto trovare altra gente che li controlli. Tu capisci che non posso lasciare in mano ai ragazzi una situazione come questa. Quelli d'oltreoceano non sono volpi, ma iene. Sbranerebbero i nostri figli in un batter d'occhio», concluse amaramente.

«Una ragione di più per chiudere», ragionò Lena.

«Il nostro mestiere è come il moto perpetuo. Quando ci sei dentro, devi remare all'infinito. Il gruppo Rangoni è indebitato con le banche per oltre cento miliardi. È normale che sia così, perché la nostra potenza non è costituita dalla ricchezza, ma dal credito. Il giorno in cui non ci venisse più concesso, saremmo in ginocchio. Se oggi chiedo alle banche un prestito di dieci miliardi, me ne danno venti. Ma domani?»

«Domani andrai a Chicago, porterai in tribunale la American Tate e li denuncerai pubblicamente alla Borsa del grano. Non è così?» chiese lei.

«È la sola possibilità che mi rimane per uscire da questa storia. Ma potrei anche rimetterci le penne. Tu non sai di che cosa siano capaci le multinazionali del grano.»

«E tu non vuoi che Giuliano e i nostri figli vengano coinvolti. Io ti capisco, Spartaco, e ti conosco. So che riuscirai ad averla vinta», lo confortò Lena, anche se era più preoccupata di lui. Da mesi aveva subodorato il pericolo e sapeva che Spartaco aveva portato la questione davanti a un giurì internazionale.

«Comunque vadano le cose, voglio che tu sappia che ti ho sempre amato. Se potessi ritornare indietro, la sola donna che vorrei sei ancora e soltanto tu. Sei stata una compagna meravigliosa. Mi hai assecondato e mi hai tenuto testa, quand'era il caso. Te ne sono grato. Per quanto riguarda i nostri figli, sarà Giuliano a prendere il mio posto, un giorno. Margherita potrebbe opporsi. È una ragazza in gamba e ha il fiuto per gli affari, ma è troppo diffidente. Dovrai tenerla tu sotto controllo.»

«Perché mi fai tutte queste raccomandazioni?» si allarmò Lena.

«Sto solamente dandoti dei suggerimenti. Adesso devo farti una confessione, la più difficile. Ho un figlio che ha l'età di Miranda. Si chiama Stefano Benini.»

«L'ho sempre saputo. È il figlio della maestrina di Lugo, quella che tu hai fatto sposare al povero Torelli», lo sorprese Lena.

«Sono proprio uno stupido. Per anni ho creduto che non ne sapessi nulla.»

«Deve ancora nascere l'uomo capace di mettermi nel sacco», sorrise lei e aggiunse: «Sono contenta che tu gli abbia intestato il canapificio. Stefano è un brav'uomo».

«Lo conosci?» si stupì Spartaco.

«Lo conoscono anche i tuoi figli. Perché non hai mai voluto dargli il tuo cognome, Spartaco?»

«Non lo so. Sua madre non mi piaceva. Ma ho sempre provveduto a lui. Gli ho dato un padre. Ha un conto in Svizzera uguale a quello dei nostri figli. Nella mia cassaforte ci sono tutti i documenti che lo riguardano. Non credo che sia interessato ad aggiungere al cognome di sua madre anche il nostro. Ma non si sa mai. Prendi quei documenti e conservali tu.»

«Si sta facendo buio e non ho più voglia di ascoltare altre confessioni», tagliò corto Lena, alzandosi.

«Avevo finito. Ti andrebbe di andare a mangiare all'osteria?» le propose.

Cenarono con pane, salame e vino frizzante delle loro vigne. Spartaco, dopo la malinconica parentesi pomeridiana, aveva ritrovato la voglia di scherzare. Fu una domenica bellissima. Il giorno dopo partì per gli Stati Uniti con due legali milanesi, esperti di diritto internazionale, che seguivano da mesi la complessa vicenda della American Tate, e la sua interprete, Elaine Foster, che aveva lasciato il ministero e lavorava con lui da molti anni. Era ancora una donna avvenente e si tingeva ancora le labbra con il rossetto color ciclamino, ma stava molto attenta a non sporcare le camicie di Spartaco.

Due giorni dopo Lena ricevette una telefonata dal marito.

«Come stai?» gli chiese.

«Sto bene. Perché me lo domandi?»

«Non mi sembri del tuo solito umore. Qualcosa è andato per il verso sbagliato?» Lena era preoccupata.

«Macché! La vertenza ha preso una piega favorevole per noi. Io stesso stento a crederlo, eppure è così. Per essere più sicuro, lascio qui i miei legali ancora per qualche giorno.» Il Corsaro voleva rassicurarla e invece lei si allarmò ancora di più.

«Torna presto. Ti aspetto», gli disse.

«Ti amo, Maddalena», replicò lui prima di chiudere la conversazione.

Il suo aereo esplose in volo a dieci miglia dalla costa americana e si perse nell'Atlantico. L'oceano inghiottì lui ed Elaine Foster.

Sembrava che dormisse

1

LENA era tranquilla, quella sera. La padronanza di sé era una delle sue doti migliori e la manifestava nelle situazioni più difficili. In quei momenti spariva persino il tremito al capo e alle mani. Il suo sguardo, che di solito aveva la fissità tipica dei malati di Parkinson, ritornava mobile e vivace. Come se fosse completamente guarita. Lei sapeva che, nel giro di poche ore, il male avrebbe ripreso il sopravvento sul suo corpo e sulla sua mente. Ma le bastavano un paio d'ore di benessere per affiancare Spartaco e indurre i suoi figli alla ragione. Lena si era macerata a lungo sulla correttezza di certe decisioni. Giovanni, Miranda e Margherita erano i suoi figli e non le piaceva doverli considerare degli incapaci, anche perché non lo erano. Il loro guaio consisteva nel fatto di essere stati tenuti lontano dai problemi più gravi per un eccesso di amore. Spartaco, prima, e Giuliano, dopo, si erano accollati il peso di guidare le sorti della famiglia. Perché erano degli accentratori, ma soprattutto perché soltanto loro avevano ben chiara la situazione globale delle aziende. Erano stati due uomini geniali. Spartaco se n'era andato nel momento in cui si profilava la crisi del commercio internazionale e l'Europa non aveva più bisogno di importare derrate alimentari dagli altri continenti. La flotta del Corsaro, la più importante in Italia, stava diventando un peso morto. La magnifica epopea dei carghi di cereali che arrivavano nei porti italiani scaricando milioni di tonnellate di cereali era tramontata. Giuliano si era accollato il compito di trasformare il business di famiglia, e lo aveva fatto in modo magistrale, diversificando gli interessi e concentrando le forze nel settore chimico. Se Spartaco, alla fine, si era trovato a combattere contro gli americani e aveva perso, Giuliano aveva dovuto vedersela con le imprese europee in un momento in cui al trading si sostituiva la finanza, che sarebbe diventata il nuovo colossale affare del mondo occidentale. Aveva dovuto scontrarsi con molti interessi, non ultimo quello politico. Lena ricordava ancora uno sfogo di Giuliano, quando era stato istituito il processo alle grandi imprese.

«Stanno attaccando un sistema», le aveva detto. «Se non avranno il buonsenso di fermarsi, metteranno in ginocchio la nostra economia. Io non so bene se sono un corrotto o concusso, so che ho fatto il possibile per guidare la nostra barca fuori dalla tempesta, evitando di danneggiare gli altri. Ma esiste una lobby che ci sovrasta. Non conosco i loro disegni, ma so che non collimano con i miei. La nostra classe imprenditoriale è così provinciale e spaventata, i suoi uomini sono così ottusi e pavidi, che tremano al pensiero di dover fare i conti con la nostra famiglia. Ci hanno messo contro le banche, hanno sollevato un polverone spaventoso che travolgerà anche loro.»

Giuliano aveva visto giusto. Secondo Lena, non si era sbagliato neppure quando le aveva detto: «Mio figlio è il degno erede di tuo marito. Lui saprà fare molto meglio di me. Quando sarà passata questa bufera, io mi tirerò da parte e farò in modo che sia lui a guidare la nostra famiglia».

Il momento di Spartaco Serandrei era arrivato. Non si sarebbe insediato ai vertici in modo indolore. Avrebbe dovuto difendersi dagli attacchi esterni e da quelli della sua stessa famiglia. Ma era il solo ad avere la capacità e la voglia di lottare.

Lasciò che l'infermiera l'aiutasse a vestirsi e a pettinare i capelli innevati e folti. Poi scese al piano terreno.

«Tu e la Pina, adesso, uscirete», ordinò alla cameriera.

«Vorrebbe che la lasciassimo sola in casa?» si stupì l'infermiera.

«Fuori di casa tutte e due. E non rientrate prima di mezzanotte», precisò con un tono che non ammetteva repliche. La riunione di quella sera era troppo importante perché orecchie estranee potessero ascoltare.

Andò nello studio del marito, si assicurò di avere a portata di mano i suoi farmaci e poi sedette dietro la scrivania di Spartaco. In quel piccolo ufficio, il Corsaro aveva elaborato le strategie più complesse, ridotto alla ragione gli avversari più potenti, stretto alleanze a volte audaci, riunito i collaboratori più stretti per pianificare nuove avventure. Lì convocava i figli quando voleva premiarli o rimproverarli.

«Sei stato un uomo meraviglioso», sussurrò a fior di labbra, come se lui fosse ancora lì, vicino a lei. «E io sono stata una donna fortunata. Come vorrei poter riacciuffare il tempo, avere di nuovo vent'anni e rifugiarmi tra le tue braccia. Il tempo è un padrone impietoso ma mi ha fatto una concessione: non ti ha consentito di vedermi ridotta in questo stato.»

Sentì il portoncino di casa che si apriva e riconobbe il passo deciso di Miranda.

«Sono la prima?» chiese la figlia entrando nello studio. Si chinò a baciare Lena, diffondendo intorno il suo profumo. «Ero così arrabbiata con te, mammina, che avevo giurato a me stessa di non rivederti mai più. Sei stata molto cattiva, lo sai?» disse.

«Poi, però, ci hai ripensato e hai deciso che questa povera vecchi andava compatita e perdonata», ironizzò Lena.

«Lo vedi come sei? Mi provochi sempre», incominciò a lamentarsi, ma si astenne dal proseguire perché entrarono Margherita, Giovanni e sua moglie Bianca.

«Dov'è tuo marito?» chiese Lena alla figlia minore.

«Bruno preferisce non partecipare a questa riunione», rispose con estrema laconicità.

«Bene», concluse lei, «allora mi pare che ci siamo tutti. Manca soltanto Spartaco. Non tarderà ad arrivare.» E proseguì: «Intanto credo che possiamo ricapitolare la nostra situazione che, come sapete, non è rosea, ma non è nemmeno così catastrofica come la descrivono certi giornalisti».

Si sentiva in forma e parlava disinvoltamente.

«Sono passati due anni dalla morte di Giuliano e non è stata una passeggiata piacevole vederci portar via, una dopo l'altra, le nostre società, né affrontare il mare di debiti che ci siamo ritrovati. Abbiamo venduto case, palazzi, terreni, aziende. Abbiamo messo all'asta il nostro patrimonio di quadri, tappeti, argenterie e gioielli. Abbiamo tappato le falle di questa grande nave che imbarcava acqua da tutte le parti. Adesso è arrivato il momento di riprendere in mano la situazione. Alcune banche sarebbero felici se ritornassimo ad accollarci i debiti, ma pretendono di trattare con persone di loro fiducia. Nessuno di voi sembra essere gradito. C'è Antonio Miserocchi, presidente della Banca Agricola, che sta dalla nostra parte. È un vecchio decrepito che tuttavia ha una mente lucida e gode di grande credito. È un amico. A suo dire, e le banche sarebbero d'accordo, la persona giusta cui delegare ogni responsabilità, lasciandogli una totale libertà di azione, è Spartaco.»

«È pura follia. È un ragazzino. Lo incastrano come e quando vogliono», protestò Margherita.

«È mio figlio e dovrei appoggiarlo. Ma non sono sicura di fargli un favore dandogli il mio consenso», obiettò Miranda.

«Io mi fido di lui», disse Giovanni. «È cresciuto alla scuola di Giuliano e mi sembra un ragazzo corretto, oltre che capace.»

«Tu, Bianca, che cosa ne pensi?» domandò Lena.

«Sono d'accordo con mio marito», rispose.

«Così siete due contro due. Penso che Miranda e Margherita potrebbero cambiare opinione. Prima che Margherita mi interrompesse, stavo per dire che i miei interessi personali sono in attivo. Della flotta del Corsaro sono rimaste cinque navi. Sono mie e trasportano carbone. Le terre in Sudamerica e in Australia continuano a produrre cereali e a rappresentare un boccone ghiotto per qualche colosso americano. Credo che l'American Tate di Alfred Zatler ci metterebbe sopra volentieri le sue zampacce», disse Lena, guardando Margherita con un'occhiata molto significativa. «Qualcuno di noi, a corto di denaro, potrebbe lasciarsi allettare da un'offerta generosa. Alienare una parte del patrimonio che ancora ci è rimasto sarebbe un errore perché i soldi, come abbiamo potuto constatare, se ne vanno in fretta, mentre la terra rimane. Vostro padre diceva: 'Puoi produrre maiali, vestiti, ortaggi, ma non puoi produrre terra. Quella l'ha creata Dio e più di tanta non se ne può avere'. Dunque, io intendo consegnare il mio patrimonio personale a mio nipote. Lui saprà come gestirlo.»

Margherita si sentì punta sul vivo e protestò.

«Sarei dovuta venire a questa riunione con il mio legale. Ho l'impressione che stasera ci sia qualcuno che voglia mettermi nel sacco.»

«Che cosa ti viene in mente, Margherita!» protestò Giovanni. «Quando mai sono intervenuti degli estranei nelle riunioni di famiglia?»

«Quando c'era il babbo era tutto diverso», protestò la sorella minore.

«Certo, allora si parlava di utili e di dividendi. Adesso si parla di sacrifici. E questo discorso non ti piace. Ma bisogna pur farlo», intervenne Bianca.

«Be', tu hai due figlie. Come mai non sono qui a difendere i loro interessi?» si scaldò Margherita.

Spartaco entrò nello studio proprio in quel momento.

«Fate conto che le figlie di Giovanni siano qui», disse mostrando una lettera. «Ho fatto tardi e mi scuso. Aspettavo un fax proprio dalle mie cugine alle quali avevo esposto il tema di questo incontro. Ecco qui la loro risposta», consegnò il messaggio agli zii.

Era una delega in piena regola al cugino perché agisse anche a loro nome.

«Be', avrebbero almeno potuto consultarmi, prima di decidere», protestò debolmente Giovanni.

«Tutta questa storia non mi piace», sbottò Miranda rivolta al figlio. «Tu e la nonna state facendo comunella da mesi. Dovevamo aspettarci qualche pasticcio. Adesso salta fuori il nome di Miserocchi, il re dei surgelati, un finanziere decrepito che potrebbe essere già morto mentre ne stiamo parlando. Voglio vederci chiaro in questa faccenda che mi sembra sempre più ingarbugliata», esplose Miranda.

«Se me ne dai il tempo, mamma, potrei chiarirla a te e agli zii», disse Spartaco con calma.

«Ti ascolto», intervenne Bianca.

«Il nonno ha costruito un impero sui cereali. Quello era il momento buono per quel tipo di mercato. Poi l'economia mondiale si è modificata e il babbo, pur se con alcuni errori di valutazione, ha guardato all'Europa e al settore chimico. Ha fatto molte cose giuste, ma è andato a urtare gli interessi di certi personaggi potenti. Gli è andata male. Adesso dobbiamo guardare alle banche, alle compagnie di assicurazione, a società che operino nei servizi finanziari e nel terziario avanzato. Ed è in questo senso che intendo muovermi, se avrò il vostro consenso incondizionato», spiegò.

«L'eredità del babbo era stata divisa fra noi tre figli. Un terzo a ognuno. Era una montagna ed è diventata una collinetta. Non intendo affidarla a nessuno. Anzi, a questo punto intendo gestirla in prima persona», decise Margherita.

«Cedendola a Zatler, lo so», affermò Spartaco.

«Non c'è ancora niente di definitivo», protestò la zia, rendendosi conto di essere stata smascherata.

«Meno male. Perché il vostro terzo potrebbe diventare soltanto un quarto. C'è un altro erede del babbo che potrebbe farsi avanti in qualsiasi momento e reclamare la quota che gli spetta. Mi riferisco a Stefano Benini», Lena sparò la notizia con tutta calma e attese l'effetto.

«Sono soltanto voci», disse infine Miranda. «Non è mai stato provato che fosse suo figlio.»

«Le prove sono qui», disse Spartaco, buttando sul tavolo un plico di documenti.

«Che cos'è? Una minaccia? Un ricatto? Un pentimento tardivo? Che accidenti è questa storia?» gridò Margherita guardando Spartaco con odio.

Spartaco osservò la nonna. Dietro le spesse lenti, i suoi occhi brillavano.

«È cominciata la guerra per il potere. È cominciata ora, in famiglia. Intendo portare questo discorso fino in fondo. Mio nonno non ha mai avuto problemi con la sua famiglia perché nessuno era in grado di contrastarlo. Mio padre ha dovuto parare spesso i vostri colpi perché gli davate fiducia o sfiducia a seconda degli umori e dei guadagni. Io devo avere il consenso di tutti voi per tentare di salvare la situazione. Se avrò fatto le cose giuste, il merito sarà solamente mio. Se avrò sbagliato, vi resterà la consolazione di trasformarmi in capro espiatorio. Ma esigo la più totale libertà di azione», affermò Spartaco.

«Che cosa ci guadagno se ti dico di sì?» domandò Margherita.

«Appunto, che cosa ci guadagniamo a darti il nostro appog gio?» chiese Miranda.

Giovanni e sua moglie tacevano, ma erano curiosi di vedere come avrebbe risposto il giovane.

«Una bella boccata di ossigeno. Vero nonna?» promise lui.

«Altroché!» sorrise Lena e aggiunse: «Dammi la tua borsa, Spartaco». Lui gliela mise sulla scrivania. Lei l'aprì ed estrasse tre rotoli di pelle di daino. Li sciolse e mostrò i gioielli stupendi che contenevano.

Tutti ammutolirono, stupefatti da tanta bellezza.

Persino Lena, che li vedeva per la prima volta, li guardò con ammirazione. La sua amica Odette le aveva consegnato un patrimonio difficilmente valutabile. Pietre straordinarie incastonate in montature d'oro e di platino eseguite da maestri dell'arte orafa. Quei gioielli erano appartenuti agli Sforza di Monteforte e avrebbero fatto impazzire qualsiasi collezionista.

«Mammina, da dove spunta questo ben di Dio?» chiese Miranda con un filo di voce.

«La cosa non ti riguarda. Sono miei», rispose Lena.

Bianca prese tra le dita un anello di platino dov'era incastona to uno zaffiro di un blu quasi accecante.

«Solo con questo si potrebbe acquistare un appartamento a New York», osservò Margherita.

«Voglio solamente comperare la vostra totale e incondizionata approvazione al nuovo capo della nostra famiglia: mio nipote Spartaco Serandrei», disse Lena.

«Non sarebbe più semplice usare questi gioielli per pagare i nostri debiti?» osservò Margherita.

«Nossignora», s'impuntò Lena. «Forse non mi sono spiegata. Spartaco Serandrei, con l'aiuto di Antonio Miserocchi, farà uscire dalle secche la nostra nave. Questi gioielli sono soltanto la ciliegina che vi indurrà a sottoscrivere la vostra rinuncia a qualsiasi interferenza nelle sue azioni e nelle sue decisioni.»

«Il mio consenso l'avrebbe avuto anche senza la ciliegina», disse Giovanni. Ed era sincero.

«Occorrerà procedere a una valutazione», si preoccupò Margherita.

«E comunque, sia per valutare i gioielli, sia per dare le deleghe a Spartaco occorreranno diversi giorni», osservò Miranda.

«Ci sono i miei e i vostri legali in salotto», disse Spartaco. «Li ho portati con me e hanno già pronti tutti i documenti. Basterà che voi li firmiate.»

«Giovanni, va' a chiamare gli avvocati. Margherita, tieni giù le mani da questa chincaglieria. E tu, Miranda, va' in cucina a preparare qualcosa da bere per tutti. Quanto a te, Bianca, ti ringrazio come sempre per il tuo buonsenso. E ringrazio anche te, Giannino. Sei sempre stato un bravo ragazzo e un figlio affettuoso. Se soltanto avessi ancora un po' di voglia di lavorare, potresti essere molto utile a Spartaco. Hai talento e sei onesto», dichiarò Lena soddisfatta.

«Non chiederei di meglio, se lo zio fosse d'accordo», propose Spartaco.

«Ti ringrazio», rispose Giovanni. «Ma ho solo voglia di ritornare a occuparmi della terra. Mia madre mi ha cresciuto come un contadino e tale sono rimasto. Forse Bianca sarebbe felice di aiutarti.»

«Un momento. Abbiamo chiarito tutto, ma abbiamo dimenticato la posizione di quello... Stefano Benini», osservò Margherita.

«I suoi documenti li terrò io. Naturalmente non li userò mai», concluse Spartaco con tono deciso.

2

Era novembre. Secondo Lena, era il mese più triste dell'anno. Dal balcone del suo salotto, che si affacciava sulla bella piazza di Cotignola, guardava il cielo grigio, i colombi che gonfiavano le penne, appollaiati lungo i cornicioni dei portici, la pioggia fine e uggiosa che pennellava il selciato di un piombo argenteo, le luci fioche delle botteghe che restavano accese dal mattino al tramonto.

Sul suo balcone sbocciavano coraggiosamente le ultime rose bianche di Damasco.

«È ora di partire, signora», disse Pina, presentandosi in salotto.

«Perché ti sei vestita da messa cantata?» osservò la vecchia signora, notando l'eleganza pacchiana della sua infermiera.

«Non mi capita tutti i giorni di andare a Milano, in un grand hotel», si giustificò la donna, mentre l'aiutava ad alzarsi dalla sua poltrona e le porgeva un mantello di morbido cachemire.

«Hai tu la scorta delle mie medicine?» s'informò Lena.

«Tutto a posto, signora. La sua valigia è già stata sistemata in macchina e l'autista del signor Miserocchi è giù che ci aspetta.» Pina era eccitata per quel viaggio fuori programma, deciso soltanto poche ore prima, e stupita che Lena si fosse risolta a portarla con sé.

«Allora scendi. Io ti raggiungo tra un momento», la liquidò con un gesto impaziente della mano.

«Mi raccomando le scale», disse l'infermiera. Uscì dal salotto lasciando la porta spalancata.

Lena aprì un cassetto del trumeau e prese una piccola scatola di velluto. L'aprì. La sua rosa era lì, preziosa e splendente.

Richiuse la scatolina e la infilò nella borsetta. Alzò lo sguardo sul ripiano dov'erano allineati, nelle loro cornici, i vecchi ritratti. Sorrise all'istantanea di lei, giovanissima, scattata da Spartaco nella cucina della loro casa a Bologna, mentre allattava la sua bambina. «Chissà dove sei andata?» chiese alla ragazza bella, felice e un po' selvaggia che offriva all'obbiettivo un sorriso scontroso. In lei non era rimasta nemmeno una traccia di quella giovane affascinante. «Che terribile castigo, la vecchiaia», soggiunse guardando il ritratto di Spartaco. Lui era in maniche di camicia, il cappello spinto all'indietro, le mani affondate nelle tasche dei calzoni e il gilet attraversato da una catenella d'argento. Ostentava il sorriso fiero dell'uomo sicuro di sé. «Hai avuto una fortuna sfacciata», quasi lo rimproverò. «Sei persino riuscito a non morire da vecchio.» Accarezzò, con la punta delle dita tremanti, il vetro che proteggeva la fotografia. «Vado a trovare il tuo amico Tognino», gli disse in un sussurro. «Come quando sono scappata da questa casa, preda della gelosia. Te lo ricordi? Tu mi chiamavi amore mio, e io mi scioglievo d'amore. Anch'io sono stata una donna fortunata. Abbiamo avuto tre figli un po' sgangherati. Ma potevano essere diversi, con un padre così straordinario e una madre tanto incombente? Sono rimasti dei ragazzini che hanno ancora bisogno di essere messi in riga. Ma ora, per fortuna, tuo nipote si è assunto l'incarico di guidarli. Se tu potessi vederlo, questo ragazzo, saresti fiero di lui. Ciao, Spartaco», disse posando un bacio sul vetro.

Uscì dal salotto, si aggrappò al corrimano della scala e scese lentamente. Sulla piazza, l'infermiera e l'autista l'aiutarono a sistemarsi in macchina. La cameriera, ritta davanti al portone del palazzo, li guardò allontanarsi, salutandoli con la mano.

Arrivarono al *Grand Hotel et de Milan* e ritrovarono l'atmosfera antica, un po' ridondante ma molto tradizionale.

Spartaco aspettava la nonna nel grande vestibolo.

«Benvenuta!» le disse, abbracciandola.

«Aiutami a trovare un letto», lo implorò lei.

«Avrai qualcosa di meglio. Ti ho sistemato nella suite più

bella, all'ultimo piano, dove c'è un terrazzo con giardino», le annunciò mentre Pina e un facchino si occupavano del bagaglio.

Lena entrò in un appartamento pieno di fiori, ma era troppo stanca per apprezzare tanta bellezza.

«A che ora è la cena?» chiese.

«Alle otto. Hai più di tre ore per riposare. Pensi di farcela?» le domandò il nipote.

«Ci puoi giurare. E quella tua ragazza? Si chiama Sara, hai detto. Dov'è?» incalzò, mentre Pina la precedeva verso la camera da letto.

«La conoscerai questa sera», la rassicurò Spartaco.

Lena si addormentò subito, di un sonno pesante. Quando si svegliò si sentiva benissimo. Ancora una volta pensò di essere guarita. Da alcuni mesi, con raddicendo la sua inesorabile malattia, i periodi di tot le assenza del tremito e di scioltezza nei movimenti diventavano s mpre più frequenti.

Così provvide da sola a farsi la doccia e, dopo, si rivestì con cura. Cercò nella borsetta l'astuccio con la rosa e lo infilò nella tasca del suo cardigan azzurro. Poi entrò in salotto.

Spartaco sedeva su un divano accanto a una bella ragazza. Aveva un'espressione intensa e la sua eleganza era ineccepibile.

«Ecco la mia mitica nonna», esordì andandole incontro. E aggiunse: «Lei è Sara».

Lena la osservò con attenzione.

«Felice di conoscerti, Sara», disse, «da quanto tempo dura la vostra storia?» chiese bruscamente.

«Sono tre anni, signora», rispose Sara, con un sorriso impacciato.

«È difficile lasciare un marito», ragionò Lena, sedendo di fronte a loro. «Ci sono passata anch'io per questa strada e so quanto sia doloroso percorrerla.»

A Lena piacque quella ragazza semplice, priva di civetteria. Si intrattenne con lei come se la conoscesse da sempre.

«Tra poco conoscerai il mio primo marito. Lo lasciai per Spartaco Rangoni. Sono stati entrambi compagni straordinari. Questo tuo ragazzo ha preso molto da suo nonno. Se non ti sbrighi a sposarlo, lui resterà scapolo per tutta la vita. Suo nonno non avrebbe mai sposato un'altra donna se io lo avessi rifiutato. Lui farebbe lo stesso.»

«Lo so», annuì Sara.

«E allora, datti una mossa, figliola. Io non sono eterna e mi farebbe piacere vedervi insieme.»

Dalla portineria annunciarono l'arrivo di Antonio Miserocchi nel momento in cui due camerieri entravano nell'appartamento spingendo un tavolo allestito per la cena.

«Prima che salga quel vecchio brontolone, devo darti una cosa, Sara», disse Lena, e prese dalla tasca la scatoletta. L'aprì e le porse la sua rosa. «È molto bella», le disse, «ma soprattutto mi ha portato fortuna. Voglio che d'ora innanzi la porti tu. Ti aiuterà ad avere un'esistenza piena, intensa e felice.»

«Io... non credo di poter accettare... un dono così importante», balbettò Sara.

«Oh, sì che puoi», intervenne Spartaco, «e non dovrai separarti mai da questa spilla. È una specie di talismano. Lascia che te la metta al polsino della camicetta, come la portava la nonna.»

Lena andò incontro al suo vecchio compagno con passo spedito. Lo abbracciò mentre lui tentava di sottrarsi, imbarazzato, alle sue effusioni.

«Non farmi troppe coccole, Lena. O mi manderai in confusione», brontolò.

«Sempre galante, tu», lo rimbrottò lei. «Avanti, mettiti a sedere. Non voglio che crolli ai miei piedi. Anche perché non avrei la forza di rialzarti», scherzò.

Tutti insieme, nell'intimità degli affetti, festeggiarono il ritorno alla ribalta, in grande stile, della famiglia Rangoni. Non era stato un miracolo, ma il frutto della paziente strategia di un vecchio uomo d'affari e di un giovane di buona volontà che avevano unito le loro forze e avevano vinto.

Fu davvero una serata magica. I due giovani si tenevano la mano e lasciavano parlare gli sguardi, che dicevano molto più delle parole.

I due vecchi bruciavano gli ultimi fuochi della memoria e si scontravano sul terreno del passato.

«Ti ricordi, Lena?...»
«Ti ricordi, Antonio?...»
«Quel fatto accadde nel '28.»
«No, fu nel '33.»
«Ti ricordi quando a febbraio si andava nei campi a suonare i campanacci per svegliare l'erba dal lungo sonno?»
«Ti ricordi quella volta in cui si spezzò l'albero della cuccagna, sul sagrato della chiesa, e piovvero prosciutti, salami e collane di salsicce?»
«Che cosa ci fai tu, adesso, vecchio barbagianni, appollaiato su quel tuo grattacielo?» lo sfidò lei.
«Che cosa ci fai tu, vecchia bisbetica, in quella terra sperduta di Romagna?»
«Vedo ancora le albe e i tramonti. Nella nebbia, certe volte rivedo la figura allampanata di don Palandrana. Nelle sere d'estate seguo il volo d'amore delle lucciole e respiro l'aria che viene dai prati.»
«Sei sempre stata un po' pazza.»
«Tu sei sempre stato un tipo suscettibile. Io, questa sera, sono stanca e felice.»
«Incomincio a credere che tu sia immortale.»
Lena osservò pensosa: «Se qualcuno ci offrisse l'immortalità, chi vorrebbe accettare questo triste regalo?»
Il volto di Antonio s'incupì: «Gira gira, abbiamo finito per parlare della morte».
Lena sorrise e si abbandonò contro lo schienale della poltrona. La sua mente era limpida e provava una intensa sensazione di benessere.
Antonio le accarezzò una mano e lei gliela strinse. Non aveva più voglia di parlare. Vide, sul terrazzo a giardino, gli occhi fosforescenti di un animale notturno. Era una civetta o soltanto un'allucinazione? L'uccello dai grandi occhi gialli stava appollaiato sul ramo d'un corcoro e Lena sentiva il suo richiamo monotono: «Cuccu meo, cuccu meo».
Chiuse gli occhi ricordando l'antica filastrocca che i bambini d'una volta recitavano, con voce sommessa, quando udivano il richiamo dell'animale notturno che interpretavano come presa-

gio di morte: «La ziveta l'ha canté, l'ha fat cuccu meo, cuccu meo». Quanta verità in quei recitativi lontani e misteriosi. Com'era dolce sentire sulla sua la mano nodosa di Antonio, mentre le forze la abbandonavano.

«Tua nonna è stanca», sussurrò Antonio. «Sarà meglio che io ritorni a casa. È stata davvero una bellissima serata.»

Si chinò a fatica su Lena e la baciò sui capelli. Sembrava che dormisse.

FINE

Della stessa autrice

Anna dagli occhi verdi

Il Barone

Saulina (Il vento del passato)

Come stelle cadenti

Disperatamente Giulia

Donna d'onore

E infine una pioggia di diamanti

Lo splendore della vita

Il Cigno Nero

Come vento selvaggio

Il Corsaro e la rosa

Caterina a modo suo

Lezione di tango

Vaniglia e cioccolato

Vicolo della Duchesca

6 aprile '96

Qualcosa di buono

Rosso corallo

Rosso corallo (Edizione illustrata)

Singolare femminile

Il gioco delle verità

Mister Gregory

Un amore di marito

Léonie

Giulia per sempre (Disperatamente Giulia, Lo splendore della vita)

Il Diavolo e la rossumata

Palazzo Sogliano

La moglie magica

La vigna di Angelica

Il bacio di Giuda

10 e lode

Stampato presso ELCOGRAF S.p.A.
Stabilimento di Cles (TN)